한국 현대소설의 담론

정신재 著

새미

책머리에

   필자는 이 책에서 새로운 글쓰기를 시도하였다. 심리주의 비평에서는 인간의 정신 세계에 본질적으로 접근하기 위해서 기존의 논리 대신에 의식의 흐름을 중시하였다. 그것은 연대기적 시간의 논리에서 인간 존재의 본질로 접근해 가기 위한 방향 전환이 요구되었기 때문이다. 방안에 있는 가구를 보다 자세히 알기 위해서는 한 개의 거울로 들여다보는 것보다 여러 개의 거울을 이용하는 것이 더 효과적일 것이다. 필자는 이러한 원리를 글쓰기에 적용해 보았다. 한 작가의 작품들을 여러 개의 거울로 들여다보는 것이다. 특히 심리주의 비평의 기준으로 작품을 분석할 때에는 이 방법이 효과적이다. 인간의 정신을 설명한다는 것은 매우 어려운 일이다. 그러므로 하나의 심리 현상에 대하여 그 구성 요소들을 우회적이고 반복적으로 설명하는 것이 논리적으로 설명할 때보다 더 효과적일 경우가 많다. 그래서 필자는 하나의 심리 현상을 여러 번 반복해서 우회적으로 제시하기도 하였다.

   필자는 그동안 수백 권의 소설과 이론서들을 읽었다. 그 중 대부분은 단 며칠도 지나지 않아 내 머릿속에서 지워졌다. 반복해서 읽는 것만이 내 기억 구조에 남을 뿐이었다. 그래서 필자는 텍스트를 독자에게 각인시키는 방법을 연구하지 않으면 안 되었다. 그것은 하나의 작품을 여러 개의 거울로 비추면서 반복해서 분석해 나가는 것이었다. 그것이 논리적으로 설명하는 것보다 훨씬 독자에게 접근하기가 쉬울 것 같았다. 그리고 하나의 논리로 고정시키는 것보다 여러 개의 시선을 제시하면서 반복해서 이야기하는 것이 더 나을 것 같았다. 필자는 그 동안 수천 장의 독서 카드에 텍스트의 내용들을 옮겨 적곤 하였다. 그래서 자연스럽게 독자들에게 다가갈 수 있는 방법은 없을까 하는 방법을 모색해 보았다. 본서를 읽으면 독서하는 가운데 자연스럽게 소설 작품들의 가치가 터득될 수도 있을 것이다. 간혹 지루함이 있다면 새로운 시선으로 해체하시길 바란다.

2001년 5월

정 신 재

차 례

현대 소설과 심리 분석

Ⅰ. 현대 소설의 성담론

1. 리얼리즘과 성담론

사람이 죽으면 무엇이 남는가. 그 사람이 생전에 했던 행적, 여행 등은 다 없어지고 無만 남는다. 물론 그 사람의 선행이나 업적 등은 영상매체나 기록물로 남을 수도 있고, 타인의 머릿속에 남아 있을 수도 있다. 그러나 정작 그 사람 본인에게 남는 것은 아무것도 없다. 그래서 종교에서는 내세를 주장한다. 사람이 죽으면 육신은 없어져도 그 영혼은 내세에 간다고 보는 것이 기독교나 불교의 주장이라면, 유교에서는 조상의 혼령이 떠다닌다고 본다. 그러나 이 주장 또한 살아 있는 사람으로서는 내세에 가 보지 않았으니 확실하지가 않다. 원시인들은 꿈에 자신의 다른 모습과 세계가 보이는 것을 보고 이 세계에 영혼이 떠다니는 것으로 보았으나, 꿈 내용과 사후의 세계가 일치한다고 보기는 어렵다. 다만 다른 사람의 위대한 업적이나 생각들이 우리의 두뇌에 시각적으로 각인되는 것을 통해 흔적들이 남는다. 그리하여 우리는 흔적에 대하여 생각을 하게 된다. 문학에서의 흔적은 대개 원형[1]이나 담론[2]으로 정리되는 수가 많다. 그래서 공간·시간·

---

1) 여기서의 원형은 보편적인 상징·경험 양식·심리 등을 의미한다.
2) S. 채트먼, 『이야기와 담론』, 한용환 역(서울 : 고려원, 1990), 2쪽.
   롤랑 바르트나 츠베탕 토도로프, 제라르 쥬네트와 같은 프랑스 구조주의자들

아이러니·죽음·불·물·집·광기·성·권력·자연·심리 등이 원형이나 담론으로 많이 제기되어 왔다. 본문에서는 성에 관한 담론을 중심으로 고찰하고자 한다.

성에 관한 담론은 미셸 푸코에 의하면 일찍이 가톨릭에서 고해시 고백의 범주를 어디까지 다뤄야 하는가 하는 문제 제기에서 비롯[3]되었다. 특히 그는 권력이 성을 이용하는 과정을 잘 그려냈는데, 권력은 위정자의 권력을 유지하기 위하여 사회 안정을 목표로 하고 사회 안정에 방해가 되는 성을 억압하며, 그 방법은 성을 매춘이나 병과 연결시켜 편협하게 바라보도록 하는 것이다. 18세기 이래 서구 문명은 인간의 생물학을 식민지화하고 인구 계획과 관련시켜 신체의 정치학을 고안하였으며, 심리학·의학·지리학 등의 인간 과학들도 고백된 신체를 빌미로 삼아 그것을 사회적 관심과 정부 조작의 대상으로 삼았다. 그리하여 권력과 지식 사이의 결연 관계가 시작된다. 19세기에는 새로운 언설들이 성에 대한 의학적, 심리적 분석의 토대를 형성한 문제들과 관계되거나 아니면 인구통계학적 분석과 관계되었다. 기존의 언설들이 성적 결합에 대한 법률들과 부부관계에만 고정되어 있는 반면, 새로운 언설은 부부관계를 전적으로 도외시하면서 부녀자, 미친 사람, 자연에 위배되는 성적 행동을 하는 자들에게 관심을 기울였다.[4]

을 따라서 나는 '무엇(what)'과 '어떻게(way)'를 설정한다. 서사물의 무엇을 그것의 '이야기'라고 부르며, 어떻게를 그것의 '담론'이라고 부른다.

3) 이광래, 『미셸 푸코』(서울 : 민음사, 1989), 245쪽.
   성에 대한 언급을 통제하는 새로운 예의범절의 강화가 오히려 그 반작용으로서 권력 행사의 場에서 성에 관한 말을 더욱 많이 하게 했다. 대표적인 예로서 트랑트 Trent 종교회의(1545~1563) 이후 카톨릭 교서와 告解聖事의 발전이 그것이다. 중세 이래 서구 사회는 진실을 이끌어내기 위해, 특히 성의 진실을 말하기 위해 주요한 의식들 가운데 고해라는 방법을 고안해 냈다. 1215년 라트랑 Lateran 종교 회의에서 고해성사의 규칙이 결정된 이래 서구 사회는 이미 오래 전부터 성에 대해 말해야 하는 금욕주의적 전통이 형성되기 시작했다. 이 규칙은 초기에는 아주 소수의 엘리트에게만 적용되었지만 17세기 이래 모든 사람들을 위한 일반 규칙으로 확대됐다. 이때부터 서구 사회는 고백적인 사회가 되었다.

한국 소설에서 성에 관한 언술은 리얼리즘과 관련을 맺는다. 일제 식민지 현실에서 한국의 지식인들은 일제의 허구성을 폭로할 필요가 있었다. 그것은 일본이 신작로 확장, 철도 부설, 항만 시설 건설 등을 예로 들면서 자신들이 한국을 잘 살게 해 주었다고 떠벌렸지만, 실제로는 그것이 한국에서 자원을 실어 가기 위한 수탈5)에 불과하였다. 이로 인해 작가의 사명은 뿌리 뽑힌 민족의 삶에 대한 투철한 인식을 필요로 하게 되며 이는 당대 사회의 요구로 나타나게 되었다.6) 그리고 가난한 민족의 삶과 일제 식민지 현실의 어둠을 구체화하여 독자에게 제공하여 식민 정책의 모순을 자각하게 하는 일이 작가에게 부과된 과제7)였다. 그래서 작가들은 일제의 허구성을 폭로하기 위하여 리얼리즘을 필연적으로 받아들일 수밖에 없었고, 가난 현실을 리얼하게 묘사하고 매춘 등의 성적 타락을 구체적으로 형상화함으로써 일제의 억압을 폭로하였다. 그리고 가난 현실은 대개 성적 타락과 결부되어 그 극적인 긴장을 더하게 된다. 따라서 한국의 근대 소설에 나타난 성담론은 리얼리즘의 경향과 가난 소재와 함께 다루어지게 되고, 매춘 등의 성적 타락을 초래하게 한 원인이 일제 식민지 현실에서 오는 압박에 있음을 간과할 수 없다.

---

4) 상게서, 248, 250쪽.

5) 일본의 식민 정책은 무엇보다 먼저 한국을 그들의 식량 기지화하는 데 정책의 최우선을 두어 토지 수용·동양척식회사·식량 수탈·고리채 등의 과정으로 진행되었다. 그리하여 1920년대의 쌀 수확량이 1910년대의 쌀 수확량보다 많음에도 불구하고, 1인당 쌀 소비량은 오히려 줄어들었다. 이는 일본이 한국으로부터 농산물을 빼돌렸다는 단적인 증거가 된다.
  일제의 한국 수탈에 관한 논의는 다음 책을 참고하였다.
  홍이섭 외, 「암흑의 시대」, 『한국현대사』 4(서울 : 신구문화사, 1969).
  김문식 외, 『일제의 경제침략사』(서울 : 민중서관, 1971).

6) '빈민에게로 가라', 『동아일보』 사설, 1923, 10. 20.

7) 조진기, 『한국 근대 리얼리즘소설 연구』(서울 : 새문사, 1989), 67쪽.

2. 자유 연애의 변증법

한국 근대 소설에서의 성담론은 자유 연애의 제창에서부터 시작된다. 이
인직은 그의 「혈의 누」(1906)에서 자유 연애를 언급한다. 구완서가 결혼할
생각이 있으면 부모의 명령을 좇을 것이 아니라 직접 말하자고 옥련에게
제의하고, 옥련의 부친 김관일에게도 만일 자신의 부모가 허락하지 아니하
면 '자유결혼' 하겠다[8]고 말한 것은 자유 연애에 관한 언급이라고 할 만하
다. 그러나 그것은 단순한 언급일 뿐이며, 자유 연애가 본격적으로 다루어
진 것은 이광수의 소설이 나오면서부터이다. 조연현은 애정 문제에 대한
관심과 추구의 최초로 나타난 것이 이광수의 「어린 벗에게」라고 본다.[9] 또
한 이광수의 「소년의 비애」를 보면 지식 청년 문호가 — 자신이 좋게 여기
던 從妹 난수가 부친의 명령에 의해 바보 신랑에게 시집가려는 것을 보고
— 그녀에게 도망가라고 하지만 난수가 끝내 바보 청년과 결혼하고 마는
데서, 자유 연애라는 이상과 그것을 실현할 수 없는 현실 사이의 갈등이
제기된다.

이광수가 자유 연애를 제창하게 된 동기를 우리는 그의 오이디푸스 콤플
렉스와 관련시켜 생각해 볼 필요가 있다. 이광수가 열한 살이 되었을 때에
그의 부모가 괴질로 세상을 떠났다. 그는 젖먹이 동생을 남의 집으로 보내
고, 남은 누이 동생 둘과 부모를 잃은 외로운 집을 지켰다. 그는 마을 어른
들이 남의 집에 양녀로 보낸 어린 누이를 찾아와야겠다고 마음먹고 삼십
리를 걸어서 먼 일가집을 찾아갔다. 그러나 세 살짜리 누이 동생이 자신을
알아 볼 리 만무하다. 그는 그날 밤 혼자서 울면서 집으로 돌아왔다. 그리

---

8) 이인직, 「혈의 누」·「모란봉」, 『한국대표신소설선』(서울 : 번양사, 1992), 170,
180쪽.
9) 조연현, 『한국현대문학사』(서울 : 성문각, 1989), 179쪽.
'그네가 부부가 될 때에 얼굴도 못 보고 이름도 못 듣던 남남끼리 다만 계약이
라는 형식으로 혼인을 맺는다'는 것을 통렬히 비난한 「어린 벗에게」가 애정의
중요성에 대한 최초의 자각으로서 혁명적 성질을 가진다.

고 그 누이는 한 달이 못 되어서 이질로 세상을 떠났다. 아마도 그에게 한 없는 그리움의 대상은 어머니요, 누이였을 것이다. 한 번은 그가 산에 나무를 하러 갔을 때의 일이다. 이왕 온 이상 내일 땔 것까지 베어 가지고 내려가리라고 마음먹었던 소년은 낫질을 잘못해서 왼손 무명지 셋째 마디를 꽤 깊이 베었다. 거기서 솟는 피를 볼 때에 소년은 자기의 외로운 신세와 장래가 더욱 딱하게 생각되어서 소리내어 울었다. 해 넘어 가는 줄도 모르고 통곡하고 있을 때에 웬 여인 하나가 지나가다가 가까이 와서 따뜻이 위로하고 자기의 치마 고름을 찢어 소년의 손을 감싸 주었다. 그가 집에 돌아오니 어린 누이가 대문 밖에 나와서 울고 서 있었다. 그는 부엌으로 들어가서 산에서 해 온 나무로 밥을 지어 누이와 같이 먹으면서 그 여인의 얼굴을 생각하였다. 그리고는 부모가 다 돌아가신 뒤에 처음으로 기운을 얻어서 '언제까지든 살리라, 힘있게 살리라' 다짐한다.[10]

이광수가 어려서 부모를 여의었다는 것은 그가 어려서부터 여인에 대한 몽상을 많이 했을 것이라는 근거가 된다. 그가 나무를 하다가 만난 여인으로부터 힘을 얻은 것은 그가 그만큼 오이디푸스 콤플렉스에 사로잡혀 있을 수밖에 없는 존재임을 알게 한다. 우선 그는 어머니의 사랑을 못 받고 고아로서 자란 설움을 봉건 질서에 대한 반항으로 극복하려 한다. 그리하여 그가 쓴 「개척자」는 「어린 벗에게」보다 더 강하게 봉건적인 결혼 방식에 항거한다. 성순이 그의 부모가 정해 주는 결혼에 죽음으로써 항거하며 끝까지 '민'에 대한 자기의 사랑을 강조하는 것은 근대적인 자아의 각성과 결부된다. 그리고 근대 소설의 최초라 할 만한 『무정』(1917)에서는 민족주의적 측면과 자유 연애를 결부시킴으로써 계몽주의적으로 이끌어 간다.

그런데 이광수는 냉정하게 비판하여야 할 구도덕의 표본 인물인 박영채를 너무도 아름답고 열정적인 붓으로 찬송하였기 때문에 독자는 오히려 작가가 말하려는 신도덕보다 영채의 경력이 말하는 구도덕에 동정을 가지게

---

10) 김동인, 「춘원연구」, 『김동인전집』 16권(서울 : 조선일보사, 1988), 42쪽.

된다. 이광수의 생각이 대리적으로 표현된 이형식의 행동도 모호하기 그지없다. 형식의 가슴에는 두 여성이 난무한다. 하나는 돈과 신식과 신학문을 가진 선형이라는 여성이다. 다른 하나는 순정과 눈물과 열정과 자기 희생의 크나큰 사랑을 가진 영채라는 여성이다. 그는 영채를 생각할 때는 영채를 위하여 눈물을 흘리고 그녀와 결혼을 할 결심을 하며, 선형을 보면 선형에게도 마음이 기울어진다. 그는 두 여자에 관한 한 줏대가 없다. 영채는 구사상에 젖어 있다. 그는 삼강오륜을 신조로 하고 어렸을 때에 자기의 아버지가 짝지어 준다고 한 이형식이란 우상(?)을 사모하고 바란다. 선형 역시 아버지인 김장로의 뜻에 따라 형식과의 약혼에 응할 뿐이다. 신사상을 추구하면서도 구습에 젖어 있는 이들의 행동을 김동인은 다음과 같이 비판하였다.

> 이 약혼의 장면이야말로 가장 과도기의 조선의 꼴이다.
> 서양서는 남녀가 미리 교제를 하다가 약혼한다는 말을 듣고 이형식을 자기 딸에게 영어를 가르친다는 명목으로 수개월 간 서로 보게 하고, 인제는 다 되었거니 하고 형식을 불러서 혼인을 청하는 김장로나, 영채를 따라 평양까지 갔다 온 그 길신의 먼지가 아직 있는 동안에 김장로의 딸과 혼인하기를 승낙한 이형식이나 '에그 어쩌면 좋아?' 하면서도 약혼을 승낙한 김선형이나, 이것이 모두 하나님의 뜻이라고 靜觀하며 축복하고 있는 목사님이나, 이 몇 개의 인물이 모여 앉아서 엄숙한 형식 아래서 행한 일장의 희극은, 당시 조선의 행태를 너무도 여실히 그려낸 것으로서 문헌적 가치로도 우리가 보유하여 둘 만한 것이다.[11]

이와 같이 이광수의 소설은 정신적으로는 플라토닉 러브를 추구하면서도 현실적으로는 구습에 젖어 있어 이율배반적이다. 그는 중매 결혼이라는 기존 관습을 따르는 사회 분위기에 두려움도 가지고 있었던 듯하다. 그래서 자유 연애를 플라토닉 러브라는 편협한 형태로 이끌고 가는데,『유정』

---

11) 김동인,「春園硏究」,『김동인전집』16권(서울 : 조선일보사, 1988), 52쪽.

과『사랑』은 그 단적인 예가 된다. 최석의 수양딸 남정임에 대한 대한 정신적인 애정을 취급한『유정』은 이광수의 이상주의적인 애정관이 반영된 것이며, 의사 안빈에 대한 석순옥의 精神至上主義적 애정의 세계를 다룬『사랑』은 이광수가 생각하는 애정의 이상주의가 강렬히 주장된 것이다. 여기에 나타난 자유 연애는 어디까지나 플라토닉 러브에 불과한 것이다. 이는 중매 결혼 중심의 관습에 의거한 현실의 도전을 피하기 위함인 듯하다.

원래 자유 연애는 휴머니즘의 기초 위에서 남녀가 평등하게 서로의 인격을 존중하면서 정신과 육체가 조화된 사랑을 모색하는 데 그 본질이 있다. 그런데 이광수는 정신적인 사랑을 육체적인 것과 분리시킴으로써 종교적 이상처럼 발전시켜 나갔다. 이로 인해 당시 사회에 파급된 사회적 갈등은 매우 컸다. 신문의 사회면에 이혼 문제가 거론되고, 청년들의 자살 비율이 높아졌으며12), 당시 여자 죄수들의 상당수가 남편을 상해한 죄로 감옥에 들어갔다. 이러한 현상은 플라토닉 러브에 치우친 이광수 소설의 영향과 무관하지 않다.

이광수의 자유 연애 제창이 가지고 있던 문제점을 가장 잘 지적한 작가는 김동인이었다. 그래서 이광수가 자유 연애를 제창하는 편이었다면, 김동인은 그것이 사회에 끼친 병폐를 비판하는 입장에 섰다. 그는 「春園 연구」 등을 통해 이광수의 소설을 낱낱이 해부하고 춘원의 소설이 계몽주의적임을 비판하고, '인생 문제 제시'를 내세우며 성을 노골적으로 표현하면서 이광수의 플라토닉 러브에 정면으로 도전한다. 김동인은 「김연실전」에서 자유 연애의 분위기에만 익숙한 채 편협한 사고에서 벗어나지 못하는 신여성을

---

12)『삼천리』, 1931. 10, 215쪽. '청춘남녀의 자살을 만히 볼 수 있다. 卽二十歲부터 三十歲되는 젊은 사람들이 반수 이상이다. 五十歲이하된 노인들의 자살은 별로 볼 수 없다. 젊은 사람들이 노인들의 二倍가 자살하게 되는 원인은 실연이 아니면 철학적 염세관일 것이라고 하겠다.
　　자살과 문화는 정비례된다. 왜그러냐 하면 문화가 제일 진전되었다는 경기도의 자살자가 四百二十一人이라는 最高位를 점령한 것을 보아서 확실히 증명할 수 있다.'

선보인다. 말하자면 '연실'은 자유 연애에 대한 몰이해를 반증해 주는 셈이다.(김동인이 이광수의 자유 연애에 대한 문제점을 날카롭게 지적할 수 있었던 것은 그가 평소에 이광수에 대해 카인 콤플렉스를 느끼고 있었기 때문이다.) 연실은 조선 여성의 선구자임을 자부하면서 일본에서 유학 생활을 한다. 그녀는 일본어를 익히기 위해 일본어로 번역된 서구 소설을 읽기에 전념한다. 특히 자유 연애가 묘사된 소설을 읽는 데 심취해 있다. 그녀는 그것을 현실에서 체험해 보려 한다. 친구한테서 소개받은 이창수에게 의도적으로 접근하여 성관계를 맺고, 그녀의 문란한 성생활을 비판한 글을 신문에 기고한 맹호덕에게 다가가 관계를 맺는다. 그리하여 나중에는 그녀에게서 낳은 아이가 누구의 아이인지 모를 지경이 된다. 그러면서도 그녀는 자유 연애와 방종의 차이를 구별하지 못한다.

> "청년 남녀 누구가 연애를 안하겠니마는 신성한 연애를 해야 한다."
> "언니. 어떤 게 신성한 연애유?"
> 연실이는 드디어 물었다.
> "얘두. 그럼 너 지금껏 뭘 했니. 남녀가 육교를 하지 않고 사랑만 하는 게 신성한 연애지. 말하자면 서루 마음과 마음이 통해서 사랑하구 사랑받구 하는 게 신성한 연애가 아니냐."
> 이것은 연실이에게는 새로운 지식인 동시에 이해하기 어려운 일이었다.[13]

이와 같이 연실은 일본 유학 생활을 하면서도 자유 연애의 분위기나 문란한 성생활을 자유 연애의 본질로 생각하고 거기서 한 발짝도 더 향상되지 못한다. 김동인은 조선 여성의 선구자라는 포부를 가지고 있으면서도 문란한 성생활에서 벗어나지 못하는 연실을 통하여 자유 연애의 편견에 사로잡힌 신여성을 비판한다. 이는 이광수의 자유 연애에 대한 그릇된 편견을 비판하는 것이다.

---

13) 김동인, 「김연실전」, 『김동인전집』 제4권(서울 : 조선일보사, 1988), 42쪽.

김동인은 여기서 더 나아가 성욕을 중심으로 한 인간 심리를 과학적으로 드러내게 되는데, 이는 그의 체험에서 비롯된 것이기도 하다.

김동인의 「광염 소나타」(1930)는 어머니의 자식에 대한 과잉 보호가 낳게 되는 비극을 노출시킨 것이다. 어머니는 성수가 잠잘 때에도 음악을 틀어 주는 등 일찍 세상을 떠난 남편에게 다하지 못한 사랑을 들이붓는데, 이 때문에 어머니에 대한 오이디푸스 콤플렉스가 강하게 작용하여 성인이 되어서 빗나간 성욕으로 표현된다. 그가 죽은 여자의 시체에 섹스를 하는 것은 죽은 어머니에 대한 그리움의 또다른 표현이 된다. 「광화사」(1935. 12) 역시 작중 인물의 오이디푸스 콤플렉스를 드러낸 작품인데, 솔거가 추남 콤플렉스에 대한 방어 기제로서 아내로서의 미녀상을 그리려 함은 어머니에 대한 그리움의 또다른 표현이다. 그러나 막상 아내로서의 미녀상에 어머니의 얼굴을 그려 넣자니 그것은 어머니와 간음하는 꼴이 된다. 그래서 그는 미녀상의 모델을 구하다가 소경 처녀를 만나게 되는데, 그가 눈동자 그리는 것을 다음 날로 미루는 것은 어머니가 그려질까봐 두려워하는 것이며, 그 사이에 어머니의 대리 역할을 하는 소경 처녀로부터 성욕을 채우고 만다. 그런데 다음 날 처녀는 육욕의 눈빛으로 변하고 만다. 그래서 그는 용궁의 문설주를 얘기하면서 동경과 애수의 눈빛을 소경 처녀에게 원하나, 처녀의 눈빛은 바뀔 줄을 모른다. 곧 솔거는 자신의 성욕을 채우고 나서 처녀에게 어머니를 닮은 모습을 원하나 처녀는 거기에 이르지 못했던 것이다. 그래서 그는 처녀를 죽이고 만다. 그리고 미녀상에는 원망의 눈초리가 그려진다. 여기에는 어머니를 그리지 않아서 어머니가 원망하고 있을 것이라는 솔거의 주관적 몽상이 개입되어 있는 것이다. 이와 같이 김동인 소설에서의 성은 카인 콤플렉스·오이디푸스 콤플렉스 등 인간에게 보편적으로 나타나는 심리를 제시하는 것으로 나타난다.

미셸 푸코에 의하면 성욕에 대한 과학적 고해는 정신 분석이다. 그는 성적 본능을 가정함으로써 프로이드가 성욕을 과학적으로 지배할 수 있도록 만들었다[14]고 말한다. 그런데 한국 근대 소설에서 성담론은 일제에 의한 권력의 횡포를 고발하고 인간성을 억압하는 현실에 대한 저항하는 모습으로 나타난다. 김동인은 이러한 과정에서 성욕과 관련된 인간 심리를 형상화함으로써 인생 문제 제시를 좀더 구체화하였다.

3. 성담론의 다양한 의미 산출

한국 근대 소설의 근대성을 확보하는 특징 가운데 하나는 성담론을 다양하게 표출하는 것이다. 1920·30년대에 성담론은 그 이전보다 적나라하게 전개된다. 김동인의 「감자」·현진건의 「불」·나도향의 「뽕」·「물레방아」·박태원의 『천변풍경』·李箱의 「날개」 등에서 성은 더 이상 금기 사항이 되지 못한다. 원래 성은 위정자들이 사회 안정을 잘 했다는 자신들의 치적을 내세우고자 금기시한 것이었다. 성을 매춘이나 병과 연결시켜 금기시하는 것은 위정자들의 권력에 의해 형성된 것이다. 그러나 성은 종족을 보존시키고 사랑을 확인하는 등의 긍정적인 면도 매우 많다. 그런데 위정자들은 자신들의 권력을 유지하고 과시하기 위하여 대중으로 하여금 성을 편협하게 바라보도록 유도한다. 나아가 18, 19세기에는 인구를 조절하고 공장의 생산 능률을 높이기 위해 부부간의 성에 간섭하는 등으로 권력이 정책적인 간섭을 하기도 한다. 그리고 20세기에는 성욕을 중심으로 인간 심리를 과학적으로 분석하기 시작한다. 이에 따라 작가들도 성담론을 통하여 인간 존재의 가치를 높이기 위한 폭로를 하고 자본주의에 의해 억압되는 프롤레타리아의 인권을 다루는 등 다각적인 표현을 도모하게 된다. 이 점에서 한국의 근대 소설도 예외가 아니다. 성담론은 순수 문학을 추구하는 작가이든, 프로 문학을 추구하는 작가이든간에, 작가들이 공통 분모적으로 다루어 온 화두이다. 나아가는 문학사에서 민족 문학의 본질을 논할 수 있

---

14) 마단 사럽 외, 『데리다와 푸꼬, 그리고 포스트모더니즘』(서울 : 인간사랑, 1992), 79쪽.

을 것이다. 가령 현진건의 「불」(1924)은 발단부터 성 묘사를 함으로써 일제의 압제가 부부간의 성관계에까지 영향을 미치고 있음을 나타내며, 프로 문학편에 선 조명희의 「마음을 갈아먹는 사람」(1926. 9) 역시 아내를 매춘으로 몰아넣을 수밖에 없는 프롤레타리아의 비극을 그리고 있다. 이는 순수 문학이든 프로 문학이든 성 담론이 일제 식민지 현실의 절망을 표현하는 리얼리즘의 한 단면이었음을 보여 준다.

현진건의 「불」(1924)은 피폐된 농촌 사회에서 절망의 극한적 표현 방법으로 성이 묘사된다. 열다섯 살에 농촌으로 시집간 순이는 바쁜 농사일로 남편과의 성관계마저 괴롭게 여긴다. 그래서 그녀는 남편의 방을 원수의 방으로 여기고 원수의 노릇으로부터 벗어나기 위하여 헛간에서 잠을 청하지만, 그녀의 의도는 괴물 같은 남편의 요구에 의해 번번이 실패하고 만다. 이러한 불만을 우물가에서 잡은 송사리를 패대기침으로써 해소하려 하지만, 물고기도 괴물로 나타나 새참을 이고 가던 그녀를 환각 속에 쓰러지게 한다. 이로 인하여 그릇을 깨트린 그녀는 시어머니로부터 뭇매를 맞게 되고, 밥을 짓기 위하여 부엌에 들어간 그녀는 성냥을 보고 이상야릇한 웃음을 웃게 된다. 그리고 절망의 극한 상황으로부터 벗어나기 위하여 남편의 집에 불을 질러 버린다. 현진건은 「불」의 발단 부분부터 성 묘사를 노골적으로 드러내는데, 이것은 인간의 원초적 본능마저 괴로움으로 받아들일 수밖에 없는 농촌의 피폐한 현실을 간접적으로 표현한 것이다. 이는 성을 금기시하는 데 한계를 두지 않는 표현이면서, 소외받는 자의 절망을 노출시키고 성본능마저 억압당할 수밖에 없는 비극적 현실을 보여 주는 것이다.

나도향의 「뽕」(1925)은 성욕이 자연의 현상이며 인간의 본능적 욕구에 해당함을 안협집의 성본능을 통해서 드러낸다. 이때 성욕은 금기시된 영역을 벗어난다. 노름꾼 김삼보는 안협집의 전 남편과 노름을 해서 그녀를 빼앗았다. 그런데 안협집은 남자들과의 성관계에 도덕적인 압박을 받지 않는다.

열 오륙 세 적, 참외 한 개에 원두막속에서 총각 녀석들에게 정조를
빌린 것이나, 벼 몇 섬, 돈 몇 원, 저고릿감 한 벌에 그것을 빌리는 것이
분량과 방법이 조금 높아졌을 뿐이요 그 관념은 동일하였다.
— 나도향, 「뽕」에서

그녀는 '맘에 드는 서방질은 부정한 일이 아니요, 죄가 아니라'고 본다.
그러나 한 번 맘에 들지 않는 것은 만냥 금을 주어도 거들떠 보지도 아니한
다. 말하자면 그녀는 서방질에 관하여 죄의식을 느끼지 않을 뿐만 아니라,
맘에 드는 사람하고만 관계를 맺는 등의 일정한 주견이 있다. 그런데 그녀
의 마음에 들지 않는 머슴 삼돌이가 자꾸만 집적거린다. 그녀가 끝내 삼돌
의 요구를 거부하자, 삼돌은 삼보에게 그녀의 서방질을 삼보에게 일러 바
친다. 이로 인하여 삼보는 그녀에게 사디즘을 발산시키고, 그녀도 생존을
위한 수단이라며 나름대로의 항변을 늘어 놓는다. 며칠 후 그들은 원래의
상태로 돌아간다. 이를 통해 나도향은 끼있는 여성의 실존을 확인시킨다.
곧 성을 금기시하던 과거와는 달리 성 묘사가 과감하게 노출되면서 인간
존재를 보다 객관적인 위치에서 내려다보게 한다.
　이태준 소설에서의 성은 소시민의 권력을 형성하는 데 응용된다. 이태준
은 「아담의 후예」(1933. 8)・「복덕방」(1937. 3) 등에서 하층민의 삶에 관심
을 보인다. 그들은 현재의 삶은 부실해도 미래에 대한 소망을 가지고 살아
간다. 그리고 그런 기대는 그들의 실존적 삶에 가치를 부여한다. 그것은 그
동안 대중의 관심 밖이던 계층에 그 존재 의의를 부여하는 것이기도 하다.
이태준은 하층민의 세계에도 나름대로 삶의 즐거움과 인간미가 있음을 보
여 준다.
　이태준의 「산월이」(1929. 12)는 한물 간 기생 산월이의 소외와 절망을 다
룬 작품이다. 그가 관계맺은 사내 윤가는 아편을 피우다 산월이가 모아 놓
은 돈 4000원만 날리고 자살해 버린다. 또 뚝건달 녀석 하나는 그녀의 목청
을 버려 놓는다. 그리하여 퇴물이 된 그녀는 밤늦게 극장 앞을 돌아다니며

사내를 구하러 다닌다. 어느 날 그녀는 알콜 등잔 위에 고대기를 올려 놓고 머리 손질을 한 후 여관방을 나가 훌륭한 신사 하나를 데리고 돌아온다. 그런데 여관 골목 어귀부터 물바다가 되어 있다. 그리고 여관 주인은 그녀를 혼내 주기 위해 벼르고 있다. 알고 보니 그녀가 알콜 등잔을 끄지 않고 나가는 바람에 방이 불나 버린 것이다. 그녀는 주위를 둘러 보나 신사는 어느새 사라지고 난 후이다. 웃음 뒤에 소외와 비애가 남는 아이러니가 들어 있는 작품이다. 여기서 성은 하층민의 소외를 드러내는 데 응용된다.

박태원은 소시민의 삶에 재미를 부여한다. 그것은 하층민에 대한 대중의 멸시로부터 관심으로의 변화를 요구한다. 곧 하층민에 대한 관심은 대중성을 확보하는 것이며, 하층민의 권력을 확보하는 것이다. 『천변풍경』에서 경성부 의회 의원을 꿈꾸는 민주사는 마작으로 세월을 보내는 한편 '안성집'을 첩으로 앉힌다. 그러나 그녀와의 나이 차이가 많은 까닭에 정기를 왕성하게 하는 약을 구하는 걸 아깝게 여기지 않을 정도의 부자이다. 그리하여 민주사는 젊은 첩을 어떻게 다뤄야 할지가 고민이다. 더구나 그는 안성집이 젊은 학생하고 사귀는 것을 목격하기까지 했다. 이와 같이 박태원은 민주사의 페르조나 밑에 감추인 어두운 면을 드러냄으로써 부르조아의 권력을 축소하면서 해학성을 가진다.

조명희의 「마음을 갈아먹는 사람들」은 프로레타리아의 극한 상황을 매춘으로 나아갈 수밖에 없는 가난 현실과 관련시켜 표현한 작품이다. 삼득이는 농촌에서 살다가 도시로 와서 남의 집 행랑살이를 한다. 그런데 주인집 사내가 자꾸만 삼득의 아내에게 음흉한 눈짓을 보낸다. 삼득의 아내는 그것을 참고 지내며 주인 사내의 요구에 냉담한 태도를 보이자 주인 사내는 삼득이네에게 그의 집에서 나가기를 요구한다. 이래저래 행랑방을 구하러 다니지만 쉽게 자리가 나지 않고 밥을 며칠째 굶은 데다가 아이는 아파서 신음한다. 삼득은 할 수 없이 아내가 매춘 행위 나가는 것을 방조한다. 아내가 처음 나간 날 삼득은 아내가 매춘 행위를 하다가 중국인들에게 쫓기고 급기야는 순사한테 붙잡히는 꿈을 꾸기도 하면서 아내를 애타게 기다린다. 그런 일을 몇 번 겪은 후 삼득이네는 그런 대로 좋은 옷을 걸치고 사는 처지가 된다. 극도의 가난이 매춘을 하게 하는 절망적인 상황을 잘 그려낸 작품이다. 가난과 소외에서 절망으로 나아가는 과정이 매우 리얼하다.

이인직은 자유 연애를 언급하였고, 이광수는 자유 연애를 제창하였다. 그런데 이광수의 자유 연애는 플라토닉 러브(정신지상주의적 사랑)였다. 이는 독자로 하여금 성적 대상을 이상적으로 여긴 나머지 현실에서의 남편에 대한 불만을 가지게 하였다. 곧 이상과 현실 사이의 갈등을 초래하였다. 이로 인해 이혼·자살·살인 등의 사회적인 문제가 발생한다. 이를 갈파한 김동인은 「김연실전」을 통해 자유 연애의 본질을 모른 채 그 분위기에만 익숙하고 성적 방탕을 자유 연애로 착각한 일부 신여성을 비판하였다. 그러면서 그는 '인생 문제 제시'를 내세우면서 이광수의 계몽주의 소설에 반발하면서 성욕을 중심으로 해서 그 심리를 리얼하게 드러내는 데 치중한다.

1920년대에는 성담론이 다양하게 전개된다. 현진건은 「불」에서 발단부터 성묘사를 하면서 농촌의 피폐에 의한 성본능의 위축을 다루면서 간접적으로는 일제의 억압을 비판하였으며, 나도향은 「뽕」에서 끼있는 여성 안협집을 통해 문명의 압박에 저항하는 원초적인 삶의 모습을 제시하였다. 이태준은 하층민의 삶을 진지하게 다루어 그들의 위상을 높이는 데 충실하였으며 성은 하층민의 소외를 드러내었다. 박태원은 하층민의 풍경이나 애환 등을 다루면서 성 묘사를 통해 그들의 부조리를 해학적으로 바라보게 한다. 조명희는 「마음을 갈아먹는 사람들」을 통해 극도의 가난으로 인해 매춘으로 내몰릴 수밖에 없는 하층민의 비극을 다루었다.

1920, 30년대의 소설은 서구 리얼리즘과 러시아 리얼리즘의 영향을 받은 바 크다. 그리하여 순수 문학적인 경향과 프로 문학 등의 경향으로 나뉘어 분석되기도 하였다. 그러나 이들 소설에는 공통 분모적인 면도 많이 있다.

가난 현실을 다루어 일제의 허구성을 폭로하고, 성담론을 다루어 일제 식
민지 현실에서 하층민의 왜곡된 삶을 폭로하기도 하였다. 이러한 성담론은
한국 문학에서 순수와 참여, 남한 문학과 북한 문학으로 나뉘어져 있는 분
단 현실에서 민족 문학으로서의 공통 분모를 찾는 담론이 될 수도 있을 것
이다.

II. 정신분석의 담론

1. 서 론

　김동인은 이광수의 소설이 '설교조'라고 보고 '인생 문제 제시'를 창작 방법으로 제시하면서 문단에 나왔다. 그는 선이나 미 등 어느 한 면만을 강조한 소설 양상을 비판하면서, 선과 악, 미와 추 등을 객관적으로 그리는 데 치중한다. 그래서 그는 작중 인물에 대한 성격 창조에서 인간 심리를 리얼리즘적으로 그리는 데 철저하였다. 그가 인간 심리를 잘 그리게 된 데에는 그의 천부적 재질, 환경적 요인이 결정적으로 작용하였다. 그는 1926년 관개수리사업에 실패하면서 오이디푸스 콤플렉스를 경험하였고, 이재에 밝았던 형 김동원, 문명을 날렸던 이광수 · 주요한 등에게서 카인 콤플렉스를 느끼고 있었다. 또한 川端畵學校에서 낭만주의자 후지지마다케지로부터 미학 이론을 배우고 괴팍한 성격의 소유자인 아끼꼬와 교제한 경험은 그림자 현상을 인지하게 하였고(1918), 이러한 경험은 「약한 자의 슬픔」·「광염 소나타」·「광화사」·「아라삿버들」·「해는 지평선에」 등에서 광기 있는 인물을 통해 표현된다. 말하자면 인간 심리를 표현하는 천부적 재질과 환경적 요인의 결정체인 그의 소설은 오늘날 정신분석학이나 분석 심리학으로 분석해 볼 때에 매우 뛰어난 것이다. 이를 구체적으로 알아 보자.

2. 김동인의 천재성과 그림자 현상

분석 심리학에서는 인격 전체를 정신이라고 부른다. 정신은 의식과 무의식으로 이루어져 있으며, 무의식은 개인 무의식과 집단 무의식이 있다. 콤플렉스는 개인 무의식에 속하며, 페르조나(The Persona)·그림자·아니마와 아니무스·자기(The Self) 등은 집단 무의식에 속한다.

페르조나는 본래 극중에서 특정한 역할을 하기 위해 배우가 쓰는 가면을 말하였다. 융은 이것을 심리학에 응용하였다. 융에 의하면 페르조나란 개인이 타인에게 공개적으로 보여주는 가면 또는 외관이며, 사회의 인정을 받을 수 있도록 좋은 인상을 주려고 하는 것이다.[1] 곧 페르조나는 남에게 보이기 위한 가면적 인격을 의미한다. 이에 비하여 그림자란 무의식적인 측면에 있는 나의 분신, '나'의 어두운 면이다. 자아의식이 강하게 조명되면 될수록 그림자의 어둠은 짙어지게 마련이다. 선한 나를 주장하면 할수록 악한 것이 그 뒤에서 짙게 도사리게 되며 선한 의지를 뚫고 나올 때 나는 느닷없이 악한 충동의 제물이 됨으로써 사회적인 물의를 일으키게 된다. 낮에는 점잖은 의사이나 밤마다 포악한 괴물로 변하는 스티븐슨의 「지킬 박사와 하이드씨」는 의식적 인격과 무의식적 인격의 이중성을 표현하는 좋은 예다. 하이드는 의사 지킬의 그림자라고 할 수 있다. 그림자는 의식의 바로 뒷면에 있어 인간의 기본적인 동물적 본성을 많이 포함하고 있다. 그림자는 그것이 외계의 대상으로 투사되거나 자아가 그것의 처음을 의식할 때는 미숙하고 열등하고 부도덕하다는 등 부정적인 인상을 주는 것들이어서 좀처럼 자아가 자기의 일부분으로 받아들이기를 꺼리는 것들이다. 그러나 그림자는 무의식에 있어 분화될 기회를 잃었을 뿐이며, 그것이 의식되어 햇볕을 보는 순간, 그 내용들은 곧 창조적이며 긍정적인 역할을 하게 되는 것들이다. 예술가의 창작 열정 등은 후자에 속한다.

---

1) 캘빈 S. 홀 외, 『융 심리학 입문』, 최현 역(서울 : 범우사, 1991), 55쪽.

김동인의 「약한 자의 슬픔」(1919)에는 '기름자'라는 말이 8번이나 나온다. 여기에 나오는 '그림자'의 의미에는 무의식적 측면에 있는 '나'의 분신 외에, 환상이나 반동 형성[2])의 의미도 포함되어 있다. 남작의 집에서 아이들 가정 교사를 하는 엘리자베트는 이환을 마음 속으로 좋아한다. 그러나 이환은 학교 가는 길목에서 지나쳐도 말을 건네는 법이 없다. 그래서 그녀는 친구 혜숙에게 이환을 좋게 생각한다는 말을 털어 놓는다. 그러던 어느 날 혜숙의 집에 가 보니 혜숙이 S와 함께 맞으면서, S가 이환의 사촌 동생이라고 소개한다. 엘리자베드는 속으로는 좋으면서도 겉으로는 내색하지 않는다. S에게서 이환의 소식과 이환이 자신을 사랑한다더라는 말을 듣고 싶었지만 그녀의 페르조나는 그것을 강력히 억제한다. 그러면서 친구들에게는 '기하 숙제를 하자'며 속마음과는 다른 말이 튀어나온다. 친구들이 그 숙제는 이미 하지 않았냐고 하자, 그녀는 당황하여 쏜살같이 집으로 돌아온다. 그리고 집에 돌아와서는 왜 S에게 이환을 소개시켜 달라고 하지 않았는가 하면서 심란해 한다. 그 일로 엘리자베트는 마음이 싱숭생숭하였다. 그래서 남작이 저녁 식사를 하면서 밤 두 시에나 돌아오겠다 하기에 자리를 펴고 전나체가 되어 드러누웠다. 그런데 한참 잠을 자다 보니 남작이 자신을 깨운다. 남작이 그녀를 들여다 보고 있는 것이었다. 그러자 그녀의 입에서는 엉뚱한 말이 튀어나온다. "부인이 아시면?" 그러면서 그녀는 속으로는 고함을 치지만 행동은 '별한 웃음 ― 애걸하는 웃음 ― 거러지의 웃음'을 웃으면서 돌아눕는다. 그리고 남작이 불을 끄자 정신이 아득하여지고 만다.

이러한 행동이 나오는 것은 엘리자베트가 평소에 페르조나에만 익숙해 있었기 때문이다. 학교에서는 모범생이었고, 교회의 유년주일학교에서는

---

2) S. 프로이트 외, 『프로이트 심리학 해설』, 설영환 역(서울 : 선영사, 1991), 300쪽.
　　잔인성을 숨기기 위해서 다정함을, 완고함을 누르기 위해서 순종함을, 불결을
　　나타내지 않기 위해서 청결을 강조하는 것과 같이 무의식에 숨어 있는 생각과
　　는 반대로 드러내는 자기 방어의 메카니즘이다.

교사였다. 이와 같이 순진한 엘리자베트는 남작에 의해서 쉽게 무너지고 만다. 그리하여 남작이 찾아오지 않으면 질투심이 일어나고, 자신이 사교계의 꽃이 되어 차를 타고 가는데 이환이 거지꼴로 차에 치이는 공상도 한다. 그러나 그녀는 남작의 아이를 임신한 후 남작의 집에서 나와 오촌모의 집으로 간다. 그리고 오촌모에게 그간의 사정을 이야기한 후 재판하겠다는 말을 꺼낸다. 그리고 오촌모의 반대에도 불구하고 남작에게 소송을 건다. 하지만 재판에서 증거가 없어 허황하다는 판결을 받아 패소하고 만다. 그녀는 집으로 돌아와 여러 가지 환상을 본다. 김동인은 이 환상을 '기름자'(그림자)로 표현해 놓았다. 분석 심리학에서 말하는 그림자 현상은 엘리자베트가 강자가 되기를 소망하면서 반성하는 대목에서 나온다.

> 1) 이후 사람을 경계할 만한 내 사적! 곧 '표본'! 표본 생활 이십 년…… 아……! 그러니 이것도 내가 표본이 되려서 되었나? 되기 싫어서도 되었지. 헛데로 돌아간 이십 년, 쓸데없는 이십 년, '나'를 모르고 산―이십 년, 남에게 깔리어 산―이십 년. 그동안에 번 것은? 표본! 그동안에 한 일은? 표본!'
>
> — 김동인, 「약한 자의 슬픔」에서

> 2) 자기의 아직까지 한 일 가운데서 하나라도 자기게서 나온 것이 어디 있느냐? 반동 안 입고 한 일이 어디 있느냐? 남작 집에서 나온 것도 필경은 부인이 좀더 있으라는 반동에서 나온 것이 아니냐? 병원 안에 들어간 것도 필경은 집으로 돌아올 전차가 안 보임에 있지 않으냐? 병원으로 향한 것도 그렇다. 재판을 시작한 것은? 오촌모가 말리는 반동을 받았다. 모―든 일이 다― 그렇다!
> "이십세기 사람이 다― 그렇다!"
>
> — 김동인, 「약한 자의 슬픔」에서

1)의 예문은 엘리자베트가 그림자를 모르고 페르조나에만 익숙해서 살아온 자신의 삶을 반성하는 내용이고, 2)의 예문은 자신의 속마음과는 반대

로 말한 반동 형성3)에 해당한다. 엘리자베트가 자신의 그림자 현상을 평소에 인지하고 있었더라면 남작으로부터의 유혹을 물리칠 수 있었을 것이다. 그러나 그녀는 남작 집이나 친구들 앞에서 페르조나(다른 사람에게 보이기 위한 가면적 인격)에만 익숙해 있어, 자신의 그림자에서 생긴 욕망을 다스리지 못하였다. 그렇기 때문에 한편으로는 임신한 사실을 매우 수치스러워 하면서 옛날의 순수했던 시절로 돌아가고 싶어 하면서도, 다른 한편으로는 자신이 좋아했던 이환이 거지 꼴이 되어 자신이 타고 가는 자동차에 치이고 자신의 조선 사교계의 꽃이 되는 꿈을 꾸기도 하는 것이다. 따라서 엘리자베트가 마지막에 가서 강자가 되기를 소망하는 것은 자신 뿐만 아니라 모든 사람에게 그림자 현상을 알아 강자가 되라는 메시지도 포함하고 있는 것이다. 불과 스무 살의 나이에 오늘날의 심리학 용어로 따지면 페르조나·그림자·반동 형성에 해당하는 인간 심리를 그려냈다는 것이 놀랍다. 이는 그가 평소에 '인생 문제 제시'를 내세우면서 삶을 있는 그대로 그려 놓고 그 판단은 독자에게 맡기는 창작 태도와 그의 인간 심리를 꿰뚫어 보는 유전적 요인과 체험이 인과율적으로 작용하여 된 결과인 듯하다.

김동인의 「포플라」(1930. 1, 원제 「아라삿버들」)는 정신에 있는 페르조나(남에게 보이기 위한 가면적 인격)와 그림자(의식의 뒷면에 있는 '나'의 어두운 면)를 잘 보여 주는 작품이다. 최서방은 마흔두 살의 김 장의네 집 머슴이다. 그는 부지런하고 솔직하였다. 그는 소와 같이 일하였고, 말없이 일하였다. 일이 없을 때는 뜰을 쓸었다. 그러고도 일이 없으면 뜰의 돌을 주웠다. 그래도 그냥 일이 없으면, 추녀 끝 토방 아래, 담장 모퉁이의 거미줄까지 없이 하였다. 잠시도 쉬는 때가 없었고 할 일이 없으면 그는 일부러 일을 만들었다. 그리하여 최서방이 들어온 뒤부터는 김 장의의 집은 깨끗

---

3) 프로이트 외, 전게서, 300쪽. 반동 형성은 전형적인 자기 방어의 메커니즘이다. 이것은 이를테면 증오와 같은 의식에 올려 놓으면 위험한 욕동 에너지를 억압해 두기 위해서 그 반대의 것, 즉 이 경우는 애정을 과도로 강조하여 자아를 위험으로부터 지키는 메커니즘이다.

하기 한이 없었다. 봄에 최 서방은 버드나무를 한 가지 얻어다가 자기 방 앞에 심었다. 그리고 매일 물을 주고 정성껏 돌보았다. 그러자 순 끝에서 노란 진이 돌며 벌려지기 시작하였다. 해가 바뀌자 새끼 버드나무까지 뻗어 자라기 시작했다. 그리하여 큰 나무 아래 새끼 버드나무가 너덧 개 둘러 있었다. 이를 본 김 장의가 "임자두 장가를 들어 저런 새끼들을 보아야 하지 않나." 하고 입을 열었다. 거기다가 장가 가고 싶으면 주선해 주겠다는 말도 잊지 않았다. 그 날 밤부터 최서방은 흥분되었다. 사십 년 동안을 숨어 있던 성욕이 한꺼번에 터져 올랐다. 그리하여 최 서방은 김 장의가 하던 말의 뒤끝이 나오기를 기다렸다. 그러나 김 장의는 거기 대한 아무 말이 없었다. 그 뒤 최서방은 여러 번 주인에게 "버드나무 새끼가 한 자나 됐지요." 하고 채근하여 보았다. 그러나 김 장의는 그 말뜻을 알아 듣지 못하였다. 그러자 그는 낮과 밤이 다른 생활을 하게 되었다.

> 낮에는 그는 천연하였다. 정직하고 부지런하고 정돈을 좋아하는 그의 성격에는 조금도 흔들림이 없었다.
> 그러나 낮을 지배하는 신경과 밤을 지배하는 신경은 확실히 달랐다. 밤만 되면은 그의 마음은 흥분되며 온몸은 학질들린 사람같이 떨리고 하였다. 잠깐 새에 그의 성욕에 대한 지식은 놀랄 만치 많아졌다. 그는 별별 기괴한 환상을 마음속에 그려보고는 흥분되어 정신을 못 차리고 그 자리에 쓰러지고 하였다.
> — 김동인, 「포플라」에서[4]

최 서방은 밤만 되면 멱을 감는 계집애를 욕보이고 죽인다. 그러나 그는 낮이 되면 밤에 한 일을 모른다. 낮에는 부지런히 일하였다. 그러나 여자들이 겁간을 당하는 일이 밤만 되면 계속 일어났다. 그러나 동네 사람들은 최서방만은 의심하지 않았다. 정직하고 부지런하고 천진하였던 최 서방이 그런 일을 하리라고는 아무도 생각 못하였다. 더구나 김 장의네 최 서방은

---

4) 김동인, 「포플라」, 『김동인전집』 2권(서울 : 조선일보사, 1988), 127쪽.

그 근방 일대에서는 정직함으로 소문난 사람이었다. 어느 날 그는 어떤 집 처녀의 방에 뛰어들어갔다가 그곳에서 붙들리었다. 세상 사람들은 최서방의 가면에 모두 입을 벌렸다. 그리하여 그는 마흔다섯 살의 나이로 사형대 위의 이슬로 사라졌다.

페르조나와 그림자 현상이 잘 드러난 작품이다. 최서방이 낮에 한 일은 남에게 보이는 데 익숙한 가면적 인격이다. 그리고 밤에 한 일은 의식의 뒤에 가려 있는 그림자이다. 그림자는 동물적 본성을 많이 포함하고 있고 긍정적인 면과 부정적인 면이 있지만, 최서방의 그림자는 부정적인 면에 해당한다.

3. 숨은 오이디푸스 콤플렉스

오이디푸스는 소포클레스의 『오이디푸스王』에 나오는 인물이다. 그는 자신의 부모 얼굴을 알지도 못하는 나이에 인적이 없는 산비탈에 버려진 다. 그것은 라이오스왕과 왕비가 자신들의 몸에서 태어난 아들이 아버지를 죽이고 어머니와 결혼하여 왕이 될 것이라는 신탁을 받고 불안했기 때문이었다. 그런데 버려진 아이는 코린토스의 폴류보스 왕의 양아들이 되어 훌륭한 사나이로 일컬어지게 된다. 그리고 자신의 출생 비밀을 알기 위해 신탁을 받던 중, 자신이 어머니와 결혼하여 애를 낳고 아버지를 죽인다는 얘기를 듣게 된다. 오이디푸스는 이 신탁에서 예정된 운명을 피하기 위해 폴류보스 왕의 곁을 떠나 길을 가던 중 마차를 타고 가는 사람과 시비가 붙어 마차 안의 노인의 머리를 쳐 죽이게 된다. 그리고 테바이로 들어가는 길목에서 사람들을 괴롭히는 스핑크스의 수수께끼를 풀어 스핑크스를 제거하고자 하는 이오카스테 왕비의 소원을 들어 주고 그녀의 남편이 되어 나라를 다스린다. 그런데 나라에 염병과 폐허 등의 재앙이 내려 온 나라가 고난을 당하자, 예언자 테이레시아스 등은 그 원인이 왕의 아들이 어머니와 결혼하여 차마 볼 수 없는 애를 낳고 자신을 낳은 아버지를 죽인 데에 있다고 말한다. 그리하여 그 아버지 라이오스 왕이 죽었을 때 살아 돌아와 오이디푸스가 왕이 된 것을 보고 멀리 가서 사는 집 종을 통해, 라이오스 왕을 죽인 자가 오이디푸스임이 점차 밝혀진다. 이 사실을 안 오이디푸스는 자신의 눈을 머리핀으로 찌르고 방랑의 길을 떠난다.

프로이트는 이에 바탕을 두고 아버지에게 저항하여 이를 제거하고 자기 어머니에 대한 부자연스런 성적 사랑의 충동을 품는 것을 오이디푸스 콤플렉스(Ödipus Complex)라고 규정지었다. 그래서 어머니와 아이의 관계는 애초부터 성적인 것으로 되어 있다고 본다. 프로이트의 수제자인 랑크(Otto Rank)에 의하면, 어머니의 자궁 속에 있는 태아도 리비도적 성격을 가져 출생 때부터 오이디푸스의 비극은 시작된다.

언젠가 A의 집에 집들이를 갔을 때의 일이다. A부부가 서로 너무 닮아 있어 같이 간 친구들이 "꼭 오누이 같다."는 말을 연발하였다. 그것은 남자가 이상적인 여성을 고를 때 자신의 어머니 모습이나 성격을 닮은 여자를 아내로 맞아들이기 때문이다. 왜 그런고 하니 남자는 어머니의 자궁에 있을 때부터 무의식적으로 어머니의 음성이나 성격을 감지하게 된다. 그리고 태어나서 제일 먼저 눈에 띄는 여성이 어머니다. 자라면서 아이는 어머니의 모든 것을 자연스럽게 받아들인다. 그리하여 인간은 성인이 되어서 어머니에게 효도함으로 승화된다.

인간은 보편적으로 자궁회귀본능을 가지고 있다. 아이는 자궁에 있을 때 가장 행복하다. 가만히 있어도 먹여 주고 잠재워 주는 곳이 자궁이다. 그곳은 일을 하지 않아도 먹고 살 수 있었던 에덴 동산과 같은 곳이다. 그래서 인간은 누구나 다 자궁으로 돌아가고 싶은 욕망을 가진다. 자궁에 익숙해 있던 아이는 자라면서 어머니를 이상적인 여성으로 여긴다. 그리하여 어떤 아이는 "나 커서 엄마와 결혼할래.", "나 결혼 안 하고 엄마와 끝까지 살래." 하고 고백하게 된다. 그런데 아이는 자라면서 어머니의 상대로 자신보다 힘이 강하고 능력이 많은 아버지가 있음을 알게 되고, 아버지에 의해 자신의 성기가 위협받을 수도 있다는 거세 콤플렉스를 가지면서 어머니에 대한 애정을 포기하고 효도함으로 승화하게 된다. 남자가 이상적인 여성으로 어머니를 닮은 여성을 택함으로 말미암아 아내는 자연히 어머니의 모습을 닮아 있게 된다. 그리고 남자는 유전적으로 어머니를 닮아 있다. 그래서 부부가 오누이처럼 보이는 것이다. 그러므로 시어머니와 며느리는 서로 닮아 있어 고부간의 갈등을 초래하기도 한다.

　김동인은 첫 아내 김혜인을 그의 이복 형인 김동원으로부터 소개받았다. 김동원은 일찍이 아버지의 소개로 도산 안창호 선생 등과 교유하였으며 이재에도 밝아 고무신 공장을 경영하여 평양 상공회의소 부회장을 역임하였고 당시로는 드문 이층 양옥집에서 살았다. 그는 정부 수립 후에는 용산구에서 국회의원으로 출마하여 국회 부의장까지 역임하였다. 김혜인은 김동원의 가게 옆에서 수산물 도매상을 하던 당시로선 부유한 집안에서 자라나 '평양 제일의 멋쟁이'로 소문나 있었다. 아마도 김동인은 김동원에게 카인 콤플렉스를 느끼고 있었던 것 같다. 그가 문학에 관심을 가지게 된 것도 감옥에 있던 형이 톨스토이의 책을 구입해 넣어 달라는 부탁을 받으면서부터였다. 그것을 계기로 그는 평생 창작을 업으로 하면서 거기서 생긴 자부심으로 살았다. 카인 콤플렉스를 느끼고 있던 형에게서 아내를 소개받아서였는지 그는 6개월 후 신혼 생활의 단꿈을 벗어나 일본으로 유학가서 아끼꼬라는 여성을 사귄다. 그는 귀국해서도 그가 내심 좋아하는 김혜인으로부터 남편 대접을 톡톡히 받기 위하여 일부러 김옥엽 등의 기생들과 유희를 나눈다. 그리하여 언젠가는 그가 사귄 기생 노산홍에게 빠져 있다가 김혜인에게 들키고 만다. 그리하여 김혜인이 산홍이를 만나자고 해서 세 사람이 어떤 일본 요정에서 대면하게 되는데 김동인은 두 사람 사이에서 은근히 남자로서의 쾌감을 만끽하는 것을 볼 수가 있다.

　　그 자리의 혜인은, 연전의 김옥엽이었다. 노산홍은 연전의 황경옥이었다. 산홍이는 얼굴이 벌겋게 되어, 머리를 수그리고 음식조차 마음대로 못 먹었다. 혜인에게 권고를 받고 한두 젓가락씩 떠 보는 뿐이었었다.

혜인의 말괄량이는 거기서도 충분히 발휘되었다. 가장 자기의 소유권을 자랑하듯이 그는 내 곁에서 떠나지를 않았다. 산홍에게 대하여는 별별 내 흉을 다 이야기하며 웃었다. 본시 눕기를 즐겨하는 내가 드러누울 때는 자기의 무릎까지 내게 제공하였다.

"이이는 성질이 강짜가 세니까, 딴 서방을 했다가는 큰일난다."

이런 소리까지 하며 웃었다.

연을 파하고 문밖에 나와서 어떻더냐고 묻는 나의 질문에,

"촌년."

그는 간단히 이렇게 결론하여 버렸다.5)

이러한 장면은 김동인이 자신의 자존심을 높이기 위하여 일부러 아내한테 들킨 것이 아닌가 하는 생각이 들 정도이다. 김동인은 세 여인상을 좋아하였다. 첫째는 지혜있고 현숙한 여성이며, 둘째는 활달하고 명랑한 여성이고, 셋째는 『젊은 그들』에 나오는 '연연이'처럼 남자에게 무조건 순종하는 형이다. 김혜인은 두 번째에 해당하는 인물이었다. 그래서 그는 「배따라기」에서 '그'의 아내를 이러한 유형으로 그리고 있으며, 「무능자의 안해」에서도 남편을 대신해서 지주 역할을 하는 아내를 쾌활한 성격의 소유자로 그려 놓았다. 그런데 이러한 아내가 재산을 정리한 돈을 가지고 가출을 했으니, 여기서 오는 충격은 대단한 것이었다. 그는 이후로 양복을 벗어 버리고 한복만을 즐겨 입었으며, 실어증에 시달리다가 나중에는 아편도 피웠다. 그리고 이 충격을 해소하기 위하여 「광염 소나타」와 「광화사」에서 예술적 정열로 인해 광포한 인물을 등장시킨다. 예술적 정열은 창작으로 돈벌이를 해야 하는 그의 욕망을 반영한 것이며, 광포한 인물은 아내의 가출로 인해서 미칠 것 같은 그의 미칠 것 같은 충격을 발산시킨 것이다. 김동인은 이와 같이 작중 인물의 광기를 통해 그의 정신적 충격을 해소시킬 수 있었다. 그래서 그는 이들 작품을 액자 소설 구조로 전개시켰다. 곧 內話에

---

5) 김동인, 「여인」, 『김동인전집』 7권(서울 : 조선일보사, 1988), 79, 80쪽.

서는 작중 인물로 하여금 광기를 발산시키게 하고, 外話에서는 정서적 안정을 취하는 장치를 갖추어 놓았던 것이다.

　1929년 김동인은 소학교 교사였던 김경애를 아내로 맞이한다. 그녀는 얼굴이 그리 예쁠 것은 없었지만 그의 모친 옥씨처럼 볼이 두툼하였고, 성격도 옥씨와 비슷했던 듯하다. 그는 재혼 후 작가 생활을 전업으로 삼으며 기생과의 유희를 나누던 이전과는 달리 가정에 매우 충실하였다. 비가 온 뒤 가족과 질퍽질퍽한 땅을 디디며 창경원으로 나들이를 갈 때에는 자신이 먼저 땅바닥에 발자국을 내고 나서 자녀들로 하여금 그곳을 디디게 했으며, 자녀들의 연필을 뭉툭하게 깎아 주며 아껴 쓰라는 말도 잊지 않았다. 그러면서 그는 생활비를 벌기 위해 부지런히 작품을 발표하였으며, 어떤 때는 똑같은 작품을 두 군데의 출판사에 보낸 적도 있었다. 그리고 모친 옥씨가 위독하여 평양의 병원에 가 있을 때는 형 김동원에게 가족의 생계를 위해서라며 손을 벌리기도 하였다. 그러나 형이 이 요구를 거절하자 이후로 형의 집을 절대 방문하지 않았다.

　김경애는 별로 예쁜 얼굴이 아니었다. 그런데도 김동인이 재혼 후 가정 생활을 충실히 한 이유는 김경애가 옥씨의 성격을 가지고 있었기 때문이었다. 옥씨는 그가 열여덟 살의 어린 나이에 부친으로부터 막대한 유산을 물려받게 해 준 인물이다. 그는 이 돈으로『창조』1호부터 9호까지의 발간 비용을 대고, 서울에서 패밀리 호텔과 식도원이라는 요정을 오가며 기생과의 유희를 나눌 수도 있었다. 옥씨는 김동인이 결혼할 때에 손톱 크기의 다이아몬드가 박힌 넥타이핀을 선물해서, 김동인은 현금이 없어도 이것을 가지고 요정을 매일 출근할 수 있었다. 그는 패밀리 호텔에서「김연실전」의 제재가 된 여인이 그곳에서 조선의 신여성이라고 자부하면서 여러 남자와 잠자리를 같이 하는 것도 보았다. 이와 같은 부유한 생활은 모친 옥씨의 배려에 의한 것이었다. 그러니 그가 사업에 실패하게 되었을 때 가장 생각 나는 사람은 자신을 한때 부유하게 해 준 옥씨일 수밖에 없었다. 김동인이 김경애와 결혼한 것은 그녀가 옥씨와 여러 면에서 비슷하여 그의 오이디푸스 콤플렉스를 만족시켜 주었기 때문이다.

김동인의 「광염 소나타」에서 성수는 오이디푸스 콤플렉스에 사로잡힌 자이다. 그것은 어머니의 과잉 보호에 의해 형성된 것이다. 남달리 음악적 재능이 출중했던 성수의 아버지는 결혼한 지 얼마 안 되어 세상을 떠나고 만다. 이에 아쉬움을 느낀 성수의 어머니는 남편에게 다하지 못한 애정을 아들에게 쏟아붓는다. 성수가 잠잘 때에는 음악을 들려 주고, 삯바느질을 하는 어려운 살림에도 불구하고 성수에게 일찍부터 풍금과 피아노를 사 준다. 성수는 그 어머니의 자애로움을 잊을 수 없어 음악학교에 진학하는 것을 포기하고 공장에 취직한다. 그런데 어머니가 시름시름 앓기 시작하여 성수가 그동안 저축해 놓은 돈을 다 쓰고도 모자라는 지경이 된다. 어느 날 어머니가 몹시 앓는다는 전갈을 받은 성수는 집으로 달려갔으나 왕진할 의사를 부를 돈이 없다. 그는 무작정 거리로 뛰쳐 나간다. 그런데 담배 가게 유리 상자 위에 돈이 놓여 있다. 그래서 그는 그 돈을 집어 돌아서려 할 때 주인에게 뒷덜미를 잡히고 만다. 그는 어머니가 병환 중에 있으니 잠깐만 시간을 달라고 했으나 주인은 그를 경찰서에 보내고 만다. 몇 개월 후 그가 감옥을 나오니 자신의 집에는 젊은 여자가 살고 있다. 여자에게 물으니 어머니는 그 날 문밖까지 기어나와 신음하다가 세상을 떠났고 사람들이 그녀를 공동묘지에 묻었다고 한다. 그리하여 그는 공동 묘지를 샅샅이 훑었으나 어둠이 깔릴 때까지 찾아다녀도 어머니의 이름은 없다. 그리하여 그는 그가 살았던 동네를 지나다가 담배 가게를 발견하고는 그 옆에 있던 낟가리에다가 불을 질러 버린다. 그리고 그는 언덕 위에 있는 예배당으로 올라가서 피아노를 친다. 그런데 그 옆에는 음악평론가 K씨가 있어 그의 음악적 재능이 자신의 친구 백 아무개를 닮아 있음을 발견하게 된다. 그리고 친구의 아들임을 확인한 K씨는 그를 자신의 집에 데려와 음침한 분위기에서 피아노를 연주하도록 한다. 그런데 성수는 방화를 해야만이 좋은 음악이 나오고, 나중에는 시체에까지 간음하며 살인까지 저지른다.

이러한 행위를 하는 것은 그의 오이디푸스 콤플렉스 때문이다. 그는 어머니에 대한 애정을 막을 만한 대상인 아버지가 부재한 상태에서 자란다. 그런데 그 어머니의 죽음에 임종을 못하였으니 그는 정신적 외상을 받을 수밖에 없다. 그가 음악에 대한 열정을 가지는 것은 어머니로부터 사랑을 받고 싶어서이다. 그런데 그 어머니가 세상에 없다. 그래서 그는 어머니와 사별하게 한 원인이 되었던 담배가게에 불을 지르고 무의식 가운데 피아노를 연주함으로써 어머니와 환상 속에 만난다고 생각한다. 그러니 그 음악은 광적일 수밖에 없다. 나아가 죽은 여자의 시체에 간음함으로써 죽은 어머니와 만나는 착각에 빠진다. 그리고 거기서 어머니에게 들려 주고 싶은 음악을 연주한다. 어릴 적의 오이디푸스 콤플렉스가 병적으로 고착된 것이다.

김동인의 「광화사」도 마찬가지이다. 솔거는 추남 콤플렉스에 빠진 사람이다. 두 번의 결혼을 했으나 상대 여성은 솔거의 얼굴이 너무 못 생겨서 살 수 없다며 빌다시피 해서 친정으로 가고 만다. 그는 미술에 대한 열정으로 자신의 콤플렉스를 극복하려 한다. 그래서 아내로서의 미녀상을 그려서 주변의 남성들에게 자랑하리라 마음먹는다. 그러나 그는 미녀가 될 만한 소재를 구하러 다니지만 마땅한 대상을 찾지 못한다. 그러다가 그는 문득 희세의 미녀였던 어머니의 얼굴을 떠올린다. 하지만 너무 어릴 적에 보았던 모습이라 잘 떠오르지 않는다. 그는 미녀의 얼굴을 그리지 못한 채 세월을 보내던 중 어머니와 얼굴 표정이 비슷한 소경 처녀를 발견하여 그의 오두막으로 데리고 와 그리기 시작한다. 그러나 날이 어두워지는 관계로 그는 다음 날 그리기로 한 후 그 처녀와 잠자리를 같이 한다. 그런데 다음 날 소경 처녀는 전날의 동경과 애수에 찬 표정이 아닌 육욕에 찬 표정으로 변한다. 솔거는 용궁의 문설주를 얘기해 주며 전날의 표정을 가져 보라고 하지만 처녀의 표정은 변할 줄을 모른다. 그래서 답답한 솔거는 처녀의 목을 쥐어잡고 흔들자 처녀가 그만 죽어 버린다. 그가 손을 놓자 처녀의 머리가 벼루에 가 부딪쳐 먹물이 튀고, 그 먹물은 그림으로 튀어 원망의 눈동자가 그려진다. 그 후 솔거는 그 그림의 족자를 만들어 품에 넣고 다니면서 남이 보여 달라고 해도 보여 주지 않다가, 어느 눈보라가 심하게 불던 날 그것을 품에 안은 채 죽고 만다.

여기서 솔거가 아내로서의 미녀상에 얼굴을 그리지 못한 이유는 무엇인가. 우선 오이디푸스 콤플렉스를 생각해 볼 수 있다. 그는 아내로서의 미녀상에 희세의 미녀로서의 어머니가 그려질까 봐 얼굴을 못 그렸다고 볼 수 있다. 그리고 소경 처녀가 죽은 후 원망의 눈동자가 그려진 것도 어머니가 자신이 아닌 다른 여자의 얼굴을 그리려 하자 원망하고 있는 것이라고 그 자신이 생각했기 때문이다. 이는 솔거가 얼마나 오이디푸스 콤플렉스에 사로잡혀 있는가를 보여 준다.

김동인이 이와 같이 오이디푸스 콤플렉스를 잘 묘사할 수 있었던 것은 그 자신이 이 체험을 겪었기 때문이다. 자전적 소설격인 「가신 어머님」 등에서 서술자는 병환중의 어머니에 대한 효성을 다한다. 이는 오이디푸스 콤플렉스가 효성으로 승화된 모습이다. 그 어머니는 아버지로부터 막대한 유산을 물려받게 한 장본인이다. 그는 인생의 전반기에는 매우 유복한 생활을 했으나 가산을 탕진한 후로는 경제적으로 매우 쪼달린 생활을 했다. 그때 그는 과거에 유복한 생활을 하게 해 준 어머니를 더욱 절실하게 생각하지 않을 수 없었을 것이다. 이것이 심하면 퇴행(정신적 충격을 받은 경우 과거의 행복했던 시절을 기억해 내고는 그 시절에 사는 것처럼 행동함)이나 어머니에의 고착(장성해서도 어머니 앞에서의 어린 아이처럼 행동함)으로 나타나나, 그는 이를 효심으로 승화시켰다. 그가 오이디푸스 콤플렉스를 잘 그려낼 수 있었던 것은 자신이 오이디푸스 콤플렉스를 극복했기 때문이 아닐까.

4. 카인 콤플렉스

야사에 의하면 고려 때 정지상은 김부식과 동향에서 태어났다. 그는 시를 잘 지었고, 김부식은 산문을 잘 썼다. 이런 일도 있었다. 고려 때의 인사고과에는 시창작도 반영되었다. 그래서 김부식은 정지상에게 그가 쓴 시를 자신이 쓴 것으로 해 줄 수 없느냐는 부탁을 하였다. 정지상이 단호히 거절하자 이에 앙심을 품었는지 그가 묘청의 난을 정벌하고 나서 정지상이 묘청의 난과 관련되었다 해서 극형에 처한다. 정지상은 묘청의 난이 일어나기 훨씬 전에 여행 삼아 서경(묘청의 난이 일어났던 곳)을 다녀왔을 뿐이었다. 정지상의 「送人」이란 시는 조선조에 중국에서 온 사신들을 평양의 부벽루에 초대할 때에 그곳에 걸어 두었을 정도로 뛰어난 작품이다. 이러한 인재를 김부식은 왜 죽였을까. 그것은 김부식이 정지상에게 카인 콤플렉스를 느꼈기 때문이다. 카인 콤플렉스는 형제간에 느끼는 질투심이다.

창세기에 보면 가인과 아벨이 나온다. 가인은 농사를 지었고, 아벨은 목축을 했다. 가을이 되면 그들은 야훼께 제사를 드렸다. 가인은 곡식으로, 아벨은 양으로. 그런데 아벨의 제사는 야훼께서 불로 태워 받았지만, 가인의 제사는 받지 않았다. 야훼는 아벨이 정성을 들여 제사를 드렸지만 가인은 정성이 없었다고 본 것이다. 이로 인해 가인은 야훼로부터 사랑을 덜 받음을 서운하게 생각하여 아벨을 돌로 쳐 죽인다. 이에 바탕하여 형제간의 질투심, 자신과 처지가 비슷한 사람간에 느끼는 질투심을 카인 콤플렉스라고 부른다.

김동인은 카인 콤플렉스에 익숙해 있는 작가이다. 그는 특히 이복형 김동원, 같은 고향 출신의 주요한, 당시 청춘 남녀들에게 인기가 있었던 이광수에게 카인 콤플렉스를 느끼고 있었다. 김동원은 아버지 김대윤으로부터 물려 받은 재산을 잘 관리하고 이재에 밝았다. 그리고 김대윤의 소개에 의하여 도산 안창호 등 민족 지사들과 교유하였다. 그리하여 고무신 공장을 운영하며 평양 상공회의소 부회장을 역임하였으며, 당시로선 드물었던 이층 양옥집에서 살았다. 광복 후에는 용산구에서 국회의원으로 출마하여 국회 부의장을 지낸 바도 있다. 이에 비해 김동인은 기생과의 유희에 빠져 재산을 아내인 김혜인이 관리하였다. 그는 토끼관개사업을 하였으나 감독 나온 일본인 관리와의 불화가 원인이 되어 거의 다 날릴 지경이 되었다.

그는 부친으로부터 물려 받은 재산을 자신의 손으로 남한테 넘길 수는 없었다. 그래서 그는 아내한테 재산을 정리하라라고 하고는 평양의 보통강으로 어죽놀이를 다닌다. 그 사이에 아내는 일본으로 재산을 정리한 돈을 가지고 도망가 버린다. 결국 김동인은 파산하고 만다. 이는 이재에 밝은 김동원에 대한 카인 콤플렉스를 느끼게 한다. 그는 재혼 후 오로지 창작만으로 돈벌이를 한다. 한때 어머니 옥씨에 대한 병 간호로 집에 보낼 생활비가 없던 그는 김동원에게 손을 벌리나 김동원은 고개를 가로젓는다. 그 후로 김동인은 형의 집을 방문한 적이 없다.

김동인은 주요한과 고향이 같아 매우 친했다. 그는 주요한이 일본으로 유학을 가자 자신도 유학의 길을 떠난다. 그리고 주요한이 다니는 학교에 후배로 들어갈 수 없다 하여 다른 학교에 다닌다. 그리고 주요한이 일본의 문학 잡지에 글을 발표하곤 하자 그는 『창조』의 발간 비용을 대고는 「약한 자의 슬픔」(1919) 등의 소설을 발표한다. 그가 문학에 창작 의욕을 가지게 된 것도 주요한에 대한 카인 콤플렉스를 느꼈기 때문이다.

김동인은 이광수에 대해서도 카인 콤플렉스를 느꼈다. 이광수는 「개척자」·『무정』·『유정』·『사랑』 등에서 자유 연애를 제창하여 당시의 청춘 남녀들로부터 대단한 인기를 누리고 있었다. 심지어 그의 작품이 실린 동아일보를 보기 위하여 대낮부터 서성이는 사람도 많았다. 이에 카인 콤플렉스를 느낀 김동인은 「김연실전」을 통해 자유 연애를 주장하며 무절제한 생활을 하는 신여성을 비판하는 작품을 썼으며, 『춘원 연구』를 통해서 이광수 소설의 문제점을 낱낱이 지적하였다.

김동인은 「배따라기」를 통하여 카인 콤플렉스를 직접적으로 그려 놓기도 하였다. 조그마한 어촌에 사는 '그'와 아우는 둘 다 용모도 잘 생기고, 배따라기도 잘 하였다. 말하자면 카인 콤플렉스를 느끼기에 충분한 조건이다. 그래서 그는 아내를 사이에 두고 카인 콤플렉스를 느낀다. 아내는 성격이 쾌활하여 마을 청년들과 아우에게 웃는 낯으로 잘 대해 주는데, 그는 아내의 이러한 행동을 매우 못마땅하게 여긴다. 한 번은 아내가 그가 나중에 먹으려고 아껴 두었던 음식을 아우에게 줘 버리자, 아내가 자신의 발끝을 스친 것을 기회로 해서 자신의 발을 밟았다며 마구 때린다. 아우가 자신 때문에 '그'의 부부가 다투는 것이 민망했던지 읍내에 가서 며칠 동안 집에 돌아오지 않자, 아내는 남편이 아우가 집을 나가 있는데도 형이 가만히 있느냐고 따진다. 그러자 그는 왜 그런 일에 간섭하냐며 마구 때린다. 아내는 참다 못하여 아우네 집에 가서 밤새도록 제수와 웃으면서 보낸다. 그러자 그는 식칼을 들고 아내를 죽이러 가겠다고 벼른다. 그런데 방문을 열자 아내는 묵묵히 서 있다. 그는 그것이 너무도 고마워서 아내를 데리고 들어와 방안에서 그녀를 안고 뒹군다. 명절이 가까워 오는 어느날 아내는 그에게 장에 가서 거울을 하나 사 달라고 부탁한다. 그는 장에 가서 거울을 산 후 평소에 좋아하는 술도 안 마시고 서둘러 집에 돌아온다. 그런데 방안에는 상이 차려져 있고 아내는 옷고름이 뜯어지고 아우는 배를 내놓은 채 놀란 눈으로 자신을 바라보고 있지 않은가. 아우는 쥐를 잡다가 그렇게 되었다고 변명했지만, 그는 분이 넘쳐 그들을 마구 두들겨 패서 내보낸다. 저녁이 되어 그가 불을 켜려고 성냥을 찾자 새앙쥐 한 마리가 짐 밑에서 나와 달아난다. 그는 그제야 아우의 말이 사실임을 알게 되고, 아내가 들어오기를 기다린다. 그러나 아내는 바다에 몸을 던져 몸이 퉁퉁 불은 채 시체로 집에 돌아온다. 아내가 바다에 몸을 던진 것은 자기 몸을 상하게 하여 남한테 충격을 주려는 '개자추 콤플렉스'에 해당한다. 아우는 형수의 장례가 끝난 후 집을 나가버린다. 그 역시 가만히 있을 수가 없어 배따라기 소리가 있는 곳을 다니며 아우를 찾아나서지만, 결코 아우를 만날 수가 없다. 한 번은 흑산도 앞바다를 지나던 중 배가 파선하여 정신을 잃었는데, 눈을 떠 보니 바닷가에서 아우가 불을 피워 놓고 그를 내려다보고 있다. 그는 너무도 반가워 무슨 말인가를 하려고 하지만 그만 다시 잠에 떨어진다. 잠에서 깨어나자 이미 아우는 그 자리를 떠나고 없다. 그리하여 그는 아우를 찾아 방랑의 길을 계속한다. 그는 주로 물길을 따라가며 배따라기 소리를 찾아나선다. 물은 淨化를 상징한다. 그는 그 물의 상징 의미와 같이 아우에게 용서를 빎으로써 속죄를 하려고 한다. 그러나 그는 아우를 끝내 만나지 못한다. 이는 속죄의 길을 걷는 인간 모두의 삶을 반영한 것이기도 한다. 그에게 주어진 인간 속성은 사랑과 질투라는 양가 감정과 카인 콤플렉스이다.

5. 개인 무의식

자아에서 인정되지 않은 경험은 정신에서 소멸되지 않는다. 경험된 것이 소멸되는 일은 없기 때문이다. 자아에 의해 인정되지 않는 경험은 융이 '개인 무의식'이라고 부른 곳에 저장된다. 정신의 이 수준은 자아에 인접해 있다. 개인 무의식은 의식적인 개성화나 기능과 조화되지 않은 모든 정신적 활동과 내용을 받아들이는 저장소다. 또는 괴로운 생각, 미해결된 문제, 개인적인 갈등, 도덕적인 문제 등과 같이 일단은 의식적 경험이었으나 여러 가지 이유로 억압되어 방치된 것도 있다. 개인 무의식은 정교한 자료 정리 시스템이나 기억 은행과 같은 것이다. 경험할 당시에 거의 또는 전혀 흥미가 없는 것을 배우거나 관찰할 경우가 있다. 그러나 몇 해가 지나 그것이 유용하게 되면 개인 무의식에서 호출된다. 개인 무의식의 흥미있는 하나의 중요한 특징은, 一群의 내용이 모여 하나의 집단을 형성하기도 한다는 것이다. 융은 그것을 '콤플렉스'라고 부른다.6)

김동인의 「김연실전」에 보면 무절제한 성생활을 하는 '연실'이 나온다. 연실은 자신의 행동을 자유 연애라고 착각하고 있으며, 일본으로 유학가서 신학문을 배우면서도 잘못된 연애관에서 한 발짝도 벗어나지를 못한다. 그녀는 자신이 자유 연애의 선봉에 선 조선의 신여성이라고 자부하지만, 그녀는 자신의 편협한 가치관을 깨트리지 못한다. 그녀의 선배 최명애와의 대화를 살펴보자.

---

6) 캘빈 S. 홀 외, 『융 심리학 입문』(서울 : 범우사, 1991), 44, 45쪽.

　　"청년 남녀 누구가 연애를 안하겠니마는 신성한 연애를 해야 한다."
　　"언니. 어떤 게 신성한 연애유?"
　　연실이는 드디어 물었다.
　　"애두. 그럼 너 지금껏 뭘 했니. 남녀가 육교를 하지 않고 사람만 하는
게 신성한 연애지. 말하자면 서루 마음과 마음이 통해서 사랑하구 사랑
받구 하는 게 신성한 연애가 아니냐."
　　이것은 연실에게는 새로운 지식인 동시에 이해하기 어려운 일이었다.[7]
— 김동인, 「김연실전」에서

　　연실은 마음이 서로 통하지 않는 육체적인 관계도 자유 연애라고 착각하
고 있다. 이는 그녀가 성 콤플렉스에 걸려 있기 때문이다.

　　그녀는 김영찰의 소실(退妓)의 소생이다. 그런데 그보다 석 달 뒤에 그녀
의 남동생이 태어났다. 그래서 그녀의 어머니는 구박이 심하였다. 한 번은
청결날 어머니한테 밤낮 돌아다닌다고 소리를 들었다. 그리고 어머니한테
대들다가 심하게 얻어 맞아 대성통곡을 하고 첩과 함께 사는 아버지한테
간다. 그 날 밤 연실은 아버지의 작은 댁에서 잤다. 아버지는 연실을 재운
뒤에 술상을 들여오게 하고 젊은 애첩과 온갖 추태를 다 연출하였다. 그러
나 연실은 잠이 오지 않아 그 추태를 다 들을 수 있었다.

　　"김동아, 아가, 무얼 주련."
　　"나 보*"
　　"너의 본댁으로 가려무나."
　　"늙은 건 싫어."
　　여느 때는 제법 점잔을 뽑는 중늙은이가 어린 첩에게 어리광을 부리며
엎치락뒤치락하는 그 꼬락서니는 정시치 못할 일이었다.[8]
— 김동인, 「김연실전」에서

---

　7) 김동인, 「김연실전」, 『김동인전집』 4권(서울 : 조선일보사, 1988), 42쪽.
　8) 김동인, 「김연실전」, 상게서, 21쪽.

그 후 연실은 아무하고나 성관계를 맺는다. 그것은 자신의 개인 무의식에 어릴 적 충격적 경험에서 얻는 성 콤플렉스가 잠재해 있기 때문이다.

6. 아니마의 가치

융은 페르조나를 정신의 '외면'이라고 불렀다. 그것은 세계를 향한 얼굴이기 때문이다. 그리고 그는 정신의 '내면'에 대하여 남자의 경우에는 '아니마', 여자의 경우에는 '아니무스'라고 불렀다. 아니마의 태고유형[9]은 남성 정신의 여성적 측면이고, 아니무스의 태고유형은 여성 정신의 남성적 측면이다. 모든 인간은 남녀를 막론하고 남성 호르몬과 여성 호르몬을 분비한다는 생물학적 의미에 있어서뿐만 아니라, 태도나 감정 등의 심리학적 의미에서도 異性의 성질을 갖고 있다.[10]

심리학자 뷔이텐지이크에 의하면 정상적인 남자는 51% 남성적이며, 정상적인 여자는 51% 여성적이다.[11] 이를 달리 표현하면 정상적인 남자는 49%의 아니마를, 정상적인 여자는 49%의 아니무스를 가지고 있다는 말이다. 이를 응용하여 바슐라르는 여자의 아니무스가 투사한 이상적 남자와 남자의 아니마가 투사한 이상적인 여자는 현실의 장애를 뛰어넘을 수 있는 결합력을 가지며, 그 이상형 속에서 사람들은 서로 사랑한다[12]고 본다. 그는 또 남자에게서 여자에게로, 여자에게서 남자에게로 가는 데에는 아니마의 소통이 있으며, 몽상은 아니마의 자유로운 확장[13]이라고 말한다. 그에

---

9) 캘빈 S. 홀 외,『융 심리학 입문』, 최현 역(서울 : 범우사, 1991), 52쪽. 집단 무의식
   의 여러 가지 내용은 태고유형(archetype)이라 불린다. 태고유형이라는 용어는
   다른 同類의 것들이 그에 기초를 두고 모조되는 原 모델을 의미하고 있다. 그
   동의어는 原形(prototype)이다.

10) 상게서, 59쪽.

11) 가스똥 바슐라르,『몽상의 시학』, 김현 역(서울 : 홍성사, 1978), 72쪽.

12) 상게서, 87쪽.

13) 상게서 80, 101쪽.

의하면 '몽상은 아니마라는 기호 속에 있으며'14), 이상으로 나아가는 몽상
은 아니마의 현상학이며, 아니마의 시학이다.

 그럼 김동인이 생각하는 아니마나 '몽상'은 무엇이었을까. 김동인의 아
니마를 제일 처음 만족시킨 대상은 메리였다. 그녀는 김동인이 동경의 백
금대정 일대에서 하숙하던 시절에 이웃에 살던 외국인이었다. 그녀의 아버
지는 일본 사내와 서양 여자의 새에 난 혼혈인이며, 그의 어머니는 영국
사람이었다. 김동인은 저녁 식사 후 운동을 한다는 핑계를 대고 하숙집 옥
상에 올라가 망원경으로 '양식 도금을 한 일본집'을 내려다 보았다. 거기에
는 메리의 가족들이 식사를 하고 있었다. 메리와 그녀의 오빠 아더, 그리고
그들의 부모가 그들 가족 전부였다. 처음에 김동인은 메리의 이름을 아더
로 착각하였다. 왜냐하면 그녀의 어머니가 그들 집에서 '아더'를 부르는 소
리를 많이 들었기 때문이다. 그래서 그는 그의 영어책에다가 온통 '아더'라
는 글씨를 가득채워 놓았다. 나중에야 그는 그녀의 이름이 메리임을 알게
되었다. 그 뒤에 그는 새로운 교과서에 온통 메리라는 글자가 아더라는 글
자보다도 더 많은 수효로 쓰이었다. 어느 날 야구 연습을 하고 있던 그는
등 뒤에서 소녀의 영어 소리를 들었다. 거기 정신이 팔린 순간 그는 날아오
는 볼을 그만 놓쳐 버렸다. 힐끔 돌아보니 메리가 그 볼을 받아 가지고 어
디로 보낼지 망설이고 있었다. 그는 본능적으로 손을 앞으로 향하였지만,
눈이 아득하여져 버렸다. 메리가 던진 볼이 그의 얼굴을 정통으로 때린 것
이었다. 꺼른꺼른한 코피가 손바닥에 고였다. "어머나. 용서하세요." 뛰어
오는 발소리와 함께 메리의 아름다운 소리가 들렸지만, 그는 이유 없이 그
녀의 손을 뿌리치고 그의 하숙집으로 뛰어 올라갔다. 김동인은 이렇게 해
서 메리와 인연을 맺을 좋은 기회를 놓치고 만다. 그는 메리와(그가 동경
올 때에 타고 온) '고려환'보다도 몇 곱이나 큰 배를 타고 대서양을 건너는
꿈을 꾸곤 했다. 곧 메리는 그의 첫사랑이었다. 그러나 크리스마스가 가까

---

 14) 상계서, 74쪽.

운 어느 날 아침 아령 운동을 하러 나갔던 그는 메리네 집 이층 창문이 안 열린 것을 보았다. 그 뒤로 새 학기가 되어도 그녀는 돌아오지 않았다. 그는 삼학년 교과서에 죄다 메리의 이름을 적어 놓았다. 사랑하는 이를 놓친 안타까움에 무고 결석의 수효도 많아지고 병석에 들어눕기도 하였다. 그때의 아픔을 김동인은 다음과 같이 적어 놓았다.

> 소년의 꿈은 무참히도 깨어져 버렸다. 그리고, 그 받은 상처는 컸다. 이래 십수 년, 많은 여인을 보고, 많은 연애할 기회를 가졌었지만(다만 한 번의 예외를 제외하고는) 유희 기분이 안 섞인 눈으로 그들을 바라보지 않는 일이 없는 것은 모두가 그때의 그 영향의 지속이었었다. 말없고 음울하던 소년이, 죽을 힘을 다하여 자기의 성격을 쾌활하고 만사태평한 청년으로 변케 한 것도 그때의 그 상처의 아픔을 재현할 기회를 없이하기 위하여서였었다.
> 이렇듯, 나의 일생에 커다란 영향을 준, 빛나는 금발과 투명되는 피부의 소유자 메리는 나의 생애에는 영구히 잊지 못할 꿈과 같은 심볼이다.[15)]

김동인의 「수정 비둘기」에는 매우 아름다운 눈을 가진 소녀와 폐결핵으로 죽어가는 남자의 얘기가 나오는데, 이는 메리를 잃은 실연의 아픔으로 병석에 누웠었던 체험이 반영된 듯하다. 곧 「수정 비둘기」는 김동인의 아니마가 반영된 것이다.

7. 사디즘

1929년 이후(그는 1927년 이후 당분간 소설을 쓰지 않았다.) 나온 김동인의 소설에는 광기나 사디즘이 심한 작중 인물이 많이 나온다.

『해는 지평선에』(1933. 5. 14)에서 주인공 현수와 왕은 강한 사디즘을 보이

---

15) 김동인, 「여인」, 『김동인전집』 7권(서울 : 조선일보사, 1988), 20쪽.

는 인물이다. 현수는 왕이 사랑하던 왕비를 잃고 나서 정사를 그르치자, 王弟
인 지명공을 옹립하고자 하는 거사를 계획한다. 그런데 지명공의 궁녀였던
관약이 신분을 숨기고 신출귀몰한 행동을 보이자, 그는 밤만 되면 살인을 저
지르는 사디즘적 행동을 보인다. 왕 역시 사디즘적인 행동을 보인다.

> 세상 만사에 무관심한 왕이었다. 여인이며 더구나 미녀에게 무관심한
> 왕이었다.
> 그러나 때때로 그의 괴벽한 성미가 머리를 들기만 시작하면 거기는 무
> 서운 잔혹성이 나타나는 것이었다. 아직껏 무관심하게 보던 세상에 대하
> 여 잔혹한 일을 행하고 그 괴로워하는 양을 보고 즐거워하는 것이 이렇
> 듯 마음 아플 때에는 왕의 유일한 위안이 되는 것이었다. 그리고 그 괴로
> 움을 당하는 사람이 여인이고, 여인 가운데서도 미녀일수록 왕의 마음은
> 더욱 통쾌하게 되는 것이다.16)
> — 김동인, 『해는 지평선에』에서

왕이 관약에게 보이는 행동 또한 사디즘적이다. 왕은 관약을 발가벗겨
수치심을 느끼게 하고 가장 무거운 향로를 들게 한다. 그리고 환관으로 하
여금 뻣뻣한 말솔로 관약의 부드러운 몸에서 가장 비밀한 곳까지 씻게 할
뿐만 아니라, 다음 날 아침까지 무거운 향로를 들고 서 있게 한다.

김동인이 작중 인물의 사디즘적 행동을 이토록 잘 표현하게 된 원인은
어디에 있을까. 우선 김혜인의 가출로 인해 생긴 충격을 해소하려는 의도
가 내포되어 있다. 곧 작중 인물의 사디즘 행위는 자신의 욕구 불만을 대리
적으로 표현하는 것이다. 이토록 강한 사디즘적 행위를 표현하게 되기까지
에는 김동인 자신의 체험이 수반된다.

1918년, 김동인은 아버지를 여의고 김혜인과 결혼한 후, 단신으로 다시
동경으로 건너간다. 그는 川端畵學校에 입학원서를 넣고는 일본 洋畵壇의
중진인 후지지마 화백의 門弟가 된다. 후지지마 화백의 門弟 가운데 아끼

---

16) 김동인, 「해는 지평선에」, 『김동인전집』 8권(서울 : 조선일보사, 1988), 57쪽.

꼬가 있었다. 눈이 크고 광채가 있으며, 뺨에 살이 풍부하고, 유난히 끝이 뾰족한 손가락 끝에는, 몹시 반짝거리는 연분홍빛 손톱이 박혀 있고, 언제든 즐겨 붉은빛이 많이 도는 옷과, 붉은 리본과, 붉은 신을 신었다. 그녀는 다혈질의 여자였다. 그리고 철학자와 같이 이론을 캐기를 좋아하였고, 참새와 같이 재잘거리기를 좋아하였다. 후지지마 화백이 한참 미학을 강술할 때에, 아끼꼬의 기상천외한 질문은, 학생들로 하여금 눈을 둥그렇게 뜨게 하기도 하였다. 그러는 사이에 김동인과 아끼꼬의 교제는 이상하고도 기괴한 쪽으로 발전되어 간다.

　　서로 악의로서 찬 눈으로 마주 바라보다가는, 뜻하지 않고, 서로 탁 달려들어서는 제각기 비상한 열정으로 상대자의 입술을 찾는다. 이러다가 겨우 서로 만난 입술은, 마치 몇 해를 서로 떨어져 있던 사람들과 같이 맹렬히 서로 빨고 빨리운다. 그러나, 이러한 열정의 순간에도, 그 다음 순간에 생겨날 불유쾌한 마음상을 서로 잊지 않고 있다. 누구든(나 혹은 그녀가), 먼저 탁 상대자를 밀쳐 버리고, 더럽다는 듯이 침을 탁 배앝는다.

　　그 뒤에는 또한 증오에 불붙는 눈과 눈. 다시 전개되면서는, 열정에 불타 오르는 입술, 숨막히는 긴장. 다시 떨어지면서, 증오, 욕설, 분, 작별. 그날 밤의 불유쾌한 기분. —이것이 그와 나이 교제였었다.
　　　　　　　　　　　　　　　　　　　— 김동인, 『여인』에서

　한 번은 누드 모델로 나오기로 했던 여자가 감기가 들어서 못 나오게 되자 학생들이 욱적하고들 있었다. 이때 뜻밖에도 아끼꼬가 뛰쳐나왔다. 그리고 "선생님. 제가 모델이 될까요?" 하더니 옷을 훌훌 벗어 버리고, 모델대 위로 올라갔다. 모두들 어안이 벙벙하여 붓을 잡으려는 사람이 없었다. 후지지마 화백도 아무 말도 못하고 모델대를 바라볼 뿐이었다. 김동인은 그런 그녀를 보고 곁에 있는 친구에게 말했다.

"좋은 돼지야. 햄을 만들면 맛있겠지."
이 말을 들은 아끼꼬는 포즈를 취하다 말고 발가벗은 채로 김동인의
앞에 서서 말했다.
"당신. 나보고 무슨 이야길 했지요?"
김동인이 미처 대답을 못하고 있자, 그녀가 말했다.
"조센진! 야마자루(촌놈)."
"뭐?"

— 김동인, 『연인』에서

민족적 차별이 낳은 욕설이 그녀에게서 나올 때에, 그는 참을 수가 없었다. 그는 온갖 교양과 예의와 도덕을 잊어 버리고 주먹을 들어서 벌거벗은 그의 젖가슴을 쥐어박았다. 그리고 미친 사람같이 허든허든 모자를 뒤집어 쓰고 '야만인, 조선인, 때려라, 두들겨라' 하는 온갖 소리를 뒤로 남기고 그 집을 나섰다. 그 뒤에는 다시 후지지마 화백의 집에 갈 기회가 없었다. 그 뒤 귀국했다가 다시 일본에 간 그는 각 파출소와 우체국을 돌아다니며 수소문하여 그녀를 찾아냈다. 그러나 그는 아끼꼬로부터 "당신은 조선 사람이지요. 나는 일본 사람이예요."라는 쌀쌀한 한 마디를 듣고는 그날 밤차로 귀국하고 만다. 그 뒤 그는 평양의 어느 귀금속점에서 신혼 여행을 온 아끼꼬를 만나게 된다. 아끼꼬는 할 말이 있다며 자신의 호텔로 와 달라는 부탁을 하나 그는 끝내 그곳에 가지 않고 만다. 그러나 아끼꼬와의 만남이 그의 생애에서 깊은 추억으로 남아 있음을 다음과 같은 고백에서 알 수 있다.

그 뒤에는 그를 보지 못하였다. 그러나 그의 그 풍만스럽던 육체와 괴상스럽던 웃음소리는 지금도 때때로 나의 숨을 막히게 하며, 나로 하여 금 성적 흥분을 느끼게 한다.
그도 또한 나의 생애에는 잊지 못할 여인의 하나이다.

— 김동인, 『여인』에서

김동인의 아끼꼬와의 만남은 별난 체험이라고 할 수 있다. 아마도 아끼

꼬는 섹시한 매력이 있었고, 성격도 별난 모양이었다. 그런 체험이 『해는 지평선에』에서의 관약과 같은 인물을 만들어 놓은 것 같다. 관약은 미모와 지혜를 지녔고 주인공 현수와 동일한 혁명을 꿈꾸면서도 자신의 모습을 현수에게 직접 드러내지 않는다. 이 때문에 현수는 밤마다 살인을 저지르는 광포한 사람이 되고 만다. 여인에 대한 그리움이 반동 형성으로 나타난 사디즘이다.

8. 결 론

이상에서 김동인의 심리와 그의 소설에 나타난 작중 인물의 심리를 살펴보았다. 이를 통해 작가의 유전적 요인과 환경적 요인이 작가의 심리에 영향을 미치고, 이는 다시 작중 인물의 심리에 창조적으로 변용되었음을 알 수 있다. 김동인에게 가장 충격적인 체험은 1926년 관개수리사업의 실패와 1927년 김혜인의 가출이었다고 할 수 있다. 이 체험으로 그는 1927년 4월부터 1929년 5월까지 소설을 쓰지 못했고, 심한 신경증과 우울증에 시달렸다. 1929년 김경애와 결혼한 후 그는 이전의 방탕 생활을 청산하고 성실한 가정 생활을 한다. 그러나 창작에서는 「광염 소나타」(1930)·「아라삿 버들」(1930)·『해는 지평선에』(1933)·「광화사」(1935) 등에서 작중 인물의 광기를 많이 그려낸다. 이것은 그가 작품에서 광기의 인물을 그려냄으로써 작품 안에서는 자신의 분노를 발산시키고 작품 밖의 현실에서는 정신적 안정을 얻으려는 카타르시스 효과를 얻기 위함인 듯하다. 그리고 「몽상록」(1934)·「가신 어머님」(1938) 등에서는 그의 어머니에 대한 자전적 체험을 사소설적으로 그림으로써 김동인 자신의 오이디푸스 콤플렉스를 어머니에 대한 효성으로 승화시켜 표현한 것 같다. 그는 또 『해는 지평선에』(1933)·『운현궁의 봄』(1934)·『제성대』(1939)·『대수양』(1941)·『잔촉』(1941) 등에서 시대별로 정권이 바뀌는 과정에서의 몰락상과 신돈·수양 등의 혁명적

인물을 보임으로써 강자지향의식으로 일제 식민지 현실을 극복하려는 역사 의식을 보이기도 하였다. 이와 같은 여러 가지 심리 표현은 일제 식민지 현실에서 암울한 분위기에 싸여 있던 독자들의 수치와 분노를 작중 인물을 통해 대리적으로 폭발시키고 작품 밖에서는 정서적 안정을 얻는 카타르시스 효과를 제공하였다. 나아가 그의 심리 표현은 현대 사회를 살아가는 독자들에게 내면 세계를 분석하는 기회를 제공한 것 같다.

Ⅲ. 정신 분석의 실제
― 김동인 소설을 중심으로

　문학 작품과 관련시켜 인간 심리를 다룰 때 일반적으로 세 가지 측면에서 다루게 된다. 첫째는 작가의 심리가 작품에 어떻게 반영되었는가 하는 것이고, 둘째는 작품에서 시적 화자나 작중 인물의 심리가 어떻게 형상화되었는가 하는 것이며, 셋째는 그 작품이 독자의 심리에 어떤 영향을 미치는가 하는 것이다. 이러한 심리적 고찰은 인간이 가지고 있는 보편적 심리를 보여 줌으로써 인간이 겪을 수 있는 여러 상황에 어떻게 대처할 수 있는하는 심리 조절 능력을 길러 줄 수 있다. 이제 김동인과 그의 소설을 중심으로 작가 심리와 작품 심리, 그리고 독자 심리를 정리해 보자.

1. 작가 심리

　김동인의 삶을 들여다 보면 그의 생애에 커다란 변화가 있었음을 알 수 있다. 특히 1927년을 전후해서 생활에서는 이전에 비해서 매우 가정적이고 효성이 지극한 반면 작품에서는 극도로 광포한 인물이 많이 그려진다. 그는 어릴 적에 매우 유복한 가정에서 성장했다. 그런데 1927년에 그는 방탕한 생활(기생과의 유희)과 토지 관개 사업의 실패로 부친으로 물려받은 많은 재산을 잃게 된다. 이때 그는 평양 본가가 남의 손에 넘어감을 보고 말할 수 없는 충격을 받는다. 안하무인이던 성격이 변하여 남을 두려워하게 되고, '양복장이 멋쟁이'에서 한복을 입는 모습으로 변모하게 되며, 심한 신경증으로 수면제를 복용하기 시작한다.

그의 이러한 변화는 작품 경향에서도 나타난다. 원고료를 받지 않고 사실주의나 유미주의 작품을 썼던 전기(1927년 기준)와는 달리 후기의 작품에서는 광포한 인간이 많이 등장한다. 전기에서 「약한 자의 슬픔」(1919), 「배따라기」(1921), 「태형」(1923), 「감자」(1925) 등으로 환경적 요인이나 유전적 요인에 의해 제기되는 인간 심리와 삶을 주로 제시했다면, 후기에서는 「광염 소나타」(1930), 「아라삿 버들」(1930), 「최선생」(1934), 「광화사」(1935) 등으로 예술이나 여성의 관능미를 추구하는 광포한 인간의 모습이 주로 전개된다. 그리고 후기에는 「몽상록」(1934), 「가신 어머님」(1938)처럼 김동인 자신의 효성을 자전적으로 그려내기도 한다. 이러한 작중 인물의 변모된 모습은 김동인 자신의 변모와 무관하지 않다고 본다.

그럼 그의 충격이 얼마나 컸던가를 좀더 구체적으로 알아보자.

김동인은 불과 열여덟 살의 나이로 부친 사망 후 막대한 유산(3천 석, 당시 돈으로 10여 만원)을 물려받았다. 이 때문인지 그는 『창조』 9호까지의 발행 비용을 댔으며, 잡지사에서 원고료를 받지 않았고, 기생과의 유희 등 방탕한 생활을 했다. 이로 인하여 물려받은 재산이 축나자 그는 토지 관개 사업을 계획하였다. 1926년 그는 재산을 정리한 돈 1만5천 원으로 평양 보통강 벌에서 관개수리사업에 착수했으나 총독부의 뒤늦은 관개사업 불허령과 일본 관리와의 불화로 실패하게 되고, 아내마저 가출하고 만다. 갑자기 많은 재산을 날리고 아내를 잃은 그는 김경애와 재혼하고 돈을 벌기 위해 많은 집필을 하며 신경증도 극에 달하게 된다. 이 무렵 그는 매우 가정적인 인물이 된다. 그의 아들 김광명의 증언에 의하면 그는 비 온 뒤 창경궁 구경을 가기 위해 집을 나설 때 골목이 진흙탕길을 이루자 자신이 먼저 진흙탕길을 밟은 후 아이들이 그곳을 밟고 지나가게 했으며, 자녀들이 연필을 오래 쓰게 하기 위해 뭉툭하게 깎아 주었다고 한다. 그는 어머니에 대한 병 간호를 위해 가족과 멀리 떨어져 있으면서도 가족의 생계를 염려하기도 했다. 이는 그가 김경애와 결혼 후 매우 가정적이고 성실한 인물로 변했음을 잘 말해 준다. 그런데 이처럼 가정적인 인물이 왜 창작에서는 그토록 광포한 인물을 그려 냈을까? 이는 그가 사업의 실패와 전처의 가출로 인한 심리적 충격을 작품 안에서 발산시키고 작품 밖에서는 정서적 안정을 얻으려 했음에서 추정할 수 있다.

또한 그는 「몽상록」이나 「가신 어머님」 등에서 효성이 지극한 자신의 모습을 자전적으로 그려 놓았다. 사업의 실패와 전처의 가출로 우울에 빠질 때 가장 생각나는 시절과 사람이 누구일까? 아마도 그 사람은 자신이 부유했을 때이고 그러한 부를 이루게 해 준 어머니 옥씨일 것이다. 그래서 그는 전처가 지녔던 미보다도 어머니를 닮은 성격과 외모를 중시하여 김경애를 아내로 택하였다. 곧 옥씨를 닮은 김경애는 자신을 퇴행에 빠지게 할 상황으로부터 구해 줄 어머니나 마찬가지였던 것이다.

그런데 김동인은 왜 후기에 극도로 광포한 인물을 그려냈을까? 그것은 전처의 가출로 인한 우울함을 작품에서 발산시켜 보려는 의도에서였다. 특히 「광염 소나타」에서의 '백성수'나 「광화사」에서의 '솔거'는 예술을 향한 정열로 인해 살인도 서슴치 않는다. 이것은 집필 활동으로 생활비를 벌어야 하는 그의 욕망과도 상통한다고 할 수가 있다.

2. 작품 심리

콤플렉스란 감정적으로 강조된 심리적 내용 또는 그 내용을 중심으로 한 심적 요소의 일정한 군집을 말한다. 콤플렉스는 하나의 핵요소를 중심으로 형성되는데 이 핵요소는 강한 감정을 가지고 있는 것이 특징이다. 핵요소는 강한 감정이라는 심적 에너지를 내포하고 있으므로, 이것이 심리적인 여러 요소에 영향을 주어 많은 심리적 내용 가운데서 그 감정의 성격에 맞는 몇 가지 내용들을 선택하여 핵요소와 결부시킨다. 그러므로 창작에서의 작중 인물의 심리에는 이러한 콤플렉스가 담겨 있을 수밖에 없다. 작중 인물이 여러 사건에 대하여 긴장과 갈등을 일으키고 독자가 흥미진진하게 작품을 읽어 나갈 수 있는 것도 인물의 내면에 있는 콤플렉스에서 생긴 감정의 진폭 때문이다. 콤플렉스는 환경과 결부된 체험이나 선천적인 기질 등에 의해 생겨난다. 평상시에는 가만히 있던 사람이 성, 죽음, 가난, 신체적인 결함, 형제간의 질투, 고부간의 갈등과 관련된 상황이 오면 특별한 반응을 보이는 것은 콤플렉스와 관련이 있다. 그러므로 콤플렉스는 인간 누구나가 가지고 있는 심리적인 조건이라고 할 수 있다.

바슐라르는 불이 가지고 있는 상징성과 인간의 심리를 관련시켜 몇 가지 콤플렉스를 추출해 냈지만, 바슐라르가 명명한 콤플렉스를 응용하여 다음과 같은 심리적 요소들을 추출할 수 있다.

프로메떼 콤플렉스(Complexe de Prométhée)는 禁忌 파괴의 의미를 지니고 있다. 엄마가 어린 아이에게 난롯불 근처에 가지 말라고 했는데도 아이는 붉고 파란 불빛이 아름답고 신기하다고 생각하여 불이 가진 위험성을 모른 채 난로에 손을 댔다가 데이는 경우가 있다. 마찬가지로 인간은 금기시된 사회적 조건에 대하여 그 경계 밖의 세계를 알고자 하는 지식의 갈망을 가지고 있다. 마치 프로메테우스가 제우스의 명령에도 불구하고 불을 훔쳐 인간에게 전해 준 것과 같이. 이와 같이 사회적 도덕적 금기를 벗어나려는 인간의 반항심이나 지적 갈망을 프로메떼 콤플렉스라고 말할 수 있다.

앙페도클 콤플렉스(Complexe d'Empédocle)는 일반적으로 재생의 불이라 풀이된다. 인간에게는 삶과 죽음이라는 결코 벗어날 수 없는 상황이 있다. 타인의 죽음을 보면서 인간 존재의 실체가 너무도 허망하다는 생각이 들 때가 많다. 그러면서 죽음 뒤에는 뭔가 또 하나의 다른 세계가 있을 것이라는 막연한 기대를 하게 된다. 예수의 부활은 인간의 그러한 기대를 충족시켜 줬기 때문에 종교적인 힘을 발휘할 수 있었다. 죽음 뒤의 또 다른 세계를 기대하는 것과 같이 인간은 변화를 기대한다. 이후의 삶이 이전의 삶과는 다를 것이라는 기대는 삶을 지속시키는 힘을 유지시켜 준다. 이러한 인간의 재생 욕망을 우리는 앙페도클 콤플렉스라고 규정지을 수 있다. 이것은 불이 금광석을 제련하여 금을 추출해 내는 이치에서도 유추해 볼 수 있다.

노바리스 콤플렉스(Complexe de Novalis)는 性化된 불의 의미를 지니고 있다. 불이 두 개의 사물의 마찰을 통해서 생기는 것처럼 인간은 서로 자주 만나고 육체적 접촉을 통해서 사랑이 생겨난다. 성적인 욕망이나 열정은 창조의 질서로 애초부터 인간 누구나에게 주어진 질서이다. 그러므로 창작에서는 사랑 제재가 빠지지 않고 등장한다.

호프만 콤플렉스(Complexe de Hoffman)는 상상의 세계에서 강하게 나타나는 현상이다. 알코올은 겉으로 보기에는 물처럼 보이는데 거기서 불이 생긴다. 이와 같이 인간은 상상을 통해서 여러 세계를 볼 수 있다. 꿈장면을 들여다 보면 현실에서 보았던 세계와 사물이 등장하면서 긴장감 있고 흥미진진한 세계를 마치 실제 일어나는 것처럼 보여 줄 때가 많이 있다. 인간과 인간, 인간과 사물, 사건과 사건의 결합으로 인한 새로운 세계의 상상을 호프만 콤플렉스라고 할 수가 있다. 캠프 파이어를 하면서 불 앞에서 아름다움을 느끼는 것은 인간의 아름다움에 대한 상상을 유추해 보게 한다.

이러한 콤플레스를 보다 구체적으로 알아보기 위해 김동인의 「광화사」에 나오는 솔거의 심리를 살펴보기로 하자.

솔거는 추남 콤플렉스를 가지고 있었다. 열여섯 살에 스승의 중매로 어떤 양가 처녀와 결혼하였지만 그 처녀는 솔거의 얼굴을 보고 기절을 하고 기절에서 깨어나서는 그냥 집으로 도망쳤다. 그 다음에 또 장가를 들어 보았지만 그 색시 역시 첫날밤만 정신 모르고 치른 뒤에는 이튿날 무서워서 죽어도 같이 못 살겠노라고 부모에게 떼를 써서 가 버렸다. 두 번이나 이런 일을 겪은 솔거는 차차 여인을 보기를 피하여 인가에서 떨어진 숲속에 조그만 오막살이를 틀고 근 삼십 년을 그림 그리기에만 정진하며 살았다. 생활이나 그림에 필요한 물건을 구하기 위하여 거리에 나갈 필요가 있을 때에는 반드시 밤을 택하였고, 어쩌다가 낮에 나갈 필요가 있을 때에는 방립을 쓰고 그 위에 얼굴을 베로 가리었다. 그는 여인에게 소모되지 못한 정력을 그림에 쏟아 부은 결과 수천 점의 그림이 생겼다. 말하자면 자신의 추남 콤플렉스를 극복하기 위하여 그림 그리기라는 상상 중심의 호프만 콤플렉스에 젖어들어 갔던 것이다. 그는 표정 있는 얼굴을 그리느라 다시 10년의 세월을 보냈다. 처음에는 단지 아름다운 표정을 가진 미녀를 그려 보고자 했던 그는 자기 안해로서의 미녀상을 그려 보고 싶었다. 만물의 영장인 사람이 짝없이 오십 년을 보낸 데 대한 불만과 함께 세상이 주지 않는 안해를 자신의 붓끝으로 그려서 세상을 비웃어 주고 싶었다. 이 세상에 존재한 가장 아름다운 계집보다도 더 아름다운 계집을 자신의 붓끝으로 그리어 못나고도 아름다운 체하는 세상 계집들을 비웃고, 덜난 계집을 아내로 맞아 가지고 천하의 절색이라고 믿고 있는 사내놈들도 깔보아 주리라고 마음먹었다. 그는 미녀의 얼굴을 그리기 위해 낮에 거리를 다니지 않던 마음을 바꾸어 장안을 돌아다녔다. 그리고 얼굴을 싸매고 계집들이 많이 모이는 우물가며 저자를 돌아다니며 예쁜 여자의 얼굴을 찾아 보려 했으나 얻어 내지 못했다. 나중에는 親蠶桑園에 숨어 들어가 採桑하는 궁녀의 얼굴을 얻어보려 했으나 매번 헛걸음하기가 일쑤였다.

　솔거에게는 몽롱한 기억이 하나 있었다. 그것은 희세의 미녀였던 어머니였다. 어머니의 아름다운 얼굴이 때때로 몸서리치도록 그리웠다. 유복자였던 그는 어린 아이가 어머니에게 느끼는 감정인 오이디푸스 콤플렉스를 오래도록 가지고 있었던 것이다. 솔거가 미녀의 아랫동이를 그려 놓고도 얼굴을 오래도록 그리지 못한 것은 바로 이 오이디푸스 콤플렉스 때문이다. 만일 솔거가 얼굴을 그려 놓는다면 그것은 그가 최상의 미녀라고 생각하고 있던 어머니의 표정을 그려 놓을 가능성이 많았기 때문에 그는 두려워했다. 아내로서의 미녀상에 어머니의 얼굴을 그려 놓는다는 것은 근친상간이나 다를 바 없었다. 곧 그는 사회적인 모랄을 깨트려서는 안 된다는 프로메떼 콤플렉스도 가지고 있었던 것이다.

그런데 그것을 해결할 수 있는 기회가 왔다. 그는 저녁 쌀을 씻으러 시내를 더듬어 가다가 웬 처녀를 발견하였다. 그녀는 흐르는 시내에 관심을 가지다가 솔거의 집 근처에까지 올라온 소경 처녀였다. 그녀는 어머니의 표정과 닮은 모습을 취하고 있었다. 그는 그녀를 데리고 자신의 오막살이로 돌아와 용궁 얘기를 하면서 어머니의 표정과 닮은 모습이 계속되기를 바랬다. 그는 아름다운 표정을 하나도 놓치지 않고 화폭 위에 담았다. 그러나 밤이 다가와 눈동자를 그리기에는 너무 어두웠다. 그래서 그는 눈동자는 내일 그리기로 하고 처녀와 관계를 맺었다. 곧 그는 원초적인 사랑을 의미하는 노바리스 콤플렉스를 해결할 수 있었던 것이다. 그런데 그에게는 자신의 추남 콤플렉스를 안해로서의 미녀상을 그림으로써 극복하려는 앙페도클 콤플렉스나 호프만 콤플렉스가 더 강했다.

다음 날 그는 소경 처녀를 다시 그림폭 앞에 앉게 했다. 그러나 전날 밤 처음으로 노바리스 콤플렉스를 맛본 처녀는 애욕의 심리에만 집중되어 있었다. 솔거가 아무리 용궁 얘기를 해 줘도 처녀는 애욕의 표정을 벗어나지 못했다. 답답한 솔거는 처녀의 먹을 잡고 흔들었다. 그리고 처녀의 눈자위에 원망의 빛깔이 나타나는 것을 보고 더욱 힘있게 흔들었다. 솔거가 손을 놓았을 때 처녀는 눈을 뒤집은 채 넘어지면서 벼루에 가 부딪쳤다. 깜짝 놀라 흔들어 보매 처녀는 이미 이 세상 사람이 아니었다. 어찌할 줄 모르던 솔거는 자신의 그림을 쳐다 보고는 기절을 할 수밖에 없었다. 그림에는 벼루에서 튀긴 먹물로 인해 원망의 눈동자가 그려져 있었다. 그로 인해 광인이 된 그는 여인의 화상을 들고 수년간을 방황하다가 어떤 눈보라가 치는 날 족자를 깊이 품고 죽는다.

그런데 튀긴 먹물로 인해 원망의 눈동자가 실제로 그려졌을까? 아마도 그것은 솔거의 생각이 반영되어 나타난 결과일 것이다. 왜 솔거는 원망의 그림자가 그려졌다고 생각했을까? 우선 표면적으로는 그림을 완성하면 근친상간을 하게 될지도 모른다는 두려움과 처녀를 살인했다는 데서 오는 프로메떼 콤플렉스라고 할 수 있지만, 이면적으로는 소경 처녀보다 어머니를 더 사랑한 데서 생긴 오이디푸스 콤플렉스의 반영이라고 할 수 있다. 말하자면 어머니가 자신과 똑같이 그리지 않아서 원망하고 있다고 생각하는 것이다.

3. 독자 심리

우선 솔거의 콤플렉스를 통해서 다음과 같은 사실을 알 수 있다. 인간은 누구나 어머니를 사랑한다는 것이다. 효심으로 위장되었을 뿐이지 인간은 누구나 오이디푸스 콤플렉스를 가지고 있다. 어린 아이가 갓 태어난 동생을 미워하는 것은 무엇 때문인가? 어머니의 사랑을 더 받고 싶어서이다. 신혼부부의 집에 집들이를 가서 보면 부부가 오누이처럼 닮았거나 성격이 닮아 있는 것을 볼 수 있다. 그것은 남자가 태어나서 처음으로 사랑을 느꼈던 대상이 어머니이기 때문에 어머니를 닮은 여자를 아내를 택한 것이다. 고부간의 갈등이 왜 일어날까? 어머니와 어머니를 닮은 며느리가 한 남자에게 더 사랑받기 위해서이다. 따라서 이러한 문제를 해결하기 위해서는 상대의 콤플렉스를 알고 이에 대처하는 것이 필요하다.

독자 심리를 정확히 파악하기 위해서는 그 시대에 나타나는 사회 심리를 정확히 파악할 필요가 있다. 이를 위해서는 언론 매체에 나타난 사회 심리는 물론 다양한 형태의 여론 조사가 필수적이어서 매우 어려운 작업이 아닐 수 없다. 참고로 김동인의 「광화사」에 대해 독자 심리가 어떻게 나타나는지 살펴보자.

「광화사」는 액자 소설 구조로 되어 있다. 그리고 주인공 솔거는 안해로서의 미인상을 그려 보려는 예술적 열정으로 인해 광인이 된다. 이런 배열은 당시의 독자 심리를 배려한 것이라고 할 수 있다. 이 작품이 나온 시기는 일제 식민지 현실이었다. 이러한 상황에서는 독자들이 갈등을 일으킬 수밖에 없다. 자기 나름대로의 능력을 발휘하자니 그것은 일제에 협조하는 것이고, 그렇다고 가만히 있자니 그것은 자신의 능력을 썩히는 무기력한 일이 된다. 이로 인해 독자들은 답답해 하고 자신의 의사 표현을 마음껏 하지 못하는 데서 오는 심리적인 압박감이 생기지 않을 수 없다. 김동인은 이러한 심리적인 압박감을 극복하게 하고자 內話에서는 광인을 등장시켜 심리적인 압박감을 마음껏 분출시키고 外話에서는 전지적 관점에서 정서적인 안정을 취하도록 하는 액자 소설 장치를 갖추어 놓았다.

이상에서 작가 심리, 작품 심리, 독자 심리를 살펴보았다. 문학을 심리주의적 관점에서 고찰하는 것은 인간 심리를 정확히 앎으로써 작품의 표현 효과를 높이기 위해서이다. 작품에서 다루는 긴장과 갈등의 밑바닥에는 언제나 콤플렉스나 그림자 현상과 같은 인간 심리가 반영되어 있다. 보다 독자에게 감동적으로 다가서기 위해서 작가는 인간 심리에 대해 잘 알아야 하며, 독자 또한 작품 밑바닥에 숨어 있는 심리적 요소를 발견하고 자신에게 내재한 복잡한 심리를 다스려 나가야 할 것이다.

Ⅳ. 이분법의 해체와 혼의 미학

— 2000년 전반기 소설을 중심으로

1. 우리 문화 살리기

최근 포스트모더니즘 담론이 발전하면서 '경계 허물기'라는 방식의 해체 전략이 나와 이채롭다. 경계 허물기는 탈장르나 학문간, 학자간의 경계를 없애고 보다 거시적인 안목에서 세계를 바라보자는 의도가 숨어 있다.

그동안 우리 문화는 자본주의를 바탕으로 한 서양의 문학 이론을 수입하는 데 급급해 왔다. 이러한 추세는 서양의 문학 작품을 분석하는 데 사용되어 온 문학 이론을 우리의 문학 작품에 억지로 꿰다 맞추는 데서 부작용을 낳기도 하였다. 어떤 학자는 세계 문학의 흐름 위에 한국 문학이 자리잡기 위해서는 당연한 결과라고 자위하기도 한다. 그러나 최근 미국의 신비평이나 포스트모더니즘이 유럽 중심의 문화 제국주의를 차단하고 미국 문화 담론의 우위성을 확보하기 위해 나온 것이라는 사실이 밝혀지면서 동아시아 중심의 담론 형성에 대한 관심이 높아지고 있다.

포스트모더니즘에서 말하는 정전의 해체나 주변부에 대한 관심이 표면적으로 보면 주변부에 관심을 가지는 듯하지만, 실제로는 보다 넓은 영역에 걸쳐 문화 제국주의의 힘을 넓히려는 시도라는 것을 확인할 필요가 있다. 중심부에서 흑인 문학, 여성 문학 소수 민족 문학 등의 주변부에 관심을 가지는 것이 해체 전략이라면, 그동안 주변부에 있던 나라의 학자들은 어떠한 해체 전략을 가져야 하는가. 미국 문학이 셰익스피어 등의 정전을 탈피하여 흑인 문학, 소수 민족 문학에 관심을 가진다면, 한국 문학에서 새로운 정전은 무엇이어야 하는가도 문제가 된다.

그동안 물신주의의 폐해를 근대 문학의 담론으로 소개하는 데만 급급했지 전통적인 담론 형성에 미흡했던 한국 문학이 얼마나 많은 독자들을 서양 문화의 노예 상태로 만들었던가.

시·소설·희곡 등의 문학 장르는 아리스토텔레스 이후 서양에서 발전시켜 온 형식이다. 고전주의·낭만주의·사실주의·자연주의·상징주의·초현실주의·모더니즘·포스트모더니즘 등의 문예사조도 유럽에서 주로 발전시켜 온 것들이다. 이들 문예 사조는 제국주의·자본주의를 등에 업고 그들의 식민지에 파급되었다. 식민지에 문학의 우위성을 드러내면서 노예 근성을 심어 놓는 것은 무력으로 점령하는 것보다 몇 백 배의 효과를 가져왔다. 식민지의 자라나는 신세대들은 자연히 식민국으로의 유학을 꿈꾸게 되고, 식민국 문화를 익힌 유학생들은 자기 나라로 돌아와 테크노크랏의 역할을 하며 자연스럽게 식민국 문화와 권력 체제를 전이시킨다. 일찌기 이러한 문화 제국주의를 간파한 미국의 학자들은 문화 식민지로의 종속을 탈피하기 위하여 독자적인 비평 영역을 발전시켜 나갔다.

2. 신역사주의와 문화시학

세계 대전 후 미국에서는 신비평이 작품 분석의 주류를 이루었다. 그것은 유럽 중심의 문예사조에 대한 나름대로의 주도권을 잡기 위한 시도였다. 그것은 유럽의 형식주의나 해체주의에 대해서도 마찬가지였다. 그런데 '80년대에 들어서면서' 60년대에 반전, 반핵 운동에 참여했던 세대들이 소장학자가 되면서 그들은 이전의 언어 중심의 문학 분석에 대한 회의를 가지면서 역사와 문화에 관심을 가지게 된다. 또한 그들은 셰익스피어를 정전으로 하던 대학 교재 등에 대하여 회의적인 시각을 가지고 새로운 정전을 모색하게 된다. 또한 미셸 푸코가 권력은 위정자에게만 있는 것이 아니라 모든 곳에 편재한다는 시각에 따라 이전의 시각에서 초월한 위치에서 역사와 문화를 바라보기를 시도한다.

역사가 반영된 문학을 분석할 때 학자들은 나름대로의 관점을 내세웠다. 역사는 의미 있는 연속성에서 파악되어야 한다는 관점, 역사는 자연의 영역 안에서 가치 있는 역사적 개인성 내에서 보여진다는 관점, 역사는 직관과 이성에 의하여 알려질 수 있는 초월적 영원 속에서 찾아진다는 관점 등이 대두하였다. 그런데 '80년대에 레이건 대통령이 강한 미국을 내세우면서 그의 연설문에는 예전에 영화 배우 시절 익혔던 수사들이 반영되어 있는 것을 평론가들이 발견하게 된다. 곧 레이건의 정치적, 심리적 치환은 그의 영화 속에서의 경력과 내밀히 연결되어 있었다. 그리하여 신역사주의라는 용어를 본격적으로 사용했던 스티븐 그리블란트는 나중에 문화시학을 주장하게 된다. 문화시학은 역사를 자기 규율적이고 공시적인 문화 체계로 여긴다는 점에서 역사를 문화로 환원시킨다. 문화시학은 텍스트의 역사성보다는 역사의 텍스트성을 강조하면서 문화를 인류학적으로 자율적인 기호 체계로 보게 된다.

이러한 문화시학의 시각에서 바라볼 때 최근의 소설들은 그동안 소외되어 왔던 자들의 권력을 부각시키는 쪽으로 나아가고 있다.

이성훈의 「보통 사람들의 무위」(『조선문학』 107호, 2000. 3)는 최근에 명예 퇴직한 교사들의 권력을 확보하는 데 주력한다. S사범학교 동창인 김범호, 신세훈, 강근식, 차상호, 이렇게 네 사람은 40년이 넘은 교직 경력을 가진 사람들이다. 이들은 최근 명예 퇴직을 하고 '무위회'라는 모임을 만들어 수요일마다 산행을 하면서 교육을 경시하는 권력자를 나무란다. 신세훈은 교육자를 비판 대상으로 삼은 이해찬씨를 장관으로 세워 놓은 대통령의 책임을 강조한다. 강근식은 '70년대의 동아일보 기자들의 자유 언론 실천 선언과 ’80년대 언론 통폐합 때 양식 있는 기자들이 해직되었기 때문에 현재의 언론이 선동성이 심해 나이 든 교사들을 교직에서 떠나도록 내몰았다는 푸념을 늘어 놓는다. 초등학교에서 교감이 된 차상호는 ’89년 전교조 파동이 나면서 교사의 위상이 흔들리기 시작했고, IMF 때 기다렸다는 듯이 ‘교사 죽이기’에 적극 나섬으로써 학교가 흔들리기 시작했다고 주장한다. 이들은 퇴직 후에도 자신들의 신세가 딱하게 되었다는 푸념도 늘어 놓는다. 신세훈은 여성 상위 시대에 자신의 신세가 ‘젖은 낙엽’ 신세로 아내가 떼어 놓으려는 신세가 되었다고 고백하고, 딸만 셋인 차상호는 딸들이 시집가려는 생각을 안 하고 있어 고민이며, 노모를 모시고 있는 김범호는 쉬려면 놀고 먹는 것 같아 ‘무위’가 안 된다고 걱정한다.

그런데 50대 중반에 명예 퇴직을 한 양지수라는 여자가 그들의 산행에 끼어들면서 그들의 분위기가 재미있어진 듯 한다. 그러나 그들은 그녀의 EDPS가 짙어지자 그만 민망해 한다. 더구나 그녀는 다른 여성들도 소개해 주겠다고 야단이다. 강근식 등이 그녀의 음담에 면박을 해서 보냈으므로 네 사람은 그녀가 다음 산행에 나올 것인가, 아닌가로 내기를 한다. 그러나 그녀는 다음 번에 또 나옴으로써 네 사람을 어안이 벙벙하게 한다.

따라서 이 작품은 명예 퇴직 문제, 노인 문제 등을 통해서 새로운 풍속도를 제시하고, 노인 문화에 대한 권력을 회복하려 한다.

이광복의 「명아주—만물박사 · 7」은 논문 대필업을 하는 승우를 통해 우리 사회의 비리를 아이러니적으로 제시한다. 승우는 몇 달째 개점 휴업 상태이다. 그것은 각 대학원에서 대학원생들이 논문 대필을 많이 함으로써 나타난 현상이다. 여기에다가 아내마저 도희라는 친구를 만나면서부터 승우를 무시함으로써 승우는 답답함의 극한에 이른다. 그러면서 승우는 예전에 대홍증권 회장의 자서전을 쓰면서 누렸던 호강을 회상하기도 한다. 그때 이중화 사장과 김대상 전무는 자서전에 자신들의 업적을 써 달라고 야단이다. 그러면서 그들은 승우의 자녀들에 대한 장학금 지원도 아끼지 않는다. 그것은 다 회장에게 잘 보이기 위한 아첨이고 아부이며 비굴이라고 승우는 생각한다.

이 작품 역시 자신의 비리를 모른 채 정당한 것처럼 살아가는 승우와 아내, 그리고 고급 두뇌들의 비리 등을 통해 우리 사회에 가리워졌던 비리를 드러내면서 비판적인 안목을 가지게 하는 등 순진의 아이러니가 두드러진 작품이다.

이에 비해 유금호의 「마음 속, 섬 하나」(『조선문학』108호, 2000. 4), 정건영의 「꽃에 대한 핏빛 회상」(『조선문학』109호, 2000. 5)은 우리 사회의 아름다운 모습들이다.

유금호의 「마음 속, 섬 하나」는 민승호가 호주에 가 머무는 동안 젊은 시절 섬마을에서 가르쳤던 제자가 찾아옴으로써 지난 날의 아름다운 추억을 떠올리는 줄거리로 되어 있어, 서정미학이 돋보이는 작품이다. 제자 정삼식은 중학교 납입금이 없어 쩔쩔매고 있었으나 민승호의 도움으로 학업을 계속하게 되고, 이를 고마워하여 양식장에서 일하면서 만든 김을 가져온 삼식의 누이 순지가 동백꽃 향기와 함께 민승호의 뇌리에는 늘 아름답게 남아 있다. 순지가 농아여서 말을 못하지만 그녀가 그의 앞에 서 있을 때마다 그는 늘 눈빛으로 말해오는 듯한 느낌을 가진다.

> 그녀가 한 발을 내 쪽으로 내밀었을 때 동백꽃 두어 송이가 후드득 그녀 발 밑에 떨어져 내렸다. 이상한 일이었다. 그 때까지 전혀 못 느끼고 있었던 동백꽃 향기가 왜 그 순간 어지럽게 코 속으로 파고 들었는지. 그녀 한쪽 볼에만 깊이 파인 볼우물과 동백꽃 냄새. 그것은 세월이 지난 후에도 겨울이 되고 바다를 생각할 때면 가끔 내게 되살아나곤 했다.
> ― 유금호, 「마음 속, 섬하나」에서

승호는 그것을 섬이라고 생각하고 여행 내내 잊지 못한다. 여기에 제자 삼식의 스승에 대한 배려 또한 인간미의 꽃으로 가늠하게 한다. 말하자면 이 작품은 승호의 가슴 속에 늘 살아 있는 '섬'을 통해 우리의 가슴 속에 각인시켜야 할 문화를 모색하게 한다.

정건영의 「꽃에 대한 핏빛 회상」(『조선문학』 109호, 2000. 5)은 희준이 대학 시절 만났던 여인에 대한 회상에서 과거의 문화에 대한 향수를 느끼게 하는 작품이다.

희준은 여랑을 좋아해서 장미 21송이를 사서 그녀의 집에까지 찾아 갔으나 못 만나고, 신촌으로 돌아오는 과정에서 대학생 뱃지를 단 여학생이 장미가 아름답다고 하자 그녀에게 주어 버린다. 그러자 그녀는 고마워하며 그에게 술을 대접했고, 둘 다 취한 나머지 그들은 여관에 들게 된다. 새벽에 혼자 남게 된 희준은 한 여성의 정조를 유린했다는 자책감에 약간의 죄의식마저 느끼고 있었는데, 어느 날 그녀가 학교에 찾아와서 또 술을 마시게 되었고, 여관에까지 들게 된다. 그런데 나중에 희준의 친구는 그녀가 춘일옥에 있는 여성이라는 것을 알게 되고, 어느 비 오는 날 그는 그녀의 뺨을 때리며 냉정하게 대한다. 그래도 미안한 생각이 들어 '춘일옥'을 찾아 갔으나 그녀는 이미 자살한 후이다. 그리고 주모의 입을 통해 화숙이 약사가 되기 위해 매우 노력하고 있었다는 사실을 알게 된다. 그리하여 그는 '천상의 언어라고 하는 꽃'이 세월이 흐를수록 점점 핏빛으로 변해감을 느낀다.

이상의 네 작품은 우리의 문화를 인식시켜 주는 작품들이다. 앞의 두 작품은 우리 사회의 부정적인 면들이 폭로되어 있고, 뒤의 두 작품은 우리 사회의 아름다운 모습들이 서정적으로 그려져 있다. 그리하여 전자는 비판적 안목을 가지게 하고, 후자는 영원한 서정성으로 남게 한다. 요즈음 서양 문화나 문예사조가 물밀 듯이 들어와 사람들을 물신주의에 빠뜨리기도 하지만, 이러한 작품들은 역사와 문화의 정체성을 살리는 데 일익을 담당할 것이다.

3. 이분법의 해체와 혼의 미학

한국에서 20세기는 고뇌의 시기였다. 20세기 전반기가 일제 식민지 현실에서 고난받던 시기라면, 후반기는 분단 현실에서 고뇌하던 시기였다. 20세기 후반기만 하더라도 10년을 단위로 하여 짚어나가 보면, 우리가 얼마나 많은 갈등을 겪어 왔는가를 되짚어 보게 한다.

1950년대는 전쟁과 그 후유증으로 고통받던 시기였다. 강대국의 이데올로기와 냉전 체제 전략이 한반도에서 대리전의 성격으로 나타남으로 말미암아 무수한 양민들이 부상을 하거나 죽음을 맞게 되었고, 생태계가 파괴되었을 뿐만 아니라 가문의식을 바탕으로 하던 공동체 의식도 이데올로기에 의해 새롭게 변형되는 계기를 가지게 된다.

'60년대는 경제적으로는 가난 현실과 함께 원조 물자와 밀수가 성행하던 시기였다. 국산품은 '한제'라고 하여 졸렬하다는 취급을 받고 외제품들이 고급 문화처럼 행세하였다. 심지어 일상적인 대화에서도 외래어를 써야만 유식한 것처럼 취급받던 경우도 있었다. 정치적으로는 4·19 혁명으로 민중의 현실 인식과 참여의 도가 성숙하고, 반면에 5·16 혁명은 이 땅에 군사 문화를 들여 놓았다. 직장에서는 지시 일변도의 수직적인 조직 체계가 발달하였다.

'70년대는 중동 특수와 함께 고도 경제 성장과 부동산 투기 바람이 일어난 반면, 정치적으로는 유신 독재로 인한 획일적인 정치 체제가 지속되었다.

'80년대는 신군부 권력의 음모와 위선이 이중적으로 작용하여 민중은 진실을 갈망하면서 항쟁을 하게 된다.

'90년대에는 문민 정부가 들어섰으나 빈부의 격차는 극심하게 되었고, 극도의 사치 풍조는 IMF 관리 체제를 불러왔다. 이러한 흐름 가운데 우리의 역사적 현실에는 자연히 군사 문화에서 문민 문화에로의 전환이 일어나게 된다.

특히 '90년대 이후 급격하게 발달한 정보 문화의 발달은 우리 사회에 새로운 세계를 향한 모험심을 부추기고, 문화가 상품화되어 애니메이션이나 캐릭터, 게임 산업, 인터넷 방송 등이 급격하게 발달한다. 한편으로 학문에

서는 문화적 제국주의에 대항하는 민족 문화에 대한 관심이 고조된다. 이
전의 민족 문화는 민속적이고 토속적인 것을 지키려는 민속 문화의 성격이
강한 것이었다. 그러나 그것은 관광 상품이 될 수 있을지는 몰라도 현대
사회의 특성과 결부된 전통이나 역사의식을 확립하기에는 어딘지 미흡한
면이 있었다.

그래서 21세기에는 과거의 역사와 문화를 현대적으로 수용하고 외래의
문화를 우리의 것으로 전유하는 데에 관심을 가지게 된다. 문학 역시 마찬
가지여서 '혼의 문학'의 도래를 맞게 된다.

그동안 한국의 문화는 선진국의 문화를 수입하는 데 급급하였다. 문학
에서도 유럽이나 미국에서 발달하였던 모더니즘이나 포스트모더니즘,
신비평이나 러시아 형식주의, 구조주의, 심리주의 비평이나 신화 비평
등이 주로 논의되었고, 우리 문학 풍토에서 자생한 문학 이론은 별로 없
었다. 곧 외국의 문학 이론이나 문예 사조를 가지고 우리의 문학 작품에
가져다가 맞춘 셈이었다. 그리고 학자들은 이러한 추세를 세계 문학의
흐름에서 한국 문학의 위치를 가늠하기 위한 것이라고 변명하였다. 그러
나 학자들이 우리의 문학 이론 확립에 소홀히 하는 동안 독자들은 서양
의 문화적 제국주의에 함몰되어 가고, 사대주의에 길들여져 외국 것에
기대야만 작품 분석이 되는 노예 근성이 자라나기도 하였다. 그런데 과
연 우리 문학 풍토에는 자생적인 문학 이론이 없는 것인가. 그리하여 외
국의 문예사조가 나오기만 하면 쏜살같이 달려들어 수입하는 데에만 열
을 올려야 하는가.

이때 문학은 우리 나름대로의 혼을 불살라야 할 것이다. 우리의 혼은 위
기와 고뇌의 현실을 극복하고 해결하는 역동적인 힘을 발휘해야 할 것이
다. 이러한 의미에서 최근의 우리 소설은 우리 문화의 원형을 발견하고 위
기의 현실을 극복하는 동인으로서의 혼을 살리는 쪽으로 나아가고 있다.

박정규의 「파업」(『월간문학』 371호, 2000. 1)은 지하철을 배경으로 한다
는 점에서 쾌속 질주의 현대 문화를 상징한다. 그런데 그 배경이 전철역의

지하 터널이라는 데서 어두움 가운데서 이루어진다. 곧 지하철은 우리의 감추어져 있던 내면을 여는 공간이 되는 셈이다.

  지하철 노조의 파업이 있어 부역장인 '나'는 정신이 없다. 더구나 함박눈까지 뿌려 사람들은 꾸역꾸역 지하철로 몰려들어 역 안은 사람들로 만원이다. 역장의 급한 호출로 역장실에 들어선 나는 옆역에서 출발한 열차가 통신이 두절되면서 전광판에도 나타나지 않는다며 상황을 알아 보라는 역장의 지시에 따라 지하 터널로 들어선다. 나는 갑자기 들이닥칠지도 모를 열차를 피하기 위해 시계를 보아 가며 대피처로 몸을 던진다. 그리고 어둠 속에서 지난 일들을 되짚어 본다. '나'는 대학에서 영시를 강의하는 수아를 만나 몇 차례나 여관에 들어가지만 발기가 되지 않는다. 그것은 순수하게만 여겼던 아내가 결혼 전에 아이를 가졌다는 사실을 알게 되면서부터이다. 뇌성마비 아들인 성호가 죽고나서 그는 아내와 이성으로는 부부를 염원하지만 행동은 그렇게 안 되는 생활을 계속하게 된다. 발기가 안 되는 상황에서 어느 날 아내마저 세상을 떠나 버리고 만다.

  이러한 생각을 하는 사이 나는 역장으로부터 앞역을 출발한 열차가 이미 지나갔다는 사실을 알게 된다. 파업이 끝나서 모처럼 퇴근할 수 있었던 나는 수아와 육체적인 접촉을 시도하지만 발기가 되지 않는다. 그리하여 긴 잠을 자고 나서 캔맥주를 사러 나갔다 온 사이에 수아가 자리에 없다는 사실을 알게 된다. 그리고 박사과정 공부를 위해 미국으로 갈 예정이라는 수아의 쪽지를 발견하게 된다. 그는 새벽 일찍 전철역으로 출근하여 첫 차가 지나가기 전에 자신이 파업 기간 동안 왜 열차가 지나가는 걸 터널 안에서 못 보았는지 확인하기 위해 터널 안으로 들어선다. 그리고 터널 안의 대피소 안에서 숙면을 취한 나는 '그동안 파업하고 있었던 생식 능력이 다시 소생한 것'을 느끼면서 빛이 있을 출구를 향해서 걷는다.

  이러한 스토리는 쾌속 질주의 문명 사회에서 바쁜 일상을 살아가는 현대인의 모습을 상징적으로 보여 준다. 자신의 생식 능력이 잠자고 있는 것도 모른 채 바쁜 업무에 쫓기던 나는 지하 터널의 대피처에서 자신의 기억 구조를 더듬음으로써 존재를 확인하게 된다. 이러한 모습은 생명의식을 상실한 채 바쁜 일상을 살아가는 현대인의 모습을 상징하는 것이기도 하다. 그러므로 지하 터널의 대피처가 나의 생식 능력을 복원해 주었듯이 현대인은 자신의 내면 세계를 돌아봄으로써 인간 본래가 가지고 있던 생명성을 되찾아야 할 필요가 있는 것이다. 따라서 「파업」은 쾌속 질주의 일상에서 망각하고 있던 인간 본래의 생명성을 되찾기 위한 스트라이크가 개인의 내면에서 일어날 것을 요구한다.

유선희의 「서로 달랐던 사랑」(『월간문학』 373호, 2000. 3)은 바쁜 일상에서 육체적인 성에만 탐닉해 있는 '너'에 대한 '나'의 인식의 변화가 독백체로 일관되게 전개된다. 나는 너를 사랑한다. 그것은 너가 미모와 원기 왕성함과 넓은 견문 등을 갖추고 있었기 때문이다. 늘 직장 일로 쫓기는 나와 너는 너가 귀국하여 세미나의 휴식 시간에 겨우 시간을 내어 서로가 전철을 타고 와 중간 지점에서 만나야 할 정도로 바쁘다. 그러는 너는 아는 여자도 많다. 그러나 나는 너를 사랑하기 때문에 만나고 싶어한다. 늘 수동적인 자세만 취하던 나는 어느 날 너에게 만나고 싶다는 메시지를 보낸다. 너는 바쁜 직장 일 속에서도 나를 위해 달려와 주겠다고 하나 이미 늦은 시각임을 안 나는 다음 날 보자고 한다. 다음 날 어느 호텔의 일식집에서 2시간여를 기다리던 나에게 다가온 너는 호텔로 올라가자고 하나 나는 강력하게 거부한다. 그리하여 두 사람은 교외로 드라이브를 나가나 너는 '그동안 내게 공들여 온 목적이 나와 섹스를 하기 위한 것이었다고 거침없이 말한다.' 나는 너를 보며 '인간이 섹스를 못하면 저렇게 야비해지기도 하는구나'를 깨닫는다. 그리하여 그 자리를 뛰쳐나온 나는 오랜 시간이 지난 후 괴로웠던 마음이 치유됨을 깨닫는다.

시종일관 독백체로 전개되는 이 작품은 육체적인 성에만 매달려 있는 너와 참다운 사랑을 하려는 나의 대비를 통해 진정으로 추구해야 할 성이 무엇인지를 제시한다. 성의 본질이 무엇인지를 너와의 만남을 통해 터득해 가는 나의 모습에는 순수한 성에서 인간다움의 본질을 추구하려는 혼이 들어 있다. 곧 육체적이고 쾌락적인 성만을 추구하는 문란한 사회를 순화시키기 위해서는 본질적인 성의 원형을 제시해야 한다는 메시지가 담겨 있는 것이다.

홍석영의 「허상의 그늘에서」(『조선문학』 105호, 2000. 1)는 요즈음 사회 문제로 제기된 교육 문제를 담론으로 하고 있다. 41년의 교직 생활을 마친 허영구는 어느 날 '이대로'라는 제자를 만난다. 그는 사업에 성공해서 홍신 중·고등학교를 인수하고 재단 이사장이 된 사람이다. 이대로는 30년 전에 가정 형편으로 학교를 그만둘 수밖에 없을 적에 허영구가 자퇴를 만류했었다며, 허영구에게 홍신 학교의 재단 이사가 되어 줄 것을 요구한다. 그리고 허영구는 이대로로부터 자서전을 건네받는다. 그 안에는 이대로가 부정한 방법으로 돈을 번 사실이 자랑스럽게 기록되어 있다. 어느 날 재단 이사회에 참석한 허영구는 이대로로부터 징계위원장이 되어 줄 것을 요구받는다. 몇 차례의 사양에도 불구하고 징계 위원장이 된 허영구는 이대로측에서 내어 놓은 대로 세 명의 교사에게 파면, 다섯 명의 교사에게 육개월간 감봉 조처를 내리는 결정을 강요받는다. 결국 이 일은 신문에도 오르내리게 되어 걱정하던 허영구는 파면 조처를 받은 김일구로부터 전화를 받는다. 왜 명예롭지 못한 일에 함부로 나서냐는 내용이었다. 이를 통해 허영구는 진실을 가장한 위선의 폐해를 직감하게 된다.

교육 문제를 제재로 한 작품이기는 하지만 그 이면에는 불의와 부정이 위선으로 가리워진 사회의 한 단면을 꼬집고 있다. 여기에는 위선을 드러내 놓고 진실을 찾고자 하는 화자의 혼이 내포되어 있다.

이충호의 「풍파」(『월간문학』 372호, 2000. 2)는 가문의식과 환경 문제의 갈등을 다룬 작품이다. 아버지는 추석 날 삼촌을 간절히 기다리고 있다. 그러나 삼촌은 끝내 나타나지 않는다. 두 사람의 갈등은 원자력 발전소 추가 건설이 있은 후부터 계속되었다. 추가로 건설되는 발전소 부지의 입구에 있던 과수원 땅을 아버지가 팔아 치웠다 해서 삼촌은 왕래를 끊은 것이다. 그래도 아버지는 삼촌이 명절 때만은 와 주리라고 기대하지만 삼촌은 끝내 나타나지 않는다. 발전소 건설은 이 두 사람에게만 갈등을 일으키는 것이 아니다. 발전소의 일용직으로 근무한 적이 있던 당숙은 어느 날부터인가 발기가 되지 않아 당숙모가 바람을 피우는 일까지 생기고, 이 때문에 당숙모와 내연 관계에 있던 신철근과 당숙모, 그리고 당숙이 비참한 모습으로 죽어 있는 모습이 발견되기도 한다. 마을 사람들은 이 모든 일이 발전소가 건설됨으로 해서 생긴 일이라고 본다. 삼촌이 추석날 끝내 오지 않자 나는 성묘를 가기 위해 집을 나서고 명절인데도 반대 시위를 하는 마을 사람들 틈에 삼촌이 있는가 하고 기웃거리기도 하지만, 삼촌은 보이지 않는다. 그런데 조부 산소에 들르자 거기에 삼촌이 있는 것이다. 삼촌은 거기서 월남전 얘기를 꺼낸다. 고엽제를 뿌린 후 국군에게 안전하니 수색을 나가라 해서 나갔지만, 나중에 알고 보니 고엽제 피해가 크더라는 얘기를 하면서, 삼촌은 발전소 건설로 인해 쫓겨나는 사람들의 형편을 생각해 보면 고엽제 사건과 같은 권력자의 위선이 생각나 그들 편에 서지 않을 수 없다는 말을 한다. 그런 삼촌의 말을 들으면서 나는 어느덧 삼촌의 입장을 이해하게 된다.

여기에는 생계와 환경을 위협하는 원자력 발전소의 위해성을 부각시키면서 그 때문에 기존에 중시하던 가문의식마저 팽개칠 수밖에 없는 현실이 잘 표현되어 있다. 이는 환경 문제가 우리의 전통적인 가문의식이나 생계마저도 파괴할 수 있다는 메시지와 함께 문명의 이기에 대한 비판적인 시각을 가지게 한다.

그동안 한국 문학은 순수와 참여라는 이분법, 순수 문학 / 민중 문학 / 포스트모더니즘 문학의 삼분법, 남한 문학 / 동포 문학 / 북한 문학이라는 경계가 두드러지게 작용해 왔다. 그러나 20세기 후반의 포스트모더니즘은 경계의 해체를 요구하고 나선다. 그렇다면 '인간 / 현실' 또는 '민주주의 / 사회주의'라는 이분법의 경계 역시 자본주의의 위세 앞에 새로운 전기를 맞지 않으면 안 된다. 위에 열거한 소설들은 이제까지의 인간성 아니면 현실이라는 경계를 해체하고 인간과 현실을 융합시켜 바라본다는 점에서 새롭

다. 곧 한국의 역사적 터전에 놓인 가치관, 교육, 환경 등의 문제를 다루면
서도 인간과 현실의 위선성을 벗긴다는 공통 분모적인 요소를 융합시켜 바
라보고 있다. 이는 인간성 아니면 현실이라는 이제까지의 경계를 무너뜨린
것이며, 역사적 현실 속에서 성·교육·환경이라는 담론을 앞에 놓고 혼이
담긴 자세로 극복하겠다는 화자의 의지를 엿보게 하는 것이다.

V. 현대 소설에 나타난 타자

1. 문서설과 반문서설

기독교 신학에서 문서설을 주장하는 학자들은 『창세기』본이 이전에 흩어져 있던 문서들을 한데 모아서 이루어진 것이라고 보는 반면, 반문서설을 주장하는 학자들은 『창세기』에서 같은 사건이 여러 번 나오는 것은 반복의 표현 기교일 뿐 흩어져 있는 문서들을 모은 것이 아니라는 주장을 편다. 그것은 다음과 같은 성경 구절들 때문이다.

    * 하나님이 사람을 창조함
1 : 27 하나님이 자기 형상 곧 하나님의 형상대로 사람을 창조하시되
2 : 7 여호와 하나님이 흙으로 사람을 지으시고 생기를 그 코에 불어넣으
    시니 사람이 생령이 된지라
5 : 1 하나님이 사람을 창조하실 때에 하나님의 형상대로 지으시되

    * 남자와 여자를 창조함
2 : 18 여호와 하나님이 가라사대 사람의 독처하는 것이 좋지 못하니 내
    가 그를 위하여 돕는 배필을 지으리라 하시니라
2 : 21-22 여호와 하나님이 아담을 깊이 잠들게 하시니 잠들매 그가 그 갈
    빗대 하나를 취하고 살로 대신 채우시고 여호와 하나님이 아담에게
    서 취하신 그 갈빗대로 여자를 만드시고 그를 아담에게로 이끌어 오

시니

　　5 : 2 남자와 여자를 창조하셨고 그들이 창조되던 날에 하나님이 그들에
　　　　게 복을 주시고 그들의 이름을 사람이라 일컬으셨더라

　　* 선악을 알게 하는 나무의 열매를 먹은 죄로 사람으로 하여금 땅을 파
　　　고 일을 하게 함

　　3 : 17-19 아담에게 이르시되 네가 네 아내의 말을 듣고 내가 너더러 먹지
　　　　말라 한 나무 실과를 먹었은즉 땅은 너로 인하여 저주를 받고 너는
　　　　종신토록 수고하여야 그 소산을 얻으리라 땅이 네게 가시덤불과 엉
　　　　겅퀴를 낼 것이라 너의 먹을 것은 밭의 채소인즉 네가 얼굴에 땀이
　　　　흘러야 식물을 먹고 필경은 흙으로 돌아가리니 그 속에서 네가 취함
　　　　을 입었음이라 너는 흙이니 흙으로 돌아갈 것이니라 하시니라

　　3 : 22-23 여호와 하나님이 가라사대 보라 이 사람이 선악을 아는 일에 우
　　　　리 중 하나 같이 되었으니 그가 그 손을 들어 생명나무 실과도 따먹
　　　　고 영생할까 하노라 하시고 여호와 하나님이 에덴 동산에서 그 사람
　　　　을 내어 보내어 그의 근본된 토지를 갈게 하시니라

　이를 가리켜 반문서설을 주장하는 학자들은 똑같은 사건을 반복함으로
써 강조하는 표현 기교라고 주장한다. 가령 1 : 27에 비해 2 : 7은 더 구체적
으로 표현한 것이고, 5 : 1은 아담 자손의 계보를 밝히기 위하여 서술자가
다시 한 번 반복한 것이라는 얘기다.

　그런데 최근 이와 유사한 표현 기교가 은희경과 이승우의 소설에서 선보
였다. 은희경의 「내가 살았던 집」(『문학동네』 24호, 2000. 가을)에서는 처음
과 끝 부분에서 똑같은 사건이 반복되어 전개되며, 이승우의 「나는 아주
오래 살 것이다」(『문학사상』 336호, 2000. 10)에서는 똑같은 단락이 처음과
끝 부분에서 반복되어 나온다. 이를 구체적으로 알아보자.

　마감뉴스 시간이 지난 뒤 그녀는 리모컨을 눌러 텔레비전을 끈 이후의
사건부터 시작해서 다음 날 비행장으로 가는 길에 교통 사고 현장을 목격
하고 출국하기까지의 과정을 뒤에 가서 또다시 서술하였다. 그것은 그녀의

애인이 그녀를 만나려고 찾아 왔으나 뜻을 이루지 못하자 차에 올라 자유
로 쪽으로 가속 페달을 밟은 탓에 교통 사고를 일으켰다는 내용이다. 처음
부분에서 교통 사고 현장을 목격한 것은 운전자가 그녀의 애인이라는 사실
을 모른 상태에서의 서술이었고, 반복되는 부분에서의 교통 사고는 그녀의
애인이 당한 것이었음을 안 뒤의 서술이다. 곧 전자는 애인과 관련 없는
타자로서 목격한 것이었고 두 번째 서술은 애인과 관련 있는 타자로서 목
격한 것이다. 그러므로 사건은 똑같은 것이되 보는 관점은 온전히 달라져
있어 같은 사건을 두고 그녀의 시선과 애인의 시선이 따로 전개된다. 그리
고 마지막에 가서 서술자는 자유로를 달리면서 전화를 받다가 애인이 사고
당한 곳과 똑같은 위치에서 죽을 고비를 넘기게 된다. 따라서 이 작품에서
교통 사고는 애인의 것과 서술자의 것으로 둘이되, 사건은 유사하게 세 번
반복되면서도 각기 다른 시각에서 전개된다. 그래서 이 작품의 시점은 그
녀와 그의 시각에서 각기 다르게 전개되는 것이다. 말하자면 세 개의 사건
이 반복되되 중의적인 해석이 가능하게 한다. 이른바 중의적인 반복인 것
이다.

2. 타자의 역할

그런데 이 중의적인 반복은 한 작품에서만 나타나는 것이 아니다. 은희
경의 「그녀의 세 번째 남자」(『타인에게 말걸기』, 문학동네, 1996)에서 「내
가 살았던 집」과 유사한 인물이 등장한다. 그녀와 그의 관계가 그러하다.
「그녀의 세 번째 남자」에서 그녀와 그는 애초에 애인 사이다. 그런데 그
가 갑자기 결혼해 버린다. 그런데도 그녀는 그가 만나자고 하면 언제나 만
난다. 곧 그에 대해서 그녀는 언제나 수동적이었던 것이다.
「내가 살았던 집」에서도 그녀와 그가 등장한다. 그녀와 그는 애인 사이
였다. 그런데 그가 갑자기 결혼해 버렸다. 그런데도 그녀는 그가 만나자고

하면 언제나 만나는 편이었다. 곧 그에 대해서 그녀는 수동적인 편이었던 것이다. 전자와 차이점이 있다면, 그녀가 생리를 시작한 딸을 가진 미혼모라는 점과 마지막으로 만나 달라는 부탁을 거절하자 그가 차를 과속으로 몰아서 죽었다는 점이다. 그래서 「내가 살았던 집」은 「그녀의 세 번째 남자」의 속편이라는 생각이 든다.

다른 점이 하나 더 있다. 「그녀의 ……」의 그녀는 애인의 영역에서 벗어나기 위해 애인과 함께 갔었던 영추사라는 절을 찾아가 결코 사랑하지도 않는 목수와 살을 섞지만 끝내는 애인에게 회귀하고 만다. 그런데 「내가 ……」에서는 그녀가 만남의 지속을 거절하다가 끝내 애인이 죽고 마는 줄거리로 되어 있다. 이와 같이 그녀가 방향을 선회한 이유는 무엇일까. 여기에는 타자의 시선이 개입해 있기 때문이다. 앞에서 언급하였듯이 똑같은 사건의 반복에는 사건을 바라보는 그녀의 시각이 달라져 있다. 앞의 사건이 그녀의 자아가 중심이 되어 교통 사고와는 아무런 관련이 없는 듯이 서술된 것이었다면, 뒤의 사건은 애인의 시점에서 교통 사고를 해석하고 있는 것이다. 곧 애인의 시각은 그녀의 대타자였던 셈이다.

이를 라캉의 거울 이론으로 해석해 보자. 어린 아이가 사물을 있는 그대로 받아들이는 인식을 상상계, 어른이 되어 사회 규범 등 상징적인 관계를 인식하는 것을 상징계, 상상력 등으로 이 두 가지를 포괄하거나 초월하여 바라보는 것을 실재계라 할 때, 애인과의 관계에서 그녀의 인식은 상상계를 벗어나 상징계로 들어서는 셈이 된다. 이는 대타자 때문이다. 상상계에서 그녀는 애인에게 꼼짝 못하는 편이었다. 그런데 그녀가 외국을 다녀오는 동안 그녀는 자신의 처지를 타자의 입장에서 바라보게 된다. 그래서 그녀는 애인의 죽음을 보고서도 초연해질 수가 있었던 것이다.

그렇다면 은희경 소설에서 타자는 어떻게 형성되어 왔는가. 이를 구체적으로 알아보기 위해 『타인에게 말걸기』(문학동네, 1996)를 잠깐 들여다 보자.

「이중주」(1995년 동아일보 신춘문예 당선작)는 은희경의 등단 작품이다.

여기에는 정순과 그의 딸 인혜, 두 여성이 등장한다. 두 사람은 마치 친구 같이 닮은 점도 많이 있다. 남편들에 의하여 *忍苦*를 전유물같이 부여받는다. 정순의 남편은 사업을 핑계로 바람을 피웠고, 인혜는, 가부장적 권위를 내세우며 성격 차이 운운하는 남편의 투정을 받는다. 인혜는 암으로 투병하는 아버지를 간호하는 정선을 통해서 타자를 인식하게 된다. 타자는 가부장적 권위의 굴레에 씌워 있는 자아를 발견하게 한다. 심지어 남동생인 인호까지도 남성으로서의 자부심을 숨기지 못한다. 타자의 위치에 있는 정선을 통해서 인혜는 지난 시절 여성이기 때문에 받아야 했던 남녀 차별의 설움을 기억해 낸다. 그래서 인혜가 옛날 고향의 남자 친구를 만난다며 나무라는 인호에게 "합의 이혼한 지 한 달 넘었다."며 가족들이 있는 병실을 나가 버린다. 그로 인해 충격을 받은 정순 남편은 나흘 동안 사경을 헤매다가 닷새째에 끝내 세상을 등지고 만다. 남녀 불평등의 가정에서 인혜가 선택한 것은 '아버지 죽이기'였다. 그것은 남녀 불평등의 인습에 대한 저항이었고, 자신과 비슷한 삶을 살았던 정선이 타자로서의 역할을 해 주었기 때문에 가능한 것이었다.

「먼지 속의 나비」에서의 타자는 성담론을 통해 페미니즘을 선언하며 보다 더 과격한 행동으로 나온다. '선희'는 주위 사람들로부터 '걸레' 취급을 받으면서도 뭇남성과의 성 관계를 멈추지 않는다. 선희와 대학 동기이면서도 그녀를 '걸레' 취급하는 방혜원은 선희의 성 담론에 대하여 비판적이다. 방혜원이 일상적인 여자를 대변하는 자아 역할을 한다면, 선희는 거기서 일탈한 타자의 역할을 한다. 말하자면 두 인물은 같은 인물의 분신이 나누어진 자아와 타자인 셈이다. 이 작품에서는 선희라는 타자에 비중이 있다. 선희의 성에 대한 개방적인 태도는 이제까지 여성의 성이 남성에 비하여 수동적 위치에 있었던 데 대한 저항의 표현이다. 그녀는 "넌 그럼 정말 아무하고나 자니?" 하고 물어오는 주원에게 선희는 이렇게 대답한다.

"넌 길음동이나 청량리 안 가? 남자들은 좋아하는 여자랑 자는 것과 창녀랑 자는 것을 꼭 구별하려고 하더라. 창녀랑 자는 것은 남자로서 얼마든지 있을 수 있는 일이니 논외로 하고, 자기는 좋아하는 사람하고만 자니까 아무하고나 자는 건 아니라는 거야? 난 그런 구별은 안 해."

이는 남성 중심의 성 담론에 대한 페미니즘적 담론이며, 남성에 대해 능동적인 성 담론을 함으로써 여성의 불평등을 지양하려는 하나의 전략이 된다.

은희경 소설에서 이와 같은 자아와 타자의 역할은 한 작품내에서 뿐만이 아니라 타작품과의 관계에서도 드러난다.

「그녀의 세번째 남자」가 타자가 없는 자아 중심의 시선으로 전개된다면, 「내가 살았던 집」은 타자가 개입한 시선으로 전개된다. 전자가 불륜의 지속이라면, 후자는 불륜 관계의 끝에 해당한다. 그것은 「그가 살았던 집」에는 타자가 개입해 있기 때문이다. 타자는 자아를 멀리 떨어진 객관적인 자리에서 바라보는 또 다른 자아이다. 그렇다면 두 작품 사이에서 인물의 유사성과 행동의 변별성이 있는 것을 대비시켜 보면, 한 작품이 타작품에 대하여 타자 역할을 하고 있다는 사실을 알 수가 있다. 「그가 ……」는 「그녀의 ……」의 타자가 되며, 전자가 타자에 해당한다면, 후자는 자아에 해당할 수도 있는 것이다.

3. 거문고 갑을 쏘아라

『삼국유사』의 「거문고 갑을 쏘다」 부분을 보면 다음과 같은 이야기가 나온다. 제21대 비처왕이 천천정에 행차하였을 때의 일이다. 한 기사가 까마귀를 뒤쫓다가 길을 잃어 버렸을 때 웬 노인이 물 속에서 나와 글을 올리니 겉봉에 이렇게 씌어 있었다.

> "이를 떼어 보면 두 사람이 죽을 것이고, 떼어 보지 않으면 한 사람이 죽을 것이다."
> 기사가 돌아와서 왕에게 글을 올리니 왕이 말했다.
> "두 사람이 죽는 것보다는 한 사람만 죽는 것이 낫겠다."

그러나 일관이 아뢰었다.

"두 사람이란 서민이요, 한 사람이란 왕입니다."

왕은 그 말이 옳다고 여겨 떼어 보니 그 속에는 '거문고 갑을 쏘아라' 라고 씌어 있었다. 왕은 곧 궁에 들어가서 거문고 갑을 쏘았다. 그 속에는 내전에서 분향수도하는 중과 宮主가 몰래 간통을 하고 있었다.[1]

여기서 거문고 갑 안은 불륜의 현장이 된다. 곧 왕이 모르고 있던 불륜을 알게 하는 타자 역할을 하는 셈이다. 은희경 소설에서는 타자의 역할을 하는 불륜의 현장을 거문고 갑 밖으로 꺼내 놓는 역할을 많이 하는 편이다. 「그녀의 세 번째 남자」가 그러하고, 「내가 살았던 집」이 그러하다. 서술자는 가정을 가진 유부남과 몰래 만난다. 유부남은 아내가 눈치 못 채게 일상 속에서 그녀를 만난다. 유부남이 있는 가정이 거문고 갑 안이라면, 그녀와 유부남은 거문고 갑밖에 있다. 거문고 갑 안에 있는 아내는 남편의 불륜 사실을 모른다. 그러나 가정밖에 있는 그녀의 편에서 보면 유부남의 불륜이 명백해진다. 말하자면 서술자는 거문고 갑 안(가정)에 있는 유부남의 불륜을 거문고 갑 밖(가정 밖)으로 끄집어 내 놓고 솔직하게 공개해 버리는 것이다. 「이중주」나 「먼지 속의 나비」에서 남녀 불평 등의 인습에 저항하는 여주인공의 모습도 일상에서는 사회 규범이나 관습에 의하여 숨어 있는 남녀 불평등이나 성을 밖으로 끄집어 내어서 이루어진 것이다.

이에 비하여 이승우의 소설은 거문고 갑 안에서 정체성을 발견하려는 태도를 보인다.

이승우는 이미 『생의 이면』(서울 : 문이당, 1993. 12)에서 거문고 갑 안의 신화를 모색하였다. 박부길의 아버지는 광인이었다. 부길의 어린 시절 광인은 큰아버지의 집 뒤란 '헛간처럼 생긴 작고 어두운 방'에서 차꼬를 차고 있었다. 부길은 그 골방의 남자에게서 이중적인 인상을 받는다. 하나는 두려움이었고, 다른 하나는 '묘한 힘으로 그를 끌어당기는 신비스런 친밀감

---

1) 일연, 『삼국유사』, 장백일 역해(서울 : 하서, 1996), 66~67쪽.

이었다'. 어느 날 부길은 그 남자로부터 손톱깎기를 갖다 달라는 부탁을 받는다. 그는 큰아버지의 책상 설합에 있던 손톱깎기를 그에게 갖다 준다. 그런데 다음 날 새벽에 남자는 자신의 팔뚝 살갗을 그것으로 뜯어내어 자살해 버린다. 부길에게서 자초지종을 들은 큰아버지는 그에게 함구할 것을 당부하고 조용히 장사를 치른다. 부길은 후에 그 남자가 자신의 아버지였음을 알게 된다. 아버지의 죽음 이후 어머니는 경찰 공무원의 아내가 된다. 이후 부길은 세상과의 절연을 꾀한다. 그것은 아버지가 생전에 광인이었고 어머니가 다른 사람과 재혼하는 등 불행했던 과거로부터 탈출하고 싶어서였다. 그는 인간 누구나가 가지고 있는 고향 의식을 배제한다. 그래서 그는 아버지의 무덤에 불을 지르고 고향을 떠나며 도회로만 내달린다. 그리하여 그는 죽은 아버지 대신 새로운 '아버지'를 추구한다. 그는 새로운 '아버지' 신화를 창출하기 위하여 아버지가 한때 묵었었던 무극사로 향한다. 그는 거기서 아버지 친구로부터 아버지가 사법고시를 준비했던 사실과 광인이 되기까지의 과정을 듣는다. 그 후 그는 큰아버지나 아버지의 친구가 기대하던 길을 떠나 새로운 길을 모색한다. 책을 닥치는 대로 읽는 것은 그 한 방법이다. 그러다가 그는 '종단'이라는 연상의 여인을 만난다. 그녀는 독실한 기독교 신자였다. 그녀는 그가 자신의 과거를 떠나 도달한 새로운 표적이었다. 그는 그 표적을 통해서 새로운 목적지를 추구하게 된다. 그것이 바로 신앙이었다. 그런데 어느 날 그는 종단이 학교를 방문하여 최교수를 만나고 있었다는 사실을 알고는 질투심에서 그녀에게 주먹을 휘두르고 침까지 뱉는다. 그 역시 아버지가 가지고 있었던 광인의 기질을 온전히 벗어날 수 없었던 것이다. 그가 그토록 아버지를 버리고 싶어 했건만 그 아버지가 온전히 버려지지 않았던 것이다. 그래서 그는 아버지를 닮은 신화를 모색한다. 그것은 자취방에 칩거해서 글을 쓰는 것이다. 아버지가 가지고 있던 정체성을 닮음으로써 신으로부터 부여받은 부조리와 자기 모순을 극복하려 한 것이다. 그것이 그의 새로운 신화이고, 그 신화는 골방에서 이루어진다. 그에게 거문고 갑 안은 은희경의 소설에서처럼 타자로서의 불륜의 현장이 아니라 아버지가 추구했던 신화를 구축함으로써 자신의 정체성을 찾는 칩거의 현장이면서 새로운 타자였던 셈이다. 이러한 타자는 「나는 아주 오래 살 것이다」(『문학사상』 336호, 2000. 10)에서도 유사한 원형으로 자리 잡고 있다. 기철은 목수학교에 다녀서 익힌 솜씨로 관 모양의 '직육면의 나무통'을 만들었다. 딸애는 그것을 의자로 사용하자고 제안한다. 그러나 그는 그 안에서 칩거하고 만다. 왜 그랬을까. 그는 한때 사업체를 운영했었다. 그러나 회사가 넘어가고 '아들뻘밖에 되지 않은 새파랗게 젊은 노조원들에게 무릎꿇림을 당하는 수모'를 겪고 빈털털이가 된 이후 그는 불면증에 시달린다. 잡지사에 다니던 딸애의 시내로 불러내어 그에게 식사를 대접한다고 했을 때 그는 순순히 응했었다. 그러나 호텔 커피숍에서 그가 오랫동안 거래하며 도움을 주었던, 은행의 강전무가 자신을 못 본 체하고 떠나려 하자 그는 강전무에게 주먹질을 하는 발작을 일으킨다. 가족의 권유로 그는 아내와 관광버스를 타고 여행길에 올라 우레산을 등산하는 길에 그는 일행과 떨어져 어느 동굴에서 모처럼만에 잠을 잔다. 이 때문에 아내는 안내인과 함께 파출소에 실종 신고를 하고, 그는 어둠이 짙은 시간에 일개 소대의 의무 경찰이 동굴을 찾아내서야 발견된다. 그 후로 그는 가끔 그 동굴을 찾아가 스무 시간씩 잠을 자는 때도 있었다. 그러다가 그는 자신이 만든 관 속에 칩거하고 만다. 그것은 그가 어릴 적 술 취한 아버지가 폭력을 휘둘렀을 때 어머니가 그를 벽장 속에 숨겨 주던 것과 관련이 있다. 어느 날 술이 취한 채 집에 들어온 그의 아버지는 벽장문을 열어젖히며 그를 찾아 내려 한다. 그때 그가 숨은 곳이 벽장 속의 뒤주이며, 그때부터 그는 뒤주 안의 생활에 익숙해진다.

기철에게 어릴 적 벽장 안의 뒤주와 현재의 '직육면체'는 동일한 타자이다. 곧 소외된 그가 안주할 수 있는 신화의 공간이다. 나아가 세상의 부조리로 인해 얻은 상처를 치유할 수 있는 칩거의 공간이다. 가족들은 '직육면체'(거문고 갑 안)을 부적응의 사내가 사는 부정적인 시선으로 바라 보았지만, 기철에게 그것은 소외를 넘어설 수 있는 구원의 공간이 되었던 셈이다.

'직육면체'는 어느 의미에서 관을 상징한다. 곧 죽음을 의미한다. 기철은 거기서 '아주 오래 살 것'이라고 선언하고 있다. 그러나 그것은 '1년밖에 살지 않을' 것에 대한 아이러니이다. 그가 죽음을 갈망하는 것은 강전무의 비정함이나 세상 사람들의 따가운 시선 때문이다. 그가 거하는 '직육면체'('거문고 갑') 안은 세상 사람들이 보는 것처럼 비정상적인 공간이 아니다. 그가 소외를 벗어나 편안히 잠을 잘 수 있는 구원의 공간이다. 그래서 서술자는 부조리의 '거문고 갑'('직육면체')을 재생의 공간으로 탈바꿈하고 싶어한다. 그가 그 안에서 죽음을 강렬히 원하는 것은 세상 사람들의 시선을 바꾸어 놓기 위한 시도인 것이다. 그래서 서술자는 다음과 같은 부분을 처음과 끝에 반복해 놓았다.

> 나는 1년밖에 살지 않을 것이다. …… (중략) ……병으로만 죽는 것이 아니고, 사고로만 죽는 것도 아니다. 병이 있다고 일찍 죽는 것도 아니고, 병이 없다고 오래 사는 것도 아니다. 확실한 것은 없고, 장담할 수 있는 것은 더욱 없다. 세상은 확실한 것을 용납하지 않는다. 가능한 확실한 장담은 사람은 언젠가는 죽는다는 것이다. 당장이든 열 달 후든 50년 후든……. 그렇지만 내가 1년밖에 살지 않을 거라는 건 아마 사실일 것이다. 그만하면 충분하다. 아닐지도 모르지만 아마 맞을 것이다.
> — 이승우, 「나는 아주 오래 살 것이다」에서

이 부분 역시 필자가 모두에 말했던 반문서설의 중의적인 반복을 확인해 주는 대목이다. 처음 부분은 자아만으로 생각하게 하는 것이고, 반복된 부분은 기철이라는 타자가 개입해서 바라보는 시선이다. 곧 소외된 자를 비뚤어지게 보는 시선이 교정될 수 있는 중의적인 의미의 반복인 것이다.

4. 주체와 타자

주체와 타자가 시선을 달리하는 것은 존재의 본질에 다가서기 위해서이다. 그래서인지 2000년의 소설에는 타자의 시선이 유난히 많았다.

　박성원의 「댈러웨이의 창」(『문학동네』 24호, 2000. 가을)은 '댈러웨이'라는 타자를 통해 진정한 예술가의 모습을 모색하였다. 서술자가 사는 집의 이층으로 이사 온 젊은 사내에 의해서 서술자는 '댈러웨이'라는 사진 작가의 작품 세계를 알게 된다.

> 가령 정물화 같은 『식탁 위의 세상』이라는 사진을 보면 어느 한가한 농가의 식탁을 그대로 찍은 듯하다. 아직도 뜨거운 김이 소락소락 올라오는 스프라든지, 막 베어먹은 듯한 빵과 노랗게 작 익은 감자를 보면 누군가의 식사 도중에 잠시 양해를 구하고 찍은 것처럼 보인다. 그래서 몇 컷의 사진찍기가 끝나면 이내 자리에 다시 앉아 빵을 수프에 찍어 먹을 것 같은.
>
> 하지만 식탁 위에 놓여 있는 스푼을 자세히 보면 무언가 희미하게 보인다. 그것을 확대하면 그 안에는 한 군인이 농부를 총으로 살해하는 모습이 담겨 있다. 댈러웨이는 그 사진을 유고 내전 당시에 실제로 찍었는데, 그는 그 순간에도 슬라브족 민간인을 학살하는 정부군의 사진을 직접 찍기보다 반사되는 물체에 담아서 사진을 찍었다. 그래서 사진을 보는 사람에게 두 번 다시 식탁의 주인공은 돌아오지 않을 것이며, 또 막연히 평화롭고 한가로이 보이던 어느 농가의 식탁은 사실 죽음의 만찬과 같다는 공포감을 주게 만든다. 그의 사진은 대부분 그런 것이다.
>
> ― 박성원, 「댈러웨이의 창」에서

　그래서 사람들은 댈러웨이의 사진을 볼 때면 가장 먼저 작품 전체를 보고 다음에는 항상 반사되는 물체를 찾아야 한다. 그것도 숨겨져 있는 반사체를. 댈러웨이는 의미를 찾으려는 사람에게만 말하는 것이다. 그래서 댈러웨이의 기법이 광고에도 응용될 정도로 사람들의 입에 오르내리고 사진 작가들은 이미 세상을 떠난 댈러웨이의 사진 전시를 보기 위해서 여행을 떠나곤 하였지만, 이층의 사내는 댈러웨이의 사진을 보고 왔다는 말은 모두 거짓일 거라고 단정짓는다. 그러면서 사내는 자신이 알기로는 댈러웨이의 사진은 특별한 전시장이 아닌 불특정 장소에서 전시된다고 덧붙인다. 그러던 어느 날 서술자는 사진 기계를 학원에 기증하러 갔다가 그곳 벽에 붙어 있는 수강생들의 작품에서 댈러웨이의 작품이라고 들은 사진(「야경」)을 보게 된다. 그래서 서술자는 수강생들의 사진집에서 사내의 증명사진 위에 댈러웨이의 작품으로 알려진 사내의 작품 사진이 있는 걸 발견하게 된다. 사내가 곧 댈러웨이였던 것이다.

이 작품은 외래 문화를 선호하는 한국인의 태도를 '댈러웨이'의 작품을 대하는 사진 작가들의 모습을 통해서 풍자하면서, 타자가 외부에 있는 것이 아니라 내부에 있음을 지적한다. 그러면서 사람들이 진실을 보지 못하고 창이나 그림자를 보는 허황함을 비판한다. '댈러웨이'가 외국 작가가 아니라 바로 우리들 가까이에 있듯이, 진실은 외부에 있는 것이 아니라 내 안에 있었던 것이다. 그리고 그것은 '타자'를 갈망함으로써 발견될 수 있는 것이다.

정소성의 「정년퇴임」(『조선문학』 111호, 2000. 7)은 주체와 타자의 관계를 보다 직접적으로 제시해 놓았다. 서술자는 아내와 딸을 잃은 전직 대사이다. 이 서술자에게 이 학장은 자신의 경험담을 소설로 써 달라는 부탁을 받는다. 그 경험담이란 어느 대사 부인과 호텔에서 2박 3일 동안 정사를 나누었다는 얘기, 비가 내리는 가운데 서해안 도로를 차로 달리다가 어느 소녀를 발견하고 어느 호수 옆의 폐가에서 관계를 맺었는데 그 집을 빠져 나오자 폐가가 물에 잠기게 되었다는 얘기다. 서술자는 그 얘기를 듣고 그 곳을 직접 가 보지만 창작의 구상이 잡히지 않는다. 서술자는 그 이유를 그의 가정사에서 찾는다.

딸 유라가 교통 사고로 죽은 이후 아내는 정신적으로 심상찮은 상태가 되었다. 아내는 불면증과 거식증에 시달려서 해골처럼 말라가다가 결국 생명을 잃었다. 그는 아내를 잃은 아픔을 창작 생활에 전념함으로써 극복하였다. 그런데 이 학장은 자신의 불륜을 소설로 써 달라고 부탁한다. 아내에 대한 사랑을 길이 간직하고 싶었던 서술자에게 이 학장의 얘기는 타자에 해당한다. 정절을 지키는 서술자와 불륜의 이학장(타자)은 현실에서 동일성을 이룰 수가 없다. 그것은 불륜의 타자와 서술자가 대비되기 때문이다. 이미 타자를 통해 불륜을 안 서술자는 현실에서 강렬하게 불륜을 거부한다. 그것은 아내와 딸에 대한 사랑에서 자신의 정체성을 찾기 때문이다. 그렇다고 타자를 인정하지 않는 것은 아니다. 이 학장이 경험했던 현장을 가본 것은 타자를 확인해 보기 위해서이다. 곧 주체와 타자 사이에는 나의 정체성을 살리는 경계가 자리잡고 있었던 셈이다. 몽상에서 불륜을 체험한 주체는 현실에서는 불륜을 거부할 힘을 가지게 되었던 것이다.

　이상에서 은희경, 이승우, 박성원, 정소성의 소설에서 타자의 역할을 고찰해 보았다. 타자는 보다 객관적이고 초월적인 위치에서 자아와 그 정체성을 확인하게 하는 역할을 한다. 자아와 타자 사이에는 경계가 있다. 그 경계를 주체가 오가면서 자아는 때론 확대되고, 때론 심화된다. 자아는 타자를 응시하고 타자에 의해 보여진다. 그러면서 현상과 실재에서 진실을 발견하게 된다. 그것은 타자가 자아의 또 다른 거울이 되어 주기 때문이다.

김동인 소설 연구

Ⅰ. 심리학적 접근

작품이란 아무리 변형된 형태라도 결국 작가의 무의식의 반영이며, 이 무의식이 작중인물의 성격이나 행동을 결정한다. 그래서 심리주의 비평적 관점에서 작품을 다루려 할 때는 크게 작가, 작품, 독자라는 세 가지 관련 양상으로 접근이 가능하다. 곧 작가를 다룰 때 작가의 체험과 개성이 어떻게 작품의 문체·주제·인물을 결정하였는가를 분석한다. 작품을 다룰 때 작품 안에서 등장인물의 성격을 분석하거나 한 작가가 즐겨 사용하는 개인적 상징을 해명한다. 독자와의 관련성은 독자가 작품에서 얻는 개인적인 작품의 특별한 자극에 반응하기 위하여 어떻게 일깨워지고, 그 작품에 구현된 경험과 하나가 되기를 모색한다. 김동인의 소설을 심리주의 비평 방법으로 다룰 경우 이 세 가지를 다 다룬다는 것은 그 범위와 논리의 면에서 상당히 광범위해지고 산만해질 우려가 없지 않다. 그래서 본문에서는 김동인의 창작 심리가 작품에 어떻게 반영되었는가를 중심으로 다루려고 한다.

김동인의 창작심리에서 가장 중점적으로 다뤄야 할 것은 콤플렉스이다. 김동인은 콤플렉스가 많았던 작가이다. 그가 창작에 손을 대게 된 것은 명예와 부를 겸하고 있던 형 김동원, 일찌기 일본의 문예 잡지에 시를 발표하던 친구 주요한, 젊은이들의 인기를 독차지하고 있던 이광수에 대한 카인 콤플렉스 때문이었다. 그가 창작에 매진하게 된 것도 모처럼 가장으로서의 자존심을 세워 보려고 시작했던 토지관개사업의 실패, 그로 인한 아내의 가출과 갑작스럽게 불어닥친 가난에 대해, 창작이 자신의 자존심을 세워줄 유일한 수단이었기 때문이다. 김동인은 자신이 내심 무척이나 사랑했던 아내의 가출로 인해 충격을 받아 불면증에 시달리고 아편을 피우게 되는 등의 노이로제 증상으로까지 발전해 갔다. 이 때문에 그의 창작에서는 작중 인물의 광기·살인 등 극단적인 행동과 갈등 양상이 나타난다. 미와 도덕성간의 갈등의 폭이 큰 「광염소나타」, 「포플라」, 「화환」, 「죄와 벌」, 「광화사」 등은 다 김혜인(김동인의 처)의 가출 이후 발표된 작품이다.

　방탕의 수단이었던 물질을 잃고 사랑하던 아내마저 가출해 버린 상황은 그에게 허전함과 정신적 고뇌를 가져다 준다. 부요를 누리고 있을 때 가졌던 오만한 태도가 생계의 어려움으로 수그러들었을 때, 그의 자존심을 누구보다도 모성애를 가지고 세워줬던 인물은 부친 김대윤의 재취인 옥씨였다. 옥씨는 임종하면서까지도 김동인에게 마지막 남은 금패물을 전해 주려 했을 정도로 그를 아꼈다. 그리고 애정이 풍부한 온화한 성격을 지녔으면서도 인격적 무게와 과단성을 가졌다. 김동인은 그런 성격을 닮은 김경애를 재취로 맞이하였고, 이후 성실한 가장으로서 임하게 된다.

　김동인은 자신의 오이디푸스 콤플렉스를 모친에 대한 효도로 극복했다. 그러나 창작 초기에 여성의 관능미를 중시했던 김동인은 현실에서는 그 미를 이룰 수 없었다. 짝사랑의 대상이었던 혼혈아 메리는 어느 날 갑자기 이사가 버렸고, 기생 김옥엽에 대해서는 질투심 때문에 절교해 버렸으며, 내심 무척 사랑했던 김혜인은 가출해 버렸으므로 자존심 때문에 찾지 않았다. 그는 현실에서 이루지 못한 미를 창작에서 찾으려 하였다.

　김동인은 예술적 미를 위해 광포한 기질을 일부러 소유하려 하였다. 그가 기생들과의 유희를 나눈 것은 그런 의도가 내포되어 있다. 그는 미를 위해서는 욕망의 리비도가 분출되어야 한다고 믿었던 것 같다. 「광염소나타」에서 K씨와 성수가 중시한 것도 리비도이다. 그들의 리비도가 추구하고 있는 것은 어떤 외적 조건의 대상이 아니라 인간 심리의 밑바닥에 도사리고 있는 욕망의 충족을 목표로 하고 있다. 김동인이 생각하고 있던 리비도는 예술적으로는 감동의 깊이를 크게 해 줄 수 있을지 몰라도, 도덕적으로는 파괴행위를 일으킨다는 공식에 사로잡혀 있었다. 그래서 「광염소나타」에서 성수는 미적 욕구는 충족되어 가지만, 도덕적으로는 파괴행위인 광기·屍姦·살인을 일삼는다. 「광화사」에서 솔거는 미인을 그리려다 소경을 죽이게 된다. 그러나 김동인은 윤리의식에서 온전히 벗어나지 못했다. 「광염소나타」에서 성수가 광기, 살인행위로 정신병원에 가게 되고, 「광화사」에서 솔거는 자신이 살인을 저지른 죄의식 때문에 죽을 때까지 원망의 눈동자가 그려진 족자를 품에 지니고 다닌다.

김동인의 작가적 재질은 리비도를 작품에 적절히 응용한 데서 나타난다. 창작에서는 심리학에서 말하는 리비도가 작중인물의 심리에 적절히 응용됨으로써 그 구성의 긴밀감을 더하기도 한다.

융은 리비도의 기본 개념을 진보와 퇴행, 외향성과 내향성 등 여러 특성으로 설명했지만, 그 근원적인 도입은 원시인이 초자연적 존재에 대해 신령스런 힘이 있다고 인식하고 그들이 기도나 제사를 통해 부여받는 정신적 능력에서 리비도 개념을 끌어왔다. 초자연적 존재와의 관계를 통해서 원시인은 자신들의 이상을 향하여 나아가는 데 의지력 등 정신적 에너지를 부여받았다. 융은 그와 유사한 정신적 에너지를 무의식의 정신적 요소들에서 찾아내어 리비도라고 규정지었다. 이런 리비도의 원초적 개념은 현대소설에서는 극적 긴장과 갈등의 폭을 크게 하는데 응용될 수 있다. 격렬한 갈등은 그것이 극복되면 정서적 안정을 가져다 준다. 원시시대의 신과 악마의 존재는 창작에서 선악, 미추, 가치와 무가치 등으로 나뉘어 독자의 심리와 감정을 끌어당긴다. 인간은 갈등과 고민을 겪지않고 단순한 심리상태만으로는 살아갈 수 없다. 그런데 환경이나 인간관계가 폭넓게 형성되지 못한 채 앞으로 일어날지도 모를 극한상황을 두려워하는 사람은 갑작스런 충격이 있으면 조발성치매증이나 정신분열증에 걸리는 경우가 있다. 그러나 창작은 리비도(정신적 요소들이 지닌 정신적 에너지)의 강도를 통해서 극적 긴장이나 갈등을 겪은 후 카타르시스를 가져올 수 있다. 곧 창작은 독자로 하여금 정신적 흥분을 작중인물의 심리와 더불어 체험케 하고 정서적 안정과 정신적 요소들간의 조화를 꾀하게 할 수 있다.

김동인은 창작에서 이상적 인간형을 제시하기보다는 심리적 결함이 있거나 정신적 요소(페르조나·그림자·아니마·아니무스 등)간의 부조화가 일어나는 경우가 많다. 그리고 김동인의 소설에서 감정의 흥분을 일으키는 등의 리비도가 적용된 작품일수록 그 문학적 가치가 높다. 「배따라기」(1921), 「감자」(1925), 「광염소나타」(1929), 「포플라」(1930), 「화환」(1930), 「광화사」(1935), 「김연실전」(1939) 등은 정신적 요소간의 불균형, 작중 인물의 콤플렉스, 그림자현상 등의 과대 분출로 광기·살인 등의 행위까지 일어난다. 이처럼 김동인은 작중인물의 심리를 사색적으로 전개하기보다는 작중인물의 극단적 행동이나 사건을 통해서 독자의 심리를 끌어들인다.

그리고 작중인물의 심리가 강한 리비도로 이끌려지거나, 그 행위가 광포하게 나타나는 작품이 많이 나온 시기가 있었는데, 이 시기를 주목해 보면, 그의 창작은 다음의 3단계로 분할될 수 있을 듯하다. 1) 1919~1927, 2) 1929~1941, 3) 1946~1948년이 된다. 이와 같이 시기를 구분하는 것은 작중 인물의 심리에서 리비도와 자아가 차지하는 비중을 참고한 것으로서, 김동인의 생애와도 밀접한 관련이 있기 때문이다.

제1기는 김동인이 서정적 이미지와 미적 정서에 관심을 가지고 의도적으로 광포한 기질을 가지려 하던 시기이다. 제2기는 관개사업의 실패와 아내의 가출로 신경증에 걸린 때이며, 이에 따라 작중인물의 심리에서 콤플렉스와 리비도의 분출이 두드러지게 나타난 때이다. 제1기와 제2기에는 김동인이 자아를 직접 개입시키기보다는 작중 인물의 심리나 사건에서 극적 긴장이나 갈등의 폭을 크게 하는 데 주력하였고, 현실과 연계되기보다는 한 인간의 숙명에 관심을 가졌던 시기이다. 제3기에는 그의 자아를 작품에 직접 개입시키고 사회에 어떤 가치관을 제시하려 하였다.

그래서 본문에서는 김동인의 창작심리가 작품에 어떻게 반영되었으며, 작중인물이 갈등을 일으키는 심리적 메카니즘이 어떠하고, 그것이 어떤 인간성과 인간다운 미의 형상화를 목표로 하였는지 살펴보고자 한다.

Ⅱ. 작가의 생애와 문학

김동인은 생애에 큰 사건이라고 손꼽을 만한 것을 두 번 겪었다. 하나는 1927년에 겪은 재정적 파탄과 아내 김혜인의 가출이다. 이로 인해 김동인은 '심한 신경증, 우울증으로 수면제를 복용하기 시작'했고, 1930년 김경애와 재혼한 후로는 생계를 위해 창작에 전념하게 된다. 다른 하나는 광복이라는 역사적 사건이다. 이를 계기로 김동인은 자신이 일제 식민지현실에서 가지고 있었던 가치관을 정리할 필요가 생겼는데, 그것은 그의 『백마강』 등에서 일제의 내선일체에 동조했던 사실을 검열기관의 강압에 의한 것이었다고 변명하면서, 자신은 일제의 조선어로만 쓰라는 탄압에도 불구하고 오로지 조선어로만 썼다 해명한다.

김동인은 이 두 사건을 겪으면서 작품 활동을 잠시 중단하는 공백기도 있었다. 김동인이 겪었던 이러한 커다란 사건과 공백기는 그 작품 양상과 더불어 그의 창작활동을 크게 세 시기로 나누어 생각할 수 있는 근거가 된다.

제1기 : 1919. 2~1927. 4 ; 「약한 자의 슬픔」-「딸의 업을 이으려」
제2기 : 1929. 1~1941. 12 ; 「광염소나타」-『성암의 길』

제3기 : 1946. 1~1948 ; 『정열은 병인가』—『을지문덕』

（「 」부호는 단편소설을,『 』부호는 장편소설을 가리키며, 김동인 소설
전체를 통틀어서 구분한 것이다. 김동인은 제2기부터 장편소설을 쓰기
시작하였다. ）

이러한 구분에서 가장 두드러지게 나타나는 현상은 제1기에는 「약한
자의 슬픔」, 「배따라기」 등에서 소나기·바다 등의 이미지를 작중인물의
심리와 연결시켜 서정성을 불러일으키거나, 「거치른 터」, 「딸의 업을 이
으려」 등과 같이 도덕성이 개입해 있다는 점이다. 제2기는 「광염소나타」,
「광화사」에서 볼 수 있는 것처럼 갈등이 큰 작품이 많으며, 제3기는 사회
적 혼란을 바로잡는 데 기여하기 위해서 김동인의 자아가 직접 개입한다.

김동인의 생애에서 제1기는 카인 콤플렉스가 심했던 시기이다. 프로이트
에 의하면 어린아이가 새로 태어난 동생에게 증오감으로 대하며 주저하지
않고 배척하려 드는 것은 이 카인 콤플렉스 때문이다. 이 카인 콤플렉스는
이복형 김동원, 고향 친구이면서 문우인 주요한, 문인 이광수 등을 상대로
해서 나타난다.

김동원은 일찌기 기독교 장로였던 부친 김대윤의 뜻에 따라 기독교인으
로서 안도산 등 민족 지도자들과 교유하였을 뿐만 아니라, 물려받은 유산
을 잘 간수하여 고무신 공장 등의 사업으로 평양 상공회의소 중요 멤버가
되었으며, 광복 후 국회 부의장까지 지낸 정치가였다. 이와는 대조적으로
토지관개사업의 실패로 물려받은 재산을 다 날려버린 김동인은 김동원을
'김장로로 호칭할 정도로 비꼬고 돈푼이나 벌지만 인간미가 없다고 못마땅
하게 여겼다'. 더우기 재혼하여 서울 살림이 어려울 때 형에게 도움을 청했
다가 단호하게 거절당한 이후 김동인은 김동원과 불편한 관계였으며, 김동
원의 집을 한 번도 방문하지 않을 정도로 담을 쌓고 살았다. 김동원에 대한
카인 콤플렉스는 김동인으로 하여금 창작으로 자존심을 세워 보려는 의지
를 더욱 굳게 하였다.

김동인이 창작에 발을 들여놓게 된 동기도 고향 친구 주요한에 대한 카인 콤플렉스 때문이었다. 주요한에 대한 카인 콤플렉스는 명치학원에 다니던 주요한의 하급생 노릇을 하기가 싫어서 다른 학교인 동경학원에 입학할 정도였다. 그리고 『창조』 발행 동기도 주요한이 이미 수 편의 시를 일본 잡지에 발표하였고, 김동인은 여러 잡지에 투고했으나 실리지 않은 데 대한 오기도 포함되어 있었다.

김동인이 창작생활을 할 때의 경쟁 상대는 춘원이었다. 「조선근대소설고」, 「춘원연구」 등에서 춘원 문학의 장점보다는 그 비판이 주류를 이루는 것은, 춘원에 대한 카인 콤플렉스 때문이었던 것 같다.

대개 작가가 작품에 가장 잘 드러내 놓을 수 있는 것은 자신의 체험을 통한 관찰로 얻어진 것들이다. 그 체험이란 작가 자신의 것이면서도 인간 누구나가 겪을 수 있는 보편적인 것일 수 있다. 이와 마찬가지로 김동인이 가장 자신있게 드러내 놓을 수 있는 것은 그가 직접 체험했던 것이며, 구체적으로 말하자면 카인 콤플렉스이다. 더구나 창작은 개연성 있는 허구라는 점에서 얼마든지 자신의 콤플렉스를 위장시킬 수도 있으며, 미적으로 승화시킬 수 있는 공간이 마련되어 있다.

「배따라기」는 김동인의 카인 콤플렉스가 형상화된 작품이다. 김동인은 김동원의 옆집에 살았던 수산물 도매상의 딸 김혜인과 형의 중매로 결혼하였다. 김혜인은 '평양 제일의 멋쟁이'(김동원의 딸 김순환 씨의 증언, 미국 거주)였으며, 성격이 활달하였다. 김동인은 카인 콤플렉스를 느끼고 있던 김동원의 중매로 결혼한 것이 자존심이 상했던지, 신혼생활 6개월 후 일본으로 건너가 가와바다 미술학교에서 아끼꼬를 사귀었다. 이런 점은 「배따라기」에서 '그'의 '아우'에 대한 카인 콤플렉스와 유사한 면이 있다.

「배따라기」(1925)에는 가족 콤플렉스와 그것을 미적으로 승화시키려는 노력이 들어 있다. 말하자면 「배따라기」의 공간에다 인간이 겪을 수 있는 카인 콤플렉스의 원형을 표현하였다.

「배따라기」에서 그가 가진 카인 콤플렉스는 주위상황으로 보아 당연한 귀결이었다. 그와 아우가 살던 곳은 영유에서 이십 리나 떨어진 조그만 동리였다. 더구나 그곳은 카인과 아벨의 신화 공간처럼 인간 관계를 폭넓게 가질 만한 곳이 못 되었다.

> 그의 부모는 모두 열댓 났을 때 없었고, 남은 친척은 곁집에 딴살림하는 그의 아우 부처와 자기 부처 뿐이었었다. 그들 형제가 그 마을에서 제일 부자이고 또 제일 고기잡이를 잘하였고, 그 중 글이 있었고, 배따라기도 그 마을에서 빼어나게 그 형제가 잘하였다. 말하자면 그 형제가 그 동리의 대표적 사람이었었다 …….
>
> — 「배따라기」에서

형제가 서로 대등한 자격을 가지고 있는데, '그의 안해는 촌에는 드물도록 예쁘게' 생겼으니, 그의 카인 콤플렉스가 그런 조건 아래서 생겨나지 않을 수 없다. 그리고 그것이 양가감정(ambi-valence, 상반되는 감정이 동시에 일어나는 일)으로 심한 분열을 일으킨다는 데서 비극의 씨앗이 탄생되고 만다.

그는 아내를 지극히 사랑하면서도 아내가 다른 사람에게 잘 대해 주면 질투를 일으키며 자기만을 사랑해 주기를 은근히 바란다. 이것이 심하게 되면 아내를 때리기까지 한다. 그의 아내는 '대단히 쾌활한 성질로서 아무에게나 말 잘하고 애교를 잘 부렸다'. 그 동리에서는 무슨 명절이나 되면, 집이 마을에서 깨끗함을 핑게삼아 젊은이들이 모두 그 집에 모이곤 하였다. 웃기 잘하는 아내는 그들에게도 '늘 웃음을 흘리고' 하여, 그는 젊은이들이 돌아가고 나면 아내를 때리고 말리러 오는 아우 부처까지 때렸다. 그가 아우에게 그렇게 구는 데는 이유가 있었다.

> —그의 아우는 촌사람에게는 다시 없도록 늠름한 위엄이 있었고, 만날 바닷바람을 쏘였지만 얼굴이 희었다. 이것 뿐도 시기가 된다 하면 되지만, 특별히 안해가 그의 아우에게 친절히 하는 데 이르러서는 그는 억울

하도록 시기를 하였다.

— 「배따라기」에서

그는 맛있는 음식은 남겨 두었다가 나중에 먹고 하는 습관이 있었는데, 그의 아내는 그가 몇 번이나 눈짓을 했건만 그걸 아우에게 가져다 준다. 그는 그것을 참지 못하고 아내가 그의 발을 밟은 것을 핑게로 욕설과 폭력을 휘두른다. 그만큼 그는 아내를 사랑하면서도 질투가 심하다. 한번은 아우가 영유 고을에서 열흘쯤 묵어온 일이 있었는데, 그의 아내는 제수와 아우를 나무라다가 그에게 와서 왜 아우를 그냥 놔 두느냐고 하였다가, 그에게 심하게 두들겨 맞는다. 한번은 그가 아내에게 줄 거울을 사 가지고 평소에 즐기던 술집에도 안 들리고 돌아왔는데, 아내와 아우가 방안에서 떡상이 차려진 채 옷매무새가 흐트러져 있는 것을 발견한다. 그는 방안에 있는 쥐를 잡으려다가 그렇게 됐다는 그들의 변명은 들어보지도 않고 두 사람을 실컷 두들겼고, 아내는 집을 나가 바다에 몸을 던져버린다(아내는 자신의 몸을 상처내 상대방에게 충격을 주려는 '개자추 콤플렉스'를 가지고 있었던 듯하다). 이로 인해 아우는 형수를 장사지낸 이튿날 집을 나가버린다. '그'는 자신의 오해로 빚어진 비극에 대해 속죄하고자 아우를 찾아 떠나지만, 아우를 끝내 만나지 못하고 이십 년 가까이 배따라기를 부르며 아우를 찾아다닌다.

「배따라기」는 '그'의 카인 콤플렉스가 사랑과 질투라는 심한 양가감정과 함께 의처증세로 나타나고, 그로 인한 비극이 벌어지고서야 속죄의 길을 걷는 줄거리로 요약된다. 이 작품에서 미적 특성은 속죄의 길을 걷는 과정에서 드러난다. 그러므로 이 작품은 카인 콤플렉스가 아우에 대한 속죄의 과정을 통해 미적으로 승화됨을 그렸다. 아우가 집을 나갈 때는 '시뻘건 저녁 해를 등으로' 받으면서 걸어갔다. '그'가 풍랑으로 파선하여 정신을 잃었을 때 아우는 '새빨간 불'을 피워 놓고 그의 옆에서 돌보았고 '새빨간 빛을 등으로 받으면서' 사라진다. 여기서 '새빨간 빛'이란 아우의 사랑의 객관적 상관물이다. '그'는 아우를 찾으러 다니면서 그 사랑을 닮아가고, 그에 따라 카인 콤플렉스도 줄어든다. 그러기에 아우를 찾아다니던 '그'도 어느새 '시뻘건 저녁 해를 잔뜩 등으로' 받게 된다. 곧 자연과 융화하면서 콤플렉스를 극복해 나가는 것이다. '그'는 아우를 찾아나섬으로써 콤플렉스를 극복해 나가고, 작중화자는 '그'를 바라봄으로써 자신이 자연의 미를 찾는 궁극적인 목적을 발견하게 된다. 그것은 다름아닌 환경과의 융화를 꾀함으로써 인간에게 주어진 콤플렉스를 극복할 수 있다는 가능성이다. 따라서 그것은 '그'와 작중화자의 구도과정이면서, 콤플렉스를 가지고 태어난 인간 누구나가 추구해야 할 과정이기도 하다.

김동인은 카인 콤플렉스가 심했던 작가이다. 이것을 그는 창작을 통해서 미적으로 승화시켜 나갔다. 제1기에 그의 창작생활은 자아 형성을 위한 것이었다. 이를 위해 그는 이미지가 지닌 서정성과 상징을 철저히 이용하였다. 「배따라기」에서 바다 이미지는 인간 관계의 갈등을 반영하고 그 淨化를 위해 진행되는 삶의 場을 상징하며, 햇빛 이미지는 삶의 희망과 사랑의 마음을 상징한다. 그래서 바다에서 아내가 자살하기도 하며 '그'가 아우에게 속죄하기 위하여 방랑의 길을 떠나는 곳도 바로 바다이다. '그'가 거울을 사 가지고 아내에 대한 사랑의 마음을 갖고 있을 때 저녁 햇빛이 비쳤으며, 아우가 물에 빠져 정신을 잃은 '그'를 돌보고 떠날 때에도 햇빛은 비쳤다. 이러한 상징은 「약한 자의 슬픔」(1919)에서 엘리자베트가 약자의 비애를 느낄 때에는 소나기와 장마로, 그녀가 강자가 되기를 소원할 때에는 램프불빛이 '살아라'고 소리치는 환상으로 나타난다. 이것은 「마음이 옅은 자여」(1920)에서 K가 실연에 빠졌을 때에는 강이나 溪流의 이미지로 나타나고, 가장으로서의 자아를 발견할 거라는 암시를 기차를 타고 갈 때의 소나기가 퍼붓는 가운데 램프 불빛으로 상징되기도 한다. 김동인은 상징을 통해 서정성과 작중인물의 심리를 드러내었던 것이다.

Ⅲ. 창작심리와 작중인물

1. 창작동기

칠보르크(Gregory Zilboorg)에 의하면 나르시즘이란 사랑하는 대상으로서 다른 사람 대신 자신을 선택함[1]을 의미한다. 그래서 나르시즘에 빠진 사람은 자신을 내적으로 사랑하며, 자신의 이미지를 존경한다.

나르시즘적 경향을 가진 사람은 다음과 같은 몇 가지 특성을 가진다.

첫째로, 자기 과장을 한다. 이때의 자기 과장이란 어떤 적절한 근거 없이 자신을 가치있는 존재로 사랑하고 존경하는 것을 의미한다. 나아가 자기 과장이란 자신이 가지고 있지 않은, 또는 가지고 있다 하여도 자신이 생각하는 것처럼 그리 대단하지는 않은 질(quality)에 대해 다른 사람이 사랑하거나 존경해 줄 것을 기대한다. 둘째, 나르시즘적 경향에 빠지면 정서적 유대감은 상실되고 다른 사람을 사랑할 능력을 잃게 된다. 셋째, 다른 사람에게 사랑받을 수 있도록 가치있는 것을 발달시키거나 추구[2]한다. 그러나 다른 사람이 해 놓은 결과를 무시하려는 위험한 의도도 내포하고 있다. 이런 형의 사람은 순수한 목적이 아닌 다른 목적, 즉 승리감이나 지위를 위해

---

1) Karen Horney, 『정신분석의 새로운 이해』, 송요대 · 김현옥 역(서울 : 중앙적성출판사, 1991), 73쪽.
2) 상게서, 73~81쪽.

여인을 선택하기도 하며, 삶의 본질보다는 다른 사람의 시선을 받는 광택이 더 중요[3]하다.

김동인은 자신의 나르시즘을 창작으로 승화시켰다고 볼 수 있는데, 이 과정을 구체적으로 알아보면 다음과 같다. 김동인은 자신이 '나의 아버지가 유아독존적인 사상을 어린 머리에 깊이 쳐박아 …….'[4]라고 스스로 밝혔듯이, 어렸을 때부터 유아독존적인 사상이 자리잡고 있었다. 이런 사상은 그의 부모에게서 영향받은 것이다.

> 어렸을 때 동인은 울음을 한 번 터뜨리면 좀처럼 그치지를 않았다고 한다. 또 울 때는 발버둥을 치는 까닭에 가족들은 혹시나 어린 것의 발꿈치에 가시라도 박히면 어쩌나 하여 비단 요를 깔아 놓아 주어 그 위에 앉아 발버둥치며 울게 하였다고 한다. 그런 동인이 어느 날 뜰 가운데서 크게 소리내어 울었다는 것이다. 때마침 외출했다가 돌아온 그의 부친이 그것을 보고 그 사유를 가인에게 물은즉, 타작으로 들어온 곡식을 마구 흐트려 놓기에 그것을 만류했더니 저렇게 운다는 것이었다. 동인의 아버지는 가인들을 크게 꾸짖었다. 곡식이 뭐가 그리 중하기에 어린 것을 울리냐며 곡식을 마음대로 흐트리며 놀 수 있도록 광에 쏟아 놓아 주라고 하였다는 것이다.[5]

이와 같이 동인의 부친은 동인을 위해서는 웬만한 물건은 아끼지 않았다. 이 점은 동인의 모친 옥씨도 마찬가지였다. 김동인은 옥씨가 김동인을 위해서는 물질을 아끼지 않은 것으로 묘사하였다. 자전적 소설인 「몽상록」에서 어머니가 임종하면서까지 김동인에게 주려고 자신의 옷과 주머니를 찾았다고 한 것을 보면, 김동인에 대한 관심도를 짐작할 수 있다. 기생들과 유희를 즐기면서도 옥씨가 오라 하면 평양의 집으로 달려갔고, 김경애와의

---

3) 김동인이 기생들과의 유희를 나눈 것은 그들에 대한 우월감을 통해서 자신의 명예를 보상받으려는 나르시즘에서 나온 행위라 할 수 있다.

4) 『김동인전집』 6권(서울 : 삼중당, 1976), 18쪽.

5) 정한숙, 「신문학의 데몽」, 『한국의 인간상』 5(서울 : 신구문화사, 1965), 526~527쪽.

재혼도 옥씨의 마음에 들고서야 한 것으로 봐서, 어머니의 영향은 거의 절대적이었다. 그러한 옥씨의 후원 아래 김동인은 자신이 세상의 중심이 되는 유아독존의 나르시즘을 가지고 있었던 듯하다. 그래서 생겨난 것이 카인 콤플렉스이다. 자신이 제일이라는 유아독존적 사고방식을 가지고 있던 김동인은 남이 자신보다 앞서가는 것을 보면 자신도 모르게 질투심이 생기게 된다. 그의 경쟁상대는 형·친구·문인 등을 가리지 않았다.

그의 이복형 김동원은 당시로선 사업가였고, 민족 지도자들과 교유하는 애국지사로서 그보다 나이가 17년이나 연상이었다. 이런 인품에 대한 대결의식에서 생겨난 것이 문학에의 관심이었다. 형이 감옥에서 톨스토이의 『부활』을 차입해 달라는 부탁을 받고 헌책방을 찾게 되었고, 이로 인하여 김동인은 톨스토이의 작품을 눈에 띄는 대로 읽어 나갔다.[6]

그의 경쟁의식은 친구인 주요한을 대상으로 하기도 했다. 그는 일본으로 가서 명치학원에 입학하려고 하였으나 주요한이 거기에 다니고 있자, 그의 밑에 하급생으로 들어가기 싫다는 오기로 동경학원에 입학하였다.[7] 그의 문학적 출발도 이러한 경쟁 심리에서 나온 것이다.

> 문학이란 장차 무엇이 되며 무엇을 하는 학문인지, 어떻게 생긴 학문인지, 그 윤곽이며 개념조차 짐작할 수 없는 나는 이 주요한이 나보다 앞섰구나 하였다. 소년의 자존심은 요한보다 뒤떨어지는 자기 자신이 스스로 불쾌하고 부끄러워서……[8]

---

6) 『김동인전집』 6권(서울 : 삼중당, 1976), 567쪽. 여가 톨스토이라는 인물을 처음으로 안 것은 13, 4세 때이다. 그때 여의 장형 동원이 모사건에 걸려서 윤치호씨 등과 영어의 몸이 되었을 때 톨스토이의 『부활』이라는 책자를 차입하여 달라는 편지 때문에 그 책을 구하러 다니노라고 톨스토이라는 이름을 기억하였던 것이다 …… (중략) …… 그 뒤부터는 톨스토이작이라면 책가의 고하를 무론하고 책 제호의 호오를 무론하고 사들여서 중복으로 산 책자도 적지 않았으며 더우기 『전쟁과 평화』의 그 경탄할 만한 거책을 독파하기도 수십 번이며, 장차 문학자가 되겠노라는 꿈을 가지게 된 것도 톨스토이 때문이며…….

7) 상게서, 16쪽.

8) 상게서, 16쪽.

1918년 12월 25일에는 크리스마스 축하를 핑게삼아 조선 유학생들이 청년회관에 모였다. 그때 한국은 마땅히 그 국권을 회복해야 된다는 결의를 하였고, 독립선언서를 작성하고, 독립운동을 진행시킬 여러 가지 준비를 한 후 헤어졌다. 그 날 밤 김동인과 주요한은 동인의 하숙방으로 돌아와 '정치 운동은 그 방면 사람에게 맡기고 우리는 문학으로—' 하며 구체적으로 신문학운동을 일으켜 보자고 다짐하였다.9) 당시에 주요한은 이미 몇몇 시가 잡지에 작품을 발표한 적이 있었고, 김동인은 작품을 잡지사에 보낼 때마다 낙선될 뿐이었다. 그러므로『창조』발간은 김동인의 자존심을 세울 수 있는 기회였다. 애초에 유학생 신분으로 창간호에만 이백원이라는 거금을 투자하고 9호까지 끌고 나간 것은 문학으로 자존심을 세워 보고자 하는 김동인의 집념이 작용하였기 때문인 것 같다.

김동인의 문학을 통한 자존심 회복과 경쟁심리는 춘원에게까지 이어진다. 김동인은 세상사람들이 자신의 문학적 업적을 인정해 주기를 바라는 과도한 기대를 하였다. 그는 자신이 한 실제적인 일보다도 더 세상 사람들이 자신을 문학적 천재로 인정해 주기를 바랐다. 그래서 김동인은 「문단 30년의 자최」에서『창조』의 업적으로 순구어체 실행(과거사를 소설 용어로 채택, '그'라는 어휘 사용, '느꼈다', '깨달았다' 등의 형용사 활용 등)10) 을 내세웠다. 그러나 김동인이 일본에서 한국으로 돌아왔을 때(1919년) 춘원은 조선의 청춘 남녀들로부터 대단한 인기를 누리고 있었고, 여러 소설가들이 '자유연애'나 '신구 도덕 갈등'을 제재로 춘원의 흉내를 내고 있었다.

　1) 중인(청년계급)은 아직껏 남아 있는 도덕성의 뿌리 때문에 혹은 부모 때문에 이를 발설치 못하고 있을 때에 춘원의 반역적 기치는 높이 들

---

9) 김동인, 「문단 30년의 자최」,『김동인평론전집』, 김치홍 편(서울 : 삼영사, 1984), 421~422쪽.
10) 상게서, 423~424쪽.

리었다. 청년들은 모두 그 기치 앞에 모여들지 않을 수가 없었다.

2) 당시의 청년들은 1년에 한두 번씩 발행되는 『청춘』을 얼마나 기다렸으며 거기 실은 춘원의 소설을 얼마나 애독하였을까. 조선의 사면에서 이혼 문제가 일어났다. 자유 연애에 희생된 소녀들이 신문 3면을 홍성스럽게 하였다. 동시에 해방된(?) 여성들의 据婚同盟이 각처에 있었다.

3) 문학청년들은 '소설이란 사회 개조(특히 연애 해방)'을 표준삼고 '연애물어'라는 개념을 가지게 되었으니 이도 또한 춘원의 초기의 모든 작품의 영향이라 아니할 수 없다. 그 뒤에 우후죽순과 같이 무수히 생겨난 많은(일시적) 소설 작자의 그 많은 소설의 九割九分이 자유연애를 주장한 것이 아니면 신구 도덕 갈등을 주지로 한 것으로 볼지라도 그 영향을 알 수 있다.11)

순문학의 기치를 높이 들었다고 자부했던 김동인은 자연히 춘원의 인기와 그 파급 효과에 제동을 걸지 않으면 안되었다. 춘원의 자유연애 제창 뒤에는 여러 가지 사회적인 문제가 야기될 수 있음을 김동인은 놓치지 않았다. 김동인에게 그것은 어쩌면 선의 탈을 뒤집어 쓴 이중인격12)처럼 보였던 것이다.

이에 김동인은 소설이 '사회교화기관이 되어서는 안된다'13)며 이성 위주의 계몽주의에 반기를 들었다. 가치관이 정립되지도 않은 채 자유 연애의

---

11) 김동인, 「조선근대소설고」, 『김동인전집』 16권, 19~21쪽.
12) 상게서, 21쪽. 춘원에게 상반된 두 가지의 욕구가 서로 다투고 있는 것은 감출 수 없는 사실이다. 미를 동경하는 마음과 선을 좇으려는 바람이다. 이 두 가지의 상반된 욕구의 갈등! 악귀와 신의 경쟁! 춘원에게 在하여 있는 악마적 미에의 욕구와 의식적으로(오히려 억지로) 환기시키는 선에 대한 동경, 이 두 가지의 갈등을 우리는 그의 온갖 작품에서 볼 수 있다. 그는 악마의 부하다. 그는 미의 동경자다. 그러면서도 그는 자기의 본질인 미에 대한 동경을 감추고 거기다가 선의 도금을 하려 한다.
13) 상게서, 20쪽.

감정에만 휩싸여서 나타난 젊은이들의 이혼·자살 사건 등이 다 춘원이 자유 연애나 신구 도덕간의 갈등을 제재로 한 데에 있다고 보았다. 곧 김동인은 춘원이 지조 관념이나 공경심 등의 기존의 도덕에 대체할 만한 새로운 윤리 규범을 제시하지 못하고 서구 사상의 본질을 파악하지도 못한 채 괜히 젊은이들의 기분만 들뜨게 하였다는 것이다. 「김연실전」은 바로 이런 춘원 문학의 허구성을 지적한 작품이다. 거기서 연실은 자유 연애 감정에만 휩싸여 '자유주의의 홍성과 사치', '서양문명의 겉물 핥기'14)만을 볼 뿐이다.

김동인은 춘원의 계몽주의가 미에 대한 동경을 그대로 노출시키지 않고 선의 가면을 쓴 데 있다15)고 비판하였다. 악마적 속성에서도 광포한 힘 등의 리비도나 미를 발견할 수도 있는데, 미와 선을 동시에 추구하려 할 때 이율배반적인 면이 뒤섞여 분별력을 잃을 수도 있다는 것이다. 김동인의 입장은 선은 선 그대로 악은 악 그대로 보여줘야 하고, 미를 미 그대로 표현하는 일이었다. 거기서 선악을 분별해 내는 일은 독자가 할 일이라고 보았다. 그래서 김동인은 현실을 있는 그대로 보여주는 '인생의 회화'16)를 주장하였다. 김동인이 이와 같이 「조선근대소설고」나 「춘원연구」 등에서 춘원 문학의 문제점을 과감히 들춰낼 수 있었던 것은 순문학에 대한 개념을 어느 정도 정립한 뒤(「조선근대소설고」 1929, 「춘원연구」 1934)였고, 이로써 그는 춘원에 대한 그의 자존심을 세울 수 있었다.

이상에서 살펴본 바와 같이 김동인의 문학에 대한 관심은 애국지사로서의 형, 문학적 재질이 있었던 동향 친구 주요한, 청춘 남녀들의 인기를 모으고 있었던 춘원에 대한 카인 콤플렉스를 가지고 있었고, 그와 함께 그의 문학관도 정립되었던 듯하다.

김동인은 평생을 소설가로서의 긍지로 살았다. 그는 1932년에 40일간 조

---

14) 김동인, 「선구녀」, 『김동인전집』 4권, 51쪽.
15) 김동인, 「조선근대소설고」, 전게서, 21쪽.
16) 상게서, 20쪽.

선일보 학예부장으로 재직한 것을 제외하고는 창작에 매어 달렸다. 이는 생계를 위한 방편이기도 했지만, 그의 예술에 대한 자부심 때문이었다.

> 이런 가시의 길 삼십 년을 지나서, 지금은 그래도 문장에도 틀이 섰고, 표현방식에도 틀이 섰고, 내가 개척한 길은 조선 소설도의 한 지표가 되어, 빈약하나마 차차 자라는 광경을 바라보면, 스스로 가슴 뿌듯이 일어나는 기쁨을 금치 못하오. 그것도 이것으로 나는 충분히 보수를 받았거니 하고 있소.17)

김동인은 예술을 위해서라면 방탕도 서슴치 않았다. 그는 원래 사려가 깊지 못한 여인을 혐오하고 있었다. '서양의 겉물만 핥은 신여성'을 영혼이 없는 동물처럼 생각하였고(「김연실전」), 메리(김동인의 첫사랑이었던 혼혈 소녀), 김혜인(처로서 관능미와 활달함을 좋게 봄), 김경애(김동인의 재취) 등 몇몇 여인을 제외하고는 불감증을 느끼고 있었다(「여인」). 그렇다면 기생들과의 유희는 자신을 과시하기 위한 유아독존적 나르시즘에서 출발하여, '평양 제일의 멋장이'였던 처 김혜인에 대한 남자로서의 자존심을 세우기 위한 것이었으며, 궁극적으로는 창작에서의 미를 위해 광포한 기질을 체험한 것이었다. 「광염소나타」·「광화사」 등 여러 작품에서의 극단적인 광기 행위도 처 김혜인의 가출에서 온 충격을 창작으로 승화시킨 데서 나올 수 있었다. 말하자면 창작은 그의 신경증을 치료하기 위한 카타르시스 역할을 하였으며, 자신의 처지를 객관적으로 반추해 보는 거울이었다. 김동인은 유아독존적 사상과 카인 콤플렉스가 심했고 자존심이 셌던 걸로 봐서 나르시즘적인 면이 있었던 것 같다. 그는 그 나르시즘을 창작으로 승화시켰고, 나르시즘의 바탕에서 이루어진 창작에 대한 자부심은 그의 삶의 큰 원동력이기도 하였다.

---

17) 김동인, 「망국인기」, 『김동인전집』 4권, 304~305쪽.

2. 이율배반성의 원인

김동인은 미를 위한 광포한 기질과 윤리의식 사이에서 늘 갈등을 일으켰다. 광폭적으로 미를 추구하는 과정을 그렸으면서도 결말에 가서 도덕성으로 회귀하고 마는 것(「배따라기」, 「광화사」 등)은 그 때문이다. 그래서 「광염소나타」에서는 광기·屍姦·살인을 한 성수를 정신병원으로 보내며, 「포플라」에서는 강간 살인을 한 최서방을 사형시키고, 「최서방」에서는 제자의 아내를 범한 최선생으로 하여금 참회의 길을 걷게 한다.

광포한 기질은 그가 창작에서의 미를 살리기 위한 유미주의적 태도에서 비롯된 것이었다. 기생들과의 유희나 김옥엽과의 연애 행각도 그런 의도를 내포하고 있었다. 그러나 그는 무의식적으로 윤리의식에 벗어나지 못하였다. 그는 윤리의식에 너무 집착해 있었기 때문에 아내 김혜인이 정작 가출했을 때는 큰 충격을 받아 심한 신경증과 우울증(1927년), 약물중독상태(1938년), 심한 실어증(1939), 갑작스런 이상증세(1948년, 글씨를 정상적으로 쓰지 못하고 가족을 분별하지 못했으며 허탈해 했음) 등[18]으로 발전해 갔다. 김동인은 그 충격을 창작에 분출시켰다. 「광염소나타」(1929), 「포플라」(1930), 「화환」(1930), 「광화사」(1935) 등에 나오는 광기와 살인 행위, 『해는 지평선에』(1933), 『왕부의 낙조』(1935), 『백마강』(1942) 등에서 왕비가 죽고 나서 왕이 방탕과 사디즘적 행위를 일삼는 모습은 김동인이 아내의 가출에서 생긴 충격을 창작으로 형상화한 것이다.

광포한 기질과 윤리의식은 김동인의 내면에서 그만큼 큰 비중을 차지하였고, 창작을 통해서 이원적 갈등을 극복하려 하였다. 이를 구체적으로 알아 보자.

김동인은 아내 김혜인의 가출 이후 신경증에 걸렸다. 아내의 가출은 웬만한 사람이면 충분히 극복할 수 있는데, 그가 신경증에 걸린 원인은 무엇

---

18) 김동인 생애, 『김동인전집』 17권, 358~360쪽.

인가.

프로이트에 의하면 노이로제는 리비도 고착에 의한 소인에다가 우발적 체험이 겹쳐 일어난다. 이 경우 리비도 고착이란 환자가 지난날 원망이 만족스러웠던 때[19]로 퇴행하거나 집착하는 현상, 특히 억압의 돌파구를 어렸을 때의 유아성애의 활동이나, 우연한 체험을 생각해 내고 그리로 돌아가고 싶어하는 현상을 말한다. 이 리비도 고착이 어떤 정신적 충격을 받았을 때 노이로제증상이 일어난다. 이를 도식으로 표시하면 다음과 같다.[20]

노이로제의 원인＝ㄱ)리비도 고착에 의한 素因＋ㄴ)우발적(외상적) 체험
ㄱ)＝가)성적 체질＋나)유아 체험

이는 김동인의 경우 다음과 같이 연결지을 수 있다.

ㄱ) 관개사업의 실패로 갑자기 생활이 어렵게 되자 부유했던 어린 시절에 고착됨－특히 모성애와 물질을 아낌없이 베풀어 주었던 모친을 간절히 생각함

ㄴ) 아내 김혜인의 가출로 충격을 받음－어린 시절로의 퇴행 욕망을 효도로 승화시킴

　가) 일부러 기생과의 유희를 즐기며 광포한 기질을 가지려 함

　나) 사디즘적인 면이 있던 아끼꼬와의 만남에서 나타남－유아 시절의 유아독존적 환경과 연결됨

ㄱ)의 리비도 고착에 의한 소인은 성적 체질과 유아 체험에 의해 형성되는데, 성적 체질은 김동인이 기생과의 유희에 쉽게 빠져드는 데서 판명

---

19) 바흐친, 프로이트주의, 송기한 역(서울 : 예문, 1989), 68쪽. 프로이트의 제자인 랑크(Otto Rank)에 의하면 리비도가 가장 만족스러웠을 때는 어머니의 자궁 속이다.

20) S. 프로이트, 『정신분석학입문』, 서석연 역(서울 : 범우사, 1992), 371쪽.

된다.

> 예수교식의 교육과, 도학적 교훈 아래서 길러난 나는, 아직껏 받은 교
> 양의 결과로서, 기생이라 하는 인생을 더럽게 여기고, 기생과 노는 젊은
> 이를 경멸하는 제이 천성은 가졌을 망정, 아버지에게서 물려받은 호탕한
> 천성과 내가 스스로 의식적으로 지은 방분스런 성격과는, 그 제이 천성
> 을 누르기에 넉넉하였다.[21]

김동인은 생애에 늘 두 가지 성격으로 갈등을 일으켰다. 하나는 유전적
으로 물려받은 '호탕한 천성'이요, 다른 하나는 그가 자라면서 영향받은
'예수교식의 교육과, 도학적 교훈'과 같은 도덕성이다. 김혜인의 가출 이전
의 제1기의 시기에 김동인은 의도적으로 미에 집착하고 이를 위해 '호탕한
천성', '방분스런 성격'에 치중해 왔다.

여기에다가 학생 시절 아끼꼬라는 사디즘적 성격을 지닌 여학생과의 만
남은, 그의 소설에서 미를 향한 방분스런 성격에다가 사디즘적인 모티프를
첨가하는 계기를 만든다. 김동인이 아끼꼬를 만났을 때의 한 장면을 보자.

> 그 뒤에는 또한 증오에 불붙는 눈과 눈. 다시 전개되면서는, 열정에 불
> 타 오르는 입술, 숨막히는 긴장. 다시 떨어지면서, 증오, 욕설, 분, 작별.
> 그날 밤의 불유쾌한 기분. —이것이 그와 나와의 교제였었다.[22]

김동인이 의도적으로 키운 '방분스런 성격'과 학생 시절 겪은 사디즘적
기회는 김혜인의 가출 이후 리비도 고착을 일으킨다. 「광염소나타」에서 성
수의 시체학대증, 『해는 지평선에』에서 왕의 궁녀 관약에 대한 가혹한 사
디즘적 행위 등은 김동인의 리비도 고착 증세가 반영된 결과라 할 수 있다.
그가 부요했을 때 누렸던 기생과의 유희는 부가 사라진 이상 더 누릴 수

---

21) 김동인, 「여인」, 『김동인전집』 7권, 35쪽.
22) 상게서, 29쪽.

없었다. 그리고 그런 성본능은 그 관능미의 대상을 잃었을 때 지난날에 대한 리비도 고착을 불러일으키고, 창작에서 그 욕망을 발산시키게 된다.

김동인은 관개 사업의 실패로 부친으로부터 물려받은 유산을 다 날리게 되고, 아내(김혜인)의 가출로 심한 충격을 받게 된다. 더구나 자신이 사랑하던 김혜인으로부터 남자로서의 자존심을 세워보고자 그녀가 질투심을 일으킬 만한 기생과 대면시키기[23]도 하였을 정도이니, 그 충격은 매우 컸을 것임에 틀림없다.

노이로제가 걸린 김동인의 리비도는 유순한 면을 잃고 지금보다 좋았던 이전 시대를 생각[24]하게 된다. 김동인이 아내의 가출 후 자신이 이전에 만났던 메리, 아끼꼬, 김옥엽 등의 여성들을『여인』(1930)이란 자전적 소설 속에 그려놓은 것도 이전의 리비도로 돌아가서 고착되었기 때문이다. 이때의 증상은 서로 완전히 모순되는 두 가지 의미를 지닌 二義性을 교묘하게 선택[25]하게 되는데, 김동인의 여러 장편소설에서 의협심이 강한 주인공이 한편으로 무자비한 살인을 저지르는 이율배반적인 행위가 나옴은 이 때문이다. 이것은 김동인이 아내의 가출이라는 외적 충격을 겪은 이후 어렸을 적 아끼꼬와 사귈 때 보였던 사디즘적 체험과 갑작스럽게 불어닥친 가난이라는 상황으로 인해 부유했던 시절을 그리워하는 퇴행에서 이뤄진 것이다. 그리하여 아끼꼬와 사귀고 기생과의 유희를 즐기던 시절에 보였던 광포한 기질과 부친의 기독교적 영향아래 형성된 도덕성이 아내의 가출이라는 충격으로 인해 교묘히 한 인격내에서 뒤섞여버린 것이다. 그 구체적 현상을

---

23) 상게서, 79쪽. 김동인은 아내 김혜인을 내심 사랑했다. 그래서 아내의 사랑을 얻고자 일부러 기생과 대면시켜 아내가 기생에게는 질투심을 자신에게는 사랑의 감정을 갖도록 촉발시키기도 했다. 다음 장면이 바로 그것이다.
'혜인의 말괄량이는 거기서도 충분히 발휘되었다. 가장 자기의 소유권을 자랑하듯이 그는 내 곁에서 떠나지를 않았다. 산홍에게 대하여는 별별 내 흉을 다 이야기하며 웃었다. 본시 눕기를 좋아하는 내가 드러누울 때는 자기의 무릎까지 내게 제공하였다.'
24) S. 프로이트, 전게서, 369쪽.
25) 상게서, 369쪽.

『해는 지평선에』에서 발견할 수 있다. 이 작품은 왕비를 잃은 왕의 방탕과 이에 혁명을 꾀하는 지명공을 따르는 주인공 현수의 의협심과 무자비한 살인의 이율배반성이 주된 모티프로 나온다. 이를 구체적으로 알아보면 다음과 같다.

첫째 왕이 죽은 왕비에 너무 집착해서 방탕한 생활을 하는 모티프가 나온다.

> 가장 사랑하는 비를 잃은 왕은 그 뒤 한동안은 거의 식음을 전폐하다시피 지냈다.
> 그 뒤부터는 왕은 이전의 왕이 아니었다. 이전에 그렇듯 도량깊고 명석하고 자애심 많던 왕이 비를 잃은 뒤부터는 딴 사람같이 되어버렸다.
> 왕에게는 온갖 것이 귀찮았다. 세상에서 긴하다고 야단하고 큰일이라고 법석하는 일들이 모두 왕에게는 시끄럽기만 하였다. 왕은 국사를 안 돌아보았다.[26]

이 장면은 『왕부의 낙조』(1935)에서는 왕이 죽은 노국대장공주를 못 잊어 편조에게 반혼술을 써서라도 '공주의 면영'을 보여주기를 부탁[27]하며 국사를 안 돌보는 데서, 『백마강』(1942)에서는 큰길지가 왕후를 잊지 못하여[28] 방탕과 색욕으로 나라를 망치는 데서 나타난다. 이와 같이 김동인이 왕의 왕후를 잊지 못하는 장면을 세 작품 이상에서 유사하게 제시한 것은 그가 가출한 아내를 잊지 못하고 그녀에게 너무 집착하고 있었음을 드러낸다.

둘째 왕이 궁녀에게 사디즘적 행위를 가하는 장면이 많이 나온다. 왕의 '관악'에 대한 성적 학대는 옷을 벗기고 뻣뻣한 말솔로 더러운 솔질을 하게 한 후 무거운 향로를 들고 있게 하는[29] 등 성격 이상으로 나타난다. 이런

---

26) 김동인, 「해는 지평선에」, 『김동인전집』 8권, 49쪽.
27) 김동인, 「왕부의 낙조」, 상게서, 369쪽.
28) 김동인, 「백마강」, 『김동인전집』 13권, 27쪽.

사디즘적 행위는 『백마강』에서도 궁녀들을 잡아다가 가둔 후 성적 희롱을 하며 죽이는 등 잔인하기 이를 데 없다. 이러한 장면 역시 아내 가출의 충격으로 인한 김동인의 우울증을 잘 반영하고 있다.

셋째 주인공 현수가 자신이 따르던 지명공을 죽인 관약을 찾는다는 핑계로 밤마다 무자비한 살인을 행함이 관약에게 복수하기 위해서가 아니라 오히려 관약을 사랑하고 있기 때문이었다는 것을 독자는 금방 알아차릴 수 있다. 곧 현수에게는 의협심과 잔인성, 사랑과 증오 등 서로 상반되는 성질(二義性)이 교묘하게 뒤섞여 있다. 이는 김동인이 아끼꼬 등과의 사귐에서 보인 사디즘적 경향과 부친에게서 물려받은 기독교적 영향이 한데로 고착된 데서 나온 것이며, 김혜인의 가출에 대한 충격과 분노에서 생긴 노이로제현상에서 빚어진 것이다. 프로이트에 의하면 노이로제 증상이란 생활 전체에 유해하거나, 적어도 도움이 되지 않는 행위이며, 종종 환자로부터 지겹다고 호소받고 환자에게 불쾌감 또는 고뇌를 수반하는 것이다. 그리고 그 증상을 해독하기 위해서는 증상 그 자체가 요구하는 정신적 에너지를 소비하고, 나아가 증상을 이겨내는데 필요한 정신적 에너지를 소비[30]해야 한다.

그런데 김동인은 1927년 이후 '심한 신경증 우울증으로 수면제를 복용하기 시작'[31]하였는데, 강박 노이로제의 경우에 나타나는 많은 증상 중에서 아주 강렬한 사디즘적 성충동이 야기되는 증상[32]과 관련시켜 볼 수 있다. 김동인은 아내의 가출로 인해 노이로제 증상이 생겼으므로 프로이트의 이론대로라면 사디즘적 성충동이 생길 수 있는 것이다. 그러나 그는 비록 예쁘지는 않지만 온화함과 인격적 무게가 있는[33] 김경애와 재혼하였고 가정

---

29) 김동인, 「해는 지평선에」, 전게서, 60~62쪽.

30) S. 프로이트, 전게서, 367쪽.

31) 「김동인 생애」, 『김동인전집』 17권, 358쪽.

32) S. 프로이트, 전게서, 318쪽.

33) 김동인, 「약혼자에게」, 『김동인전집』 2권, 231쪽.

생활에도 충실하였다. 이렇게 되려면 그만큼 많은 정신적 에너지를 다른 것에 방출하지 않으면 안 되는데, 그것이 바로 소설 창작이었던 것이다.

앞에서 살펴본 바와 같이『해는 지평선에』등에 나오는 작중인물의 심리는 김동인의 체험과 무관하지 않다. 김동인은 아내 가출로부터 온 충격을 해소하기 위해 크게 두 가지 방식을 취하였다. 하나는『해는 지평선에』와 같이 극적 긴장을 불러일으키는 조건들을 그대로 노출시켜 자신을 포함한 독자들의 갈등을 해소하려는 카타르시스 효과에 관심을 두었다.

다른 하나는「무능자의 안해」(1939),「약혼자에게」(1930),「사기사」(1932),「몽상록」(1934),「가신 어머님」(1938) 등과 같은 자전적 소설을 통해 자신을 객관화시킴으로써 안정을 꾀하려 하였다. 이러한 창작 태도를 통해 김동인은 현실에서 성실과 안정을 꾀할 수 있었다.「몽상록」(1934),「가신 어머님」(1938),「어머니」(1941) 등은 바로 그런 안정된 정서를 엿볼 수 있는 작품으로, 그가 기생과의 유희를 나눌 적에 가졌던 성본능을 여성의 모성애적인 면에 가치를 둠으로써 도덕성으로 승화시킨 작품이다.

그러나 한편으로「광염소나타」,「광화사」등에서 볼 수 있는 바와 같이 창작에서는 미에 대한 욕망과 미련을 버리지 못하였다. 그래서 그가 과거에 아름답다고 여겨왔던 메리, 김혜인 등의 이미지를 창작 속에서 보다 이상적이고 아름다운 미로 승화시켜 나갔다. 그리고 그 미에 대한 추구 과정은「수정비둘기」(1930)에서 어린 소녀의 아름다운 이미지가 마음 속에서 파문을 일으키는 것처럼 애잔하기도 하지만,「광화사」(1935)처럼 광폭한 성격으로 그려지기도 하는데, 김동인 소설에서 제2기에 해당하는 작품들의 가치는 바로 그 광폭한 성격에서 높이 평가된다.

3. 오이디푸스 콤플렉스

사람은 태어나기 전부터 어머니에게 가장 영향을 많이 받는다. 그래서

태어나는 순간부터 독립된 모험을 감행하려는 경향과 보호와 의존을 구하
려는 경향 사이에서 갈등을 일으킨다. 그리고 자신의 어머니로부터 불멸의
어머니像을 세우게 된다. 그러나 어머니에 대한 집착이 지나칠 때 문제를
일으키는 경우도 있다. 곧 어머니에 대한 애착이 지나쳐서 그의 자립하려
는 목표와 충동을 일으킬 때 여러 가지 신경증적 증상과 갈등을 일으킨다.
그 가운데 하나가 고착의 징후이다. 예를 들어 어린 남아가 모친에 대한
소망을 억압한 만큼 어머니를 닮은 여성에 대한 소망이 언제나 긴장상태로
남아 성인기에까지 큰 영향을 미친다. 그리하여 그는 존경하는 여인에게는
성적인 소망을 가지지 못하고 경멸하는 여인에게는 성적으로 끌린다.

어머니에 대한 애착은 얼마든지 좋은 방향으로 발전할 수 있다. 사람에
게는 이 세상에 자신이 통제할 수 없는 자연적 및 사회적 힘, 예측할 수
없는 우발적 사고, 그리고 불가피한 병과 죽음이 있다. 이런 환경 아래서
사람이 확실성과 보호와 사랑을 주는 힘을 미친 듯이 갈망하는 것은 매우
자연스런 일이다. 이것은 갓난애로 하여금 어머니를 갈망케 하는 조건이
비록 그 차원은 다르지만 계속 존재하기 때문에 생기는 것이다. 그래서 사
람은 의지나 신념을 가지고 따를 수 있는 진리・신・위인 등 '어머니'와
같은 존재를 찾아냄으로써, 그 삶을 비극으로부터 해방하려 한다.

어머니에 대한 애착의 건전한 형태는 사람이 자기를 사랑해 주고 칭찬해
줄 여자(여성의 경우에는 남자)를 필요로 한다는 것이다. 그렇기 때문에 사
람들은 이런 사랑을 얻지 못하면 불안해지고 의기소침해진다. 이와 같이
어머니에의 애착이 그다지 강렬하지 않을 때에는 그 남자의 성 또는 애정
의 잠재력이나 독립성과 성실성은 손상되지 않는다. 그러나 어머니에 대한
애착이 지나쳐서 고착이 되는 경우 심각한 문제를 일으킬 수도 있다. 에리
히 프롬은 이때 나타나는 현상을 다음과 같이 보았다.[34]

첫째는 남자가 자신의 독립성을 발달시키지 못하는 형태로 나타난다. 이

---

34) 에리히 프롬, 『인간의 마음』, 황문수 역(서울 : 문예출판사, 1990), 37~72쪽.

런 사람은 자신을 언제나 돌보아주면서 자신이 무조건 의지할 수 있는 어머니와 같은 인물이 언제나 옆에 있어야 한다는 고착에 사로잡혀 있다. 심한 경우 어머니를 꼭 닮은 여자를 아내로 고르고, 아내이자 어머니인 여자에게 이바지하는 일을 해야만 하는 죄수라고 생각하고 아내가 노하지 않을까 끊임없이 걱정한다.

둘째는 어머니의 고착이 남성의 자기도취적 태도와 혼합된 형태로, 흔히 이런 남자들은 어릴 적에 어머니가 아버지보다 자신을 더 좋아하며 자신은 어머니의 찬양을 받고 있지만 아버지는 경멸당하고 있다고 느꼈던 사람들이다. 그들은 아버지보다 더 훌륭하다고 느끼게 하는 강력한 자기 도취를 발달시킨다. 그들의 위대함은 어머니와의 유대 위에 구축되어 있으며, 자기 자신을 가치 있다고 생각하는 모든 의식은 그들을 무조건으로 한없이 찬양하는 여자와의 관계에 달려 있다. 그들은 자신이 선택한 여자의 찬양을 받지 못하면 그들의 자기도취적 자기 평가의 기반이 위협당할 것이기 때문이다.

셋째는 독립성과 성실성과의 갈등이다. 어머니에게 고착되어 있는 사람은 마음대로 자기 자신이 될 수 없고 자신의 확신을 가질 수도 없으며 마음대로 어떤 일에 관여하지도 못한다. 그는 근친상간적 고착의 형태로부터 해방되는 정도에 따라서 자기 의지대로 활동하는 자유를 얻을 수 있다.

김동인은 이러한 어머니에 대한 고착을 가지고 있었다.

김동인의 부친인 김대윤은 기독교 장로이자 평양의 유지이고, 일찍이 근대 사상에 눈떠 신민회와 관련된 대동서관을 경영하였다. 그리고 자녀들이 하나님께 진실하고 나라에 충실한 인물이 되도록 기도하였다. 이를 위해 김대윤은 자녀들에게 원세계, 손일선 등 중국혁명가라든가 『월남망국사』(현채), 『이태리건국삼걸전』(신채호) 등 당시의 베스트셀러를 들려주곤 하였다. 또한 당대의 지사인 안창호, 안태국, 임치정, 이승훈 등을 늘 집에 청하여 토론을 하게 했으며, 동인보다 나이가 17세 위인 장남 동원으로 하여금 이들 우국지사들과 교유맺기를 권장하였다. 안도산의 누이집이 동인의 집 바로 건너편이어서, 도산이 평양에 오면 누이집에 머물렀고, 어린 동인의 손목을 잡고 산책을 하곤[35] 하였다. 김대윤은 첫부인을 사별한 후 옥씨를 재취로 맞아들였고, 옥씨는 동인과 동평, 동선 등 3남매를 낳았다. 김동인은 '자라난 가정이 매우 엄격하여 집안의 하인배까지도 막말을 집안에서 못 쓰게'[36] 할 정도로 엄격한 규범 아래 자랐고, '매녀가 아니면 홍미가 없다', '여자에겐 영혼이 없다'[37]고 단언할 정도로 가부장적 사고에 사로잡혀 있었다. 그러면서도 잘못을 저질러도 정직하게 시인하면 칭찬을 해 주던 김대윤의 인자한 성격의 영향을 받아, 김동인은 예수교식의 교육과 도학적 교훈[38]이 겸비된 윤리의식을 가지고 있었다.

김동인이 이와 같이 윤리의식을 갖추고 부친의 도덕성을 자신의 성격 속에 받아들이게 된 것은, 모친 옥씨로부터 인정받기 위함이었다. 이런 추측은 오이디푸스 콤플렉스라는 심리학적 개념으로 풀어볼 수 있다.

오이디푸스 콤플렉스는 어린이가 아버지를 어머니에 대한 사랑의 적수로 여기는 무의식에서 연유된 것이다. 그리하여 어린이는 스스로 아버지와 동일화함으로써 그의 아버지와 사귄다.[39] 여기서 아버지에 대한 동일화는 어머니로부터 인정받기 위한 것이다. 그런데 김동인이 부친의 가르침을 받아들인 것은 모친 옥씨에게 잘 보이기 위함이었다. 옥씨는 김대윤의 재취였던 만큼 자신이 직접 낳은 아들에 대한 관심이 극진하였다.[40] 이는 후에 김동인이 노이로제에 걸렸을 때 어머니에 대한 고착의 원인이 된다.

김동인에게는 앞에서 제시한 에리히 프롬의 고착 유형 중 특히 두 번째

---

35) 김윤식, 『김동인연구』(서울 : 민음사, 1987), 13쪽.

36) 『김동인전집』 6권(서울 : 삼중당, 1976), 20쪽.

37) 상게서, 407쪽.

38) 김동인, 「여인」, 『김동인전집』 7권, 35쪽.

39) 윌프리드 L. 게린 외, 『문학의 이해와 비평』, 정재완 역(서울 : 청록출판사, 1986), 140쪽.

40) 옥씨는 김동인에게 결혼 기념으로 손톱 크기 만한 다이아몬드가 박힌 넥타이핀을 선물하였고, 김동인은 식도원에서 이걸 맡기고 외상술을 마시곤 하였다. 이로 미루어 보아 김동인에 대한 옥씨의 모성애를 짐작할 수 있다.

것이 강하게 작용했던 듯하다. 곧 어머니에의 고착이 남성의 자기도취적 태도와 혼합된 형태로, 어릴 적에 어머니가 아버지보다 자기를 더 좋아한다고 느끼는 것이다. 그리고 이런 고착은 강력한 자기 도취를 발달시키고, 위대함을 어머니와의 유대 위에 구축한다.

김동인의 이와 같은 어머니에의 고착과 오이디푸스 콤플렉스는 다음과 같은 몇 가지 사건에서 단적으로 드러난다.

첫째 숭실중학교 다닐 적에 성경시험을 보다가 들킨 후 학교에 가지 않은 사건이다. 대개 아버지에 대한 어린이의 태도는 반대감정양립(ambibalence)으로 나타난다. 가령 셰익스피어의 「햄릿」의 경우 유령은 햄릿이 선량하고 상냥한 아버지로 동일화시킨 인물이고, 클로디어스는 학대자, 경쟁자로서의 증오의 아버지로 극화되었다. 이 두 인물은 아버지의 영상에 대한 주인공 자신의 의식, 무의식적 반대감정양립의 극적인 투사(projections)이다. 마찬가지로 김동인은 부친의 기독교적 교육과 도학적 교훈을 자신의 성품으로 받아들이다가도, 한편으로는 부친에 대한 질투심에서 그것을 깨트려 버리고 싶은 양가감정을 가진 것이다. 이로써 김동인이 숭실중학교 2학년 때 성경암송시험에서 성경책을 꺼내놓고 보다가 심한 꾸중을 듣고 자퇴[41]한 것은 오이디푸스 콤플렉스에서 비롯된 부친에 대한 양가감정 중의 하나라고 할 수 있다.

둘째는 자기도취적인 태도와 여자싫어하기증세(misogyny)에서 발견된다. 여자싫어하기증세는 「햄릿」에서 햄릿이 오필리어에 대해서 나타낸 징후와 같이 성에 대한 육체적인 심한 거부반응[42]을 일으킨다. 이 증세는 신경증적으로 억압된 오이디푸스 콤플렉스의 한 견본이다. 이것은 김동인에게 어떻게 나타났으며, 창작에는 어떻게 형상화되었는가.

김동인은 많은 기생과 유희를 즐겼지만 김옥엽과 노산홍 외에는 다른 기

---

41) 「김동인 생애」, 『김동인전집』 17권(서울 : 조선일보사, 1988), 356쪽.
42) 윌프레드 L. 게린, 전게서, 142쪽.

생과 육체적 관계를 갖지 않았다. 김옥엽과의 관계는 그녀가 화류계에서 맨 먼저 만난 여인이고 화류계 밖에서 자신의 길을 개척하려는 의지[43]가 있다고 보았기 때문이다. 이와 같은 행위로 당시 평양 화류계에서는 '김동인이는 병신' '김동인이는 고자'라는 소문이 떠돌 정도였다. 여기서 김동인이 기생과의 유희를 나눈 것은 여성들로부터 존경받고자 하는 자기우월적(자기도취적) 태도에서 나온 것이다. 그는 많은 기생을 사귀면서도 기생들로부터 섬김받기만을 원했지, 한 번도 애정의 표시를 제대로 하지 않았다. 그래서 김옥엽이 첩살림을 하지 않으면 떠나겠다고 해도 아무런 반응을 보이지 않았고, 옥엽의 품에서 다른 남자에게서 온 편지를 발견하고는 결별해 버리기까지 하였다. 김동인의 자존심은 '비록 사랑의 앞에서도 머리를 수그림을 결코 허락지 않았다'.[44]

김동인은 현숙하거나 발랄하거나 순종하는 여성(김동인, 「내 작품의 여주인공」에서)을 좋아하였고, 여성의 순수성을 중요하게 여겼다. 그는 기생과 유희를 나누면서도 마음속으로는 늘 '이런 생활을 버리자. 그리고 다시 예술에 발을 들여 놓자'[45]고 다짐하였다. 그의 윤리의식은 기독교 장로인 부친과의 동일화에서 빚어진 것이었, 모친에의 고착에서 생긴 것이다. 그는 모친이 자신의 방탕생활을 싫어할 것을 알고, 모친 앞에서 자신의 위대함을 드러내기를 늘 꿈꾸고 있었다.

김동인의 모친 옥씨는 생활력이 강한 사람으로 의지력과 결단력의 소유자였다. 김동인은 기생과의 유희를 즐기면서도 모친이 평양으로 내려오라 하면 곧바로 내려갔고, 첩살림을 차려도 좋다고 모친한테 허락받고 나서야 첩을 들이려고[46] 하였으며, 그것도 결국에는 포기하고 말았다. 그 정도로 김동인은 모친에게 순종하였다. 그는 기생들 가운데서도 '화류계 이외에서

---

43) 김동인, 「여인」, 『김동인전집』 7권, 59쪽.
44) 상게서, 58쪽.
45) 상게서, 56쪽.
46) 상게서, 47쪽.

자기의 길을 개척하려는 의지'가 있던 김옥엽처럼, 자신의 모친의 성격을 닮은 의지력 있는 여성을 좋아하였다.

셋째 김동인은 자기 모친을 닮은 여자를 아내로 맞았다. 김동인이 김경애와 재혼을 하겠다고 옥씨에게 의사를 타진했을 때, 옥씨는 김경애가 점잖은 집안의 딸이라는 것과 성질이 매우 얌전하다는 것에 만족해 하였다. 이에 대해 김동인도 김경애를 '애정이 풍부한 온화한 성격과 그것을 장식하는 인격적 무게와 과단성'[47]이 있다고 평가를 내렸다. 이는 김동인이 모친의 인품에서 발견한 것과 동일하였다. 재혼 이후 김동인의 생활은 성실함으로 바뀌었다. 형인 김동원과의 사이가 좋지 않았는 데도 아내에게서 생활비가 떨어졌다는 편지가 오니까 형에게 아쉬운 말도 서슴치 않을[48] 정도로, 아내이자 어머니 역할을 하는 김경애를 존중하였다. 그리고 김동인의 차남 김○○ 교수(한양대학교 신경정신과 교수)가 김동인이 자녀들의 교육에도 상당히 신경을 써서 '연필을 깎을 때 뾰죽하게 길면 오래 못쓴다고 뭉뚝한 연필심으로 쓰게 하셨으며, 공책의 뚜껑의 안쪽 면까지 사용하게 함으로써 절약정신을 기르도록 하셨다'[49]고 말한 것을 보면, 방탕생활을 하던 재혼 이전과는 많은 차이가 있다. 어느 날 창경원을 놀러가는데 비 온 뒤라 길이 엉망인지라, 김동인이 진창길에 큰 발자국을 만들며 가고 자녀들더러 그 발자국을 밟고 오라[50]고 한 것을 보면 그의 자녀들에 대한 자상함의 깊이도 알 수 있게 된다. 이와 같이 가정 생활에 충실할 수 있게 된 것도 김경애가 그의 모친과 같은 강한 모성애를 지니고 있었기 때문에 가능한 것이었다.

이렇게 볼 때 정도의 차이는 있지만 김동인이 모친에게 고착하고 있었던 것은 분명하고, 다만 이를 건전한 방향으로 승화시켜간 듯하다.

---

47) 김동인, 「약혼자에게」, 『김동인전집』 2권, 229~231쪽.
48) 김동인, 「몽상록」, 『김동인전집』 3권, 215쪽.
49) 김광명, 「아버지 김동인」, 『김동인전집』 17권, 349쪽.
50) 상게서, 350쪽.

김동인의 모친에의 고착은 대개 작품에서 예술적으로 승화[51]되어 나타난다. 이는 김동인의 단편 80여 편 중 29편 이상이 여성이 주인공이거나 관련되어 주된 모티브로 되어 있다는 데서 확인된다.[52]

첫째 어머니에게 고착되어 오이디푸스 콤플렉스를 가진 주인공의 아버지와의 동일화행위를 발견할 수 있다. 이러한 행위는 「화환」(1930), 「죄와 벌」(1930) 등에서 나타난다.

「화환」에서 열세 살 난 효남이가, 고물 행상을 하다가 살인을 한 아버지를 대신해서 가장노릇을 함은 오이디푸스 콤플렉스를 드러내 놓은 것이다.

효남이의 아버지는 고물행상을 했으나 자신이 번 돈은 술을 즐기는 자신의 용돈으로 쓸 뿐이었다. 그러니 집안은 가난하기 짝이 없었고, 어머니의 품팔이와 열두 살부터 시작한 효남이의 돈벌이로 생활을 꾸려나가야만 했다. 효남이는 활동사진관의 하다모찌, 장의사의 화환모찌로 한 달에 평균잡아서 오륙 원씩은 벌어들였다. 아버지는 집에서 자는 일이 적고 간혹 집에서 잔다 할지라도 효남이가 없을 때에 들어왔다 나갔으므로, 효남이는 아버지와 대면할 기회가 쉽지 않았을 뿐더러 아버지에 대해 아무런 애착도 없었다. 무뢰하고, 인정 없고, 포학하고, 짐승같은 녀석 — 이렇게 불리는 아버지는 효남이에게 무서운 사람으로 각인된다. 효남이는 흔히 제 아버지가 어머니를 때리는 무서운 소리에 곤한 잠에서 깨곤 한다. 그러던 어느 날 어머니는 출근하는 효남이를 문밖까지 바래다 주면서, '너의 아버지는

---

51) 칼빈 S 홀, 프로이트심리학입문, 이용호 역(서울 : 백조출판사, 1983), 127쪽. 대리 대상이 더욱 높은 문화적인 목표를 나타내는 것일 때, 이런 타입의 치환을 승화라 한다. 곧, 지적인 인도주의적인 문화적인 그리고 예술적인 일에, 에너지가 쏠리는 것이다.

52) 「약한 자의 슬픔」, 「전제자」, 「눈을 겨우 뜰 때」, 「거치른 터」, 「감자」, 「정희」, 「무능자의 안해」, 「논개의 환생」, 「대동강은 속삭인다」, 「가두」, 「대탕지 아주머니」, 「김연실전」, 「어머니」, 「석방」, 「환가」…… 이상 여성이 주인공인 작품.
   「마음이 옅은 자여」, 「배따라기」, 「유서」, 「딸의 업을 이으려」, 「광염소나타」, 「수정비둘기」, 「약혼자에게」, 「증거」, 「결혼식」, 「사진과 편지」, 「최선생」, 「광화사」, 「몽상록」, 「가신 어머님」…… 이상 여성이 주된 모티프로 등장하는 작품.

다시 안 오신단다'하고는 한숨을 내쉬었다. 그 날 저녁 신문은 어젯밤에 생긴 무서운 참극을 보도했다. P(효남의 아버지)는 장품을 매매하는 걸 경찰에 밀고한 전당국 주인을 살해하였다. 그리고는 달아나다 파출소 순사까지 죽였다. 그날 저녁 어머니는 이불을 뒤집어쓰고 몇 차례나 울었다. 평상시에 아버지를 꺼리던 어머니의 태도가 효남에게는 이상하게까지 보였다. 다음 날 아버지가 초부로부터 옷을, 주재소에서 총을 빼앗아 X산으로 도망쳤다는 소식이 들렸다. 그 날 밤 어머니는 조그만 단을 만들어 촛불을 켜고 그 앞에 꿇어앉아 있는 걸 효남이는 본다. 다음 날 P는 X산에서 경찰에 포위되어 자수한다. 그리고 화환모찌인 효남은 P가 달아나던 날 밤에 죽인 그 순사의 장례를 따라간다. 장의사 주인한테서는 특별수당으로 이십전을 받는다. 저녁에 집으로 돌아오자 어머니는 아버지에게 장국 한 그릇을 사서 들여보내야 한다며 효남에게 돈을 요구한다. 효남은 낮에 장의사에게서 받은 돈을 줘버린다.

이러한 줄거리에서 중요한 것은 효남이의 심리가 아버지에 대한 경계 심리에서 점차 아버지를 생각하는 쪽으로 변화했다는 사실이다. 이렇게 바뀌어진 원인은 어머니의 아버지에 대한 지극한 관심 때문이다. 효남이는 처음에 어머니를 괴롭히는 아버지의 행위에 대해 무서움과 분함으로 몸을 떨곤 하였다. 그런데 살인을 한 아버지의 행위를, 어머니는 효남이에게 끝까지 숨기려 한다. 그리고 어머니는 아버지의 살인 사건 이후로 이불을 쓰고 몇 차례나 울고, 밤이면 아버지를 위해 제단을 차려 놓고 빈다. 또한 아버지가 붙잡혔다는 소식을 효남이가 전했을 때 어머니는 그 자리에서 얼굴이 하얗게 되어 드러눕고 만다. 효남이는 그런 어머니에 대해 아무런 위로의 말도 던지지 않는다. 이는 포학한 아버지에게 관심을 보이는 어머니의 행위를 못마땅하게 여겼기 때문이다. 효남이는 일찍부터 아버지에 대해 질투심을 느끼고 있었다. 그래서 아버지가 죽인 순사의 장례에 따라가 받게 된 특별수당이 나왔을 때에도 그의 양심과 자존심의 한편 구석에는 그 돈을 거절하여 버리라는 명령이 숨어 있었다. 그러나 그 돈을 아버지에게 음식을 들여보내려는 어머니의 요청으로 건네줬을 때, 효남이는 그 돈을 받아둔 것이 잘 되었다 생각하였다. 거기엔 통쾌한 생각조차 섞여 있었다. 그 이유는 무엇인가. 그는 어머니의 사랑을 받는 '아버지'의 역할을 하고 싶었던 것이다. 어머니에게 가장 절실한 문제를 해결해 줬다는 것은 어머니에게 아버지의 역할을 인정받는 행위일 수도 있는 것이다.

「화환」은 어머니로부터 아버지처럼 인정받고 싶은 오이디푸스 콤플렉스를 드러내 놓은 작품이다. 아버지가 감옥에 갇혀 있다는 것은 효남이가 어머니의 사랑을 독차지할 수 있는 온전한 기회요, 질투의 대상이 없어짐을 의미한다. 그리고 효남이가 어머니의 사랑을 받는 가장의 역할을 한다고 해서 제재를 가할 사람은 아무도 없다. 그의 가장 역할은 오이디푸스 콤플렉스를 승화해서 도덕성으로 위장되어 있기 때문이다.

이에 비하여 「죄와 벌」은 어머니의 사랑을 받지 못해, 그것이 어린 아이 살인이라는 엄청난 살인을 가져온 결과를 가져왔다는 줄거리로 되어 있다.

찬도의 아버지는 어떤 운송조에서 마차를 끌어주고 그날그날을 보내는 온량한 시민이었다. 그런데 어느 날 그가 부리는 말이 지나가는 자동차에 놀라서 거리로 달아났고, 이로 인해 많은 사상자가 생겼다. 그 즉사한 사람 가운데는 그 지방의 장관도 있었다. 이 일로 찬도의 아버지는 형무소에 가게 되었고, 어머니는 매음을 해서 생계를 이어 나갔다. 찬도는 이러한 어머니를 경멸하였고, 무시하는 것으로 유일한 대응책을 삼았다. 그리고 밖으로 싸다녀서 소매치기와 절도를 해서 형무소까지 다녀왔다. 출옥해서는 강도짓을 하자는 감옥 친구와 함께 어떤 집에 들어갔다. 공범자는 돈을 빼앗은 뒤에 주인 부처를 죽이고 나가버렸다. 그러나 찬도는 피를 보는 순간 어지러웠다. 십여 분이 지난 뒤 정신을 차리는 순간 불같이 울어대는 어린 아이를 인식하고는, 발로 그 어린아이를 힘껏 차고 도망하다가 순사에게 붙잡히고 만다. 그는 담당 판사에게 공범자는 처자가 있지만 자신은 처자가 없으니 공범자의 죄까지 뒤집어 쓰겠다 해서 사형을 당한다.

「죄와 벌」에서 찬도의 행위는 어머니의 불결한 이미지에 대한 반항 심리에서 나온 것이다. 이는 그가 너무 어머니에게 고착되어 있었다는 뜻도 들어 있다. 그는 어머니의 사랑을 무척이나 받고 싶어하였다. 그러나 어머니는 노인에게까지 매음을 하였다. 이에 대한 반항감에서 찬도는 죄악의 길에 들어서고 만다. 그는 가정의 소중함과 어머니의 역할을 양심이나 생사 문제보다도 더 소중히 여겼다. 이러한 편협한 가치관은 부모를 잃은 어린 아이를 죽여 버리는 악랄한 행위도 서슴치 않았다. 부모로부터 버림받은 자신의 행동을 저주하고 싶은 행동이 어린아이에게 투사53)되어 나타난 결과라고 볼 수도 있다. 공범자의 죄까지 뒤집어쓰는 것 역시 처자가 있는 가정의 소중함을 뼈저리게 느꼈기 때문이다. 어머니에의 고착이 잘못 진전될 때 살인이라는 극단적인 결과를 가져올 수도 있는 것이다.

「화환」이나 「죄와 벌」은 오이디푸스 콤플렉스와 어머니에의 고착이 삶에 던지는 파장을 그렸다. 이는 그만큼 김동인이 어머니 콤플렉스에 집착하고 있었음을 알 수 있게 한다.

원래 강한 오이디푸스 콤플렉스에 지배되고 있는 사람은 어머니가 말하고 느끼고 있는 것에 대하여 언제나 대단히 민감하며, 어머니像이 항상 그의 마음의 중심을 차지하고 있다. 그는 때와 장소를 가리지 않고 어머니나 어머니와 관련된 것을 언제나 화제로 삼으려고 한다. 이러한 콤플렉스는 영감과 충동의 원천이 될 수도 있다. 예컨대 미에 매혹된 예술가가 걸작을 낳는 경우가 그것이다. 그래서 예술가는 숭고한 미(영원한 어머니像)를 창조하기 위해 수많은 예술작품을 만들고 기법을 개선하며 의식을 심화54)시킨다.

작가가 오이디푸스 콤플렉스를 작품에 반영하려 할 때 나타나는 갈등은 그 분열에 있다. 곧 범접할 수 없는 순수한 인간상과 관능적 대상으로 분열될 때 갈등을 일으키는 수가 많다. 순수한 형은 어머니의 근친상간적 애정 거부에 대한 원한의 감정을 일으키고, 관능적인 어머니상은 죄악에 빠뜨리

---

53) 이정식 편, 『프로이트 정신분석입문』(서울 : 다문, 1990), 176쪽. 투사란 자신의 욕구 감정이나 약점을 타인 또는 다른 외계에서 발견하는 것이다.
54) 캘빈 S 홀 외, 『융 심리학입문』, 최현 역(서울 : 범우사, 1991), 46~47쪽.

도록 하는 유혹을 억압하기 위해 여자싫어하기증세를 초래[55]한다.

김동인의 「광염소나타」, 「광화사」는 이런 분열현상 때문에 갈등을 일으킨 경우이다. 「광염소나타」에서 어머니는 순수한 형으로서 어린 성수에게 깊숙이 자국난 애정을 남긴다. 그러나 어머니의 죽음 이후 그 死因에 대한 복수의 일념은 시체학대증, 시체음란증의 결과를 낳고 만다. 곧 현실 속에 어머니가 없다는 데서 관능적 대상으로서의 어머니를 남몰래 추구하게 된다. 살았을 적 어머니는 순수한 형으로서 성수로 하여금 윤리의식을 가지게 했으나, 어머니가 죽었다는 사실은 어머니를 그리워하는 걸 핑게로 관능적 대상을 만끽하고 만다. 그는 순수한 형으로서의 미(어머니)에서 관능적 대상으로서의 미(어머니)를 추구하게 됨으로써 도덕성과의 심한 갈등을 빚게 되고 결국은 정신분열을 일으키고 만 데서 비극을 맞게 된다. 「광화사」는 솔거가 모성애를 지닌 순수한 형으로서의 어머니를 예술적으로 추구하려 하나, 소경 처녀를 만나 그녀가 관능적 대상으로서의 어머니상으로 전락하자 그녀를 죽이게 되고 순수한 형으로서의 어머니상으로부터 질책받는 내용으로 되어 있다.

「화환」, 「죄와 벌」, 「광염소나타」, 「광화사」에서는 어머니상이 작중 인물에게 지대한 영향을 미쳤다. 「화환」은 가장이 되고 싶은 오이디푸스 콤플렉스, 「죄와 벌」에서는 부정적인 어머니상이 미치는 영향, 「광염소나타」와 「광화사」는 순수한 어머니상과 관능적 어머니상간의 갈등을 그렸다. 이는 김동인의 오이디푸스 콤플렉스와 상관이 있는 것이다.

4. 미적 대상을 향한 모색

프로이트의 제자인 랑크(Otto Rank)에 의하면 성적 충동은 태어나기 전부

---

55) Norman N. Holland, *The Shakespearean Imagination*(Bloomington Indiana University Press, 1968), pp.97~98.

터 이미 가지고 있었던 것으로서, 여기서 오이디푸스 콤플렉스가 시작된
다.[56] 김동인은 창작으로 오이디푸스 콤플렉스를 승화시켜 나갔으며, 미적
대상을 끊임없이 추구하였다. 「광염소나타」와 「광화사」에서 작중인물의
행위는 그런 미의 추구과정을 그린 것이며, 오이디푸스 콤플렉스가 작중인
물의 주된 심리이다.

　프로이트는 오이디푸스 콤플렉스 이론을 오이디푸스신화에서 끌어내어
인간이면 어린 시절에 이 과정을 다 겪는다[57]고 주장하였다. 말하자면 오
이디푸스 신화에는 오이디푸스 콤플렉스의 원형이 들어 있다. 따라서 작중
인물의 오이디푸스 콤플렉스적인 면을 창작에서 알아내기 위해서는 오이
디푸스신화에서 중심 모티프를 알아볼 필요가 있다. 오이디푸스 신화는 대
개 다음과 같은 모티프를 보편적으로 갖고 있다.

1) 라이오스(Laius)왕은 그의 생애에 신중하지 못하고 난폭한 성격을 갖고
   있었고, 여행중인 오이디푸스에게도 성급한 공격을 해서 살해를 당하
   는 원인이 된다.[58]

2) 라이오스왕과 이오카스테(Jocasta) 왕비는 오이디푸스(Öedipus)를 죽이
   라고 양지기에게 내어줬으나, 양지기는 발뒤꿈치에 구멍이 뚫린 오이
   디푸스를 어떤 사람에게 줘버린다.

3) 오이디푸스신화가 실린 여러 기록에 의하면 오이디푸스는 라이오스
   를 죽인 뒤에 그의 칼과 벨트를 빼앗는다. 칼은 남성의 상징으로 그것
   을 빼앗음은 라이오스를 거세하는 것을 의미한다. 벨트를 빼앗음은
   이오카스테와 동침할 준비를 했음을 상징한다. 왜냐하면 고대 그리이
   스에서는 성관계 전의 예비 단계로 여성의 벨트를 풀었기 때문이다.[59]

---

56) 바흐친, 『프로이트주의』, 송기한 역(서울 : 예문, 1989), 68쪽. 어머니와 아이의 관
   계는 애초부터 뚜렷이 성적인 것으로 되어 있다. 프로이트의 수제자인 랑크에
   의하면, 어머니의 자궁 속에 있는 태아마저도 리비도적 성격을 가지고, 실제적
   으로는 출생 행위에서부터 오이디푸스의 비극은 시작된다.

57) 상게서, 67~71쪽.

58) George Devereux, Why öedipus Killed Laius, *Psychoanalysis and Literature*(New York : E. P.
   Dutton & Co., 1964), p.171.

　　이러한 모티프는 「광화사」에서도 유사하게 나타난다. 곧 1) 아버지는 야성이 있었고 일찍 세상을 떠났다. 2) 성수는 유복자로 태어났다. 3) 성수는 아버지보다 더 강한 광기를 획득함으로써 어머니에게 인정받으려 하였다. 그리고 나중에는 남성 시체는 학대하고 여성 시체에 대하여는 屍姦하는 끔찍한 일을 저질렀다. 여기서 남성 시체는 아버지를, 여성 시체는 어머니를 상징하고, 이러한 행위가 꿈과 같은 밤의 분위기와 함께 죽은 사람에게 행해진다는 점에서 거리낌이 없다.

　　이상과 같은 모티프는 「광염소나타」에서 성수의 심리를 이해하는 데 도움을 준다.

　　어머니는 성수에게 아버지가 지녔던 야성적인 면을 제거하려 하였다. 교양이 있고 어진 어머니는 품팔이를 할지언정 유복자인 성수를 곱게 길렀다.60) 이는 때때로 비위에 틀리면 선생을 두들기기가 예사이며 학교 근처의 술집, 상점 주인들을 때린 아버지의 광포스런 야성을 백성수의 성격에서 제거하려는 의도에서 나온 것61)이다.

　　그런데 어머니는 성수에게 아버지의 야성을 제거하려 하면서도 음악적 재능은 물려받게 하려 한다. 이것은 남편에게 이루려 했던 자신의 기대(남편이 위대한 음악가가 되는 것)가 남편이 일찍 세상을 떠나 이룰 수 없게 되자, 그 욕망을 아들에게 이루려는 데서 나온 것이다. 그러나 이런 행동은 성수를 너무 과잉보호하고 자식에 대한 과잉 기대일 수도 있다. 이러한 어머니의 의도적 교육으로 인해 성수는 효도를 하는 등 자아적인 면(부모에 의해 형성된 도덕성)은 강해졌으나, 음악적 재능은 발휘되지 못한다.

---

59) 상게서, 172쪽.

60) 김동인, 「광염소나타」, 『김동인전집』 2권, 41쪽. 변변치는 않으나마 올간 하나를 준비하여 두고 그가 잠잘 때에는 슈베르트의 ‘자장가’로써 그의 잠을 도왔으며 아침에 깰 때는 하루 종일 유쾌히 지내게 하기 위하여 도 랜드의 ‘세컨드 왈츠’로서 그의 원기를 돋구었읍니다.

61) 이것은 아버지를 죽이고 자신에게 간음할까봐 아들의 발뒤꿈치에 구멍을 뚫어 버리게 했던 이오카스테 왕비의 의도와 심리적인 면에서 다를 바 없다.

때때로 비상한 감흥으로 오선지를 내어 놓고 음보를 그려 본 적도 한 두 번이 아니었읍니다. 그러나 이상한 것은 그만치 뛰놀던 열정과 터질 듯한 감격도 음보로 그려 놓으면 아무 긴장도 없는 싱거운 음계가 되어 버리고 하였읍니다.[62]

이것은 어머니의 의도적 교육에 의해 성수의 이드적인 면(성욕을 근원으로 한 정신적 에너지)이 거세되었기 때문에 나온 결과이다. 그래서 성수의 초자아(부모로부터 물려받은 도덕성)적인 면은 어머니를 위해 학업을 포기하고 생계를 돕는 가장이 되려고 한다.

이러한 성수에게 이드적인 면이 살아나는 것은 그의 성욕이 되살아나면서부터이다. 프로이트에 의하면 불꽃은 남성 상징[63]을 의미하는데, 성수는 방화를 통해 그의 이드적인 면을 키우고 급기야는 屍姦을 하기까지 한다. 오이디푸스의 극적 상황은 바로 여기서 나타난다. 성수는 먼저 오이디푸스가 부친인 라이오스를 죽인 것처럼 '웬 늙은이의 송장'을 학대하고, 어머니의 대리 역할을 하는 죽은 여자에게 간음한다.

> 1) 저는, 그 송장을 타고 앉았읍니다. 그리고 그 송장의 옷을 모두 찢어서 사면으로 내어던진 뒤에, 그 발가벗은 송장을(제 힘이라 생각되지 않는) 무거운 힘으로써 높이 쳐들어서, 저편으로 내어던졌읍니다.

> 2) 푸르른 달빛 아래 누워 있는 아름다운 그의 모양은 과연 선녀와 같았습니다. 가볍게 눈을 닫고 있는 창백한 얼굴, 곧은 콧날, 풀어헤친 검은 머리— 아무 표정도 없는 고요한 얼굴은 더욱 처염함을 도왔습니다. 이것을 정신이 없이 들여다보고 있던 저는 갑자기 흥분이 되어—[64]

이것은 오이디푸스 콤플렉스가 극단적으로 표현된 것이다. 더구나 무의

---

62) 김동인, 「광염소나타」, 『김동인전집』 2권, 41쪽.
63) S. 프로이트, 전게서, 160쪽.
64) 김동인, 「광염소나타」, 전게서, 48~49쪽.

식적 욕망이 마음껏 발휘될 수 있도록 꿈의 분위기가 연출되었으며, 시간(屍姦)을 했다는 점에서 성격 이상임을 발견할 수 있다.

이 오이디푸스 콤플렉스를 바탕으로 하여 성수의 갈등은 도덕성과 예술성 사이에서 일어난다. 말하자면 성수는 예술성을 위해 도덕성을 극복하고자 한 데서 갈등을 초래한다. 그래서 성수는 미적 추구과정에서 절정에 이르는 듯하나, 성격 파탄을 초래하고 만다. 곧 이 작품에는 K씨의 이드적인 면의 강조에 의해 오이디푸스 콤플렉스가 극단적으로 분출되어 나타나는 비극이 그려졌다.

5. 윤리의식으로의 회귀

김동인은 제1기와 제2기에 자신의 자아를 작품에 형상화하기 위해서 작중인물의 자아를 통해서 보편적 인간성을 드러내는 방식을 취했다. 이것은 주로 개인에 관련된 자아였으나, 제3기에 들어서면 사회현실과 관련된 사회적 자아를 주로 반영시켰다. 김동인이 제2기에 관심을 가진 보편적 인간성 가운데 하나가 여성의 모성애와 같은 강한 면모이다. 이것은 융(C . G. Jung)의 원형 개념으로 따지면 아니무스에 해당한다.

아니무스는 여성의 무의식 속에 있는 남성적 요소로서, 남성들이 미처 보지 못하는 지혜의 원천이 되어 흐려진 시야에 분명한 방향을 제시하고 판단하는 경향이 우세하다.[65] 아니무스 가운데 긍정적인 아니무스는 진취적인 정신, 용기, 진실성, 그리고 영적인 심오함을 인격화할 수 있다. 그것을 통해서 여성은 그녀의 객관적인 문화적, 개인적 상황의 저변을 흐르는 여러 과정을 체험할 수 있고, 생에 대하여 강화된 영적 태도의 길을 찾을 수 있게 된다.[66]

---

65) 이부영, 『분석심리학』(서울 : 일조각, 1986), 79~80쪽.

66) M. L. von Franz, 「개성화과정」, 『인간과 무의식의 상징』(서울 : 집문당, 1990), 203쪽.

「가두」(1938)는 정자의 아니무스적인 면이 강조된 작품이다. 정자는 마산의 어느 카페에서 일하던 여인으로, 성격이 비교적 견실하였다. 거기서 어느 부잣집 소실의 아들인 바람둥이 청년을 알게 되고, 그 청년은 정자에게 육적 교섭을 하자고 요구한다. 정자가 거부하자, 사내는 거짓으로 결혼하자며 정자에게 서울에 올라가 있으라고 한다. 겨울이 되어 사내는 정자에게 찾아와 완력을 쓰며 관계를 요구하나, 정자는 끝내 거절한다. 그러자 사내는 집에서 나가 들어오지 않는다. 이튿날 정자는 청년을 찾아 집으로 데리고 들어오고, 사내는 다른 여자를 찾아 나가겠다고 으름장을 놓아 결국 정자의 순결을 빼앗고 만다. 그리고 사내는 집을 나가 다른 여자와 관계를 맺고는 마산으로 내려가 버린다. 그러나 정자는 그런 사내의 횡포에 끝내 좌절하지 않고 짐을 싸며 꿋꿋하게 새로운 삶을 설계한다. 이를 두고 작중화자인 '나'는 다음과 같이 서술해 놓았다.

> 자기의 생활을 재출발함에 있어서 아무 복안도 가지지 못하고도 또한 아무 공포도 없이 감연히 나서려 하는 것은 내게는 적지 않은 경이였다. 사람이란 생장한 환경에 따라서는 '생활'이라는 데 대하여 이렇듯 대담—혹은 무관심하게 되는 것인가.[67]

이것은 김동인이 '나'의 생각을 통해 정자의 긍정적인 아니무스를 높이 평가한 것이다.

「어머니」(1941)는 곰네의 꿋꿋한 의지와 모성애를 두드러지게 강조한 작품이다. 곰네는 젖 떨어지며 농토에 나서서 가난한 그의 식구들을 도왔다. 아버지는 물론이고 열다섯살에 어머니마저 세상을 떠나게 되자, 소작농으로 부쳐먹던 땅마저 떼이고 만다. 그러나 곰네는 겁을 내지 않고 열심히 일해 부지런한 그 동네의 일꾼의 한 사람이 되었고, 열여섯 살 된던 해 가을에 동리 노파의 주선으로 결혼을 한다. 남편은 투전꾼이요, 게으른 사람

---

67) 김동인, 「가두」, 『김동인전집』 3권, 308쪽.

이었다. 결혼한 지 이 년이 지난 해에 곰네는 땅을 조금 마련하려고 그 해 소득을 팔기로 하였다. 곡식을 팔러 읍으로 갔던 남편은 불한당을 만나 돈을 다 빼앗겼다며 참담한 꼴이 되어 돌아왔다. 그러나 사실은 남편이 투전을 하여 곡식 판 돈을 다 날려버린 것이다. 못된 곳에 출입하는 횟수가 잦아지면서 남편은 일손을 잡지 않고 곰네에게서 돈을 가져갔다. 그리하여 그들의 살림은 나날이 빈약해 가고 영락해 갔다.

어느 날 곰네는 십오 전 어치 떡을 사 먹기가 아까워서 집에서 조떡을 만들어 가지고 장에 갔다. 그리고 시장하여 조떡을 먹고 있노라니, 어린 사내가 조떡을 달라 해서 주니까 사내애는 단숨에 그걸 먹어치워 버린다. 곰네는 그 사내애의 어려운 사정을 듣고 먹고 싶은 것을 사줄테니 따라오라고 한다.

이처럼 「어머니」는 게으르고 방탕한 남편과 살면서도 어떻게든 열심히 살아가려는 곰네의 의지와 모성애를 보여주는 작품이다.

김동인이 긍정적으로 여기고 있던 여성상은 꿋꿋하고 강인한 성격이었다. 이는 김동인이 그의 모친 옥씨로부터 느끼고 있던 아니무스적인 면이며, 그의 창작의 바탕이 되는 한 윤리의식이기도 하다. 이런 개인의 인간성에 관련된 윤리의식은 제3기에 들어서면 사회 현실과 관련된 자아를 정립시키는 쪽으로 나타난다.

「환가」(1948)는 비교적 야심 많고 욕심 많은 은주가 가출을 했다가 신흥 부자들의 모순된 실상을 보고 가정으로 돌아가는 내용으로 되어 있다.

은주는 자신의 동창들의 남편이 모두 활발하게 움직이어 고관 혹은 신흥 부호로 신분 상승을 꾀하고 그에 따라 호화로운 생활을 하는데, 자신은 한 가난한 중학 교원의 안해로 밤낮 가난에 시달리며 놀랍게 올라가는 물가에 위협되고 움직임 없는 생활을 하는데 불만을 느낀다. 그래서 무능한 남편의 집에서 뛰쳐나와 스스로 제 길을 개척해 보기로 한다. 그녀의 '야심과 허영심의 앞에는 남편과의 십 년간의 성애도, 소생에게 대한 모성애도 그림자를 감추었다'. 은주는 집을 나와 당분간 '고녀 시절에 가장 가깝게 지내던 헤라의 집에 의지하기로' 한다. 헤라는 광복 후 수천만 원의 재산을 쌓아올린 부자 남편을 가진 친구로, 그녀의 손가락에는 몇 캐럿이라는 커다란 반지를 끼고 있었다. 그러나 은주는 집에서 나온 이후 '갑작 양반(고관) 갑작 부자들'의 생활이 '모래 위에 세운 집의 살림으로서 늘 전전긍긍하고 언제 무너질지 모르는 위태로운 살림이었던 것을' 발견한다. 부자인 줄 알았던 헤라의 남편이 수감되고, 헤라의 부탁을 받고 찾아간 동창의 남편인 고관도 어떤 수회사건으로 수감이 된 후였다. 이런 현실을 보면서 은주는 비록 부자는 못 되나마 어디다 내놓아도 부끄럼없는 살림과 가정에 성실하고 교육에만 전념하는 남편의 고결한 인격에 여유와 긍지를 가지고 집으로 돌아가게 된다. 여기서 그 집이란 혼란을 수습한 자아를 상징한다고 할 수 있다.

김동인은 이 제3기에 와서 그동안 자신이 겪어왔던 기생과의 유희, 관개사업의 실패, 아내의 가출, 가난한 생계 등에서 생긴 갈등을 극복하고 순수한 소설가와 성실한 가장으로서 그동안 정립된 자아를 창작에 직접 드러내 놓았다. 그는 일제하에서 조선어만을 써왔던 것에 자부심을 느꼈고(「망국인기」), 집안에서는 자녀들을 무척 사랑하였다.『백마강』등에서 보인 내선일체 주장도 깊은 참회(「학병수첩」, 「망국인기」, 「김덕수」 등)로써 극복하였다. 말하자면 그는 광복과 함께 그의 갈등 요인도 어느 정도 극복되어 현실을 제재로 할 수 있었던 듯하다.

Ⅳ. 상징과 리비도

1. 이미지를 통한 서정성 확보

꿈은 무의식 속에 잠재해 있던 이미지나 감정 등 잠재사상이 대리적으로 표현된 것이다. 그러므로 꿈을 통해 顯在내용에는 무의식적인 願望이나 여러 상징 의미들이 들어 있다. 프로이트는 이런 꿈의 내용들을 신화와 연결시켜 보편적인 상징 의미들을 추출해 냈다. 가령 물뿌리개(물을 뿜어내는 것), 램프(늘였다 줄였다 할 수 있는 것) 등은 남성의 페니스의 대리적 표현으로, 불꽃은 남성 성기의 상징적 표현[1]으로 보았다.

그런데 창작에서는 배경이나 분위기를 묘사하는 데 사건 전개에 걸맞는 주된 이미지가 있다. 이러한 이미지에는 상징적 의미나 감정이 들어 있기 마련이다. 그것은 꿈이 무의식의 대리적 표현인 것과 같이, 창작에는 작가의 의도나 무의식이 반영되기 때문이다. 창작에 나타난 이미지는 작가가 즐겨 사용하는 것이 표현되고, 그 안에는 작가가 부여해 놓은 의미가 들어 있다. 마찬가지로 김동인의 창작에서도 그가 즐겨 사용했던 이미지를 발견할 수 있다.

「약한 자의 슬픔」에서는 소나기와 램프가 주된 이미지이며, 「배따라기」

---

1) S. 프로이트, 전게서, 162~168쪽.

에서는 바다와 저녁 햇빛 이미지가 자주 등장한다. 「광염소나타」에서는 방화, 언덕 오르기, 예배당, 피아노 연주 등의 순서로 이미지가 진행된다.

그런데 「광염소나타」에서 성수가 어머니에게 임종을 못하게 한 담배가게 주인에 대한 복수심에서 그 집에 불을 지르고 언덕 위에 있는 예배당에 올라가서 피아노를 연주하는 과정이, 프로이트가 추출해 놓은 성기의 상징적 표현과 관련시켜 볼 때 성적 유희에 이르는 과정과 유사함을 발견할 수 있다. 더구나 성수의 행동은 그 과정에서 제 정신이 아닌 무의식상태, 곧 꿈과 같은 상태에서 이루어진 것이다. 이런 상징적 의미와 관련시켜 볼 때 죽은 어머니에 대한 그리움에서 방화를 하게 되는데, 방화는 남성 상징의 발현이다. 언덕을 오르는 것은 성교의 상징이며, 예배당이 성기의 開口部를, 피아노 연주는 성적 유희를 상징한다. 곧 성수의 어머니에 대한 그리움이 그의 무의시 속에서는 성적 유희를 욕망하는 리비도로 형성되어 있었는데, 이것을 직접적으로 발산시키지는 못하고 성교의 대리물에 의해 만족되고 있음을 보게 된다. 이러한 대리물을 통한 성적 욕망이 꿈과 같은 밤의 분위기에서는 성적 확대, 屍姦 등 성교행위가 직접적으로 드러난다.

그러나 이러한 관련성보다는 작품에서 상징의 대리적 표현물을 통해 어떻게 극적 긴장을 유발시키고, 그 긴장의 긴밀도를 크게 하는가에 관심을 가지지 않을 수 없다.

프로이트는 남성의 페니스의 대리라고 여겨지는 것을 물을 뿜어내는 것(물뿌리개 등)이나 늘였다 줄였다 할 수 있는 것(램프)[2] 등을 들었는데, 「약한 자의 슬픔」 등은 바로 이 두 가지가 중심적인 이미지를 이루고 있다.

우서 소나기는 엘리자베트가 남작에게 정조를 상실당한 후부터 본격적으로 드러난다.

서울 특유의, 독으로 내리붓는 것 같은 비는, 이삼 정 앞이 잘 보이지

___
2) 상게서, 160쪽.

않도록 좔좔 소리를 내며 쏟아진다.
　서울 장안은 비로 덮였다. 비로 싸였다. 비로 찼다.[3]

　이것은 엘리자베트가 임신했을 때의 배경으로, 그녀가 정조를 상실했을 때의 장마의 징조인 '비를 준비하는 검은 구름'에 비하면 훨씬 진한 비오는 장면이다. 이런 분위기는 엘리자베트가 남작집에서 쫓겨날 때에는 어둠까지 동반하여 더욱 강해지며, 그녀가 남작과의 재판을 준비할 때쯤에는 파괴적이기까지하다.

　　엘리자베트가 있는 마을 뒷뫼에서도 간직하여 두었던 모든 샘이 이번
　　비로 말미암아 터져서, 개골가에 있는 집 몇은 집채같이 흘러내려오는
　　물로 인하여 혹은 떠내려가고 혹은 무너졌다.[4]

　이러한 비의 이미지는 엘리자베트의 정조 상실을 의미하며, 그로부터 생긴 비애미를 응축하고 있다. 그러나 소나기 장면을 등장시킨 궁극적인 목적은 남작의 정조 유린으로 파괴된 엘리자베트의 숙명이다. 소나기는 남성 상징의 파괴적 속성을 은유적으로 드러낸 것[5]이며 엘리자베트가 자신의 비애를 소나기와 결부시키는 것도 이 때문이다.
　그런데 엘리자베트의 비극적 숙명은 남작에게만 잘못이 있는 것은 아니다. 엘리자베트의 무의식에서 은근히 남성 상징을 꿈꾸고 있었던 데에도 원인이 있다.

---

3) 김동인, 「약한 자의 슬픔」, 『김동인전집』 1권, 28쪽.
4) 상게서, 33～34쪽.
5) R. Jakbson, Two Aspects of Language and Two Types of Aphasic Disturbance. In : *Fundamentals of Language*, by R. Jakobson M. Halle : Mouton, 1956, pp.53～87. 언어 구조에서 결합관계는 인접성을 기준으로 하는 수평적 관계이고 선택관계는 유사성을 기준으로 하는 수직적 관계이다. 로만 야콥슨은 결합관계, 즉 인접관계의 표현을 환유, 선택관계 즉 유사관계의 표현을 은유라 했다. 이런 언어 구조에 의하면 남작의 정조 유린과 엘리자베트의 비애는 인접성에 의한 것이며, 소나기를 남성 상징에 연결시킴은 선택 관계에 의한 은유이다.

　　가정교사 강 엘리자베트는 가르침을 끝낸 다음에 자기 방으로 돌아왔
다.
　　돌아오기는 하였지만 이제껏 쾌활한 아해들과 마주 유쾌히 지낸 그는
찜찜하고 갑갑한 자기 방에 돌아와서는 무한한 적막을 깨달았다.[6]

　이처럼 엘리자베트는 애초부터 뭔가 허전함을 느끼고 있었으며, 이것을
H의숙에 다니는 이환이 메꿔주길 기대하고 있었다. 말하자면 엘리자베트
는 자신의 무의식 속에 남성 상징을 은근히 기대하고 있었다. 그리고 친구
혜숙의 집에 다녀온 그녀는 '끝없이 나는 공상'을 두 시간 동안이나 하다
가, 남작이 밤 두 시쯤 돌아온다는 말을 듣고 '안심이 되어 자리를 펴고 전
나체가 되어 드러누웠다'. 그리하여 한참 자다가 '자기를 흔드는 사람이 있
는 고로' 그녀는 깨어나서 남작의 요구를 깨닫는다. 그런데 엘리자베트는
그에 대한 강한 거부감을 표현하지 못하고 "부인이 아시면?", "부인이 계시
면서두……?"와 같은 엉뚱한 대답을 하게 되고, '별한 웃음을 웃으면서' 돌
아눕기까지 한다. 곧 그녀는 겉으로는 남작의 요구를 거부하면서도 무의식
에서는 그걸 받아들이고 있었고, 무의식에서 거부감이 없었던 것은 낮부터
공상을 통해서 남성 상징을 기대하고 있었기 때문이다. 다만 그녀의 무의
식에서는 이환과의 관계를 원했는데, 그것이 남작으로 대체되었을 뿐이다.
　엘리자베트는 일주일에 두 번 남작의 방문을 받았으면서도 그것을 거부
하지 않았으며, '남작이 돌아가고 나면' 오히려 '좀더 있지 않는 것을 원망'
했고, 예기한 날 남작이 오지 않으면 어쩔 줄 모르고 속이 타고 질투를 하
였다. 거기다가 엘리자베트는 자신이 자동차를 타고 갈 때에 어떤 거지가
자동차에 치이는데 살펴보니 이환이더라는 공상[7]까지 한다. 그 정도로 엘
리자베트의 무의식은 남성 상징을 간절히 원하고 있었다.
　엘리자베트는 신문에 나서 수치를 당할 것을 뻔히 알면서도 경성지방법

---

6) 김동인, 「약한 자의 슬픔」, 전게서, 11쪽.

7) S. 프로이트, 전게서, 162쪽. 꿈속에서 양성의 성교를 표현하는 것은 차에 치이
　는 폭력적인 체험이다.

원에 재판을 청구한다. 재판중에 변호사가 '원고의 말은 허황하다'며 반론을 펼 때에 그에 대한 반박을 하지 못하고 앞이 캄캄해지는 것은, 변호사가 진실을 외면한 데 대한 반감과 아울러 그녀의 무의식에 자리잡고 있던 남성 상징에 대한 욕망을 꿰뚫어 보는 데 대한 당황에서라고 할 수 있다.

엘리자베트의 숙명이 남성 상징의 파괴적 이미지에 의하여 좌우되는 것과 마찬가지로, 그 수습 과정 역시 남성 상징을 통한 긍정적 이미지에 의하여 도출되고 있다. 즉 엘리자베트가 약자에서 강자를 꿈꾸는 것도 '램프'[8]에 의해서이다.

> 위에는 불티를 잔뜩 앉히고 그 아래서 숨찬 듯이 할락할락하는 석유램프
> 는 모기장 밖에서 반딧불같이 반짝거리며 할딱거리고 있었다.
> '가ー는 목숨으로라도 살아지는껏 살아라ー.'
> 그 램프는 소근거리는 것 같다.[9]

이와 같이 엘리자베트의 생각이 전환되는 것은 소나기의 이미지에서 램프의 이미지를 바라보게 됨으로써이다. 소나기 이미지는 엘리자베트의 숙명을 파괴적으로 이끌었지만, 램프 이미지는 삶의 욕망과 함께 강자가 되기를 소원하게 한다. 두 이미지는 같은 남성 상징이지만, 램프 이미지는 삶의 욕망(리비도적인 힘)을 가지고 있다. 이렇게 볼 때 「약한 자의 슬픔」은 김동인이 리비도적 속성(성본능에서 나온 정신적 에너지)을 끌어내고, 엘리자베트의 정신세계가 죽음의 욕구에서 삶의 욕구[10]로 변화해 감을 보여

---

8) S. 프로이트, 전게서, 160쪽. 램프는 그 심지를 늘였다 줄였다 할 수 있으므로 남성의 페니스를 상징한다.

9) 김동인, 「약한 자의 슬픔」, 전게서, 56쪽.

10) 설영환 편역, 『프로이트 심리학 해설』(서울 : 선영사, 1991), 267쪽. 성적 욕구란 말하자면 자기 보존, 종족 보존의 욕구인 것이며 에로스의 욕구이다. 그리고 이 에로스의 욕구를 뒤흔드는 그 원동력, 그 정신 에너지를 프로이트는 리비도라고 불렀다. 이에 반해서 죽음의 욕구란 프로이트의 말을 빌리자면 통일을 파괴시키고 사물을 파괴하여 생명이 있는 것을 죽음에 이르게 하는 욕구인 것이다.

준다. 엘리자베트의 깨달음은 자신의 무의식 속에 깃들어 있던 욕망을 분별하지 못했다는 데 대한 인식이다. 그녀는 이러한 무의식을 모르고 산 자신의 생애를 '헛데로 돌아간 이십 년, 쓸데없는 이십 년'이라고 규정지었고, 이십 세기 사람들이 무의식을 인식해야 한다고 부르짖는다.

> '그렇지만 이것은, 밖이 약한 것이다. 좀더 깊이— 안으로!'
> 그는 생각하였다.
> 자기의 한 일 가운데서 하나라도 자기게서 나온 것이 어디 있느냐? 반동 안 입고 한 일이 어디 있느냐? …… (후략) ……11)

여기서 '자기'란 무의식을 포함한 내면세계에서의 진실된 가치관이라 할 수 있다. 엘리자베트가 외친 사랑은 그 한 방법이며, 정신적인 면에서의 강자가 되기 위한 것이다.

엘리자베트는 남작에게 정조 유린을 당하였다. 그녀의 리비도는 고뇌 끝에 파괴적 속성(소나기)에서 창조적 속성(램프)의 남성 상징을 바라봄으로써 정서적 안정을 얻는다. 엘리자베트의 무의식에 나타났던 그림자 현상은 '20세기 사람'이 다 겪을 수도 있는 보편적인 것이다. 김동인의 예술적 감각은 바로 이 보편적 심리를 그려내는 데서 발견된다.

2. 꿈의 상징을 통한 의미

태고유형은 집단무의식 속에 깊이 묻혀 있으면서, 개인의 의식적인 행동에 깊은 영향을 미친다. 태고유형은 그 외적 표현인 상징을 통해서만 표현될 수 있다.

그리고 그것은 에로스의 욕구에 대립되는 것이며, 공격적 본능이 자기 쪽으로 되돌아 온 것이다.
11) 김동인, 「약한 자의 슬픔」, 전게서, 57쪽.

상징은 여러 태고유형을 개성화하고 그것을 통합하여 균형이 잡힌 조화된 전체를 만들어 내려는 시도이다. 그런 상징 가운데 하나인 꿈은 과거에 깊이 파고들어 낡은 기억이 되살아나게 하며, 발달하는 삶의 목표를 실현하려고 시도한다. 꿈은 과거 뿐만 아니라 미래도 가리키고 삶을 해독하는 계시이며, 삶의 길잡이가 되기도 한다. 그래서 꿈의 상징적 내용은 때때로 갈등이 대충 해결된 것을 보여주며, 정신의 미분화되고 결여된 측면을 보상하여 심리적 균형을 회복하려 한다[12]는것이 융의 주장이다.

김동인은 이 꿈의 기능을 어떻게 알고 있었으며, 작품에서 이것을 어떻게 상징적으로 응용했을까. 그것은 김동인이 생각하고 있던 상징의 의미와 작품 구조 속에서 그것이 하는 역할을 음미할 수 있기 때문이다.

김동인의 소설에서 꿈장면은 「목숨」(1921), 「폭군」(1921), 「피고」(1924) 등에서 나온다. 우선 이들 작품에 나오는 꿈은 욕망, 삶의 길잡이, 성 등과 관련되어 있음을 발견하게 된다.

「목숨」은 M이 병·죽음 등 잘못 인지된 상징에 얽매여 있던 데서 꿈의 상징을 통해 객관적 안목과 삶의 의욕을 가지는 줄거리로 되어 있다. 이와 같이 M이 죽고 싶은 충동에서 삶의 의욕으로 변화를 겪게 되는 중요한 계기가 바로 꿈을 통해 이뤄진다.

M은 꿈속에서 갈색의 악마와 대화를 계속한다. 그 대화는 크게 두 가지가 근간을 이루고 있다. 하나는 '발랄한 힘'과 같은 리비도(성본능, 정신적 에너지)이며, 다른 하나는 죽음에 대한 욕망이다.

> 1) "사람은 떡으로만 살지 않는다!"
> "그럼, 또 무어루 사노?"
> "자기의, 발랄한 힘으로! 삶으루!"[13]

---

12) 캘빈 S. 홀 외, 전게서, 140~151쪽.
13) 김동인, 「목숨」, 『김동인전집』 1권, 163쪽.

2) "아이, 죽겠구나, 죽겠구나."

꽤 멀ー리서 조그만 소리가 들린다. 즉, 대단히 잔인한 일을 하여보고 싶은, 막지 못할 불길이 일어났다.

'죽여 줄라, 기다려라. 그편이 너희들에게는 오히려 편하리라.'14)

꿈에서 제시된 것은 삶의 욕망과 죽음의 욕망이다. 곧 꿈은 M이 죽고 싶은 충동으로 편협한 생각에 치우쳐 있던 것을, 삶과 죽음이라는 두 가지 면을 다 보여줌으로써 M의 결여된 면을 보상하고 정신적 균형을 회복게 해 준다. 또한 삶의 길잡이 역할도 하는데 M은 꿈으로 인해 '나의 발랄한 생기, 힘, 정력, 이것들을 마음껏 이 세상에 뿌리기 전에 내가 왜 죽어?' 하며 삶의 욕망을 가지게 된다. 이러한 욕망은 의사이며 친구인 R을 설득게 하고, R의 수술이 성공함으로써 꿈이 계시한 삶의 욕망과 위력을 알게 된다. M의 삶에 대한 욕망은 그 자신을 살렸을 뿐만 아니라 작중화자인 '나' 의 생각까지 변화시켜, '나'로 하여금 객관적 안목과 생명의 존엄성을 인식 게 한다.

나는 좀 높은 곳에 있는 우리 집에서, 내려다보이는 장안을 둘러보았다. 거기 먼지가 보ー얀 것은 억조창생이 삶을 즐기는 것을 나타낸다. 아아 그러나 그들의 목숨을 누가 보증할까? 의사의 조그만 오진으로 그들은, 금년으로라도 이 달로라도 죽을지를 모를 것을…….

나는 다시 M을 보았다.15)

이렇게 작중인물에서 작중화자에 이르기까지 삶의 의욕과 존엄성을 인 식게 한 것은 바로 꿈의 계시가 중심 모티프 역할을 한 때문이다. 이것은 M과 '나'에게 결여된 안목에서 객관적 안목으로의 변화를 가져오기까지 한다. 그리고 꿈장면은 M을 긍정적으로 이끌고 죽고 싶은 충동만 가지고

---

14) 상게서, 161쪽.
15) 상게서, 174쪽.

있던 M의 정신에 삶의 의욕을 불어넣어 주는 미래지향적인 힘을 가지고 있음을 알 수 있다.

「폭군」에서는 꿈을 통해서 순애의 무의식에 깃들여 있던 욕망을 파악게 한다. 프로이트에 의하면 꿈속에서의 '댄스는 성교를 상징'[16]하는 「폭군」에서 순애가 남동생 P의 외박을 걱정하면서 꾸는 꿈에도 댄스 장면이 제시된다.

> 무대에는 어떤 별한 댄스가 시작되었다. 그 춤추는 사람 가운데는 순애
> 의 오라비 P도 있었다. 역시 관람석은 어둡다. 좀 뒤에 댄스는 끝났다.
> 극장이 터져 나갈 만한 박수소리가 난다. 한 분, 두 분, 두 분 반, 세 분,
> 다섯 분, 십 분, 박수소리는 그냥 난다. 그때에 누구가 조그만 소리로 그
> 렇지만 똑똑한 소리로 "손뼉 칠 것이 무에야" 했다. 일제히 손뼉이 멎었
> 다. 장내에는 어떤 알지 못할 무서움이 찼다. 사람은 다— 없어졌다. 순
> 애도 무서워서 밖에 나왔다.[17]

이 꿈장면은 순애가 무의식에서는 P의 외박에 대하여 질투를 느끼고 성욕을 열망하고 있지만, 겉으로는 그것을 강력히 금제하고 P의 외박에 대해 꾸짖을 것을 벼르고 있다는 사실을 알 수 있게 한다. P가 댄스하는 장면을 순애가 꿈꾸었다는 것은 P의 외박을 P가 다른 여자와 성교하고 있다고 생각하고 은근히 부러워하고 있음을 의미하며, "손뼉 칠 것이 무에야" 하는 독백은 페르조나(다른 사람에게 보이기 위한 가면과 같은 인격)로서 자신의 본능을 숨긴 것이다.

순애는 남동생 P가 며칠째 집에 들어오지 않는 것을 다른 여성과 바람을 피우기 때문이라고 단정한다. 그것을 나무라기 위해서 순애는 단단히 벼르고 있었다. 사흘 뒤에 들어온 P를 나무라자, P는 자신이 다른 여자와 바람을 피우다가 일찍 죽은 매형과는 다르다며 화를 낸다. 이에 순애는 누나인

---

16) S. 프로이트, 전게서, 162쪽.
17) 김동인, 「목숨」, 『김동인전집』 1권, 183쪽.

자신의 말을 P가 무시하는 것은 남성들이 자신들을 전제자라고 생각하고 여성을 근본적으로 무시하기 때문이라고 생각한다. 여기서 순애는 아버지도 가정에서 군림하는 점에서 전제자라고 생각하고, 이 점은 남편도 동생도 마찬가지라고 생각한다. 그리고 자신은 그런 남성, 심지어 동생으로부터도 학대받았다고 생각한다. 이러한 불만을 느끼며 순애는 동창생인 혜감에게 하소연하나 혜감이 사내란 다 그렇다고 하자, 순애는 갑자기 '오늘밤'에 죽겠다고 소리친다. 집에 돌아와서 순애는 P가 자신을 누나로서 인정해 줄 것을 바라나, P는 귀찮다는 듯 증오의 눈길을 보낸다. 거기서 무안함을 느낀 순애는 집을 나갈 작정을 하고 자기 방에 들어와 옷을 갈아 입고 나서 갑자기 문갑 위에서 칼을 발견하고 가슴을 찌르자, 신음소리에 P가 달려온다. 그때에 순애는 '처음으로 골육의 참 집착을 마음껏' 깨닫는다.

순애가 왜 갑자기 자살을 꾀했는지는 꿈장면에서 밝혀진다. 그녀의 무의식에는 성본능[18]이 잠재해 있으나, 그것을 페르조나에 의해 강력히 억제해 왔다. 바람을 피우다가 일찍 세상을 떠나게 된 남편 S가 용서해 달라는 말을 남기고 죽자, 순애는 재혼도 안 하고 정절을 지키고 있던 터였다. 순애는 그런 지조를 P에게도 강조하려 들었다. 그것은 자신도 정절을 지켰으니 P도 순수하게 있어 주기를 바람으로써, 바람둥이 남편에게서 받은 한을 보상받으려 하였다. 그러나 P는 외박을 하고 말며, 거기서 순애는 무한한 실망을 느낀다. 순애는 마음속으로 성욕이 간절했으나, 남편이 세상을 떠난 후 그것을 참고 있었다. 순애는 P의 외박을 나무라고 있지만, 속으로는 P만 성적 쾌락을 누리는 데 대해 은근히 질투하고 있었다. 여기서 성욕은 남성에 대한 그녀의 그림자요, 정절은 그녀의 페르조나[19]에 해당한다. 순애는

---

18) 이정식 편, 『프로이트 정신분석입문』(서울 : 다문, 1990), 128쪽. 대개의 경우 성본능은 자아본능에 패배된 상태로 있다.

19) 캘빈 S. 홀 외, 전게서, 55~61쪽. 그림자는 다른 어떤 태고유형보다도 인간의 기본적인 동물적 본성을 많이 포함하고 있다. 페르조나란 개인이 공개적으로 보여 주는 가면 또는 외관이며, 사회의 인정을 받을 수 있도록 좋은 인상을 주려고 한다. 이것을 '적응 태고유형'이라고 부를 수도 있는 것이다.

자신에 대한 P의 무관심을 여성들이 당하는 피해의식이라고 항변하지만, 사실은 남성에 대한 자신의 성욕을 숨기고 있는 것이다. 그리고 그것은 죄의식을 수반하여 죽고 싶은 충동을 잠재해 놓고 있다. 그것을 그녀는 P의 자신에 대한 무시 때문이라고 핑계를 대고 있다. 말하자면 자신의 그림자를 페르조나로 숨기고 있다. 그런 순애의 욕망은 결말부분에 가서 P가 순애의 죽음을 안타까와 하자 순애가 '이때에 처음으로 골육의 참 집착을 마음껏' 깨달으면서 삶에 대한 애착을 느끼는 데서 밝혀진다. 곧 순애는 P에 대한 자신의 그림자를 혈육의 정이라는 보편적 감정으로 승화시키고 있었다.

이렇게 볼 때 「폭군」에서 꿈장면은 순애의 본능을 헤아리는 데 중요한 역할을 하며, 거기서 꿈의 기능은 순애의 무의식적 願望을 표현한다.

「피고」는 '그'가 꿈과 현실을 구분하지 못하고 현실에서 꿈장면처럼 행동해 버린 데서 법정에 서게 되었다는 줄거리를 가지고 있다.

월급을 받아쥔 그는 D를 만나 '술을 나누어 먹을 작정'으로 전차를 잡아 탔는데, 거기서 예쁜 여학생 하나를 만나 아내로 삼고 싶은 공상을 하게 된다. 여학생은 D의 집 근처에 있는 깨끗한 집에 살고 있었다. D를 불러내어 술을 마신 후 헤어져 그는 전차가 남대문에 이르렀을 때 그는 전에 여학생을 만났던 곳으로부터 그 여학생의 집에 이르기까지 몽상의 상태로 가게 된다. 그리고 자기 방이라 생각되는 건넌방으로 들어가자, 거기에는 자기 마누라로 삼고 싶었던 여학생이 곤하게 잠들어 있었다. 그래서 그는 옷을 활활 벗어 던진 뒤에 이불 속으로 뛰어들어 잠이 들었다. 그로 인해 그는 재판정에서 징역 2년의 판결을 받게 된다. 그의 잘못은 여학생을 자기 아내로 착각하고 강간하러 들었다는 것이다. 가난한 그는 '깨끗한 집과 학교 졸업한 마누라'를 늘 몽상하고 있었다. 그리고 술이 취한 그는 어떤 여학생이 자신이 몽상해 왔던 깨끗한 집에 들어서자 그녀를 자신의 마누라로 착각해 버린 것이다. 말하자면 그는 자신이 꿈꾸었던 것을 현실에서 만나자 그대로 실현해 버렸다는 것이다. 이 작품에서의 꿈의 기능 역시 작중인물의 무의식적 願望 충족을 드러내는 데 소용된다.

「목숨」에서의 꿈장면이 편견에 사로잡힌 작중인물에게 객관적 현실을 인지케 하는 미래지향적인 것이었다면, 「폭군」과 「피고」에서의 그것은 작중인물의 무의식적인 욕망을 살피게 한 것이었다. 전자는 작중인물에게 꿈을 통해 삶의 의욕을 제시하고, 후자는 작중인물의 무의식적 願望을 알게 한다. 또한 김동인은 꿈장면을 통해 성욕을 노출시키기도 했다. 그것은 이전의 성을 금기시하였던 풍조에서 벗어나 성에서 발랄한 힘(리비도적 속성)을 찾는 것이며(「목숨」), 이전의 정절만을 강요하던 사고방식에서 초월해서 성의 진실을 바라보는 것이다(「폭군」). 김동인은 성이 결코 인격에 결함을 가져오는 것이 아니라 오히려 성을 철저히 앎으로써 삶의 진실을 밝혔던 것이다.

3. 미적 대상을 향한 리비도 발현

프로이트에 의하면 리비도[20]는 성욕과 성격의 발달에 영향을 준다. 그는 모든 신체적 쾌락이나 욕구는 본질적으로 성적[21]이라고 보았다. 그리고 이것은 승화를 통해서 비성애적 태도로 전환된다.

리비도는 본능을 근원으로 하여 동기를 유발하는 힘(추진력)을 갖고 있으며 그 추진력은 싫든 좋든 어떤 목적을 향해 전진하도록 강요한다. 이것은 개인의 의사에 반대되는 경우에도 만족을 얻기 위해 계속 돌진하려 하며, 그 이론적 기저는 쾌락원리와 안전과 만족이라는 원리에 지배[22]된다

---

20) S. 프로이트, 전게서, 423쪽. 프로이트는 그의 생애 후기에 가서 리비도를 자아 리비도와 대상 리비도로 구분하였다.

21) Karen Horney, 전게서, 46쪽. 인간은 원래 무조건적으로 기본 본능을 충족하려고 한다. 그것은 너무 강해 인간은 어쩔 수 없이 굴복하게 되고 여러 가지 방법으로 본능 욕구를 충족시키려 한다. 어떤 사람이 종교, 예술, 과학 같은 고상한 활동을 추구하는 감각을 가졌다고 해도 그것들은 무심코 그의 지배자인 본능을 위해 봉사하게 된다.

(프로이트는 이 리비도 개념을 후에 삶의 본능과 관련시켜 생명력(vital energy)이라 보았고, 이것을 다시 자아 리비도, 대상 리비도로 구분하였다).

융은 이 리비도를 원시인의 초자연적 존재로부터 소원을 충족시키는 신령스런 힘으로부터 진보와 퇴행, 외향성과 내향성의 개념23)으로까지 확대시켰다.

앞 장에서 김동인은 아내 김혜인의 가출 이후 그 충격으로 우울증, 신경증에 걸렸음을 지적하였다. Karen Horney에 의하면 신경증적인 사람은 쾌락 원리에 지배되므로 어떤 댓가를 치르더라도 즉시 만족을 얻으려 하며, 완강하고 끈끈한 리비도를 가지고 있다. 그러면서도 건강한 사람보다 불안하므로 안전을 유지하려는 큰 에너지를 가지게 되며 잠재된 불안에 대하여 안전을 재보증받으려는 욕구24)를 가진다. 곧 한편으로는 쾌락을 향한 욕구, 다른 한편으로는 안정을 향한 욕구라는 이중적 감정을 수반하게 된다. 신경증에 걸렸던 김동인이 한편으로는 광기, 살인 등 극단적인 제재를 다뤘으면서도(「광염소나타」, 「광화사」, 「포플라」, 「화환」 등), 다른 한편으로는 지극히 일상적인 제재를 다룬 것(「구두」, 「결혼식」 등)은 리비도가 쾌락과 안정이라는 양 극단을 향해 치달았기 때문이다. 그리고 그가 현실에서는 제2기 이후 지극히 성실한 가정 생활을 했으면서도, 창작에서 극단적인 행동 양상(광기, 살인 등)을 보인 것도 이러한 측면에서 이해될 수 있다. 어떻게 보면 그의 신경증이 창작에서 리비도적인 힘으로 극적 긴장을 일으키는 효과를 가지게 했다고 해도 과언이 아니다.

창작에서 작중인물의 무의식에는 작가의 창작심리가 반영된다. 작가의 창작심리에는 그의 무의식이 깊게 자리잡고 있다. 그 무의식은 대개 어린

---

22) 상게서, 59쪽. 프로이트는 그 이론적 기저가 쾌락원리에 지배된다고 하였으나 Karen Horney는 인간은 쾌락만이 아니고 안전과 만족이라는 원리에도 지배된다고 보았다. 여기서는 후자의 이론을 택했다.

23) C. G. Jung, 전게서, pp.32~66. a. Progression and Regression b. Extraversion and Introversion c. The canalization of Libido d. Symbol Formation.

24) Karen Horney, 전게서, 58~59쪽.

시절에 형성된다. 그러므로 작가의 무의식을 캐기 위해서는 그의 어린 시절을 조사해 봐야 한다. 그 조사 대상 가운데 하나가 작가의 리비도가 어떻게 발달해 왔는지를 파악하는 것이다.

프로이트에 의하면 어린이에게도 3세 이후에는 이미 성생활이 있다. 이 무렵이면 성기에는 이미 흥분이 나타나며 성기에 의한 만족스러운 한 시기(유아성 오나니즘)가 온다. 3세에서 8세 사이에는 이런 성적 특성을 감추는 것을 배운다. 대략 6세에서 8세에 이르러 성애의 발달은 멈추고 후퇴를 보이게 되는데, 이는 잠복기에 해당한다. 어린이의 성생활과 성인의 그것과의 차이는 어린이의 성생활에서는 성기를 으뜸으로 하는 분명한 성적 체재가 결여되어 있고 성애를 식욕 등 다른 데로 나타내며, 그 욕구가 매우 약하다. 김동인은 이 시기에 대지주의 아들로서 여러 사람의 귀염을 받고 자랐다. 곧 만족스런 성애를 느끼며 성장하였다.

프로이트의 수제자인 랑크(Otto Rank)의 견해에 의하면, 자궁 속에 있는 태아마저도 리비도적 성격을 갖고 있어 출생때부터 낙원과 같이 온 몸으로 성감을 느낄 수 있는 자궁을 동경하게 된다. 리비도는 늘 어머니를 지향하고, 그녀의 보살핌과 서비스 등 모든 행위를 성적인 것으로 받아들인다. 즉 젖을 주는 것부터 시작하여 목욕을 시켜 주는 것, 배변할 때 도와주는 것 등등에 이르기까지 그 모든 행위가 아이에게는 성적으로 채색[25]된다.

이러한 견해로 볼 때 김동인이 유아기에 심하게 운 적이 많았던 것은 바로 어머니의 자궁 속으로 돌아가고 싶은 욕구 때문이었던 듯하다. 곧 본능적 근친상간(incest)의 욕망인 오이디푸스 콤플렉스 심했던 것 같다. 이것을 김동인은 울음으로 표현하였으며, 주위 사람들이 어머니의 자궁처럼 모든

---

25) 바흐친, 『프로이트주의』, 송기한 역(서울 : 예문, 1989), 68쪽. 이때 여러 성감대나 성기의 접촉이 불가피하게 이루어지며 이러한 접촉이 아이로 하여금 쾌감을 불러일으키게 하기도 하고, 더러는 최초의 발기(erection)마저 야기시키기도 한다. 아이가 어머니의 침대 속으로 들어가서 어머니의 몸에 자신을 밀착시키면, 자신의 유기체에 남아 있는 희미한 기억이 자신으로 하여금 어머니의 자궁 속으로, 즉 이 자궁에의 회귀를 재촉하는 것이다.

것이 풍족하고 온몸으로 성감을 느끼도록 해 주어야만 하였다. 이러한 환경을 평양의 대부호 집안에서는 충분히 감당할 수 있었던 것이다. 그리고 이것은 김동인의 무의식에 唯我獨尊의 사상을 불러일으켰다. 이러한 생각은 어른이 되어서도 바뀌어지지 않았으며, 그가 돈을 주고 사서라도 여성으로부터 대접받기만을 원했지 여성을 사랑하고 감싸줄 줄을 몰랐다. 그래서 그는 『젊은 그들』에 나오는 '연연이'와 같은 타입을 좋아했다. 말하자면 '몰아적이요, 인종적이요, 사랑하는 이의 행복을 위해서는 자기는 어떤 고초를 겪을지라도 불평을 품기는 커녕 이 고초로써 환희를 느끼며, 비의식적이며 비자각적으로 全我를 들어서 '그'에게 맡기고 일호의 我慾을 세우려지 않는 여성'26)이다. 김동인의 유아독존적 사상은 순종적이지 못한 여성을 용납하지 않았다. 김동인은 전처인 김혜인을 내심 무척 사랑했으면서도 그녀가 일본으로 달아났을 때 '동경으로 뒤쫓아가 딸만 데리고'27) 돌아올 정도로 자존심이 강하였다. 그리고 『해는 지평선에』, 『왕부의 낙조』, 『백마강』 등의 장편 소설에서 죽은 왕비가 그리워 방탕과 사디즘적 행위를 하는 왕을 묘사하고, 아름답고 소중하게 과거에 아로새겨졌던 여성의 미를 다시 그리려 할 정도(「수정 비둘기」, 「광화사」)로 사랑하는 김혜인의 가출로 인해 괴로워하였으면서도, 그는 자신을 버린 여성에게는 냉대함을 잃지 않았다. 그의 자존심은 김옥엽과 동거까지 했으면서도, 손님에게서 그녀에게 온 편지를 보고는 대번에 관계를 끊을28) 정도였다. 그만큼 김동인의 자존심은 여성의 순수성을 바라고 있었다. 「약한 자의 슬픔」, 「거치

---

26) 김동인, 「내 작품의 여주인공」, 『김동인전집』 16권, 423쪽.

27) 「김동인 생애」, 『김동인전집』 17권, 358쪽.

28) 김동인, 「여인」, 『김동인전집』 7권, 58쪽. 그러면서도 나는 속으로 얼마나 바랐을까. 이제라도 옥엽이가 자기의 잘못을 뉘우치고 내 앞에 와서 사죄하기를……
그러나 이튿날의 나의 태도는 천연하였다. 저녁 때, 식도원에 가서 지영이가 옥엽이를 부르자 할 때에도 나는 웃으면서 거절할 뿐이었었다. 나의 프라우드한 성격은 비록 사랑의 앞에서도 머리를 수그림을 결코 허락지 않았다.

른 터」, 「정희」, 「딸의 업을 이으려」에서는 작중화자의 목소리를 통해서 여성의 순수성을 강조[29]하였다. 「김연실전」에서 연실은 한 남성에게 얽매인 데서 해방되기를 주장한 반면, 작중화자는 그런 줏대가 없으면서도 신여성인 체 자부하는 연실에게 야유와 조소를 던지고 있다.

　김동인은 제1기에 물질적 여유와 기녀와의 유희를 즐겼던 만큼 성본능과 관련된 리비도가 별로 필요치 않았다. 그는 김옥엽 외에는 다른 기생들과 육체적 관계를 맺지 않았다.

　그러나 제2기에 들어서면 김동인은 1기와는 상반된 길을 걷게 된다. 생계의 어려움 때문에 기녀들과의 접촉이 없어지고, 그의 자존심을 세워줄 기녀들이 사라진 이상 온몸으로 느끼던 성애적 대상도 현실에서 없어져 버린다. 그는 현실에서는 모친 옥씨의 모성애나 김경애(김동인의 재취)의 생활력 등 여성의 아니무스(여성의 무의식 속의 남성적 요소)에 만족해 버린다. 그렇지만 어렸을 적 부잣집 도령으로서 가인들에게 대접받고 기녀들과의 유희에서 관능미를 느끼던 데서 생긴 성적 만족을 완전히 버릴 수는 없었다. 성적 만족이란 완전히 만족된 상태로 끝나버리는 것이 아니라 늘 그것을 되풀이해서 추구[30]하는 데 있다. 김동인은 그 만족을 창작에서 찾으려 하였다. 그는 성적 욕망의 리비도를 창작에다 쏟아부었다. 2기의 작품들(「광염소나타」·「포플라」 등)에서 성도착증세의 작품이 많이 쏟아져 나오는 것은 거기에 원인이 있다. 그것은 관능미의 대상이 갑자기 사라져 버린 허전함에서 생겼고, 전에 즐기던 성애(대상에 대한 성적 만족과 리비도)를 창작을 통해서 극복[31]하려는 데서 나온 것이다. 곧 성적 욕구의 궁극

---

29) 「약한 자의 슬픔」에서는 작중화자가 엘리자베트의 정조 상실을 매우 애닯아하고 있다는 점에서 김동인의 순수성 집착을 드러낸다. 「거치른 터」는 갑작스런 남편의 죽음으로 고독을 이기지 못해 영애가 자살한다. 「정희」, 「딸의 업을 이으려」에서도 한 남성에 매여 사는 여성의 삶을 그렸다.

30) 프로이트, 『심리학연구』, 이학 역(서울 : 청목서적, 1988), 40쪽. 성적 만족이 있은 다음에 또 다시 성적 욕구가 생기는 것은 또 하나의 예이다. 요컨대 본능의 목적은 보수적이고 퇴행적이고 반복적이라고 규정할 수 있다.

적 목적은 흥분에서 풀려나는 데 있는데, 김동인은 이를 위해서 과감히 작
중인물이 성적 욕망(리비도)을 분출하도록 하였다. 「포플라」(1930)는 김동
인이 왜 성적 욕망을 창작에서 분출시켜야 했는지를 잘 말해 준다. 만약
그가 욕망의 리비도를 창작에서 분출시키지 않았다면, 그것은 최서방처럼
현실에서 정신 분열로 폭발해 버렸을지도 모른다.

　「포플라」에서 최서방은 김장의네 머슴으로 성실하게 일했다. 봄에 최서
방은 버들을 어디서 얻어다가 자기 방 앞에 심었다. 사십이 넘도록 여인이
라 하는 것을 가까이 하여 보지 못한 최서방은 자기가 가지고 있는 온 사랑
을 그 버드나무에 바쳤다. 멀리서 김을 매더라도 지붕 너머로 보이는 버드
나무를 바라보고는 씩 웃고 하였다. 이듬해 봄 버드나무는 잎이 피면서 새
끼까지 쳤다. 어느 날 김장의는 최서방더러 "임자도 장가를 들어서 저런
새끼들을 보아야 하지 않나." 하면서 결혼을 주선해 줄 의도를 비쳤으나,
최서방은 얼굴이 벌개지며 부끄러워 말도 못하였다. 그날 밤부터 최서방은
흥분되어, 사십 년 동안 숨어 있던 성욕이 한꺼번에 솟아올랐다. 그는 김장
의에게 여러 번 버드나무 새끼 얘기를 했으나, 김장의는 그의 말뜻을 알아
채지 못했다.

　이러는 동안에도 최서방의 자독행위는 나날이 심하여 갔다. 낮에는 그는
천연하였다. 정직하고 부지런하고 정돈을 좋아하는 그의 성격에는 조금도
흔들림이 없었다.

　그러나 낮을 지배하는 신경과 밤을 지배하는 신경은 확실히 달랐다. 밤
만 되면은 그의 마음은 흥분되며 온몸은 학질 들린 사람같이 떨리고 하였
다. 잠깐 새에 그의 성욕에 대한 지식은 놀랄 만치 많아졌다. 그는 별별 기
괴한 환상을 마음 속에 그려보고는 흥분되어 정신을 못 차리고 그 자리에

---

31) 상게서, 39~40쪽. 퍼스낼리티의 작용에 사용되는 모든 에네르기는 본능으로부
　　터 얻는다. 본능적 에네르기의 중요한 원천은 신체적인 욕구 또는 충동이다. 아
　　무리 긴장이 고조되더라도 성적 욕구의 궁극적인 목적은 흥분에서 풀려나는 데
　　있다. 사실상 사람들은 고조된 긴장에서 갑자기 풀려나는 것이 매우 유쾌하다
　　는 것을 알고 있기 때문에 긴장을 고조시키는 방법도 알고 있다.

쓰러지고 하였다.[32]

그리하여 최서방은 밤만 되면 여인들을 겁간하는 색마가 되고 만다.

김동인은 이러한 욕망의 리비도를 미적으로 승화시켰다. 「광화사」(1935)에서 여성에 대한 성적 욕망을 그림으로 승화시키려는 솔거의 모습은 김동인의 자화상과 유사한 면이 있다.

「광화사」에서 솔거는 철이 든 이래 백주에 사람 틈에 나다닌 일이 없었다. 그것은 그가 세상에 보기 드문 추악한 얼굴의 주인이었기 때문이다. 그는 부득이 근 사십 년을 금욕생활을 해야 했고 소모되지 못한 정력을 그림 그리는 데 사용하였다. 말하자면 리비도를 예술 창작으로 승화시켰다. 그리고 그는 자신이 추남으로 인해 생긴 콤플렉스를 극복해 보고자 '자기 안해로서의 미녀상'을 그리고 싶어했다. 그것으로 못나고도 아름다운 체하는 세상 계집들을 비웃어 주리라 마음먹었다. 그는 세상에서 가장 아름다운 계집을 그리고 싶었다. 이를 위해 궁녀들이 일하는 뽕밭에도 숨어들어 가 보고, 얼굴을 싸매고 미인을 찾으려 장안을 돌아다니기도 하였다. 그러다가 생각난 것이 바로 희세의 미녀였던 자신의 어머니였다. 그가 중요시한 모습은 어머니의 '동경과 애무로서 빛나던 눈'이었다. 곧 자신을 사랑으로 봐 주던 눈길이었다. 그것을 그리고자 하나 잘 그려지지 않았다. 그러던 중 그는 어린 시절 보았던 어머니의 사랑이 담긴 표정을 닮은 소경 처녀를 만나게 된다. 그녀는 '동경의 물결'을 지닌 눈을 갖고 있었다. 솔거는 그녀를 모델로 하기 위해 자신의 오막살이로 데려 왔다. 그리고 긴장과 정열을 가지고 그려나갔다. 그러나 날이 어두워져 눈동자 하나는 다음 날 그리기로 했다. 그래서 솔거는 그동안 이룰 수 없었던 성적 욕망을 처녀로부터 충족시켰다. 그러나 다음 날 처녀의 눈은 '애욕의 눈'으로 변해 버렸다. 솔거는 용궁을 이야기해 주며 처녀가 이전에 가졌던 동경의 표정을 가지게 하나, 처녀의 표정은 변화되지 않았다. 솔거는 답답한 마음을 이기지 못해 처녀

---

32) 김동인, 「포플라」, 『김동인전집』, 2권, 127쪽.

의 목을 잡고 흔들다가 그만 처녀가 죽고 만다. 처녀가 넘어지면서 먹방울이 튀었는데, 그것이 솔거가 그리려던 그림에 떨어진다. 그로 인해 그림에는 원망의 그림자가 그려진다. 그 후 솔거는 광인이 되어 괴상한 여인의 화상을 들고 다니다가, 죽을 때도 족자를 품에 깊이 품고 죽었다.

여기서 우리는 크게 두 가지 사실을 감지할 수 있다. 하나는 솔거가 자신의 성적 욕망을 그림으로 승화시키려 했다는 사실이며, 다른 하나는 그가 처녀를 죽인 죄의식에 사로잡혀 있다는 것이다.

이는 김동인 소설의 근간을 이루는 창작태도와 상관성을 가진다. 김동인은 첫째 탐미의식과 도덕성을 주된 제재로 삼았는데, 이것은 「광화사」에서 솔거가 미를 추구하면서도 결말에 가서 도덕성에 얽매여 있는 데서도 나타난다.

둘째 김동인은 창작에다 성적 욕망을 분출시키고 현실에서는 그런 흥분 상태에서 벗어남으로써 정서적 안정을 취했는데, 이것은 솔거가 미를 추구하다가 도덕성으로 회귀하는 모습과 유사한 면이 있다.

김동인이 「광화사」를 얼마나 애착을 가지고 썼는가는 이 작품이 액자소설로 이루어져 있다는 데서 나타난다. 그는 작중화자가 의도적으로 개입하고 있다는 사실을 알리기 위해 처음은 물론 작품 중간 부분에도 등장한다. 그리고 주인공 솔거가 미를 추구하는 예술인이라는 점에서 김동인과 유사한 면이 있다.

그럼 솔거가 자신의 성적 욕망을 미로 승화시킨 것처럼 김동인이 욕망의 리비도를 어떻게 미로 승화시켰는지 알아보자. 김동인은 미를 세 가지 관점에서 그리려 했다.

첫째는 여성의 관능미다. 김동인은 이것이 인간의 마음을 아름답게 수놓을 수 있다고 보았다. 「수정 비둘기」(1930)에서 폐결핵에 걸린 젊은이가 임종하면서까지 열두 살 소녀의 아름다운 눈을 잊지 못해 그녀에게 그의 전 유산을 넘기려 한 것이나, 「광화사」에서 희세의 미녀였던 어머니를 그리워하며 아내로서의 미녀상을 그리려 한 것도 그런 미의 가치 때문이다. 그리고 『해는 지평선에』(1933)에서 현수가 관약을 찾기 위해 밤마다 무자비한 살인을 벌이는 것도 관약의 미와 향내 때문이다. 이는 김동인이 그만큼 인간의 정신에서 미가 차지하는 역할이 크다고 본 데서 나온 모티프이다.

둘째는 인간성에서 느끼는 미다. 「어머니」(1941)에서 '곰네'의 어려움을 헤쳐나가는 꿋꿋한 모성애, 「가두」(1938)에서 바람둥이 남자에게 버림을 받았으면서도 끝내 흐트러지지 않은 '정자'의 강인함을 김동인은 높이 평가하였다.

셋째는 개인의 심리에서 느끼는 미다. 「광염소나타」(1929)에서 성수가 그리고자 하는 미적 대상은 외부세계에 있는 것이 아니라, 성수 자신에게 있다. 그는 자신의 심리에 극도의 전율과 흥분과 감동을 가져다 줄 음악을 만들려고 하며, 음악은 그런 감동을 위한 수단에 불과하다. 그리고 성수는 그런 심리상, 정서상의 미를 위해 리비도가 강한 힘으로 발휘되기를 간절히 원하였다. 「광화사」에서 솔거는 희세의 미녀였던 어머니를 닮은 미녀상을 그리고 싶어 하였다. 어머니의 가장 아름다운 표정은 '아비없는 자식을 가슴에 붙안고 눈물 머금은 눈으로 굽어보던 표정', '그러면서도 동경과 애무로서 빛나던 눈'이었다. 그는 이런 표정을 소경 처녀의 '눈에 비치는 동경의 물결'에서 찾았다. 솔거가 간절히 바랬던 것은 어머니의 사랑이었다. 곧 자신의 오이디푸스 콤플렉스를 만족시켜 주는 사랑을 필요로 하였다.

김동인의 탐미의식은 김동인의 오이디푸스 콤플렉스와 리비도에 근거하고 있다.

관능미는 김동인이 창작을 통해 추구하는 미다. 그는 현실에서는 이 미를 성취할 수 없었다. 첫사랑의 대상이었던 메리도 어느 날 갑자기 이사가 버려 아쉬움만 남겨 놓았고, 기생 김옥엽, 처 김혜인도 자신의 곁을 떠나가 버렸다. 그러기에 김동인은 이런 아쉬움을 창작에서 미를 추구함으로써 극복하려 하였다.

인간미는 김동인이 현실에서 발견한 것으로 그의 삶을 지탱하는 큰 힘이 되기도 하였다. 모친 옥씨, 재취 김경애 등에서 느끼던 모성애나 고난을 이겨가는 끈기는 김동인에게 성실이라는 도덕적 바탕을 마련해 주었다. 그래서 김동인은 현실에서 모친 옥씨에 대한 효성, 성실한 가정 생활로 그의 오이디푸스 콤플렉스를 극복해 갔다. 이것은 그의 창작에서 도덕성의 근간을 이루었다(「거치른 터」, 「정희」, 「딸의 업을 이으려」, 「가두」, 「곰네」 등).

심리상의 미는 리비도를 창작으로 승화시키는 데서 나타난다. 솔거가 그림 그리기로 그의 추남 콤플렉스를 극복했듯이, 김동인은 생계를 유지하고 자존심을 세우는 수단으로 창작을 집필했다.

김동인은 현실에서는 도덕성에 치중하고 창작에서는 관능미와 욕망의 리비도를 통한 미를 추구했다. 그리고 자신의 리비도를 창작으로 승화시켰다. 그의 창작에서 리비도는 작중인물의 광기, 살인 등 극단적인 행동을 낳기도 하였다. 대개 작중인물의 리비도는 예술적인 생동감을 부여하나, 그 삶에서는 파괴성을 초래하였다(「광염소나타」, 「광화사」). 이는 김동인이 리비도를 예술적인 면에서는 창조성, 도덕적인 면에서는 파괴성이라는 양면성이 있다고 보았기 때문에 나타난 결과이다.

김동인은 자신의 리비도를 창작으로 승화시켰으나, 도덕성을 버리지는 못하였다. 「광염소나타」에서 성수가 광기·屍姦·살인행위로 인해 정신병원에 가게 되거나, 「광화사」에서 솔거가 소경을 죽였기 때문에 여인상에 원망의 그림자가 그려졌다고 여기는 것은 김동인의 윤리의식이 개입해서 낳은 결과이다. 이 윤리의식은 모친 옥씨, 재취 김경애의 강인한 생활력과 어렸을 적 부친 김대윤 장로의 기독교적 영향 때문이라고 보여진다.

V. 콤플렉스

　김동인의 작품활동은 크게 세 시기로 구분할 수 있다. 제1기(1919~1927), 제2기(1929~1941), 제3기(1946~1948)가 그것이다.

　제1기는 김동인이 김동원, 주요한, 이광수에 대한 카인 콤플렉스에서 창작에 발을 들여놓은 시기이다. 창작에서의 미적 표현을 위해 김동인은 기생과의 유희 등 광포한 기질을 의도적으로 가지려 하며, 서양 사상의 유입으로 인해 급격히 변화해 가는 가치관의 혼란 속에서 새로운 전통 도덕의 본질을 파악하려는 자세를 가진다.

　제2기는 모처럼 가장으로서의 권위를 세워보기 위해서 시작했던 관개사업의 실패와 아내 김혜인의 가출로 충격을 받아, 어린 시절 가인들의 호의를 받으며 성적 만족을 느낄 때를 그리워하던 때이다. 김동인은 노이로제의 한 증상으로 생긴 오이디푸스 콤플렉스를 현실에서는 모친에 대한 효도와 가정생활의 성실로, 창작에서는 미에 대한 욕망의 리비도로 극복하려 했다.

　제3기는 광복 후의 시기로서 사회적 자아의 정립을 필요로 했던 시기이다. 그래서 김동인은 혼란한 가치관이 팽배한 사회 속에서 정신적인 자아의 확립을 위해, 작품 밖보다는 작품 안에 그의 자아를 직접 개입시켰다.

「망국인기」,「속망국인기」를 자전적으로 쓴 것은 그 좋은 예이다. 매국노 문제, 좌우 이념의 대립, 부에 대한 허황한 욕심이 판치는 사회에서 그는 사회가 커다란 변화를 맞았던 만큼 일제시대 때 가졌던 가치관을 정리할 필요를 느꼈다.「망국인기」에는 순수 국어로만 창작해 온 그의 자부심이 들어 있으며, 새로운 질서의 구축을 위해『서라벌』·『을지문덕』등 건국 정신이나 자주적 기개가 들어 있는 역사소설에 관심을 가졌다.

김동인은 자신의 카인 콤플렉스를 미적으로 승화시킴으로써 예술성을 확보할 수 있었다.「배따라기」가 이런 김동인의 창작태도를 잘 보여준다. '그'의 카인 콤플렉스는 폭넓은 환경의 영향과 인간관계를 가지지 못했다는 데 있다. 그는 아내가 마을 젊은이들에게 밝은 웃음을 던지는 것조차 시기한다. 융에 의하면 폭넓은 경험과 인간 관계를 가지지 못하였을 때의 내성적 인간은 갑작스런 충격에 조발성 치매와 정신분열을 일으킬 수 있다고 했다. 그러므로 창작에서 광폭적 행동이나 죽음 등으로 극적 긴장이나 갈등의 폭을 크게 하는 것은, 그런 심한 충격이나 흥분으로부터 정서적 안정을 확보하고 정신분열을 예방하는 효과를 가진다. '그'가 아내의 죽음을 겪고나서 바다를 방랑함으로 얻게 되는 정서적 안정은 경험의 폭을 넓게 함이 그만큼 중요함을 잘 말해준다. '그'는 실제로 아우를 찾기 위해 바다를 유랑하면서, 아우를 시기하고 질투하던 데서 아우를 그리워하는 입장으로의 변화를 겪는다. 여기서 김동인은 콤플렉스가 미로써 치유될 수 있는 가능성을 보여주는데, 배따라기와 저녁 햇빛이 상징하는 바가 그것이다. 배따라기는 삶의 고뇌를 미로 승화시킬 수 있는 언어이며 노래를 상징한다. '그'는 그 배따라기를 부르며, 아우의 착한 성품을 닮아간다. 형을 미워하지 않고, '그'가 물에 빠져 정신을 잃었을 때 돌보기를 주저치 않았던 아우의 곁에는 늘 저녁 햇빛이 비치고 있었다. 그런 햇빛은 이십 년 가까이 바다를 유랑하며 자신의 죄를 뉘우치고 아우에게 용서를 구하려 했던 '그' 에게도 비쳐진다. 이때 저녁 햇빛은 구원의 가능성을 상징하는 미이며, 그 것은 아우 — '그' — 작중화자 — 독자에게 전달됨으로써 가치의 파급효과를 갖는다. 김동인이 생각했던 미는 이런 자연이 인간에게 제시하는 정서적 감동이며, 인간미이기도 하다.

김동인의 창작에 나타난 미는 심한 갈등을 겪고 획득되는 경우가 많다. 「광염소나타」에서 성수는 유복자로 태어났다는 점에서 오이디푸스 콤플렉스에 대한 방해자가 없다. 그런데 어머니가 세상을 떠나가면서 그의 자아는 균형을 잃기 시작한다. K씨를 만남으로써 그의 이드적인 면이 발휘되어 좋은 음악이 나오긴 하지만, 어머니가 평소에 그렇게 바라던 음악성이 발휘되면서 그는 아버지를 닮은 광기를 소유하게 된다. 그리고 자신의 음악을 들어줄 어머니를 찾게 된다. 그러나 그 어머니는 이미 세상을 떠났다. 그래서 그는 죽은 자에게 관심을 가지게 된다. 아버지와 같은 남성의 시체는 학대하고, 어머니와 같은 여성의 시체에는 屍姦을 한다. 마치 꿈에서나 있을 법한 일이 현실에서 이뤄진다. 그러나 성수의 그런 행위는 인간 사회의 윤리로는 용납될 수 없어 그는 정신 병원에 가게 된다. 성수가 이러한 지경에 이른 데에는 상상과 현실을 구분하지 못한 데 있다. 곧 꿈의 願望充足 기능을 현실에서 미에 이르는 데 실현시키려 하였으나, 도덕상의 규제를 받게 된다. 일반적으로 보통 사람들은 상상 속에서는 오이디푸스 콤플렉스를 가질지라도 현실에서는 그것을 금제하는데, 성수의 오이디푸스 콤플렉스는 K씨의 이드 강조에 의해 그런 자아적인 금제를 뚫고 나와 버렸다. 성수는 그 콤플렉스를 숨기기 위해 미를 추구하기 위해서라는 가면을 썼다고 할 수 있다. 그러나 그의 미의 추구과정 이면에는 엄연히 오이디푸스 콤플렉스가 숨어 있고, 거기서 나온 흥분과 리비도를 좋은 음악으로 승화시켜 감이 성수의 주된 심리임을 알 수 있다.

김동인은 아내 김혜인의 가출로 심한 충격을 받았다. 그는 내심 김혜인을 깊이 사랑하였는데, 그녀가 가출하자 불면증에 시달려 아편과 수면제를 가까이하게 되었고 우울증과 노이로제증세가 나타나게 된다. 그는 여기서 생긴 울분과 고뇌를 창작에다 분출시켰다. 그래서 「광염소나타」, 「광화사」 등에서는 작중인물의 광기·살인 행위로 삶의 파괴적인 현상이 일어나고,

장편 소설에서는 왕비의 죽음으로 인한 왕의 방탕과 사디즘적인 행위, 의협심을 가진 주인공이 무자비한 살인을 하는 이율배반적인 행위가 나타난다. 이러한 행위는 극적 긴장과 갈등을 수반하여 독자로 하여금 분별력과 정신적 요소간의 균형을 꾀하게 한다. 그래서 이런 작품에는 액자소설 구조가 필수적으로 등장하여, 內話에서는 갈등의 분출을, 外話에서는 정서적 안정을 꾀한다.

김동인은 아내의 가출에서 온 충격을 극복하기 위해 창작에서는 미를 갖춘 '어머니'를 추구하고, 현실에서는 강한 인간성의 '어머니'를 높이 평가했다. 「광염소나타」, 「광화사」에서는 미를 갖춘 어머니를 그렸고, 「어머니」, 「가두」 등에서는 여성의 모성애와 강한 생활력 등 아니무스(여성의 무의식 속의 남성적 요소)적인 면을 부각시켰다. 마찬가지로 김동인은 창작에서는 여성의 미를 추구했고, 현실에서는 '인격적 무게가 있는 김경애'와 결혼하여 성실한 가정생활을 할 수 있었다. 그리고 여성의 순수성을 높이 샀는데, 「거치른 터」, 「딸의 업을 이으려」에 나오는 여성의 순수성은 김동인이 그만큼 순수성에 집착해 있었음을 의미한다. 실제로 그는 자신에게 홀대한 여성(김옥엽 등)에게는 아무리 애정을 품고 있더라도 가차없이 관계를 끊어버렸다.

한편 김동인은 성과 관련된 상징이나 리비도를 줄거리나 극적 긴장에 적용시켰다.

김동인은 꿈장면을 통해서 작중인물의 심리에서 결여된 면을 치유하거나 무의식적인 욕망을 드러내기도 한다.

「목숨」에서의 꿈장면이 편견에 사로잡힌 작중인물에게 객관적 안목과 삶의 의욕을 가지게 하는 삶의 길잡이 역할을 한다면, 「폭군」과 「피고」에서의 그것은 작중인물의 무의식적인 욕망을 알게 하며 꿈장면을 통해 작중인물의 성욕을 노출시켰다. 그것은 쾌락을 추구하기 위해서라기보다는 이전의 정절만을 강조하던 데서 성과 관련된 도덕의 본질을 알기 위해서이다. 김동인이 내세우는 성은 결코 인격에 결함을 가져오기 위한 것이 아니라, 오히려 성을 철저히 앎으로써 삶의 진실을 밝히고 그것이 삶의 의욕을 북돋우며 시대의 변화에 따른 도덕의 본질과 그 적응성을 알게 하는 미래 지향적인 것이다.

김동인은 미를 세 가지 관점에서 그려 나갔다. 첫째는 「수정 비둘기」에서 폐결핵에 걸린 젊은이가 임종하면서까지 '열두 살 소녀의 아름다운 눈'을 잊지 못하는 것과 같이, 인간의 마음을 아름답게 수놓을 여성의 관능미다. 둘째는 「가두」에서 바람둥이 남자에게 버림을 받았으면서도 끝내 흐트러지지 않는 '정자'의 강인함, 「어머니」에서 '곰네'의 어려움을 헤쳐나가는 꿋꿋한 모성애 등의 인간성에서 느끼는 미다. 셋째는 욕망의 리비도를 통해 다가설 수 있는 예술적인 미로서, 인간의 심리와 정서에 감동을 가져오기를 목표로 한다. 「광염소나타」·「광화사」 등에서 추구하는 미가 여기에 포함된다.

김동인은 광포한 기질을 일부러 소유하려 하였지만 부모에게서 영향받은 윤리의식을 결코 버릴 수 없었다. 「광염소나타」에서 성수가 광기와 살인 행위로 인해 정신 병원에 가게 되고, 「광화사」에서 솔거가 소경을 죽였기 때문에 여인상에 원망의 눈동자가 그려졌다고 여기는 것은 김동인의 윤리의식이 개입해서 낳은 결과이다. 그리고 김동인은 아내의 가출로 생긴 정신적 충격을 창작을 통해 극복하였다. 그는 욕망의 리비도를 창작에 분출시키고 그것을 통해 심리적 안정을 꾀하였다. 「광염소나타」, 「광화사」 등이 높게 평가되는 것은 그런 극적 긴장과 갈등이 독자에게 카타르시스와 정서적 안정을 가져다 주기 때문이다.

제3부

오인문 소설 연구

Ⅰ. 현대 소설의 원형

— 시간성과 가난을 중심으로

1. 작중인물의 시간

1993년『계간 문예』여름호에 실린 단편 소설들은 몇 가지 두드러진 특징이 있다. 우선 시간면에서 과거의 기억이 현재의 숙명적인 조건을 제약한다는 소설의 보편적인 특질에도 불구하고 이들 작품들은 각기 시간의 범주를 달리 하여 작중인물의 성격과 주제 형성에 기여한다. 둘째 물질적인 가난과 더불어 정신적인 가난이 많은 비중을 차지하고 있다. 셋째 장례식 등 죽음 제재가 많이 등장한다는 것이다. 이 가운데 먼저 관심이 가는 것은 시간 관념이 작중 인물의 자아와 관련되는 대목이다.

‘사람은 저마다의 시간 체계를 갖고 다닌다’는 A. A. 멘딜로우의 말처럼 소설에서 작중인물이 갖고 있는 시간 관념은 작품의 분위기나 주제 결정에 중요한 역할을 한다. 소설에서 작중인물의 세계는 대개 현재의 시점에서 전개되고 과거의 기억과 미래에의 기대는 현재의 의미있는 시간의 연속체 속에서 구성된다고 볼 때, 이들 소설에 나타나는 시간성은 제 나름대로의 의미를 지니고 있다. 이상문의「누군들 별이 되고 싶지 않으랴」는 과거에 애매하게 운동권 학생으로 지목되어 고통받았던 기억이 현재의 생활에까지 아픔을 주고 있음을 통하여 미래의 일상적인 행복 속으로 거듭나는 시간의 과정을 밟는다. 그렇기 때문에 이 작품에서는 독자가 연상하는 폭이

넓다. 사건은 '그'가 직장에서 돌아온 아내의 젖을 짜 주는 일이 주를 이룬
다. 그러나 이 일이 있기까지는 과거에 애매하게 운동권으로 몰려 고통당
했던 아픔의 기억이 인과 관계로 작용한다. 그리고 자신의 투쟁 기록이 밤
하늘에 총총히 떠오른 별들처럼 아들의 가슴 속에서 빛을 발하기를 기대했
던 그의 희망은 친정집에 있는 갓난아이에게 애정을 주고 싶은 그녀의 의
도 때문에 좌절되고 만다. 그러면서 진정한 삶의 가치는 어디에 있는가를
생각게 한다. 정의를 위한 투쟁과 자식에 대한 애정 가운데서 모성애를 택
하게 된 과정에는 그 의미의 비중을 따지는 심리적 시간(시간을 그 가치와
강도에 의해 측정하는 私的인 시간)이 자리잡고 있다. 말하자면 연대기적
시간으로 따지면 그녀는 사회 정의를 부르짖는 일에 많은 시간을 할애했지
만, 아이를 키우고 일상의 행복을 찾으려고 결정한 데에는 심리적 시간이
작용한 것이다. 그리고 그 심리적 시간에는 과거의 기억으로부터 미래의
기대까지의 시간적 길이가 존재하고 있음도 간과할 수 없다. 결말에서 그
녀가 탁상시계를 2시간 뒤로 돌려 놓고 집을 나서는 행위도 그녀에게 연대
기적 시간보다 심리적 시간이 더 중요하게 작용하고 있음을 말해 주는 것
이다.

　손영목의 「중간 사람들」은 하루의 시간 내에 이뤄진 사건을 독자의 연
대기적 시간(모든 삶에게 똑같은 시계에 의한 시간) 경험이 따라가게 함으
로써 흥미있게 작품을 읽도록 한 점에서 특이하다. 이 시간 관념에서는 모
든 사람이 보편적으로 인식하고 객관적인 시계나 연대가 지시하는 시간 관
념하에서 진행되기 때문에 다루어진 이야기도 현실에서 일어날 수 있는 일
이라고 생각하고 독자는 작중인물의 생각에 자신의 생각을 쉽게 맞춰서 몰
입하게 된다. 그러기에 여기서 다뤄지는 시간은 일상적인 경험에서 크게
벗어나지 않고 독자들의 시간 관념과 일치된다. 가령 주인공이 택시를 잡
아타고 9시 정각까지는 도착하게 해 달라고 하자, 중년의 운전사는 그가
장례식에 간다는 걸 알아차린다. 그가 어떻게 아느냐고 묻자 운전사는 병
원에 가면서 시간을 그렇게 대면 경험상 안다고 대답한다. 모든 것이 우리

가 사는 일상의 틀에서 흔히 이뤄질 수 있는 일이다. 이러한 일상사가 전개되기 때문에 사건이 일어나는 전체적인 시간도 일요일 아침부터 저녁까지의 시간으로 압축된다. 그래서 우리는 연대기적 시간과 일상의 현실이 일치하는 데서 편안함을 느낄 수 있다. 그러나 연대기적 시간의 제시는 독자의 작중인물의 시간에 대한 인식의 폭이 좁아 줄거리에 몰입하기는 쉬우나, 이것이 독자의 기억 속에 오래 남아 있을지는 의문이다. 다만 현실의 비인간적인 면들을 열거해서 독자의 각성을 촉구한다는 점에서 의의가 있다.

오인문의 「금지된 언어」는 시간면에서 좀 색다른 구성을 하고 있다. 이 작품에서는 과거의 사건과 현재의 사건이 매우 밀착되어 있다. 곧 100여 년 전 개화기의 사건이 현재의 국제 정세와 유사함을 통해서 우리는 정치 현상의 원형을 발견하게 된다. 이와 같은 사건의 유사함에도 불구하고 독자가 여러 번 비약과 초월을 꿈꾸게 되는 것은 이 작품에서 보이는 시간의 변이 때문이다. 먼저 현실에서 연극의 세계로의 몰입은 연대기적 시간에서 문학적 시간으로의 전이를 체험케 한다. 거기서 독자는 상상력이 경험보다 더 많은 범주로 다가섬을 느끼게 된다. 일단 상상력이 주를 이루는 시간의 범주 내에서의 의식은 과거의 사건에 대한 기억과 현실과 관련되는 연상에 의해 짜임새 있는 체계를 이루려 한다. 미국의 강대국으로서의 야심이 과거에도 현재에도 적용되는 것은 이 때문이다. 그리하여 상상의 세계로 들어섰던 독자는 다시 현실 문제에 대해 보다 폭넓은 안목에서 해석을 가하게 된다. 이는 독자의 시간 관념이 현실의 세계라는 미시적 관점에서 상상의 세계라는 거시적 관점으로 나아갔다가 다시 이 두 관점을 한데 묶어 보다 포괄적이고 객관적인 안목에서 사건을 바라보게 하는 등으로 변이의 과정을 겪게 한다.

오인문은 시간을 여러 범주로 나누어 거기서 각각의 의미 있는 요소를 취해 옴으로써 단순한 연대기적 관점으로 바라볼 때는 난해하게 보이기도 한다. 그러나 그 시간이 정신 세계의 여러 범주를 의미한 것이라면 그 내용이 쉽게 풀려질 수도 있다. 그는 시간 관념을 통한 정신 세계로의 여행을 「인간자격고시」 이후 계속해 오고 있다.

최근에 나온 오인문의 소설에서는 확대된 時空을 체험케 된다. 우주의 공간과 미지의 섬이 나오는가 하면 벽을 뚫고 지나가는 초인의 모습을 보게 됨은 오인문이 설정해 놓은 時空의 분위기 때문이다. 이런 확대된 時空의 세계에도 불구하고 작품 분위기에서 만화경과 같은 허황한 느낌이 들지 않는 것은 확대된 공간 속에 존재의 본질을 탐색하는 작업이 이루어지기 때문이다.

그는 등단의 초창기에는 주로 빈곤과 죽음의 제재가 주를 이루었었다. 「침묵이 형성되는 과정」이 빈곤을 제재로 한 것이라면 「서다 보다 가다」, 「조련사」, 「노기자의 죽음」등은 죽음을 제재로 한 것이다. 그는 이 제재를 통해 사회적인 문제거리를 드러내 놓고 치유의 길을 선택했었다. 허위와 위선, 이기주의, 정의감의 상실을 드러내 놓고 진실과 정의감을 내세웠다. 이 휴머니즘적인 색채는 「인간자격고시」 이후 새로운 활로를 개척하게 된다. 곧 그가 다루는 현실이 확대된 시공 속에서의 존재의 본질로 다가서고 있음을 직감하게 된다.

2. 연대기적 시간과 심리적 시간

오인문은 「인간자격고시」 이후 알레고리를 많이 활용해 왔다. 그의 알레고리는 사회의 비리를 고발한 것이면서 휴머니즘의 발현을 목표로 하고 있다. 그의 알레고리는 인간성이나 심리가 확대된 공간 속에서 나타난다. 그리고 그 공간은 현실에서 유추된 것이어서 일상의 세계로부터 심리의 세계로의 비약이나 초월을 욕망케 한다. 그의 소설을 처음 대하는 사람은 내용이 난해하고 지리하다는 고백을 많이 한다. 이것 역시 그의 소설이 현실 그대로의 표현이라기보다는 현실에서 유추된 알레고리를 이해해야 하기 때문이 아닌가 한다.

　그런데 그의 최근 소설에서는 마음 속에 서스펜스와 경이가 오래도록 남아 있도록 하는 특징을 가지고 있다. 이것은 그의 소설이 가지고 있는 갈등의 구조가 개인의 인간성과 심리를 십분 활용했기 때문인 듯하다. 이러한 작품의 구조를 이해하기 위해서는 작품 내용의 연결 장치를 풀 만한 어떤 열쇠를 마련하지 않으면 안 된다. 이제까지 오인문은 가난과 죽음 제재를 통해서 인간성의 극단적인 양상을 표현해 왔다. 그런데 요즈음의 그의 소설은 색다른 迷踏의 세계를 달리는 듯한 기분이 들게 한다. 어딘지 허황한 분위기 속에서 현실적인 얘기를 하고 있고, 허구적인 사건인 것 같으면서도 과학적인 법칙이 운용된다.

　「먹이 사슬 끝이 없다」는 『알골』의 속편이라 할 만하다. 두 작품에서 다루어지는 時空이나 작중인물의 성격 등은 유사한 면이 많다. 『알골』에서는 벽을 통과하는 초능력이나 복제 인간 등이 등장함으로써 공상과학소설처럼 생각하기 쉬우나 그렇지 않은 것은 작품에서 다루어진 시공이 정신 세계와 밀접한 관련을 맺고 있기 때문이다. 이 작품에서는 연대기적 시간(모든 사람에게 똑같은, 시계에 의한 시간)의 범주와 심리적 시간(시간을 그 가치와 강도에 의해 측정하는 자기 혼자만의 私的인 시간)이 함께 공존한다. 그는 연대기적 시간에서는 휴머니즘적인 면을 주로 다루고, 심리적 시간에서는 작중인물의 초능력을 통하여 인간 의지의 역동성을 다루었다. 그리하여 연대기적 시간에서는 현실의 안주를 꾀하는 황불이 박사의 가치관이 논의되고, 심리적 시간에서는 복제 인간의 완성을 위해서 모든 수단을 동원하는 악마적 기질의 '자칭 거물'이 활동한다. 그리고 독자는 사건이 진행되어 갈수록 두 시간의 연계 속에서 자신의 체험과 관련시켜 독서를 지속시켜 나갈 수 있는 연대기적 지속을 하게 된다.

　오인문은 「먹이 사슬은 끝이 없다」를 통해서 『알골』에서 다루어진 과학의 세계를 보다 실증적으로 전개하였다. 곧 『알골』에서 자칭 거물이 자신을 닮은 복제 인간의 탄생을 원하는 것이나 「먹이 사슬은 끝이 없다」에서 황제가 복제 인간을 원하는 것이나 그 욕망은 같다. 그리고 전자가 유령처럼 자신이 마음먹은 일이면 어디든지 갈 수 있다면, 후자는 자신이 마음먹은 일이면 무엇이든지 할 수가 있다. 그러나 오인문은 「먹이 사슬은 끝이 없다」에서 인간 세계와 상상의 세계를 더 확연히 구분짓고 있다. 이 작품에서는 『알골』에서처럼 인간의 세계, 악마의 세계, 신의 세계를 마음껏 넘나드는 일이 없다. 황제가 다스리는 상상의 세계는 실재하는 것처럼 해 두고 그 세계를 '그'라는 의사를 통해서 '나'라는 극화되지 않은 화자가 알아갈 뿐이다. 상상의 세계는 그대로 놔 두고 어디까지나 인간의 실존적인 세계에서만 이야기가 진행될 뿐이다. 그것은 황제라는 인물이 '그'라는 극화된 화자의 이야기를 통해서만 전개될 뿐 실제로 나타나는 부분은 결말 부분에서 시체를 통해서 뿐이다. 그리고 '나'와 '그'는 두 인물로 나뉘어져 있지만 정신 세계에서 보자면 한 인물의 휴머니즘적 속성과 악마적 속성을 대비시켜 놓고 있는 것이기도 하다. 그리고 이들을 다스리고 있는 것은 먹이 사슬 구조의 정점에 서 있는 권력자임을 부각시키고 있다. 여기서의 권력이란 강한 정신력이나 세계관을 포함하고 있다. 오인문은 여기서 먹이 사슬의 정점에는 올바른 가치관이 서야 함을 무너 인간이 된 황제를 통해서 역설적으로 제시하였다.

이 작품에서 '나'는 연대기적 시간과 심리적 시간에서 세계를 이해하는 데 비해 '그'는 허구적 시간에서 모든 일을 진행한다. 이로써 독자는 연대기적 시간에서 심리적 시간을 거쳐 허구의 시간(소설 주제와 관련된 시간적 지속)에 이르는 시간 여행을 즐기게 된다.

이 세상에서 일어나는 것은 모두 현재의 시점에서 파악된다. 과거에의 기억과 미래에의 기대는 현재의 의미 있는 시간의 연속체 속에서 구성된다. 그리고 연상은 역사적 자료에 부가해서 작중인물의 행위가 실감나도록 하는 자기 동일성의 중요한 단서로 활용된다. 그러므로 '그'와 황제가 허구적 시간을 달린다 해도 그 시간이 소설 주제와 관련된 연대기적 지속이 되어 가는 이상 사건 자체에 몰입할 수가 있다.

이 작품에서의 절박감은 황제가 자신과 똑같은 복제 인간을 만들기 위해 '나'를 납치해 오는 데서부터 시작된다.

> 어둠 속에서 나는 눈을 떴다. 하지만 눈에 띄는 것은 단지 어둠 뿐이었
> 으므로 내가 눈을 뜨고 있는 것인지 아닌지조차 분명치 않았다. 손을 움
> 직여보았다. 끈으로 단단히 결박되어 있어서 그것은 전혀 내 의사대로
> 움직여지지가 않았다.
>
> — 오인문, 「먹이 사슬은 끝이 없다」에서

발단 부분부터 오인문이 먹이 사슬 체계를 상징적으로 보여 주는 것은 우리 모두가 먹이 사슬에 묶여 있다는 현실 때문이다. 먹이 사슬로부터 인간 존재가 온전해지기 위해서는 먹이 사슬 관계를 철저히 알아야 하는 것이지만, 오인문은 이것을 실존의 현실에서 풀기보다는 허구의 세계에서 풀어 감으로써 '먹이 사슬'의 부조리한 실존을 폭로하였다.

아내와의 일상적 현실 속에서의 평안함을 추구하려던 '나'는 황제의 사주에 의해 납치되면서 미지의 섬으로부터의 탈출을 모색하고 이 과정에서 황제의 베일이 하나씩 벗겨진다. 곧 황제는 먹이 사슬의 정점에 서 있어 섬 안의 모든 사람이 그에게 기계적으로 복종하고 자신의 생명까지도 복제해 내려는 욕망을 가지고 있다. 황제가 욕망을 가지게 된 것은 현대의 과학 기술적인 성취가 가속적으로 그 가능성을 더해 주기 때문이다. 가지면 가질수록 더 많은 것을 더 빠른 시간 안에 가지기를 원하는 현대인의 욕망이 황제를 통해서 철저하게 실현된 것이다.

그런데 그런 황제의 욕망이 먹이 사슬의 정점에서 인간을 기계화하는 비인간적인 행위라는 점에서 오인문의 역설적 표현 의도를 알게 된다. 그는 혼란 속에 있는 현실을 고지식하게 복사하기보다는 허구 속에서 진실을 드러내고 진실의 환상을 펼친다.

3. 가난 제재의 형이상학적 조건

한국 현대소설에서 가난 제재가 필연적으로 등장하게 된 것은 수많은 내우외환을 겪으면서 가난을 체질적으로 겪어왔기 때문이 아닌가 한다. 그러나 가난 현실을 보는 시각이 변해왔음을 간과할 수는 없다. 그것은 '60년대까지의 생계 유지도 어려운 가난 현실에서 '90년대엔 어느 정도의 물질적인 충족이 이루어지자 정신적인 빈곤의 문제로 그 인식이 변해 왔기 때문이 아닌가 한다. 그러나 가난 제재가 '90년대의 현실에서도 많이 등장하는 것은 이 제재를 통해서 인간의 기본적인 욕구와 개선되어야 할 인간성의 조건들을 제시할 수 있기 때문이 아닌가 한다.

『계간문예』 여름호에 나타난 소설들을 통해서도 이런 사실들을 알 수가 있다. 이상문의 「누군들 별이 되고 싶지 않으랴」, 김명조의 「달무리」, 유영갑의 「황노인의 긴 하루」, 조충희의 「황금알을 낳는 거위」 등은 가난 제재 밑바닥에 도사리고 있는 인간성의 측면들을 낱낱이 드러내고 있다고 봐야 할 것이다.

이상문의 「누군들 별이……」는 그와 그녀에게 닥쳐온 현재의 어려움이 과거의 개인을 제재하고 고문을 가한 현실적 조건 때문이었음을 제기하면서 참으로 인간다와야 할 인간성의 조건이 무엇인지를 탐구하는 과정을 보인 작품이다. 김명조의 「달무리」는 가난 때문에 빚어진 한 인간의 숙명을 철저히 파헤쳐 가는 줄거리로 되어 있다. 정수의 형은 어머니가 그의 형제를 고아원에 버린 사실을 숨김으로써 정수가 인간성 상실의 비극을 겪지 않도록 노력한다. 그리고 고아원 원장이 사주한 명구에 의해 자신의 애인인 지혜의 정조가 유린당하자 그는 명구를 죽이고 그 일당들의 성기를 잘라버린다. 이 일로 그는 형무소에 가게 되고 동생인 정수는 형의 정당 방위를 주장하지만 재판 결과는 15년형으로 나고 만다. 형무소를 마치고 나온 형은 동생에게 숨긴 채 어머니를 찾아나서지만 어머니는 이미 세상을 떠나고 자신도 거리를 방랑하다가 죽는 줄거리로 되어 있다.

이 작품은 정수가 형의 소재를 찾아다니고 형이 어머니의 소재를 찾아나
섬으로써 죽은 애인이 갖고 있던 바람직한 어머니상을 모색하는 내용으로
되어 있지만, 한편으로는 형의 불행의 원초적인 원인이 가난에 있었음을
상기시키고 있다. 곧 가난과 인간성 상실의 관계를 밝히고 그 극복의 과제
를 형과 동생의 삶의 대비를 통해 보여주고 있는 것이다.

유영갑의 「황노인의 긴 하루」는 서한수 노인의 가난과 불행이 황노인에
게 책임이 있음을 규명함으로써 인간관계에서 개개인의 책임이 얼마나 큰
것인가를 밝히고 있다. 조충희의 「황금알을 낳는 거위」는 한 인간의 집에
대한 애착을 통해 가난 현실과 걸맞지 않는 꿈을 그려보이고 있다. 이처럼
가난 현실은 개인의 인간적인 조건과 현실의 문제점을 드러내는 데 좋은
제재가 됨을 묵과할 수 없다. 그것은 가난 제재가 인간의 극한상황과 불만
족한 조건들을 거론하는 데 적당하기 때문인 듯하다.

가난 제재는 정신적인 면에서 다루어질 수도 있는데, 손영목의 「중간 사
람들」은 물질적 여유를 갖게 된 중상류층의 인간성 상실을 다루고 있다는
점에서 새롭다. 겉으로는 풍족을 자랑하지만 그 이면에는 늘 부정과 허위
가 자리잡고 있다.

오인문은 가난과 죽음 제재를 많이 다루어온 작가 가운데 한 사람이지
만, 그의 요즘 작품들은 이전의 제재보다는 많이 새로와지고 있음을 부인
할 수 없다. 오인문은 「침묵이 형성되는 과정」과 「서다 보다 가다」 등에서
가난이라는 극한 상황에서 야기되는 갈등 양상과 가난을 바라보는 인간 군
상의 모습을 통해 파괴된 인간성을 제시했었다. 그와는 상대적으로 「덫과
소리」, 「조련사」 등에서는 부유 속에 깃든 부패의 실상을 폭로하기도 했었
다. 그리고 「노기자의 죽음」과 「遊泳」 이후로는 죽음 제재와 아울러 현실
문제와 보다 본격적인 휴머니즘을 다루었다. 그런데 『알꼴』 이후 그는 우
주에까지 확대된 공간 속에서 존재의 본질로의 접근을 시도했다. 「금지된
언어」 역시 그런 맥락에서 나온 작품이라 여겨진다. 그는 이제 물질적인

가난보다도 풍족을 자랑하는 현대의 물질문명 속에서 정신적인 빈곤을 어떻게 극복하느냐 하는 과제가 대두하게 된다.

이상의 소설들에는 시간성을 통해서든 가난 제재를 통해서든 여러 상황에서 제기된 인간성이 드러난다. 그리고 연대기적 시간, 심리적 시간, 허구의 시간 등 각 시간 관념의 특징을 적절히 응용하였다. 이 시간의 다양성에도 불구하고 독자는 연상작용을 통해 사건을 꿰어맞추게 된다. 연대기적 시간에 충실한 손영목의 작품에서 화자는 여러 인간상을 통해 사회의 비뚤어진 현실을 바라보고, 오인문의 소설에서 연대기적 시간과 허구적 시간이라는 서로 다른 시간체계를 사는 '나'와 '그'가 먹이 사슬 구조의 정점에서 있던 황제의 허상을 통해서 그 자리를 대신할 가치관을 모색해 나간다. 말하자면 시간의 여러 양상 속에는 각기 다른 자아가 자리잡고 있다. 그리고 이들 시간 체계의 상관 관계 속에서 의식 공간으로의 여행이 진행된다.

가난 제재 또한 소설에서 중요한 장치가 아닐 수 없다. '90년대에 소설의 가난 제재는 물질문명의 발달 과정에서 소외된 인간 군상이나 정신적인 빈곤의 세계로 나타난다. 오인문은 「금지된 언어」에서 정신적인 단조로움을 탈피해 보려는 시도를 한다. 그리하여 허구의 세계 속에서 인간 존재의 본질을 드러내고 단조로운 현실에서 오는 기계적인 사고방식을 탈피하려 한다. 이런 시도는 '80년대 신군부의 등장으로 진실이 음모에 의해 가려지는 상황에서는 어느 정도의 의미를 갖고 있었다. 그러나 '90년대의 우리 현실은 시대적 현실을 직시하고 삶에 활력을 가치관이 필요한 때이다. 「금지된 언어」에서 지금의 국제 정세를 구한말에 비겨 강대국의 이니셔티브를 묘사하긴 했지만, 연극이라는 가상의 무대에서 과거와 현실을 한데 묶는 것이 너무 안이하다는 생각이 들기도 한다. 급변하는 세계 정세 속에서 과거 역사를 뒤돌아보고 미래의 세계를 예견하는 것도 필요한 일이지만 우선 독자들이 현실의 난관을 극복할 신선한 활기를 갈망하고 있다는 사실을 염두에 두고 현실에 대한 보다 적극적인 정보의 제공과 비젼의 제시가 보다 설득력있게 소설의 장에서 마련되어야 할 것 같다.

Ⅱ. 현대 소설에 나타난 욕망

1. 인격의 해체와 집합

욕망이 여러 정신적 현상들을 분리, 변화, 수정하고 새롭게 조직해 나가며 무의식에서 생성된 것을 사회적으로 약호화[1]한 것이라고 할 때, 창작에서의 그 가치는 크다고 아니할 수 없다. 사회의 규칙과 공리들의 체계가 욕망을 규제하고 사회에 귀속시키기도 하지만, 욕망이 무의식을 사회에 연결시켜 생산의 기능을 가지고 사회 분야에 활력을 불어넣는다면 그 효용적 가치는 큰 것이다. 욕망은 기존의 틀에 박힌 사유의 타성을 해체하여 그 파편들이 갖는 존재의 진리를 부각시킨다는 점에서 새로운 정신적 가치로의 도약을 가능하게 한다.

그리고 초월적인 욕망이 무의식에 묻혀진 법칙을 끌어올려 사회적 규범보다 더 포괄적인 데에 깃든 지혜를 발견하며 편협한 합리주의로 인하여 잃어버린 원천적인 인간성을 구조화시킬 수도 있다. 전자는 기존 의미의 해체와 산종을 통해서 존재 의미를 발견케 하는 데 기여하며, 후자는 기표의 파괴 행위에서 새롭게 안정된 중심을 향해 돌진하게 한다. 이러한 욕망은 오독의 작업을 유발할 수도 있으나, 끝없는 탐색의 과정을 거쳐 존재와

---

1) 빈센트 B. 라이치, 『해체비평이란 무엇인가』, 권택영 역(서울 : 문예출판사, 1990), 284~287쪽 요약.

사유를 드러내는 무한하면서도 구원적인 행위라 할 수 있다. 이것은 기존의 규범에서 보다 객관적이고 포괄적인 데로 나아가 초월적인 지위를 차지하는 것이며, 주체에게서 나와 보다 큰 의미를 가지고 주체에게로 돌아가는 것이기도 하다.

이와 같은 욕망의 편에서 볼 때 오인문의 『알골』(『月刊文學』, 1984. 2～1985. 10)은 분열증적인 욕망과 편집증적인 욕망을 통하여 기존 의미의 해체와 새로운 집합을 발견케 하는 휴머니즘의 산물이라 할 만하다. 오인문의 휴머니즘은 인간의 무의식에서 나타날 수 있는 여러 인간적 요소들을 상상의 세계로 끌고 올라가 거기서 여러 인물들로 형상화시켜 인간적 요소들의 적절한 조화를 의도했다는 점에서 독특한 경지를 달리고 있다. 그것은 현실의 생생한 체험을 바탕으로 삶에 원초적인 존재 의미를 부여하는 데 의의가 있다. 그리고 『알골』에 나타난 구성 원리는 현실의 시간에서 초월하여 보다 폭넓은 차원 속에서 인간 존재를 규명하는 기회를 가지는 점에서 미래적이고 희망적이다.

2. 삶의 본능과 죽음의 본능

자크 라캉에 의하면 작품은 욕망의 서술이고, 독서 행위란 작가의 욕망과 독자의 욕망이 서로 만나 길들여지는 과정이다. 여기서 길들임이란 독자의 나르시스적 응시가 작가의 응시와 만나 두 개의 욕망이 그 순도가 낮아지며 어떤 조합물이 생성되는 과정을 의미한다. 이 과정에서 작가는 단순히 보여 주는 입장에 서지 않고 독자를 끌어들여 서로의 욕망과 그 결핍을 나누고 서로간에 환상을 포기하도록 돕는 입장이 된다. 그래서 라캉은 인간의 욕망은 타자의 욕망[2]임을 주장한다. 즉 나의 욕망은 내가 아닌 곳

---

2) 강영안, 「자크 라캉—언어와 욕망」, 『포스트모더니즘과 포스트구조주의』, 김욱동 편(서울 : 현암사, 1991), 186쪽.

에서 발견된다는 것이다.

오인문의 소설에서 욕망과 관련되어 두드러지게 드러나는 특징은 죽음의 본능을 어떻게 극복하는가에서 나타난다. 그의 데뷔작인 「침묵이 형성되는 과정」(1961)에서도 이러한 맥락을 알 수 있게 한다. 우선 작품 줄거리를 통해 인간의 근본적인 본능이 어떻게 욕망으로 나타나는가를 알아보기로 하자.

주인공 건두에게는 두 본능이 자리잡고 있다. 하나는 빈곤을 극복하기 위한 삶의 본능이요, 다른 하나는 그것을 좌절시키는 현실에서 생기는 죽음의 본능이다. 건두는 앞집 변소에서 훔쳐온 신문지에 붙어 있는 밥알을 떼먹고 살 정도로 절대적 빈곤 상태에 있다. 아버지는 폐결핵에 걸려 있고, 건두는 제대 후 실업자 신세여서 건두의 동생 선미의 월급으로 건두네 집 식구들은 입에 겨우 풀칠을 할 정도로 살아간다.

이를 극복하기 위해 건두는 6개월 동안 신문에 난 모집 광고들을 오려 놓고 구직에 힘쓰지만 마땅한 직장 하나 구하지 못한다. 이로 인한 가난은 건두의 부모가 기물을 부수는 파괴적인 싸움으로 치달을 정도로 극대화되어 나타난다. 이런 파괴 행위는 건두가 군에서 전투중일 때에도 많이 보았던 것이다. 즐비한 시체와 신음 속에서 중대장의 팔과 손가락이 수류탄 파편에 의해 논밭에 흩어져 있는 것을 보았던 건두였다. 건두네 집과 전쟁터에서 보았던 살고자 하는 욕망과 이를 가로막는 현실은 건두의 구직 과정에서도 나타난다. 여기서 개인의 욕망과 현실은 삶의 본능과 죽음의 본능이라는 이원성을 내포한 이러한 상징성은 건두가 생존을 위해 품삯으로 받은 천환의 돈으로 찐빵을 계속 사지만 그동안의 과로로 인해 길거리에서 죽는 데서도 상징적으로 제시된다. 건두의 가족을 살리고자 하는 욕망이 가난의 현실 앞에서 좌절되고 마는 것은 개인의 생존권을 짓밟는 현실을 풍자한 것이기도 하다. 이 태도는 선미의 행동에서도 나타난다. 선미는 가족들을 굶지 않게 하기 위해 과장의 육체적 요구를 들어줄 수 밖에 없다. 도덕적으로 살려 하면 빈곤이 극복되지 않기 때문이다. 그녀는 절대적 빈곤을 극복하기 위해 삶의 본능을 추구하나, 도덕적으로는 과장의 요구를 들어줘야 한다는 점에서 죽음의 본능을 달린다. 그리고 선미가 도덕적으로 바로 살려고 했을 때, 가족이 빈곤에 허덕여야 하는 괴로움을 겪는 데서 그 비극성이 더하게 된다.

결국 이 작품은 선미가 도덕성을 되찾는 데서는 삶의 본능이 나타나나, 실직을 한다는 데서는 가난과 같은 죽음의 본능을 겪게 되고, 건두가 생존을 위한 삶의 본능에서 남의 지게를 훔치면서까지 벌이를 하여 보려 하나 죽음에 이르게 된다는 점에서, 진정한 삶의 본능이 현실 속에서 어떻게 승화되어야 하는가를 보여준 것 같다.

3. 삶을 사랑하는 경향과 죽음을 사랑하는 경향

에리히 프롬은 '현대인의 삶이 점점 기계적으로 되고 있음'[3]을 주목하였다. 그러면서 현대의 조직 사회가 인간을 죽음을 사랑하는 경향으로 몰아가고 있다고 평가했다. 말하자면 개인이 삶보다는 기계적인 것에 매혹되며 죽음과 전면적 파괴에 봉착하게 된다는 것이다. 오인문의 「白雪祭」(1977)는 죽음을 사랑하는 경향에 만연된 현실에서 삶의 욕망을 꿈꾸는 내용으로 돼 있다는 데서 죽음을 사랑하는 경향을 극복할 욕망을 꿈꾸게 한다. 주인공 지영이 자신의 의지로 살아온 게 아니라 부모의 의사에 따라 사육되어 온 기계적인 삶에 회의를 느낀다.

> "…… 너는 이제 네 스스로를 허물고 새롭게 세울 필요가 있어. 차라리 한강 인도교의 빔 위에 올라가 강물로 풍덩 뛰어내리기라도 한다면 그것 자체가 훨씬 더 훌륭한 예술품이 될 거야. 정말 훌륭한 미술가가 되고 싶다면 그런 용기라도 한 번 발휘해 봐. 죽음과 단 한 번도 만나보지 못한 사람은 절대로 훌륭한 예술가가 될 수 없는 거야."
>
> —「白雪祭」에서

---

3) 프롬, 『인간의 마음』, 황문수 역(서울 : 문예출판사, 1990), 65쪽.

  이러한 찬욱의 말에 공감을 일으킨 지영은 除夜의 거리로 나가 자신에게
농을 거는 남자를 유인하여 그를 한강 인도교의 빔 위에서 떨어져 죽게 한
다. 말하자면 지영은 자신이 죽는 대신 한 남자를 제물로 이용한다. 이를
도표로 나타내면 다음과 같이 된다.

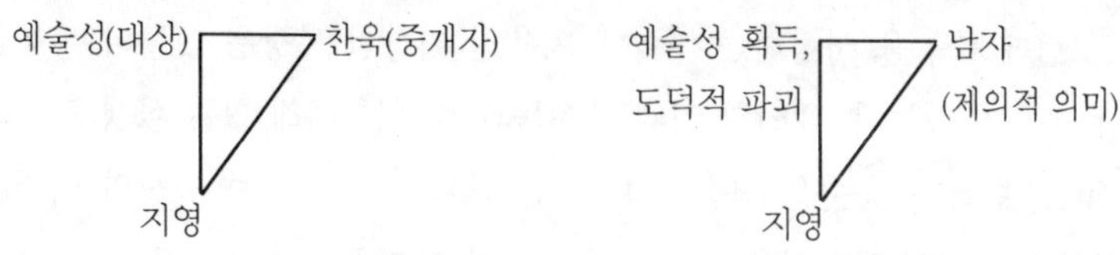

  이를 통해 지영은 예술성은 획득하나 도덕성은 파괴되고 만다. 오인문은
여기서 도덕성이 파괴된 지영이 자기 파괴를 가져오게 하고 만다. 이는 예
술성보다는 도덕성을 우위에 둔 오인문의 가치관이 개입해서 나타난 결과
이다. 그러나 여기서 우리는 작가가 꼭 선악의 규범에만 얽매일 필요가 있
을까 하는 생각을 해 본다.
  이 점은 「調練師」의 경우도 마찬가지이다. 웅축농원의 대표인 이상천은
죽음을 사랑하는 경향의 사람이다. 표면적으로 곰사육장을 만들어 레저타
운을 건설하려 한다지만 내부적으로는 곰의 쓸개를 비싼 값에 팔아 부를
축적하려는 음모가 숨어 있다. 그는 자신의 명예와 쾌락을 위해서는 곰이
라는 생명체도 하나의 사물에 불과할 뿐이다. 그는 주애옥이란 여자를 웅
축 농원에 데리고 와서 조련사 한만복이 아끼는 곰인 웅순이를 잡아주겠다
고 약속한다.
  여기서 만복은 삶을 사랑하는 경향을 죽음을 사랑하는 경향보다 우위로
가지는 전형적 인물로서, 시대 상황을 숙명으로 타고났지만 근원적 인간성
을 중시하며 살아간다. 만복은 그의 어머니가 독립운동가인 한창민의 아내
였지만 매국노인 신웅에게 겁탈을 당해서 태어난 사내다. 말하자면 그는
죽음을 사랑하는 경향의 불우한 현실이 낳은 사생아였다. 그의 부모는 6·

25 동란을 겪으면서 빨치산이 된 매국노 신웅에 의해 온몸이 찢겨 죽음을
당한다. 애국과 매국, 민주주의와 공산주의의 극한적인 대결 속에 살아온
만복은 자연 죽음을 사랑하는 경향에 빠지게 된다.

그러나 그는 죽기 위해 들어간 동굴속에서 삶을 사랑하는 경향의 곰 웅
순이를 만나게 되고 거기서 삶의 본능으로서의 순수한 인간성을 보게 된
다. 그런데 죽음을 사랑하는 경향에 치우친 이상천 사장은 이들의 본능을
그냥 놔두지 않는다. 개인의 경제적 이득과 명예를 위해 그는 살생도 서슴
치 않고, 만복과 웅순을 짐승처럼 부리려 한다. 결국 그는 자신의 이기적
욕심과 근원적인 인간성을 무시한 동물적 속성 때문에 웅순이에 의해 죽음
을 당하고 만다.

여기서 우리는 두 개의 욕망의 삼각형을 그려 볼 수 있다. 하나는 선망의
대상(곰)을 통한 삶의 본능이요, 다른 하나는 증오의 대상(이상천 사장)을
통해 갖게 되는 인간성 회복이다. 여기서 후자는 삶의 본능으로서의 인간
성 회복을 위한 제물의 의미를 지닌다. 곧 죽음의 본능을 극복해서 얻게
되는 삶의 본능이다.

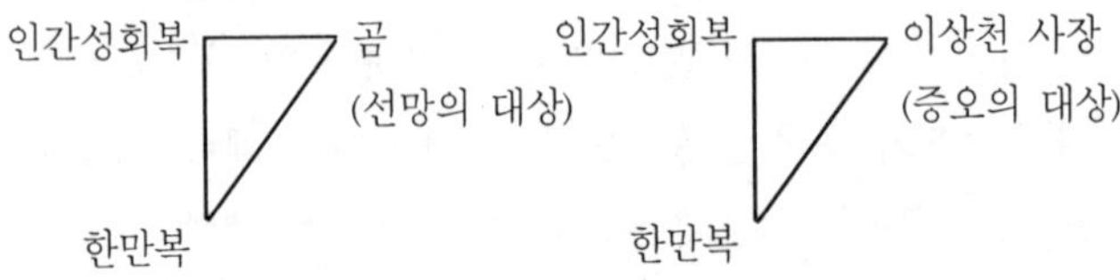

이런 구조는 오인문이 작품속에서 두 개의 욕망 구조를 마련해 놓고 있
다. 말하자면 인간성 회복이라는 욕망을 위해서는 선망의 대상으로서의 중
개자와 증오의 대상으로 성의 중개자가 배치된다는 사실이다. 증오의 대상
은 악마적 속성을 갖고 죽음을 사랑하는 경향을 요구하지만, 그것은 단지
삶을 사랑하는 경향에 가 닿기 위한 수단에 불과하다. 그리하여 오인문은
삶을 사랑하는 경향을 작품 속에서 의도하는데, 그런 욕망은 인간성 회복

이나 삶을 사랑하는 경향에 초점이 맞춰져 있다. 곧 표면적으로는 죽음을 사랑하는 경향에 치우쳐 있는 듯이 보이지만, 그 속에서 삶을 사랑하는 경향을 열망하는 아이러니가 작용하고 있는 것이다.

오인문은 온갖 부정한 것을 죽음 사건으로 해결하려 했으며, 이로 인해 그의 작품에는 죽음 이미지가 필연적으로 따라다닌다. 그리고 죽음 사건은 인간성의 매력이나 삶의 참맛을 느끼게 하기보다는 인간의 부정한 속성을 드러내는 데 주효한다. 부정한 것을 만들어낸 사람은 그것 때문에 죽어야 하는 공식이 성립하는 것도 이 때문이다. 이로 인해 삶의 끈끈한 생명력이 소홀해지고 있다. 그리하여 작품 속의 주인공으로 하여금 평범한 일상인을 애매하게 죽게 하는 경우(「백설제」에서)도 있다. 이는 오인문이 '삶을 사랑하는 경향—선, 죽음을 사랑하는 경향—악'이라는 공식에 사로잡혀 도덕성 회복에 치중한 나머지, 죽음 사건을 너무 무리하게 사용한 데에 원인이 있다. 악마의 본질을 끝까지 살려 삶을 사랑하는 경향으로 치닫게 함으로써 삶의 진실을 들여다 보게 하면 어떨까 하는 아쉬움이 남는 것도 이 때문이다.

Ⅲ. 현대 소설에 나타난 초월과 차연

1. 새로운 형식의 필요성

현대의 새로운 신화를 모색하기 위해 작가는 꿈이나 공상을 텍스트의 일부가 되게 하여 스스로 생명력을 가진 환상적인 것으로 변화시켜 나간다. 이를 위해 작가는 개인적인 경험을 초월하여 작품 밖에서 작품을 들여다보며 써나가는 방식을 취한다. 이 방식에 의하면 작중인물이 어느 살아 있는 사람이나 그럴 듯한 성격의 모방이 아니라 어느 한 견해나 현상을 상징하며, 좀더 다양성이 있고 변화를 욕망하는 독자를 모방하게 된다. 그리고 독자의 내면세계에 자리잡고 있으면서 단순하게 고착되어 있는 기존의 인식들을 파괴하여 존재의 본래적인 의미들을 발굴하려 애쓴다. 그리하여 양파 껍질을 벗겨나가듯 강렬한 자극을 수반한 이미지로 언젠가는 도달할 수 있을 지도 모를 본질을 향해 끝없는 탐구를 계속한다. 그래서 작가는 본질을 향한 과정을 중시한다. 이 과정은 독자로 하여금 일상의 의식에서 탈출해 나와 또 다른 의식의 세계로 들어가게 하는 힘을 부여할 수도 있다.

그런데 현대 사회는 그리 단순하지가 않다. 물질의 풍요와 과학의 극치가 가져다 준 환락과 안락 속에서 어쩌면 인간성의 영원한 상실이 올 지도 모른다는 두려움이 사람들의 마음에 일어나기도 하고, 과학의 세력 확대로 인해 예술적 창조력이 발휘되지 못하는 현실을 비판하는 이도 있다. 이에 작가는 어둠의 현실로부터의 초월을 꿈꾸며 본질을 향한 모색과 아울러, 잃어버린 본래의 인간성과 원초적인 꿈을 되찾으려 한다.

그럼 오인문이 時空의 확대를 통해서 존재의 본질을 끊임없이 탐구해 가는 창작 태도를 보고 먼저 그런 태도가 나오게 된 작가의 심리를 알아 보자.

어머니가 백일 기도를 올리고서 낳은 아이. 집 앞을 지나가던 한 노인이 아이가 너무 勝해서 단명하기 쉬우니 다른 곳에 이사가야 된다는 말에 남원에서 태어나서 고흥에서 자란 아이. 국민학교 입학 전부터 마을 노인들 앞에서 교과서를 줄줄 외웠던 아이. 아이는 중2 때부터 각혈을 했고 보건소에서 폐결핵이란 진단을 내리는 바람에 대학 2년 때 폐디스토마란 병명을 알게 되기까지 죽음의 검은 그림자와 맞서 싸워야 했던 그가 소설가가 된 것은 어쩌면 정해진 숙명이었는지 모른다.

오인문이 죽음 문제를 심각하게 받아들인 작가 가운데 한 사람임은 그의 작품 가운데 빼놓지 않고 등장하는 죽음 사건만 보아도 알 수 있다. 오인문이 내세운 죽음 사건은 단순히 극적 결말이나 부패 제거와 같은 도식적이고 투명한 의미 제시보다는, 오히려 발담부터 그것을 제시함으로써 생명의식을 앙양하거나 실천적 삶을 요구하고 잃어버린 인간성을 회복하는 데에 그 의의가 있다. 그래서 그는 아예 등단 때부터 「침묵이 형성되는 과정」에서처럼 죽음과의 처절한 대결을 통하여 실존적인 삶의 의미를 탐구하는 철학적인 자세를 견지해 왔다. 그는 「서다 보다 가다」와 같이 죽음의 실체를 보면서 저마다의 이기주의에 사로잡혀 자기 합리화를 주장하는 인간 실상들을 통해 진정 죽어 없어져야 할 인간성을 삶과 구분짓는다. 이러한 태도는 「遊泳」에서 오토바이를 타고 가다가 죽은 사내를 목격한 이기자가 진실에 무감각한 자신의 내면과 죽음을 동격으로 본 것이나, 「노기자의 죽음」에서 의를 실천적으로 실현하기 위해 죽음에 도전한 것에서도 나타난다. 말하자면 오인문은 죄에 무딘 감각을 바로잡고 의를 확고히 실현하는 역동적 삶의 의미를 가지고 죽음과 처절히 마주선다. 이런 자세는 죽음과 같은 극악하고 처절한 생존의 틈바구니에서 인간성 상실을 나무란 것(「조련사」의 경우)이며, 죽음 이미지를 통해 삶 저편의 세계인 상상력의 편에서 부패의 타성에 젖은 현실을 해부(「인간자격고시」의 경우)하는 데까지 파급된다. 그의 죽음 제재는 참된 생명의 세계로 나아가고 진실에의 무감각을 일깨우기 위한 아이러니의 방식이다. 이처럼 오인문이 죽음이 지닌 상징적 의미와 그것의 역학적 관계에 관심을 보인 것은 그가 죽음의 위협을 그만큼 많이 받고 살아왔다는 사실과 무관하지 않다.

「遊泳」을 주의깊게 살펴보면 이기자가 오토바이 사고를 일으킨 사내에게 줄기차게 집착하는 것은 단순히 인간의 한계나 초월의 욕망을 꿈꾸는 것 이상의 의미가 있다. 곧 이기자의 관심은 현실 저편의 세계가 아니라 사실은 삶 자체에 숨어 있는 인간성 탐구에 있는 것이다. 이기자는 순수성을 잃어버리고 부패에 물든 친구들로부터 느껴지는 메시지를 직감한다. 그것은 자신이 죄에 무감각해 있다는 것이며, 이로 인해 그는 여관방에서 여자를 앞에 두고도 무기력할 수 밖에 없다. 「老記者의 죽음」에서는 4·19의거에 참여했다가 죽은 친구의 행위를 보고 의기를 죽음으로 실천하는 한 특파원의 죽음을 통해, 죽음 이미지가 양심을 일깨우는 계기로 작용함을 보여 준다.

오인문의 죽음 제재 제시는 삶에 섞여 있는 죽음 요소를 들춰냄으로써 새로운 활기를 불어넣으며, 강하고 끈질긴 생명력을 동반한다. 그것은 삶을 기계론적으로 논의하는 방식에서 일탈하여 인간의 보편적 진실을 일깨우는 일이며, 의에 대한 실천 능력을 마비시키는 현대의 환경에서 새로운 인간 실존으로 거듭나는 작업이기도 하다. 오인문은 인간이 보편적으로 가지고 있는 성격과 심리적 요소들을 보다 포괄적인 공간에 흐트려 놓음으로써 새로운 질서를 요망한다. 말하자면 그의 죽음 제재는 초월을 꿈꾸는 욕망의 계기를 마련한다. 그의 초월 욕망은 현실을 올바른 위치로 거듭나게 함을 목표로 하며, 현대인을 인간성의 본질로 되돌려 놓고자 하는 의도가 잠재해 있다.

2. 차연과 쌍둥이 이론

데리다 등 해체 비평가들은 순수 존재에는 언어로 표현된 것보다 더 많은 의미가 내포되어 있다고 본다. 곧 언어는 순수 존재를 몇 가지 의미로만 획일화시켰지만, 원래 태초부터의 존재 속에는 언어로 표현된 것보다 훨씬 많은 의미를 내포하고 있다는 것이다. 이런 순수 존재의 원초적 의미는 변별화를 통해서 본래의 의미를 회복할 가능성이 있다. 그래서 데리다는 변별화를 통해 존재의 의미를 드러내는 '차연(difference, 차이)'를 중시한다. 차연은 절단과 분할의 과정을 통해서 공간적으로는 본질적인 차이와 의미들을 낳고, 시간적인 차이를 통해 본래의 의미를 이끌어낸다. 특정 순간에 차연은 도처에 있는 우주적인 힘, 우주 내의 모든 실체와 개념에 침투하여 본질적인 변별화를 이끄는 원초적인 힘으로 나타난다. 곧 모든 것의 붕괴와 분할을 통해서 자신을 드러낸다. 그리하여 안정을 위주로 한 전통적인 행위를 붕괴시키고 전통적인 시간 관념을 파괴하여 파편적인 힘들을 이끌어낸다. 차연을 느끼게 되는 것은 해체(파괴로도 번역된다) 때문이다. 해체는 역사를 창조적으로 보존하기 위해서 빚어진다. 그리하여 그것은 전통을 새로이 하고 가치있는 것으로 만들며 선별된 재료들을 보존한다. 인간이 역사적인 존재이고 그 누구도 전통 밖으로 도망칠 수 없지만, 전통이 생명력을 가진 채 보존되기 위해서는 해체되지 않으면 안 된다. 이런 의미에서 해체는 열림과 재생을 위한 창조와 관련을 맺는다.[1]

오인문의 『알골』은 일상의 안일한 범주를 벗어나 존재의 본질을 향해 열림의 공간을 마련했다는 점에서 해체의 방법을 취한 듯하다. 오인문은

---

1) 빈센트 B. 라이치, 『해체비평이란 무엇인가』, 권택영 역(서울 : 문예출판사, 1990), 64~69쪽.

일상의 안일에서 굳어진 규범들을 해체하고 분산된 의미의 요소들을 보임으로써 본격적인 해체를 주장한다. 이를 위해 한 인격내의 요소들을 해체하는 것도 서슴치 않는다. 황박사와 자칭 거물, 한영선과 서양희, 이들은 각기 다른 인물인 것 같지만 한 인격 내의 페르조나와 그림자, 또는 인격적 요소들이다. 오인문은 비단 이런 인격적 요소의 분리를 통한 드러냄 뿐만 아니라, 과학적 법칙이나 시간의 해체를 통해 미래의 이상향을 현재에 실현해 놓고, 진정한 존재의 본질이 무엇인지를 탐색한다. 그가 마련해 놓은 시간은 잠재적 가능성인 듯하지만 실제의 시간이며. 과거의 규범과 연관된 통제를 벗어나 현재와 미래의 행로를 향해 내던져진다.

황박사와 자칭 거물은 한 인간의 페르조나와 그림자현상을 나타낸다는 점에서 한 인물의 인격적 요소를 나누어 놓은 것이며, 얼굴은 같지만 성격은 다른 쌍둥이라 할 수 있다. 해체는 변별화를 통해 존재의 의미를 드러내는 '차연'으로 나타난다고 할 때, 『알골』에서의 쌍둥이 모티프는 차연을 드러낸 것이다. 일반적으로 사람들은 쌍둥이의 닮은 점에 관심을 가진다. 그러나 엄밀히 따져 보면 쌍둥이에게는 서로 변별점이 엄연히 존재한다. 닮은 점만 보고 변별점에 무관심하다면 쌍둥이의 개성이나 본질을 보지 못할 수도 있다. 보편성만 보고 개성을 보지 못한다면 이는 기계적인 사고 방식으로 획일화를 초래한다. 정신면에서도 의식만 보고 무의식세계를 보지 못한다면 이는 개인의 진실보다는 편협한 면만 보는 것이다. 이를 극복하기 위한 반법 중의 하나가 쌍둥이 모티브라 할 수 있다. 그것은 분리된 인격의 요소들을 보다 포괄적인 안목에서 바라보게 하며, 의식과 무의식, 현재와 미래, 빛과 어두움 등이 서로 반영하여 부분으로 있을 때의 무력함을 극복하고 전체로서의 自己(의식과 무의식이 포함된 인격 전체에서 바라본 참된 자기)를 확립하게 한다.

오인문은 '알골'을 밝은 별과 어두운 별의 쌍으로 된 連星이라고 풀이함으로써 쌍둥이 모티브와 연관시키려는 흔적을 보였다. 별의 쌍둥이 성질은 황박사와 자칭 거물이 다같이 복제 인간에 관심을 가지려는 데서도 나타난

다. 작품 속에서 사탄 역할을 자처하며 인간보다는 우위의 초능력을 갖고
있는 자칭 거물은 황박사를 밝은 별, 자신이 어두운 별에 해당한다며 쌍둥
이임을 강조한다. 그래서 그는 쌍둥이의 성질을 최대한으로 이용하여 '천
사는 악마의 자궁에서, 악마는 천사의 자궁에서 몸을 얻어 태어난다는 사
실'을 현실에 적용한다. 자칭 거물은 이 복제 인간을 통해 영원한 세계 지
배를 꿈꾸고, 복제 인간의 탄생을 위해서 물불을 가리지 않으며 불가능이
란 한계를 두지 않는다. 살인도 서슴치 않는 자칭 거물의 생활 방식은 선악
의 규범으로 보면 악을 달리고 있지만, 존재의 본질에 접근하기 위해서는
극복되어야 할 과정이다. 그는 황박사가 너무 일상 생활에만 안주해 있는
데 비해 현실과 상상의 차원을 마음껏 넘나든다. 그는 인격의 한 요소를
특징으로 가지고 있기도 하다. 황박사가 페르조나에 익숙해 있다면, 그는
그림자에 익숙해 있다.

　재미있는 것은 황박사가 자칭 거물과의 대립을 통해서 자신의 모순을 발
견하는 데 비해서, 자칭 거물은 황박사의 지식이 도식적으로 굳어진 것을
비난하면서도 그로부터 자신을 닮은 복제 인간 탄생을 원하는 공생관계에
있다는 점이다. 말하자면 이들은 서로 상대적으로 갖고 있는 것을 자기 계
발로 이용하고 있다. 자칭 거물은 황박사가 운명의 한계 안에서 체념하는
것을 비웃고, 황박사는 자칭 거물의 악마성을 비난한다. 그런 단점의 극복
과 함께 그들은 보다 넓은 우주의 세계로 나아가는 한편, 정신 세계에서는
인식의 확대를 도모한다. 곧 그들의 성격적 대립은 존재의 본질을 밝히기
위한 변별화를 위해서 성립된 듯하다.

3. 무한으로의 열림과 현실

　지금까지 오인문은 죽음 콤플렉스를 대결과 초월 구도로 극복하려 했고,
그의 초월 욕망은 존재의 본질을 향해 열려 있으며, 인격적 요소의 해체를

통해 새로운 질서를 요구하고 있음을 살펴보았다. 이런 존재의 본질을 향한 탐구는 현실과 동떨어진 것인가. 이런 의문은『알골』이 풍기는 성격 창조의 현저함이 양파 껍질을 벗겨내듯 강렬한 자극을 수반한 채 끝없이 계속되는 데서 비롯된다. '80년대의 한국 사회는 거대한 음모 ― 즉 개인의 존엄성을 무시하고 개인의 의식을 하나의 틀에 맞추려는 보이지 않는 음모 ― 를 감추고 있었다. 그것은 진실이 권력의 음모에 의해서 은폐되고, 정권을 유지하려는 자들은 그 지속과 자신들의 이익을 위해 합목적성을 강조했던 데서 파생된 것이었다. 사람들은 이에 대해 개인의 무기력을 실감하고 반발심을 축적한 채 권력의 음모를 밝히는 기사에 많은 관심을 보였다. 아울러 사람들은 현대 산업사회와 맞물린 관료적 권위주의 체재하에서 인간성에 대한 상실감에 사로잡혀 있었다. 이런 상실감은 의를 실천하려는 사람들에게 정신적인 고통을 낳고, 많은 사람들을 침체의 늪에 빠뜨리기도 했다. 이런 무기력함은 현실보다는 만화경과 같은 허황함을 낳고 과시 요구라는 반대 급부를 파생시켰으며, 과시욕은 권력의 안정적 기반을 위한 정권의 홍보에 의해 사람들을 의와 위선과의 괴리감에 시달리게 했다. 이런 위선의 사회를 해부하고 존재의 본질을 진실된 자리로 되돌려 놓기 위해 존재의 본질을 탐색할 필요를 느꼈던 것 같다. 이렇게 볼 때 그의 만화경과 같은 공간의 제시는 위선의 현실을 상징적으로 제시하는 의미를 담고 있다고 보아야 한다.

Ⅳ. 휴머니즘의 변용

1. 죽음의 초극과 아이러니

오인문은 미학적 가치보다는 삶에서의 도덕적, 실천적 가치를 더 강조했으며, 본능과 이성의 대비를 통해 이성의 우월성을 주장하는 작품을 많이 썼다. 오인문이 인간성의 가치를 드높이는 데 치중하는 것도 이 때문인 듯하다.

오인문은 인생의 많은 부분을 병과 가난으로 고민했고, 죽음과 대면한 적이 많았다. 그럴 때마다 그는 죽음 이미지 앞에 좌절하기보다는 오히려 삶의 의욕을 강하게 내세웠다. 그는 작품 속에서 죽음 이미지를 회피하기보다는 오히려 과도할 정도로 드러내 놓는 데 주력했다. 대개 죽음 이미지는 어둡고 딱딱하며 기계적인 인상이 짙다. 그러나 오인문은 그런 이미지를 통해서 인간적인 의미를 끌어내고 파괴되어야 할 악마적 이미지를 제시했다. 불의에 항거하지 못하는 무기력증을 탈피하여, 새로운 재생을 꿈꾸는 것도 이 이미지를 통해서이다. 오인문은 극단적인 제재를 가지고 온화한 아름다움을 뽑아내기 위해 죽음 이미지를 사용하며, 휴머니즘을 끌어내는 조련사로서의 역할을 감당한다. 그의 작품 밑바닥에는 인간 정서와 심리를 가로지르는 보편적 진실이 숨어 있다.

주인공부터가 주검(시체)인 「서다 보다 가다」(1962. 9)는 거리의 책장수였다가 독이 든 고깃국을 먹고 죽은 주검 앞에서 살아 있는 사람들이 어떤 태도를 취하는가를 보임으로써 모순에 찬 현실을 고발했다. 굶주림에 못 이겨 음식점에서 내다 버린 고기 알집을 끓여먹다가 죽은 주검은 바로 절대 빈곤을 해결 못 하는 사회에 대한 냉소적인 풍자라 아니할 수 없다. 그리고 이 주검을 보고 지나가는 여러 계층의 삶 속에는 진정 이 사회에서 사장돼야 할 비리를 내세웠다. 그리고 고기 알집을 왜 혼자만 먹었냐고 앙탈을 부리는 주검의 아들 모습은 절대 빈곤의 원인을 눈 앞의 현실에서만 찾는 소시민의 모습과 다를 바 없다. 이것은 절대 빈곤의 원인이 잘못된 정치와 사회악에 있다고 외쳐대는 것과 맞먹는 또 다른 시위가 아닐 수 없다. 작가는 이 주검을 토대로 사회의 비리를 하나하나 캐 가는 데 주력한다.

써비스를 잘 할테니 라이트를 잘 비춰 달라고 촬영 기사에게 부탁하던 배우가 주검의 입 사이에 백환짜리 지폐를 끼워 놓고 가는 것은 자기 과시욕에 사로잡힌 사람의 병폐를 그린 것이다. 주검이 죽기 전에 바가지 외상 술을 잔뜩 먹여 놓았던 술집 노파가 자신이 주검의 장례비를 떠맡게 될까 봐 의사와 간호부를 돌려보낸 것 또한 이기적 속성을 드러내 보인다. 교수와 학생은 주검 앞에서 관념적으로만 얘기하고, 국회의원은 허세를 부리기에만 급급하며, 룸펜들은 백환짜리 지폐 때문에 사람들이 사라지기만을 기다린다. 인간의 병폐는 그것의 제시만으로도 새로운 치유의 방법을 모색게 할 수가 있다. 죽음 이미지는 바로 사회악을 거듭나게 하는 여과 장치의 역할을 할 수가 있는 것이다.

2. 휴머니즘의 발현

오인문이 죽음 제재를 통해 악의 너울을 벗고 순수한 인간성과 도덕률을 되찾고자 함은 휴머니즘에 바탕을 둔 것이다. 「인간자격고시」(1974. 12)는 인간자격고시라는 가상의 조건을 통해 현실의 비리를 캐어 보고 개인의 인간성이 회복되기를 염원했다는 점에서 휴머니즘의 차원에서 생각해 볼 만한 작품이다. 이기자가 여러 엘리트 계층의 사람을 만나고 다니면서 보게 되는 비인간화 현실은 바로 인간성 회복의 염원을 아이러니 구조로 표현한 것이다.

오인문의 휴머니즘은 진리에 대한 실천적 행동을 요구한다. 거기서 생기는 가치는 전통적 가치 수호, 의로운 삶, 인격적 성숙, 인간애적 만남, 이념을 초월한 뜨거운 만남 등으로 추출된다.

죽은 자에 대한 명상으로 일관한 「노기자의 죽음」(1966. 10)은 한 기자의 죽음의 원인을 추리해 나가는 과정이 주를 이루고 있다. 박기자는 자신의 친구였던 김현구가 불의에 대한 항거를 죽음으로 보여 주는 걸 보고, 월남전 종군 기자로 가서 거기서 동포의 얼굴을 확인하려다가 죽음을 맞는다. 이를 알게 된 이기자 역시 ‘로쓰에살’ 등반을 꿈꾸며 죽을 각오를 한다. 곧 이 작품에서의 주요 인물은 모두가 죽음을 꿈꾸고 있다. 그러나 그들의 죽음 뒤에는 나름 대로의 논리가 동반돼 있다. 김현구는 정의의 실현을 위해, 박기자는 이념을 초월한 뜨거운 동포애를 위해, 이기자는 정상 정복이라는 이상 실현을 위해 죽음과 맞섰다. 작품 전체적으로도 죽음의 분위기가 짙게 깔려 있다. 그러나 그런 죽음 이미지를 통해 오인문은 진정으로 거듭나야 할 인간성이 무엇인지를 탐색하려 한 듯하다.

3. 실험 정신의 구현

작가의 실험 정신은 작중 인물의 내면 세계에 대한 묘사에서 어느 정도 드러나 있는 것 같다. 이 내면 세계의 묘사는 작중인물의 욕망과 심리에서 잘 드러난다. 전자의 경향으로는 「침묵이 형성되는 과정」(1961. 11)을 들 수 있으며, 후자의 경향으로는 「지극히 높은 사람」(1967. 8), 「먹이 사슬은 끝이 없다」(1991. 겨울)를 들 수 있다.

「침묵이 형성되는 과정」에서 건두가 추구하는 것은 실업을 극복하는 일이다. 그것만이 가정의 파괴나 도덕성의 붕괴를 면할 최선의 욕망이지만, 현실은 그걸 충족시켜 주지 못한다. 건두의 구직 욕망을 위해서는 크게 두 인물이 중개자로서 자리잡고 있다. 한 사람은 가족의 생계를 그나마 존속시키는 역할을 하는 누이 선미로서 건두의 선망의 대상으로 자리잡고 있고, 다른 한 사람은 극복의 대상으로서 전장터에서 죽어간 중대장이다. 그래서 건두는 각박한 현실 속에서 중대장처럼 죽어가지 않기 위해서 이를 악물고 선미처럼 안정된 직장을 찾아나선다. 그러나 건두는 구직 과정에서 번번히 사기를 당하고 만다. 이런 가운데서 선미의 경리사원이란 직업이 과장에게 몸을 팔아 이루어진 것을 알게 된 건두는 더욱더 구직을 하려고 발버둥을 친다. 건두는 결국 죽음을 요구하는 현실 앞에서 마지막 삶의 욕망을 불태우다가 죽고 만다. 건두의 욕망은 선미라는 선망의 대상과 중대장이라는 극복의 대상을 통해서 이루어진 것이지만, 현실 앞에서 그 욕망이 좌절을 겪을 수 밖에 없다는 데서 그 비극성은 더하는 것이다.

오인문의 소설에서는 성격상으로 짝을 이루는 인물의 배치가 많이 나온다. 「지극히 높은 사람」에서 발단 부분에서는 성민과 '나'라는 인물로 나뉘어져 있으나, 결말에 가서 그 두 사람이 같은 인물임을 드러낸 데에는 어떤 의미가 내포되어 있는 듯이 보인다. 오인문은 여기서 한 인격체를 둘로 분리해 놓고, 성민으로부터는 교만 등 없어져야 할 인간성을 '나'로부터는 건전한 인간성을 모색했다. 그리하여 성민은 거듭남을 위해 제의로 바쳐진 인물로서 죽음의 단계를 겪게 되고, '나'는 현실에 살아남게 됨으로써 겸손한 삶을 내세우고 있는 것이다.

이런 구조는 「먹이사슬은 끝이 없다」에서 '나'와 '그'로 구분되어 나타나기도 한다. 이 작품이 복제 인간 제조 등 상상의 세계를 주로 언급하면서도 리얼리티를 획득하는 것은 의식과 무의식 등 인간 심리에서 보편적으로 나타날 수 있는 경험 양식을 기초로 했기 때문이다. 그러나 인격의 세밀한

구분은 자칫 작품의 생명성을 해칠 위험이 없지 않다. 오인문은 이런 위험
을 제거하기 위해 도덕률이나 인간성 탐색을 배치해 놓고는 있으나, 선악
의 규범으로부터의 일탈도 시험해 봤으면 하는 아쉬움도 없지 않다.

V. 복제 인간에 관한 담론

— 오인문론

한때 맑은 하늘, 깨끗한 물이 우리 사회의 자랑거리였던 적이 있다. 그래서 '60년대에는 아이들이 트럭에서 풍기는 휘발유 냄새를 맡기 위해 차를 쫓아가기도 하고, 푸른 하늘에 떠 가는 하얀 구름을 보며 '우리는 언제나 선진국과 같이 공장 굴뚝에서 나는 연기나 고가 도로를 보지.' 하는 염원을 담아 보기도 하였다. 그리하여 '70년대에 중동의 나라에서 물을 수입해서 마신다는 말을 듣고 '세상에 그런 일도 다 있나?' 하는 의구심을 품기도 했었다. 그러나 요즘에는 정반대의 현상이 일어났다. 스모그 현상이나 오존층 파괴, 공장 폐수 등의 환경 오염, 조개류나 식물 등의 유전자 변형 등의 환경 변화가 심각한 지경에 이르고 있다. 이로 인해 작가 역시 새로운 환경 변화에 대응하는 전략을 필요로 한다.

오인문은 그러한 환경 변화에 대응하는 새로운 패러다임에 관심을 가진다. 그것이 바로 복제 인간에 관한 것으로 이미 15년 전에 발표되었다. 복제 양 돌리 얘기가 나오기 훨씬 전의 일이다. 그는 복제 인간이 나올 수 있는 배경을 우선 심리적 요소들로 구분시켜 놓았다.

오인문의 『알골』(『月刊文學』, 1984. 2〜1985. 10)에서 유전 공학의 권위자요 의사인 '황박사'와 이 황박사를 닮은 '자칭 거물'은 융의 분석 심리학으로 따지면, 가면적 인격인 페르조나와 무의식의 어두운 면인 그림자인 셈이다. 곧 한 인간을 '황박사 / 자칭 거물'로 분리시켜 놓았다고 할 수 있다. 이는 황박사의 他者 역할을 하는 '한여사 / 서양희'의 경우에도 유사하게 나타난다. 한여사는 황박사의 가정적인 아내로서 페르조나편에서 좋아하는 인물이요, 서양희는 황박사의 간호원으로서 그림자편에서 좋아하는 인물이다. 이것은 한 인간의 내면에서도 복제 인간적인 면이 얼마든지 나타날 수 있다는 가능성을 제시한다.

나를 '나'이게 하는 것은 과거의 나와 현재의 나와 미래의 나가 겹쳐져서 '나'를 이루는 것이다. 가령 성실한 인간의 나와 의지적인 나는 '나'의 복제된 모습들이다. 오인문은 복제된 나를 분리시켜 '황박사'와 '자칭 거물'로 형상화해 놓았다. 주인공의 상대 역시 '한여사'와 '서양희'로 분리시켜 놓았다. '한여사'는 나의 페르조나가 좋아하는 이상형이요, '서양희'는 나의 그림자가 좋아하는 이상형인 것이다.

사건의 발단은 자칭 거물이 유전공학적 측면에서 자신의 복제품을 만들어 달라는 데서 비롯된다.

황박사는 유전공학의 권위자요 의사로서 어느 경치 좋은 부촌에서 개업하여 말년을 보내고자 한다. 그는 일상에서의 일탈보다는 오히려 일상에 안주함으로써 행복을 얻고자 하는 사람이다. 이런 '황박사'에게 초능력을 가지고 선악의 규범에 개의치 않는 '자칭 거물'이 찾아와서 자신과 똑같은 복제 인간을 만들어 달라고 한다. 말하자면 이 작품은 이성에 의해 합리주의적 세계관을 이끌어 가는 황박사와 무의식의 세계를 바탕으로 선악의 규범에 얽매이지 않는 자칭 거물의 대립이 중심 모티브를 이루고 있다. 여기에 주된 제재로 등장하는 것이 복제 인간에 관한 것이다.

황박사는 자칭 거물의 협박에 못 이겨 간호원 '서양희'의 몸에 자칭 거물의 씨를 심어 놓으려 한다. 그런데 '복제 인간'을 모르는 양희는 황박사가 자신을 사랑해서 그러는 줄 알고 자칭 거물의 유전 인자를 자신의 자궁에 갖게 된다. 이 때문에 양희는 자신의 복제 인간을 안전하게 잉태시키려는 자칭 거물의 계획에 의해 어느 섬에 잡혀가게 되고, 황박사를 보고자 하는 양희의 열망에 의해 황박사도 그곳에 잡혀오게 된다.(여기서부터 SF 소설적인 분위기가 엮어지는데 스토리의 논리를 따져들어 가다 보면 과학적 사고 방식으로 인해 리얼리티가 있음을 발견하게 된다.) 거기서 황박사는 신의 역할을 하는 '아버지'를 만나 초능력을 조금씩 익히게 된다. 여기서 인물의 배치는 신의 역할을 하는 '아버지'와 인간성의 전형인 '황박사'와 악마적 속성을 지닌 '자칭 거물'의 존재 영역이 자리잡게 되고, 오인문은 여기서 신과 인간과 악마의 영역을 각기 설정해 놓고 보다 포괄적인 위치에서 심리 영역의 대비를 통해 진정 인간이 추구해야 할 인간성을 발견하게 된다. 말하자면 '황박사'를 인간성의 한 전형으로, '자칭 거물'을 현실과 상상을 오가는 사탄의 성격으로, '아버지'를 보다 폭넓은 과학 세계를 보여주는 신으로 상정해 놓은 것은 인간의 내면세계의 영역을 보여주려는 의도에서였음을 알게 된다. 말하자면 인간의 의식과 무의식, 신의 영역을 상정함으로써 그것이 현실 속에서 갖는 의미를 되새겨 보게 된다. 자칭 거물의 행동이 비록 현실에서 이루어지는 일이 아니더라도 개연성을 획득하게 되는 이유도 이런 정신 세계의 영역이 엄연히 자리잡고 있기 때문이다. 여기서 자칭 거물은 현실과 상상에서 상반된 성격을 갖는 인물들이지만, 한 인간의 내면세계에서 두 양상이 나타날 수 있다는 점에서 한 인물의 성격을 양분해 놓은 듯한 인상이 짙다. 이 점에서 자칭 거물의 행동은 비록 현실에서 이루어지는 일이 아닐지라도 개연성을 획득하게 된다. 황박사는 자칭 거물과의 시련을 거쳐 신의 역할을 하는 아버지를 만나게 되는데, 이는 현대 의학의 첨단을 걷는다고 자부하는 황박사가 보다 창조적인 과학 세계로 초월하는 계기를 마련한다. 말하자면 황박사의 자칭 거물과 아버지를 만나는 체험은 사탄과 신의 영역을 경험하는 것이면서, 진리를 탐구하는 데 있어서 유한의 범주에서 무한의 범주로의 확대인 것이다.

　　* 인간이 현재까지 알아 낸 힘 중에서 가장 강한 것은 원자 내부에 갇혀

있는 에너지, 즉 원자력이다. 가장 작은 것 속에서 가장 큰 힘이 갇혀
있다는 논리다. 그런데 중력의 에너지는 원자력에 비해 10의 33배 약
하다. 전기나 자기 에너지에 비해서도 중력은 100만의 4제곱이나 약
하다는 얘기가 된다.

* "어리석은 녀석. 당장 아라비아로 달려가 이집트의 피라밋 건조법에
  대한 기록이라도 읽어 보렴. 피라밋의 돌에는 가장자리에 상채기가
  난 것이 하나도 없다. 그 거대한 돌을 크레인과 같은 현대 장비들을
  동원해서 멀리까지 옮겨 쌓는다면 당연히 흠집 몇 군데쯤은 생길 게
  아니냐?"

—『알골』의 「半神半人」에서

자신이 원하는 곳이면 어디든 가 닿을 수 있음을 과학적으로 논증하는
대목이다. 이것은 황박사의 현실과 관련된 합리성만을 고집하는 태도에서
신이 상정해 놓은 보다 진실된 영역으로의 초월을 유도한다. 곧 이것은 인
간의 영역과 신의 영역이 공존한 세계에서 보다 본질적인 것을 보도록 해
놓은 장치이다.

그런 확대된 공간 속에서 추구하는 것은 황박사가 가지고 있는 순수한
인간성이다. 자칭 거물이 인간의 그림자 현상(무의식 속에 있는 본능적 욕
망)에 길들여 있다면 황박사는 페르조나(가면의 인격)에 익숙해 있다. 그러
나 그런 가운데서도 황박사에게 좋은 인간적 요소가 있다면, 그것은 아내
한영선과 간호원 서양희의 아름다운 인간성을 옹호하고 있다는 점이다. 한
영선은 지조를 생명보다 귀하게 여기는 여인이다. 그리하여 자신의 지조가
자칭 거물에 의해 허물어졌을 지도 모른다는 생각이 미치자 자살해 버릴
정도로 순결에 집착해 있다. 이에 비하여 양희는 자신이 존경하는 인물이
라면 정조 관념은 문제시하지 않는 헌신적인 여성상이다. 오인문은 이 두
인물의 어느 한 편을 택하기보다는, 오히려 그들이 갖고 있는 인간성에 초
점을 맞춘다.

『알골』에서는 황박사, 자칭 거물, 한영선, 서양희 등 주요 인물이 모두 죽고 끝에 가서 아버지와 황박사의 아들들만 남는다. 곧 현재의 인물이 없어지고 신과 후손들만 남게 된다. 이는 연대기적 시간의 인물에 비중을 두기보다는 심리적 시간의 인물에 관심을 둔 데서 비롯된 것이다. 인간은 과거의 인물이든 현재 속의 인물이든 보편성을 갖고 있다. 그 보편성은 개인이 어떤 심리적 태도와 인간성을 갖고 있었는가에서 여실히 증명된다. 오인문은 그러한 인간성의 기준치를 보다 상향된 방향으로 이끄는 데 주안점을 두었다. 그의 이상향은 신의 영역과 미래에서 보다 큰 의미를 갖고 있다. 이는 애초에 그가 미래를 공표하고 제시하는 유토피아적인 충동을 갖고 있었던 데서 연유한 듯하다. 그래서 그는 현실의 구태의연한 허물을 벗고 미래의 이상적인 인간성으로 거듭나는 데에 의의를 두었다. 『알골』에 나타나는 죽음과 초월 의식은 여기에 연유한다.

제4부

아이러니와 공간의식

Ⅰ. 김주영 소설의 아이러니

― 김주영 소설에서의 '성과 권력'을 중심으로

1. 소외 계층의 권력 형성

전통적으로 권력은 종종 부정적인 용어로 생각되어져 왔을 뿐만 아니라 법률적인 메카니즘으로 간주되어져 왔다. 즉 제한하고, 방해하고, 거부하고, 금지하고, 검열하는 법을 제정하는 등으로 이루어져 왔다. 이것은 금지하는 것을 자신의 역할로 삼고 있는 위정자를 가정한 것이다. 즉, 권력을 지녀서는 '안된다'는 식으로 인식되어 왔다. 이런 가정 아래서는 권력에 대해 도전하는 것은 위반으로 간주되어진다. 푸꼬는 이러한 법률적·부정적인 권력 개념을 기술적·전략적인 것으로 대치시킨다. 곧 현대 권력은 기존의 것에 대한 억압이 아니라 새로운 활동 능력과 양식을 구성함으로써 작용한다. 이와 같은 주장에 비추어서 현대의 성과 권력에 대한 담론을 정리해 보면, 권력은 왕과 장군처럼 권력을 쥐고 있는 사람만이 가지고 있는 것은 아니다.[1] 어떠한 계층이든지 지식과 관계를 맺으면 전략과 메카니즘을 동반한 권력이 생성될 수 있는 것이다. 이는 소외 계층도 권력을 갖추고 새로운 활동을 할 수 있다는 가능성을 제시한다. 그래서 필자는 김주영의 소설에서 소외 계층의 권력에 대해 생각해 보고자 한다.

---

1) 마단 사럽 외, 『데리다와 푸꼬, 그리고 포스트모더니즘』, 임헌규 편역(서울 : 인간 사랑, 1992), 81쪽.

김주영의 소설에서 작중 인물은 대개 백정, 화냥년, 외장꾼, 술도가꾼, 거렁뱅이 소녀, 아니면 지조 있는 여성이다. 말하자면 사회적으로 하층 계급이거나 구시대적 인물이다. 이들은 기존의 권력에 직접적으로 저항하기보다는 별개의 自尊的인 삶을 택한다. 이들의 권력 형성은 대개 성의 표현을 통해서 드러난다. 성욕은 욕망을 감추고 승화되어 사랑으로 표현되거나, 악인의 이미지와 동반되어 타락으로 나타나기도 한다. 이것은 인물의 성격이나 인간 관계를 형상화하는 데 역학적으로 작용하며, 긴박감을 불러일으켜 독서하는 속도를 조절하는 등의 글의 구성에도 참여한다. 김주영은 소외 계층의 성욕을 진솔하게 노출시킴으로써 그들의 삶에 대한 가치를 증진시키고, 그들을 대중의 세계에 포함시킴으로써 그들의 자존적 영역을 확대한다.

김주영의 『천둥소리』는 소외 계층을 모티브로 삼아 새로운 권력의 형성 과정을 보여 주는 작품이다. 주인공 길녀는 젊어서 과부가 된 열녀 집안의 며느리다. 그녀는 지조를 지켜야 한다는 기존의 관습에 얽매여 살 수밖에 없는 존재이다. 그녀는 그것을 숙명으로 받아들이고 다른 데 한 눈을 팔지 않는다. 그러나 주변 인물들은 그녀를 가만 놔 두지 않는다. 먼저 행랑에 살던 머슴인 차병조는 방이 차가워 불을 지피려 나온 그녀를 강제로 겁탈하고는 집을 나가고 만다. 그는 길녀에게 그의 아이를 배게 하였을 뿐만 아니라 주위의 눈총을 두려워 한다는 사실을 미끼로 해서 온갖 이득을 취한다. 광복 후 혼란스러운 때를 이용해서는 길녀의 집을 팔아 먹고, 전쟁이 일어났을 때는 그녀의 친정집으로 숨어 들어 적 치하의 삶을 버티어 나간다. 주위의 눈총을 의식한 길녀는 집을 잃고 집에서 멀리 떨어진 곳에 가 살기 위해 트럭 운전사인 지상모의 도움을 받으나, 지상모 역시 트럭이 고장났다는 것을 핑계로 그녀를 겁탈하고 만다. 주막집을 운영하면서 지상모를 정성껏 섬기나, 지상모는 처가 있는 몸일 뿐만 아니라 직업이 직업인지라 방랑벽을 벗어나지 못한다. 길녀를 상전으로 모시면서 멀리서나마 끝까지 섬기는 인물은 점개이다. 그는 길녀가 버린 차병조의 아이를 데려다 키울 뿐만 아니라 길녀와 그의 친정 부모가 어려움에 처할 때마다 위기에서 구해 준다. 길녀 역시 점개가 좌익 활동을 한 일로 안동의 어느 창고에서 조사를 받고 있을 때 자신이 모은 돈을 거의 털어내어 그를 구출해 낸다. 그러면서도 두 사람은 끝까지 정신적인 사랑으로 관계를 이어 간다. 길녀가 기존의 관습에 길들여 있고, 점개는 천민이 무시받지 않는 좋은 세상을 꿈꾸며 좌익 집단에 물들여 있지만, 두 사람 사이의 정신적 사랑에는 각자의 삶의 영역이 전혀 개의치 못한다. 이들 두 사람의 정신적 사랑을 통해 김주영은 기존의 관습과 이데올로기를 초월한 새로운 가치관을 선보이고 있다. 그것은 지조 관념이나 이데올로기보다 상위에 있는 사랑의 담론이다. 이때 사랑은 육체까지도 초월해 버리고 만다. 모든 것을 초탈한 이들의 사랑은 영원성을 향하여 나아간다. 점개는 길녀를 헌신짝처럼 취급하는 지상모를 죽일 뿐만 아니라, 빨치산이 길녀의 이웃 마을들을 불태우고 약탈을 하는데도 길녀의 집이 불타지 않도록 최선을 다한다. 그리고 길녀가 사는 마을의 동장을 빨치산 간부가 처형하려 할 때에도 말리다가 총에 맞아 죽고 만다. 그때 숨어서 이를 지켜 보던 길녀의 입에서 자신도 모르게 튀어나온 말이 '여보'였다. 이는 길녀가 마음 속으로만 사랑하던 대상에 대한 가장 함축적이고 무의식적인 표현이 아닐 수 없다. 이러한 길녀의 정신적 사랑은 기존의 관습이나 이데올로기를 초월한 소시민 권력의 표상이다.

『천둥소리』는 사회가 혼란의 와중에 빠져들고 주변 인물들이 도덕성을 무너뜨리며 이데올로기에 충실한 노예가 되어 가는 상황에서도 길녀의 정신력이 더욱 강해진다는 점에서 아이러니의 형식을 취하고 있다. 이는 길녀의 어투를 통해서도 증명된다. 전편에 흐르는 고어투의 기품 있는 어투는 각박한 사회를 정화하는 끈질긴 생명력을 상징한다. 그녀가 외면적으로는 화냥년이라 지탄을 받으면서도 내면적으로 침착하고 강인한 성품을 지속해 나가는 것은 불우한 역사적 환경을 헤쳐 온 소외 계층의 생명력을 대변한다고 할 수 있다.『천둥소리』는 기존의 관습과 이데올로기보다 상위에 있는 사랑의 가치를 부각시켜 놓았다. 길녀의 사랑은 육체적인 성욕과는 분리된 정신적 사랑의 승리를 보여주는 셈이다. 그리고 그녀의 삶이 화냥년이라 지탄받는 상황에서 전개된다는 점에서 忍苦의 끈질긴 힘을 드러내며, 주변 인물들의 속악한 행동과 대비되어 순진무구의 아이러니를 제시한다. 이는 길녀가 성욕에 대해 피동적인 자세를 취하면서도 정신적 가치를 꾸준히 지속함으로써, 약자도 그 권력이 확대될 수 있음을 암시하는 것이다.

2. 아이러니의 복합

언어는 기표와 그것이 지시하는 대상인 기의, 이 둘이 한 쌍으로 되어 있다. 이 가운데 '사랑한다'는 말은 아무 것도 아닌 것에서 의미를 만들어 내는 기호성이 높은 기표이다. 롤랑 바르트에 의하면 사랑의 모험이 지속되는 데에는 세 단계가 있다. 첫 단계는 만남이며, 두 번째 단계는 호기심, 세 번째 단계는 고백으로 욕망을 드러내 상대를 소유하고 싶어하는 단계이다.[2] 라캉의 욕망 이론으로 보면 두 번째 단계는 '상상계'이며 자신의 속마음을 알리지 않으면서 상대방을 탐색하는 시기이다. 그런데 김주영의 『천둥소리』에서 길녀는 두 번째 단계의 호기심이 생략되어 있다. 그것은 열녀는 지조를 지켜야 한다는 기존의 관습이 그녀의 의식에 고착화되어 있기 때문이다. 심지어 자연 현상의 하나인 '천둥소리'까지도 그녀가 위기에 봉착할 때면 환청으로 다가올 정도로 길녀는 철저하게 지조 관념에 길들여져 있다. 그리고 길녀는 사랑의 두 번째 단계인 호기심 대신에 신분 질서가 개입되어 있다. 길녀와 점개는 상전과 백정이라는 신분 관계를 시종일관 유지한다. 이러한 신분 관계를 초월하여 사랑으로 승화된 데에는 주변 인물들의 행동이 역학적으로 작용하기 때문이다. 곧 차병조와 지상모가 이기적인 욕망과 일시적인 유희 기분에 의하여 길녀를 겁탈하는 데 비하여, 점

---

2) 권택영, 『영화와 소설 속의 욕망 이론』(서울 : 민음사, 1997), 135~136쪽.

개는 길녀를 관찰하고 보호할 뿐 육체적 접촉을 도모하지 않는다. 길녀는 전자에 대해서는 육체적으로 수동적 자세를 취하면서도 정신적으로는 성숙된 자세를 견지한다. 이와 대비되어 후자에 대해서는 정신적으로는 능동적 자세, 육체적으로는 방어적 자세에서 능동적 자세로 접근해 간다. 그리고 차병조나 지성모가 만남에서 욕망을 드러내는 단계까지가 순식간에 이루어지나, 길녀는 이들과 만남만 있을 뿐 그 다음 단계로의 지속이 없다. 이에 비해 점개에 대해서는 '만남―정성―고백'의 단계가 은근하고 점진적으로 이루어진다. 이러한 행동 대비는 고귀한 사랑과 저속한 사랑의 대비로 나타나고, 고귀한 사랑의 가치를 드러나게 한다. 길녀는 타자(점개)의 응시를 느끼면서 점진적으로 고귀한 사랑으로 승화해 간다. 점개는 차병조나 지상모와 같은 부정적 이미지의 타자와는 구별된다. 라캉의 욕망 이론에 의하면 타자의 응시는 상징계에서 이루어진다. 어린 아이가 대상을 전적으로 믿고 의존하는 거울 단계가 상상계라면, 상징계는 타자의 인식도 생각하는 단계이다. 차병조나 지상모는 길녀로 하여금 상징계에 들어서게 하는 기회를 준 셈이다. 길녀는 이러한 상징계를 거쳐 실재계(바라봄과 보여짐이 뫼비우스의 띠처럼 연결된 단계)에서 자신이 가진 진정한 욕망을 알게 된다. 그것은 길녀가 자신의 내부에서 진정으로 점개를 사랑함을 인지했다는 점이다. 이는 아이러니의 양식을 통해서 구체적으로 확인된다.

대체로 아이러니는 말의 아이러니와 상황의 아이러니로 구분된다. 말의 아이러니는 '뜻하고자 하는 것의 반대말을 하는 것', '어떤 것을 말하면서 다른 것을 뜻하는 것' 등의 기능을 가지고 있다. 상황의 아이러니는 어떤 일의 상태나 사건이 아이러니칼하다고 보여지는 아이러니다. 후자는 운명의 아이러니, 사건의 아이러니 등으로 세분되는데, 뮤크(D. C. Muecke)에 의하면 아이러니는 극적 아이러니, 낭만파의 아이러니, 일반적 아이러니, 순진의 아이러니, 극적 아이러니, 사건의 아이러니[3] 등으로 구분된다.

---

3) D. C. Muecke, *Irony*, 문상득 역(서울 : 서울대 출판부, 1980), 36~265쪽.
 · 극적 아이러니 : 바로크 시대의 아이러니는 회의주의자의 시점이며 당시 인간들

일반적 아이러니는 의식과 무의식, 선과 악 사이에 갈등을 일으키며 진행된다. 그리하여 위선 또는 허영을 폭로하는 목적을 지닌 풍자가들에 의해 만들어져서, 폭로되고 당황하게 되어야 할 희생자를 드러낸다. 이러한 구조는 조물주가 진실과 거짓, 선과 악 등 서로 상대적인 것을 만들어 놓고 인간이 양심이나 도덕에 따라 행동하라는 것이 이율배반적이라는 데서 출발한다. 극적 아이러니는 회의주의자의 시점이며 동시에 당시 인간들의 자기 도취에 대한 저항으로서의 독특한 시점이다. 낭만적 아이러니는 진실의 이율배반성이라 할 수 있는 절대와 상대, 주관과 객관, 심적 범주와 사물 자체 등 두 의미를 동시에 표현함으로써 양극성을 암시한다. 사건의 아이러니는 일어나는 사건이 작중 인물이 자신만만하게 예기했던 것과 정반대의 결과로 나타나고, 순진의 아이러니는 단순한 순진이나 무지가 위선의 복잡한 것을 밝혀내고 편견의 비합리성을 폭로하는 데서 나타난다.

『천둥소리』는 정신적인 사랑을 중시하는 점개와 이기적인 성적 욕망을 중시하는 차병조의 대비를 통해 일반적 아이러니 구조를 가진다. 낭만파의 아이러니는 길녀가 정신적으로는 지조를 견지하면서도 육체적으로는 성적 수탈을 당하는 이율배반성을 통해서 드러난다. 극적 아이러니는 길녀의 정신적 사랑이 지조 관념이라는 기존의 관습에 대해 저항이나 초월로 나타나는 데서 보여진다. 순진의 아이러니는 길녀가 순진성을 대표하면서도 주변

의 자기 도취에 대한 저항으로서의 독특한 시점이다.
· 낭만파의 아이러니 : 두 의미를 동시에 표현함, 곧 '양극성'을 동시에 암시하는 수단이 된다. 곧 작가나 시인은 미지의 환영(illusion)을 창조하지만 어조의 변화 등에 의해서 그 창조된 미의 세계를 갑자기 파괴한다.
· 일반적 아이러니 : 위선, 자만, 자신감에 찬 遇行, 합리화 또는 허영을 폭로하려는 목적을 지닌 풍자가들에 의해서 만들어지거나 제시될 수 있는 것이다. 폭로되고 당황하게 되어야 할 희생자는 그릇되고, 이와 대조적으로 그를 폭로하는 상대자는 옳거나 적어도 특정한 공격을 받지 않아도 될 만하다.
· 순진의 아이러니 : 바보나 순진한 자를 제시하여 단순한 순진성 또는 무지조차도 위선의 복잡한 것을 밝혀내고 편견의 비합리성을 폭로한다.
· 사건의 아이러니 : 일어나는 사건이 주인공이 자신만만하게 예기했던 것의 정반대를 나타냄.

의 속악한 인물들의 위선과 편견을 폭로하는 데서 나타난다.

이상을 통해서 『천둥소리』는 기존의 관습이나 이데올로기를 초월한 정신적 사랑의 승리를 통해 현대 사회에 새로운 가치관을 제시하고 있다. 그것은 사랑이 전통적인 지조 관념이나 이데올로기보다 더 상위에 있어야 함을 역설한 것이다. 이를 위해 김주영은 전통적 관습을 상징하는 길녀와 이데올로기를 상징하는 점개라는 인물을 제시하고 있으며, 이들의 은근하고 끈끈한 사랑을 통하여 지조 관념이나 이데올로기보다 상위에 있는 사랑의 가치관을 내세운다. 이때 아이러니는 이러한 변용의 과정을 보다 설득력 있게 전개하기 위한 것이다.

3. 심리 영역의 확대

김주영은 기존 관습에 대한 거부와 소외 계층에 대한 관심으로 그의 개성을 확보한다. 이는 인간성을 보다 근원적인 자리에서 바라보려는 것이며, 보다 객관적인 자리에서 존재 가치를 결정하려는 그의 실존적 사고에서 비롯된 것이다. 그리하여 씨는 인간 심리를 원초적인 위치에서 해부하고, 소외받는 자들의 실존적인 삶에서 가치를 찾는다.

김주영은 기존 관습을 거부하면서 소외된 자의 실존을 부각시키기에 힘쓴다. 씨는 1971년 10월 『월간문학』에 「휴면기」라는 단편이 당선되면서 문단에 나왔다. 말하자면 그의 등단 시기는 위정자를 중심으로 해서 고도 경제 성장을 향하여 매진하던 사회 분위기 속에서 이루어졌다고 봐야 할 것이다. 경제의 고도 성장은 사회 안정을 이루는데 기여했던 반면에 소외 계층의 인권이 무시되는 현상도 낳았다. 경제 발전이라는 명목은 위정자의 음모를 은폐시키는 수단이 되기도 했다. 관료적 권위주의가 바로 그것이다. 위정자가 외국의 명문대학에서 학위를 받은 테크노크랫의 해박한 이론을 바탕으로 경제 발전을 가속화시킴으로써 국민들은 유복한 생활을 꿈꾸

게 되고 음모의 진실을 밝히려는 자들은 사회적 안정을 해치는 자들로 낙
인찍히게 되어 진실이 왜곡되는 아노미 현상이 나타난다. 이런 현실 아래
서는 서비스업이 발달하고 성적 유희가 올바른 가치관을 파괴시키는 현상
이 있어도 위정자는 그것을 자신의 경제적 치적으로 인해 생긴 결과라고
자위할 수 있다. 말하자면 위정자는 그런 현상이 경제 발전의 파생물로서
나타나는 것이라고 대중을 호도함으로써 자신의 음모를 은폐시키는 수단
으로 사용하며 자신의 통제로 인해 생긴 대중의 불만과 스트레스를 해소할
탈출구로 삼았다. 그리하여 창작에는 '호스티스 문학'이라고 일컬어질 만
큼 성적 제재가 판을 치던 때도 있었다.

1970년대 이후 우리는 한동안 경제 성장이라는 목표에 현혹되어 주위의
소외 계층을 묵과한 적이 있었다. 그러나 주의깊게 되돌아 보면 그들 소외
계층이야말로 우리들이 망각했던 자신을 되돌아보게 하는 요체임을 부정
할 수 없다. 소외계층은 바로 위정자의 음모를 파헤치는 계기를 마련하고
관료적 권위주의체재 아래서 묵살되었던 인권과 아노미 현상을 관찰하게
한다. 문학이 약자의 편에 서야 하는 당위성은 이런 데 있다. 김주영이 주
로 소외 계층을 주인공으로 삼는 이유도 여기에 있다고 본다. 그는 이 소외
계층을 통하여 기존의 체재에 안주하고 있는 사람들의 위선과 허위를 폭로
하고 소외계층에게서 참된 인간성과 한국인의 본래적 삶의 위치를 발견하
려 한다. 「외촌장 기행」·「아들의 겨울」·『천둥소리』는 김주영의 이러한
의도가 가장 적나라하게 드러난 작품이다.

「외촌장기행」에서 여행중이던 민세철은 여인숙에서 야바위꾼과 동거하
는 분옥을 만나 관계를 맺는다. 그런데 분옥은 원래 끼가 있는 여자로서
세철과의 행동은 금새 들통나고 만다. 그리하여 세철은 야바위꾼 일당에게
망신을 당한 뒤에 그곳을 떠나려고 트럭을 얻어 타려는데 그 안에서 운전
사 옆에 있는 분옥을 발견한다. 이 작품에서 민세철의 위선은 분옥과 야바
위꾼 일당에 의해 철저히 폭로되고 만다. 분옥은 민세철의 일상에 감추어
진 성본능을 폭로하는 매개자의 역할을 한다. 야바위꾼 일당은 현대 사회

에서 소외받는 계층에 속한다. 김주영은 이 국외자의 눈을 통해 평범한 지성인의 위선을 폭로한다. 그런데 분옥이나 야바위꾼의 행동은 독자의 눈에 그리 난잡하게 비쳐지지 않는다. 그것은 김주영이 이들 소외받는 자들의 실존적인 삶을 그리고 있다는 데 있다. 씨는 이들이 가난하게 살면서 그 굴레를 벗어나지 못하는 것은 자신들에게 주어진 실존적 상황 때문이며, 자신들의 삶에 비굴해 하지 않는 데서 이들의 삶에도 실존적 가치가 있음을 보여준다. 김주영은 이들의 실존적 삶을 부각시키면서 지성인의 위선을 폭로한다. 이것이 바로 고도 경제 성장에 감추어진 지성인의 위선을 폭로하는 회의적인 시선이며, 극적 아이러니이다. 그리고 이러한 소외받은 자들의 실존적인 삶과 그 가치는 「겨울새」의 '난옥', 「바보 연구」의 '박창규', 「익는 산머루」의 '순덕' 등을 통해서도 나타난다.

「아들의 겨울」에서 시골 초등학교 1년생을 주인공으로 택한 김주영은 소년 무도의 눈을 통해서 고착돼 있던 관습의 벽을 깨트리며 기성세대의 비리를 풍자한다. 그리고 저능아인 희자를 신선과 동렬에 놓음으로써 어른들의 위선에 찬 행동을 수치스럽게 만들어 놓는다. 무도는 호기심에 의해 우연히 어른들의 비밀을 알게 된다. 그 비밀이란 대개는 위선적인 것들이고 겉과 속이 다른 이중성 가운데서 속에 해당하는 것들이다. 채순미 선생이 학교의 창고에서 몰래 희자의 삼촌을 만나는 것이나, 술도가에서 일하는 박술이 밤에 어머니와 관계하는 것을 목격하는 등 무도가 보는 것은 주로 어른들의 수치스러운 부분들이다. 무도의 행위는 단순한 순진성에 의해서 위선의 복잡한 것을 밝혀내고 기성 세대가 갖고 있는 편견의 비합리성을 폭로하는 데 있다. 무도는 동생 순도가 어머니에게 사랑받는 데 비해 자신이 그렇지 못한 데 대해 소외감을 느낀다. 그러던 중 채순미의 비밀을 알게 되어 그것을 빌미로 학급의 부반장이 됨으로써 남의 비밀을 아는 것이 큰 힘이 됨을 배운다. 그러던 중 어머니와 내연 관계에 있던 박술이 도수장에서 칠성이 아버지를 죽인 사실을 알게 되지만, 어머니가 해를 입을지도 모른다는 생각에 아무에게도 발설하지 못한 채 혼자 애만 태운다. 그는 어른들의 부조리한 현실을 목격하지만 거기에 적극적으로 대항하지 않는다. 그는 오로지 삶의 여러 현상들을 호기심을 가지고 들여다 볼 뿐이다. 그리고 자신도 어른들의 행동을 모방해 보기도 한다. 동생 순도하고만 노는 우체국장 딸을 위협하여 사타구니를 들여다 보기도 하고 저능아인 희자를 자신의 애인으로 여겨 보기도 한다. 그의 이런 행동은 악의에 찬 것이라기보다 단순한 모방 본능에 지나지 않는다. 그의 모방은 어른들의 세계를 흉내냄으로써 그 세계에 동화하려는 욕구로 가득차 있다. 그는 어른들의 성적 본능을 흉내내나 거기서 어떠한 쾌감 원칙도 발견하지 못한다. 그의 행동이 추하지 않고 순진하게 여겨지는 것은 선악의 구분보다는 삶을 사랑하는 경향으로 가득차 있기 때문이다. 그는 이런 신선한 충격으로 기성세대의 부조리를 과감히 파헤친다.

『아들의 겨울』은 '무도'의 시선을 통해 어른들의 성욕이 폭로되는 데서 일반적 아이러니가 적용된 작품이다. 일반적 아이러니는 위선, 자만, 자신감에 찬 遇行, 합리화 또는 허영을 폭로하려는 목적을 지닌 풍자가들에 의해서 만들어지거나 제시된다. 희생자는 폭로되고 당황하게 되며, 이와는 대조적으로 폭로자는 적어도 특정한 공격을 받지 않는다. 무도는 관습적으로는 가장 이상적인 인간성으로 평가받는 '어머니'의 밀애 장면을 관찰하고, 姦夫의 치정에 연유한 살인을 폭로하며, 담임 교사 채순미의 밀애 장면을 목격하고 이를 이용하여 부반장의 위치에 오른다. 그러면서 바보로 취급받는 '희자'(술도가집 딸)를 신선과 동격의 이상적인 여자라고 생각한다. 김주영은 때묻지 않은 소년의 원초적인 공격성을 통하여 기성 세대의 위선을 폭로하면서, 극화된 화자인 소년의 생각이나 행동에 개입하지 않는 것처럼 보임으로써 극적 아이러니의 방식을 취한다. 그리고 기성 세대의 위선과 소년의 원초적인 시선을 대비하게 한다는 점에서는 낭만파의 아이러니 방식을 택한다. 낭만파의 아이러니 관점에서 볼 때 「아들의 겨울」에는 두 세계가 대비되어 있다. 하나는 무도가 중심이 된 순진무구의 세계요, 다른 하나는 기계화되고 관습화된 인간 세계를 상징하는 어른들의 세계다.

김주영은 여기서 기존 규범의 틀로 인간 척도를 재기보다는 순진무구의 원초적 본성으로 인간 사회의 부조리성을 파괴하는 속성을 지닌다. 김주영이 제시한 어른들의 세계는 기계적인 여러 습성을 드러내고 있다. 가령 채순미가 희자의 삼촌을 몰래 만나는 것이나, 과부인 무도의 어머니가 술도가에서 일하는 박술을 밤에 몰래 만나는 것 등은 개인의 주관보다는 남의 눈을 더 의식하는 관습이 기계적으로 작용하고 있음을 보여준다.

김주영은 『아들의 겨울』을 통해서 인간이 가진 보편적인 심리를 추출해 내고 있다. 무도가 반항적인 행동을 하면서도 어머니의 사랑을 더 받고자 하는 것은 오이디푸스 콤플렉스를 나타내는 것이며, 자신보다 더 사랑받는 동생 순도를 일부러 물에 빠지게 하는 것은 카인 콤플렉스를 드러내는 것이다. 무도가 순도의 친구인 사팔뜨기 계집애의 옷을 벗겨 놓고 그 질을 관찰하는 것도 카인 콤플렉스와 성본능을 표현한 것이다. 이로써 김주영의 기존 관습 거부는 인간 본래의 인간성과 심리를 어떻게 운용해야 할 것인가 하는 실험 정신으로 이어진다.

김주영이 취급한 주인공들은 시골 소년이나 과부댁, 술도가집, 백정 등 시골의 소박한 서민들이 주를 이룬다. 이들은 평범한 사람들이 계층적으로 비스듬히 내려다 보는 시선으로 대하는 사람들이다. 이들 주인공에게는 어딘가 회의주의자의 시점이 서려 있으면서도 순수한 투박이로서의 골격을 끝까지 유지해 가는 면이 있다. 그들은 기성 세대들이 보편화된 것으로 여기는 견해를 공격하여 원초적 인간성을 깔아놓는다. 이런 점에서 김주영이 제시한 주인공들은 우월감과 자기 도취에 빠져 있는 사람들에게 수치심을 느끼게 하고 위선의 옷을 벗고 순수성의 세례를 주는 역할을 한다. 바보나 순진한 자 등 순진의 아이러니를 제공하는 자들이 그들이다. 그들은 시골 소년·과부댁·백정·술도가꾼 등 소박하고 뚝심이 있으며 자기 일을 천직으로 알고 살아가지만 도시인으로부터 어는 정도의 소외를 당하는 것을 특징으로 한다. 그들은 단순한 순진성 또는 무지에 의해 위선의 복잡한 것을 밝혀내고 편견의 비합리성을 폭로한다. 그들은 사회적으로 냉대를 받으며 살면서 그들의 의견은 무시되기 일쑤다. 김주영은 이들을 통해서 자본주의 사회에서 우월감에 차 있는 사람들의 위선을 파헤치고 객관적인 진실의 토대 위에서 새로운 가치관의 질서를 모색한다. 그리고 그들의 고뇌와 유희는 인간다운 삶과 실존적 위치를 가늠하게 한다.

김주영은 그들의 권력을 위하여 그들의 인간 본성을 누구보다도 철저하게 드러내 놓았다. 그는 인간 본성의 탐구를 위해 도시보다는 시골의 공간을 택하고 한국인의 체질에 맞는 인물을 과거의 공간 위에 펼쳐 놓는다. 도살장, 술도가, 시골 학교, 시골 경찰서, 시골 장터, 열녀 집안 등 자칫 우리가 잊어버릴 뻔했던 공간과 삶의 양식을 통해서 메말랐던 가슴에 생동감이 솟구치게 한다. 그는 토속적인 공간 속에서 원초적인 삶의 본질을 모색한다. 그리고 도시 바깥의 소외된 삶을 통해서 도시 속의 고독과 불안을 반추한다.

소외 계층의 실존이 형상화됨으로써 그들의 자존이 높여지고 그들의 권력은 확대된다. 이는 고도 경제 성장을 목표로 위정자의 권력에 가려진 소외 계층의 권력을 확대함으로써 권력의 균형적 발전을 꾀하는 것이 되기도 한다. 권력 확대의 한 수단은 소외 계층의 성욕을 진솔하게 표출하는 것이다. 그것은 소외 계층에 대한 관심을 유발하여 그들의 자존을 확보하게 한다. 그들의 성욕 표출은 특징이 있다.

첫째로 자유로움이 있다. 그것은 인간 관계의 자유로움으로까지 나아가서 원초적인 위치에서 인간다운 본성을 들여다 보게 한다.

둘째로 그들은 순진무구의 아이러니를 가지고 있다. 순진하거나 무지한 작중 인물들은 표면적으로는 화냥년으로 취급받기도 하지만, 원초성과 순진성으로 속악한 사람들의 부조리를 풍자하고 고발한다. 그리하여 그들의 순진성을 파괴하는 것은 주변 인물들의 속악함을 고발하는 것이 된다.

셋째로 그들은 가치관의 변화를 꾀하고 있다. 『아들의 겨울』에서 무도는 기성 세대의 위선을 폭로하는 역할을 하며, 『천둥소리』에서의 길녀와 점개는 기존의 관습이나 이데올로기에 대한 저항이면서 그것보다 상위에 있는 고귀한 사랑의 가치를 부각시킨다. 「익는 산머루」에서 순덕이 총을 든 사내에게 순결을 빼앗기고도 필구 아버지의 생일 잔치를 위해 아픔을 숨기는 것은 지조 관념보다 상위에 있는 아가페적 사랑의 가치를 드러내는 것이며, 새로운 가치관의 변화를 꾀하는 것이다.

넷째로 이들의 성욕 분출은 기존 권력의 억압에 대한 새로운 저항 방식이다. 이는 기계적으로 답습한 관습과 물질적인 삶의 방식에 대한 원초적인 삶의 방식이며, 순진무구의 인간성을 통하여 기존 권력의 부조리를 폭로하는 역할을 함으로써 소외 계층 권력의 확대를 꾀한다.

진실과 성욕을 바탕으로 한 이들의 인간성은 김주영 소설 전반에 걸쳐 유형화되어 있다. 가령『아들의 겨울』에서의 무도와 최근 발표된『홍어』에서의 세영은 순진무구의 아이러니로 기성 세대의 위선과 부조리를 고발한다는 점에서 유사한 역할을 하고 있고, 「익는 산머루」에서의 순덕과『홍어』에서의 삼례는 거지 소녀로서 주인공인 소년의 어머니를 대리하여 주인공의 오이디푸스 콤플렉스를 드러내게 한다. 이러한 인물의 유형화는 김주영이 소외 계층의 신화를 꿈꾸며 작품을 썼다는 데로 귀착한다.

II. 이재인 소설의 아이러니

— 이재인론

1. 허풍선이의 역할

문학에서 작중 인물의 유형 가운데 많이 나타나는 허풍의 기질은 어느 단계에 해당하는 것일까. 허풍선이는 대상에 대하여 현실과 결부시켜 바라보기보다는 그것을 바라보는 데에만 익숙해 있다. 곧 대상을 보는 시선eye만 있고 他者에 의해 보여짐gaze을 모른다. 이것은 라캉의 욕망 이론으로 따지면 상상계에 익숙해 있는 편이다. 이와 같이 타자에 의해 보여짐이 결여되어 있으면서도 소설에서 허풍선이가 아이러니나 해학의 방법으로 많이 나타나는 이유는 무엇일까. 대개 순진의 아이러니는 바보나 순진한 자를 통하여 주위의 비리나 모순을 드러내는 데 주로 이용된다. 그렇다면 허풍선이는 그를 중심으로 한 상황을 통하여 비인간적인 면모를 폭로하는 데에 그 존재 의의가 있다. 허풍선이는 순진의 아이러니와 마찬가지로 세상에 적응하지 못하거나 인간적으로 어딘가 결핍되어 있고, 주변의 비리가 그로 인해 폭로된다는 점에서 아이러니로 작용한다. 그리고 사건의 결과가 그가 예기했던 것의 반대로 진행되는 것을 모르고 혼자서 기대에 부풀어 있다는 점에서 사건의 아이러니로 나타나기도 한다. 이와 같이 사건의 전개에서 여러 가지 의미를 불러일으키기 때문에 허풍선이는 소설에서 작중 인물로 곧잘 등장하곤 한다. 이재인의 소설에서 많이 등장하는 인물은 이 허풍선이이다. 그리고 이 허풍선이는 자크 라캉의 욕망 이론에서의 상상계에만 자리잡고 있지는 않다. 때로는 보조 인물로 등장하여 주인공의 인간성과 대비되어 나타나기도 한다. 이를 구체적으로 알아보자.

이재인의 「귀걸이와 사슬」은 주인공이 허풍선이이다. '나'는 김포미곡상회를 운영하면서 국회의원을 꿈꾼다. '나'는 이미 낙선의 고배를 마셨으면서도 현 의원이 신병으로 고생하는 것을 알아내곤 차기 선거에 재도전할 준비를 한다. 그리하여 안보 성금도 쾌척하고, 인문계 고등 학교 신축 부지도 희사했으며, 군청 직원과 경찰 회식비로 금일봉을 내놓았다. 그리고 사돈뻘 되는 군청 총무계장과 두뇌 회전이 빠른 군수의 도움에 힘입어 군내 청소년 선도 유공자 표창까지 받는다. '나'는 표창 받은 사람 중 자신이 장관상으로 훈격이 제일 컸다며 흐뭇해 한다. 그리하여 '나'는 가족들에게 뷔페를 대접하기로 하고 외출 준비를 한다. 주인공의 허풍은 '나'의 둘째 아들 인수에 의해 어느 정도 드러나 있다. 인수는 주인공의 허풍을 드러내주는 他者인 셈이다. 인수는 '나'가 쌀가게와 빌딩을 관리하면서 분수에 맞게 살아가기를 권하지만, '나'는 정치가가 되려는 꿈에서 벗어나지 못한다. 이는 '나'가 타자에 의한 자리매김을 인식하지 못하고 상상계에만 고착되어 있기 때문이다. 그런데 '나'가 상상계에서 벗어나 상징계(타자에 의해 보여짐이 이루어지는 단계)에 들어서는 계기가 생긴다. 그것은 한 장의 전보에 의해서이다.

"반토꽃이 지려는 모양이예요. 부산에서 애이가."

반토꽃은 타자의 등장을 알리는 기호이다. 이에 대한 몽상을 계기로 '나'는 허풍선이에서 진실된 사람으로 돌아오는 계기를 가지게 된다. 반토꽃은 허구적인 '나'를 정치가가 되려는 욕망에서 빠져나오는 열쇠를 제공하므로 은유[1]에 해당한다. 그것은 정치가의 욕망에서 사랑의 대상으로 대체[2]가

---

1) 권택영, 『영화와 소설 속의 욕망 이론』(서울 : 민음사, 1997), 73~78쪽.

2) 상게서, 73~78쪽. 프로이트는 소쉬르 언어관이 나오기 전에 꿈 작용을 은유와 환유로 풀이했다. 사회에서 금기된 욕망은 의식의 고리가 약한 틈새를 밀고 들

가능하게 한다. 반토꽃은 은유여서 옛날의 '나'를 회상하는데 어려움을 겪는다. '나'는 레이의 이름을 듣고 나서야 베트남에서 있었던 일을 기억하게 된다. 레이는 '나'가 베트남에 있을 때 '나'의 애인으로서, 뱃속에 아이까지 배고 있었다. 월남전에서 미군들의 철수 때 두 사람은 그곳을 탈출하기 위해 미국 대사관 정원으로 갔다. 그러나 레이가 귀걸이를 빼놓고 왔다며 근처에 있는 그녀의 집으로 간 사이에 '나'가 탄 헬리콥터가 그곳을 떠나고 만다. 따라서 귀걸이는 레이를 대신한 환유이다. 그 환유를 통해서 두 사람 중 누가 먼저 이 세상을 떠날 때 "반토꽃이 졌어요!" 라고 전하기로 한 은유를 기억해 낸다. 그리고 이 사실을 그녀의 아들로부터 전해 듣고 '나'는 그녀의 시신이 있는 부산으로 향한다. 환유인 '귀걸이'는 또 다른 대상을 기억해 낸다. 이 글의 제목 '귀걸이와 사슬'이 암시하듯, 그것은 레이를 대신한 그녀의 아들 '인한'을 몽상하게 한다. 이렇게 볼 때 이 작품은 자신의 분수를 모르고 정치가의 욕망에 사로잡혀 있었던 허풍선이 '나'가 '반토꽃'과 '귀걸이'라는 은유와 환유를 통해 사랑의 진실로 회귀하는 내용으로 되어 있다. 여기서 레이는 정치적인 욕망에만 고착되어 있던 '나'를 상상계에서 타자의 바라봄이 있는 상징계로 들어서게 하는 타자의 역할을 한다. 또한 시간적으로는 '표면적 현재'(현재의 위치에서 시간의 흐름을 인식)의 위치에서 '기억 구조'(과거에 대한 기억·경험)로 되돌아감으로써, 허풍선이에서 '나'의 진실된 모습을 찾아가는 과정을 보여주고 있다. 타자의 응시를 통해 '나'의 본질을 찾아가는 과정은 라캉의 욕망 이론으로 따지면 '실재계'3)에 해당한다. 그러나 실재계에서 '나'의 대상인 레이는 '나'가 찾았을

어와 꿈으로 나타나는데 이때 꿈내용은 대략 두 단계를 거쳐 변형된다. 첫 단계는 내용이 압축된 어떤 것으로 바뀌고 그것으로도 마음이 안 놓여 다시 인접된 어떤 것으로 바뀌는데 이것이 압축과 전치, 혹은 은유와 환유이다.
주체의 욕망을 충족시킬 것처럼 보이는 대상, 즉 대체가 가능하리라 믿는 단계, 이것이 압축이요 은유이다. 그러나 충족시키지 못하고 다시 또 그 다음 대상으로 자리를 바꾸는 전치, 이것이 환유이다. 그러므로 욕망 역시 언어처럼, 무의식처럼, 은유와 환유로 구조되어 있다.
3) 상게서, 78쪽. 대상을 실재라고 믿고 다가서는 과정이 상상계요, 그 대상을 얻는

때 죽어 있었기 때문에 '텅 빈 것'이다. 그래서 레이와 함께 있었던 상징계
에서의 추억을 회상하며 그리움의 욕망을 지속시킨다. 이때 그리움의 욕망
으로 남겨진 잔여물이 레이의 아들 '인한'이다. 그는 '나'가 귀걸이를 통해
레이를 기억하듯이, 레이에 대한 그리움을 지속시키는 잉여 쾌락[4]이며, 레
이를 마음 속에 오래도록 지속시키는 '사슬'이다.

「귀걸이와 사슬」은 라캉의 욕망 이론으로 따지면 '나'가 상상계에서 타
자의 응시를 모른 채 정치적 욕망을 불태우던 허풍선이였다가, 상징계에서
'레이'라는 타자의 응시를 알게 되고, 실재계에서 그리움의 대상인 레이에
대한 그리움을 지속하면서 그녀의 아들 인한에게 가는 구조로 되어 있다.
이를 통해 '나'는 허풍선이에서 사랑을 통한 진실된 모습으로 나아가게 된
다. 이러한 변화의 과정은 과거 베트남에서 있었던 시간체계인 '기억 구조'
를 회상함으로써 본격적으로 이루어지며, '반토꽃'이라는 은유와 '귀걸이'
라는 환유를 통해서 암시를 받는다. 여기서 '반토꽃'이 떨어짐은 죽음을 암
시하기도 한다. 프로이트에 의하면 욕망을 충족시키는 유일한 대상은 죽음
뿐이다. 곧 끝없이 추구되는 인간의 욕망은 죽음에 이르러서야 그 끝을 보
게 된다. 결말에서 '나'가 죽은 레이를 향해서 長途에 오르는 것은 그리움
의 욕망이 끝이 없음을 형상화한 것이며, 레이의 아들 인한의 남겨짐은 그
리움의 대상이 지속될 수밖에 없음을 나타낸다.

이재인의 「천사의 발톱」은 허풍선이 상징계에 놓여 있다. 영어 교사인
김부장은 순진의 아이러니(순진성을 통해 주변의 비리를 폭로함)를 가진
인물이었다. 그래서 그는 부잣집 딸을 진솔하게 사랑하여 결혼도 하고 소

순간이 상징계요, 여전히 욕망이 남아 그 다음 대상을 찾아나서는 게 실재계이
다.

4) 상게서, 65쪽. 실재계의 산물인 숭고한 대상은 분명히 보이는 것이고 충만함이
지만 그 자체는 텅 빈 것이다. 그래서 상징계로 들어서면서 그 빛은 잃지만 여
전히 여분을 남겨 욕망을 지속시킨다. 이 남겨진 잔여물이 우리를 계속 살게
만드는 욕망의 미끼, 혹은 잉여 쾌락이다. 그 자체로는 아무것도 아닌데 이야기
를 지속시키고 삶을 지속시키는 여분이다.

박하게 살아간다. 그러나 기업체 사장인 장인은 그를 그냥 놔 두지 않는다. 김부장이 학교에 남아 있으려 하자, 장인은 사람들을 시켜 학교 캐비넷에 넣어 둔 김부장의 시험 답안지를 훔쳐 유출시키게 하여 그를 퇴직하게 한 후 자신의 회사에서 일하게 한다. 육사 출신인 장인은 회사 운영이 군대식이다.

> 장인의 사고방식으로 보면 교사는 남자가 할 일이 아니었다. 그의 관점으로는 세계는 경제 전쟁을 벌이고 있으며 기업은 그 전쟁에 나선 야전부대와 같다는 것이었다. 따라서 남자라면 이 전쟁터에 뛰어들어야 한다는 것이다. 그걸 망설이는 놈들은 모조리 시궁창에 던질 놈이었다.[5]

김부장은 상상계에서는 아내와 인간답게 살려는 순진한 사람이었다. 그러나 상징계에서의 타자인 장인을 만나면서부터 그는 회사 내에서의 모순을 직감하게 된다. 장인은 그의 순진성에 비하면 허풍선인 셈이다. 이로 인해 그는 장인의 권력에서 벗어날 수 없는 데서 오는 현기증을 느낀다. 매사가 복권에 나오는 숫자처럼 기계적으로 보인다. 장인의 권력은 그로 하여금 노동 운동을 하는 제자를 닥달하라는 명령을 부여하지만, 그의 순진성은 거기에 적응하지 못한다. 그러던 어느 날 장인이 김부장에게 학교로 돌아가라는 유언을 남기고 쓰러지자, 그는 오히려 장인이 가지고 있던 권력의 게임을 즐긴다. 그리하여 다른 부장들에게 민주 노조 결성, 하루 8시간 3교대 근무라는 김인수의 주장을 들어 주라고 지시한다. 이러한 줄거리에서 상상계에서 순진성을 가졌던 김부장이 상징계에서 타자의 위치에 있던 장인의 군대식 경영을 인지한 후 실재계에서 자신의 본래적인 욕망을 되찾는 과정을 볼 수 있다. 여기서 두드러진 것은 순진성을 가진 주인공과 허풍선을 가진 장인을 대비시켰다는 점이다. 곧 주인공을 바라보는 타자의 응시가 부정적인 데 비하여, 주체인 주인공은 매우 인간적이다. 그리고 약하

---

5) 이재인, 『아우의 누드집』(인천 : 효진, 1998), 32쪽.

게만 보였던 김부장이 결말에 가서 권력의 헤게모니를 쥐는 데서 사건의 아이러니가 작용한다. 말하자면 「천사의 발톱」은 순진의 아이러니를 가진 주인공이 허풍선이의 비리를 공격하는 데에 특징이 있다.

「입대 전날」은 허풍선의 영향을 받아 순진의 아이러니를 지닌 인물이 허풍선이가 된다는 데서 해학적인 면이 있다. 택시 스페어 운전사였던 박남철은 어느 날 택시에 두고 내린 강순덕의 팔천만원 자기앞 수표를 돌려준 것을 계기로 해서 그녀와 결혼하게 된다. 그런데 강순덕은 박남철의 아버지 사진에서 손가락이 절단되어 있다는 사실에 의문을 품게 된다. 이에 다급해진 박남철은 아버지가 만주에서 독립 운동을 하다가 붙잡혀 고문을 받다가 절단된 것이라고 둘러댄다. 이에 감동한 강순덕은 유명 조각가로 하여금 그의 아버지 동상을 만들게 하여 집안에서 정성들여 보관하면서 주위 사람들에게 자랑하곤 한다. 그러나 어느 날 박남철 아들의 입대 소식을 들은 박남철의 동생이 방문하면서 아버지가 일제 시대에 소매치기를 하다가 잡혀서 손가락이 잘려진 사실이 밝혀지고, 이 때문에 박남철은 낭패를 보게 된다.

이는 욕망의 대상이 허풍선이임으로 인해 주인공도 허풍이 들게 된다는 데서 허풍의 전염성을 엿보게 한다. 이러한 허풍을 보면서 작품 밖의 독자는 허풍을 경계하게 되고 진실된 삶의 가치를 인식하게 된다. 이는 일반적 아이러니에 해당한다.

「그늘 속의 버섯」은 허풍의 위선성을 잘 보여 주는 작품이다. 김영근의 아내는 前 남편에게 복어알을 먹이고 월남한 여자이다. 김영근 역시 아버지가 열성 좌익 분자임에도 불구하고 독립 운동을 한 것처럼 위장하여, 아버지의 조각상까지 만들어 놓는다. 그리고 동장으로 지내면서 어느 날 수재 의연금을 거두어 방송국을 찾아 갔다가 우연히 출연을 하게 되어 그를 아는 사람들로부터 연락을 받게 되고, 결국 그의 집안 내력을 잘 아는 고향 친구 칠성이의 방문을 받게 된다. 그리고 칠성이는 김영근의 약점을 알고 돈을 요구하게 되고, 김영근은 자신의 과거가 드러날까봐 전전긍긍하게 된

다. 여기서 허풍은 언젠가는 들통나게 마련이라는 진실이 주인공의 희화화
한 모습을 통해서 드러나는 게 재미있다.

이와 같이 이재인의 소설에서 주된 작중 인물은 허풍선이거나 아니면 진
솔한 삶을 사는 인간이다. 그리고 진솔한 삶을 살던 인물이 허풍을 드러내
는 경우도 있다. 「금이빨과 금지구역」은 진솔한 사람이 허풍을 좇다가 파
국을 맞는 모습을 그린 작품이다.

군인인 '나'는 어느 날 GOP 안을 수색 정찰 도중 지뢰를 밟고 죽은 박중
사의 시신을 수습하게 된다. 거기서 그는 금이빨 네 개를 남몰래 주머니에
넣게 된다. 그는 고아원 동기인 아내에게 결혼 선물로 금반지도 제대로 못
해 주었던 때를 생각해 내고는 전당포를 돌아다니며 값을 흥정해 보지만,
전당포 주인들은 시신의 금이빨이라며 헐값을 부른다. 그런데 간암 3기인
아내는 박중사를 갖다 주라며 자신이 짜둔 스웨터를 내민다. 그는 금이빨
을 박중사의 무덤에 묻어 주리라고 마음먹고는 금지구역에 들어선다. 그리
고 금이빨을 무덤 앞에 묻는다. 그러나 그 순간 암호를 대라는 사병의 외침
을 듣는다. 암호를 잊었다고 하자 총탄이 불을 뿜고 결국 그는 죽음을 맞게
된다.

이 작품에서는 순진한 주인공이 경제적 職業群인 전당포 주인들의 응시
를 받는 것이 특이하다. '나'는 상상계에서 간암에 걸린 아내에 대한 사랑
에만 몰입해 있던 탓인지 자신이 존경하던 선임하사의 죽음을 보고도 그의
시신에서 금이빨을 훔쳐내게 된다. 그러나 상징계에서 전당포 주인들이 시
신에서 금이빨을 훔치는 것은 드문 사례임을 알게 되고, 아내의 선임하사
에 대한 극진한 정성을 보고는 뉘우치게 된다. '나'가 금이빨을 무덤에 다
시 묻는 것은 존경하는 이에 대한 극진한 존경의 표현이다. 그로 인해 '나'
는 군대에서 생명처럼 중시하는 암호를 잊게 되고 결국 죽음을 맞이하게
된다. 죽음은 사랑하는 이에게 다가서는 가장 완벽한 욕망의 충족이다.
'나'가 암호를 잊은 것은 어느 의미에서 무의식에 자리잡고 있던 욕망을 충
족시키기 위한 수단이라고 할 수 있다. 간암 3기의 아내는 이미 죽음의 문

턱에 다가서 있다. 그것은 어쩔 수 없는 이별을 의미한다. '나'는 무의식적으로 사랑하는 대상에 대한 온전한 다가섬을 욕망한다. 그리고 거기에 가장 완벽하게 가 닿을 수 있는 것은 죽음이다. 그래서 그는 죽은 자에 대한 흔적을 좇아가며, 이 과정에서 금이빨은 사랑하는 자와의 영원한 결합을 위한 은유가 된다. 그 은유를 구체화한 환유가 금반지다. 금반지는 죽어 가는 아내와의 결합을 위한 욕망을 반영하고, 금반지를 묻음은 광물질의 지속성을 통해 사랑의 지속성을 추구하는 것이다. 그리고 '나'의 죽음은 사랑하는 대상에게 온전히 가 닿는 욕망을 충족시키는 수단이 된다.

이재인이 궁극적으로 그리려 하는 것은 진솔한 인간미이며, 사랑이다. 그는 모더니즘의 무미건조성 속에 한때 가려진 에로티시즘으로 회귀하기 위하여 허풍선이를 등장시킨다. 말하자면 허풍선은 그의 에로티시즘 미학을 실현하기 위한 아이러니다. 그리고 그는 순진의 아이러니와 허풍선을 통해 극단적인 슬픔과 웃음을 대비시켜 놓는다. 이것은 허풍선을 통해 획득하려는 정서와 진실의 미학이기도 하다.

2. 순진의 아이러니와 해학

김유정의 「봄봄」은 어리숙한 사내를 독자가 웃으면서 내려다보게 한다는 점에서 해학적이다. 여기서 해학은 토속적 분위기에서 전개되며, 역사의 질곡을 여유를 가지고 극복하게 하는 데에 의의가 있다. 그러나 '90년대의 해학은 도시적 메카니즘의 영역이 넓혀진 가운데서 이루어진다는 점에서 매우 어려운 표현 방식이 아닐 수 없다. 현대 사회에서 바보나 순진한 자는 그리 많지 않다. 그것은 현대인이 정보의 홍수 속에서 바보나 순진한 자를 도태시키는 권력에 충실해 있기 때문이다. 그래서 현대 사회에서 바보나 순진한 자를 표현하기란 매우 어려운 일이다. 그럼에도 불구하고 이재인의 소설에서 순진한 자를 찾기란 그리 어렵지 않다. 이재인의 소설에서 순진한 자는 대개 허풍선이와 대비되어 등장한다. 「입대 전날」에서는 주인공이 허풍선이를 흉내내다가 망신을 당하며, 「천사의 발톱」에서의 주인공은 허풍선이의 권력 앞에서 바보처럼 행동하다가 장인의 죽음을 계기로 의로운 편에서의 권력을 휘두르는 등으로, 주변의 부정을 파괴시키는 순진의 아이러니가 주를 이룬다. 순진의 아이러니는 순진한 자나 바보를 통해서 주변 인물의 모순과 비리를 파헤치거나, 독자가 주인공의 어리숙함을 들여다 봄으로써 보다 성숙한 위치로 나아가게 하는 역할을 한다. 이재인의 소설은 대체로 이 양자를 다 구비하고 있다.

우선 순진의 아이러니는 「입대 전날」·「사랑 연습」·「사이곤 외신」·「카인과 아벨」·「아니 이럴 수가」 등의 애정을 제재로 한 소설에서 나타난다.

「사랑 연습」은 도시의 인텔리 처녀인 동희가 문학 청년인 이민수를 좋아하여 농촌으로 가서 동거까지 하지만 애숙이라는 민수의 여자 친구가 집에 오자 질투심에서 집을 뛰쳐 나온다는 내용으로 되어 있다. 민수나 동희는 문학을 좋아하는 호프만 콤플렉스(아름다운 불꽃처럼 아름다움을 몽상하는 콤플렉스)에 빠져 있다. 그래서 민수는 동희에 대한 사랑보다도 문학에 대한 자부심에 그의 내면세계에서 더 상위를 차지하고 있으며, 동희도 차관 딸이라는 집안 배경에도 불구하고 문학 청년인 민수를 좋아하여 농촌에까지 내려가 열심히 일한다. 그러나 동희는 애숙이라는 민수의 친구가 나타나자 카인 콤플렉스(형제나 비슷한 처지의 사람끼리 느끼는 질투심)가 발동하여 결국 집을 뛰쳐나가고 만다. 이렇게 되기까지에는 민수의 내면에도 문제가 있다. 민수는 동희에 대한 사랑보다도 문학에의 관심이 더 우위에 있다. 그러기에 동희가 카인 콤플렉스로 고민해도 적극적으로 대처하지 못한다.

롤랑 바르트에 의하면 사랑이 지속되는 데에는 대체로 세 단계가 있다. 첫 단계는 만남이며, 두 번째 단계는 호기심이고, 세 번째 단계는 사랑을 고백하고 상대를 소유하고 싶어지는 단계이다. 여기서 두 번째 단계는 상대를 그리워하며 수많은 몽상을 하게 되므로 매우 행복한 단계이다. 그런데 민수는 이 두 번째 단계가 생략된 대신에 문학에 대한 관심으로 대체되어 있다. 이 단계가 생략되어 있으므로 동희는 막상 애숙이라는 경쟁 상대가 나타났을 때 집을 뛰쳐 나가고 만다.

민수는 이와 같이 어리숙한 면이 있는 반면에 나름대로의 권력을 가지고 있다. 그 힘이란 역사적 시간을 일상의 시간으로 매몰시키는 데서 나타난다.

니콜라스 베르자예프(Nicholas Berdyaev)에 의하면, 시간―역사를 기술할 수 있는 세 개의 기본적인 범주와 상징이 있다. 첫째로, 우주적 시간이 있다. 이것은 원으로 상징될 수 있으며 사물의 무궁한 반복을 가리킨다. 즉 밤과 낮의 교체, 계절의 바뀜, 출생과 사망의 순환 등 한 마디로 인간과 자연의 순환적 특성을 가리킨다. 둘째로는 역사적 시간이 있다. 이것은 수평선으로 상징되며 시간을 통한 국가와 문명과 종족들의 경과를 가리킨다. 수직선으로 상징되는 세 번째 것은 실존적 시간인데, 종교적이고 신비적 성질을 가진 시간을 가리킨다.[6]

이와 같은 시간 체계에 의하면 민수는 6·25 전쟁이라는 역사적 시간에 얽매여야 할 존재이다. 민수 아버지는 공산당에 미쳐 총살형을 당했고, 경찰관이었지만 민수 아버지를 숨겨준 애숙이 아버지는 전쟁의 와중에서 보초를 서다가 공산당의 습격에 의해 순직을 했다. 이로 인해 오갈 데가 없어 읍내 고아원에 있던 애숙이를 민수는 가족들의 반대에도 불구하고 자기 집으로 데려와 한 식구처럼 지내고 그녀가 대학에 입학할 때까지 도와 준다. 민수의 가족들이 과거의 아픔이 되살아난다며 보기 싫어하는 애숙을 그가 끝까지 가족처럼 돌보아 줌은, 역사적 시간을 초탈해서 살아가는 민수의 휴머니티를 엿보게 한다. 이와 같은 행동은 개인이 실존의 시간을 통해서 역사적 시간을 초탈할 뿐만 아니라, 개인이 가진 휴머니즘의 권력을 엿보게 한다.

---

6) 존 헨리 롤리, 「英소설과 시간의 세 종류」, 『현대 소설의 이론』, 김병욱 편, 최상규 역(서울 : 대방출판사, 1986), 477쪽.

민수는 순진한 자이다. 그의 순진성은 문학에 대한 자부심과 주변 인물들의 이기적인 사고 방식과는 다른 휴머니티에서 나타난다. 여기서 「사랑 연습」에 나타난 순진의 아이러니는 주변 인물들의 모순과 비리를 폭로하는 역할을 할 뿐만 아니라 역사적 시간이 가진 권력보다 더 우세한 개인의 권력을 엿보게 한다.

「사이곤 외신」은 역사적 시간과 실존적 시간의 대비를 잘 보여 주는 작품이다. 해외 근로 사원인 '나'는 베트남 여성인 렌다와 연인 사이이다. 렌다가 임신 8개월째이지만 '나'는 월남 철수 때 그녀와 함께 어떻게 귀국해야 할지에 대해 고민한다. 족보와 가문을 보물처럼 여기는 가족들, 친구와 이웃들의 따가운 눈초리를 생각하며 '나'는 불안에 휩싸인다. 또한 렌다가 임신한 사실을 그녀의 어머니에게 떳떳이 밝히지 못하고 있는 것도 미안해한다. 하지만 렌다는 매사에 낙천적이다. 그녀는 비록 둘러댄 말이긴 하지만 자신의 어머니도 안심시키고 병원으로 가는 도중에 전투가 벌어진 상황에서도 침착성을 잃지 않는다. 그리하여 전쟁의 막바지 상황에서도 '나'를 그녀의 별장으로 안내한다. 말하자면 '나'는 월남전이라는 역사적 시간에 얽매여 있는 데 비하여, 렌다는 '나'와의 사랑이라는 실존적 상황에 얽매여 있다. 이와 같은 시간의 대비는 한 인간의 내면세계에 여러 시간 체계가 자리잡고 있음을 보여 주며, 전쟁의 긴박한 상황 속에서 애정의 소중함이 더욱 극적인 분위기에서 자리잡게 한다.

이재인의 소설에서 사랑을 제재로 한 작품들은 대개 남자 주인공이 문학 청년이거나 순진의 아이러니를 가지고 있는 데 비하여, 여성은 집안이 좋은 인텔리 여성인 경우가 많다. 이와 같이 상대적인 조건을 가지고 있으면서도 두 사람이 가까워지는 것은 순전히 문학적인 취향 때문이다. 「카인과 아벨」도 이 점에서 예외가 아니다. 극화된 화자인 석현은 문둥병을 앓고 난 음성 나환자이다. 그의 아내가 된 사람은 장로의 맏딸로서 자신의 가족들과 인연을 끊고 지내면서 석현을 돌본다. 석현은 눈썹이 간데 없고 한쪽 손이 우그러진 불편한 모습을 하고 있는 데도, 그의 아내는 세 살 먹은 그의 딸까지 낳고 산다. 말하자면 이들의 결합은 순진성의 결합이다.

「아니 이럴 수가」 역시 도시 여성과 농촌 총각과의 만남이 문학적 취향에서 이루어지고 있다. 전직 차관의 딸인 수진이는 대학 시절 문단에 데뷔한 '나'에게 명문대학을 중퇴하면서까지 접근해 온다. '나'와 동거 생활을 하면서부터 그녀는 '나'의 어머니를 만나겠다고 벼른다. 농촌의 전형적인 어머니상이라 '나'가 주저하자, 수진은 가출하면서까지 어머니를 만날 것을 고집하여 '나'는 결국 승낙하고 만다. 수진을 본 어머니는 처음엔 무덤덤하게 대하지만 수진의 수다와 어리광으로 점차 그녀를 가까이 대하게 된다. 그녀는 미술 도구도 사들이고 논밭에 나가 어머니의 일손도 도우면서 시골 생활을 익혀 간다. 그리하여 '나'는 수진이를 어머니한테 맡기고 소설을 쓰기 위해 상경한다. 그러던 어느 날 어머니에게서 급한 연락이 온다. 수진이가 마을에서는 수호신처럼 여기는 느티나무를 미신이라며 불태워 버렸다는 것이다. '나'는 수진에게 배신감과 적개심을 느끼면서 수진에게 화를 내자, 수진이는 그곳을 떠나 버린다. 세월이 흐른 뒤 '나'는 서해안 장산도에 사는 독자로부터 초청의 편지를 받는다. '나'는 그곳으로 가는 배 위에서 자신의 직업을 잘 아는 아가씨를 만난다. 그리고 그 아가씨로부터 자신을 초청한 독자가 수진임을 알게 된다. 이 작품은 우연이라고 알고 있었던 것이 사실은 필연이었음을 형상화한 작품이다. 그리고 우연이라고 알면서 필연에 빨려들어가는 '나'를 통해서 순진의 아이러니를 엿볼 수 있다. '나'는 오로지 문학적인 취향에만 관심이 있을 뿐 다른 방면에는 어리숙하다. 이 때문에 '나'는 수진의 유희 대상이 되고 있다. 원래 소설가는 허구를 통해서 독자를 자신이 원하는 세계로 끌어들인다. 그런데 이 작품은 오히려 소설가가 독자의 허구에 빨려드는 모습을 통해서 아이러니 양식을 취한다. 곧 수진은 사랑보다 문학을 더 상위의 위치에 두고 살아가는 '나'를 소설적인 특성을 통해서 좀더 객관적인 자리에서 '나'의 본질을 들여다 보게 하는 것이다.

이재인의 사랑 제재 소설에서 남자 주인공은 그저 순진하기만 한 것은 아니다. 그냥 순진하기만 하다면 그것은 단순한 성격 창조에 불과하지만, 그것이 주변 인물이나 독자에게 변화나 새로운 관점을 제시한다는 데에 아이러니가 있다. 이재인 소설에서 남자 주인공은 따지고 보면 앙페도클 콤플렉스에 사로잡혀 있다. 허구는 현실에서 이루지 못한 새로운 세계를 창조하는 데에 의의가 있다. 그리고 그 허구는 독자에게 실감있는 리얼리티를 제공하여야 한다. 그런데 이재인의 소설에서 주인공의 순진성은 독자를 작품 줄거리로 끌어들이는 데 리얼리티를 제공한다. 그러나 결말에 가서 사건의 아이러니(사건이 주인공의 예상과는 다른 결과로 진행되고 있는데도 주인공은 그것을 모른 채 행동하는 것)나 일반적 아이러니를 통해서 주인공의 내부에 깃든 모순이나 현실 세계의 모순을 파악할 수 있게 된다. 곧 주인공의 순진성은 인간 존재나 주변 현실을 변화시키는 거듭남의 역할을 하고 있다. 그러므로 주인공의 문학에 대한 몽상 — 허구에 대한 몽상 — 은 앙페도클 콤플렉스(죽음과 재생의 의미를 지니는 콤플렉스)를 목표로 하고 있다고 볼 수 있다. 주인공이 애정을 가지고 있으면서도 성욕의 승화보다는 문학을 향한 호프만 콤플렉스에 빠져 있는 것도 문학을 통해 자신과 주변 세계를 변화시켜 보려는 앙페도클 콤플렉스에 치중되어 있기 때문이다. 곧 주인공의 허구 표현 욕망은 주변 세계에 대한 변화 욕망과 통하는 것이다.

3. 극화되지 않은 화자의 끼어들기

웨인 C. 부우드에 의하면 화자는 함축된 작자(제2의 작자), 극화된 화자, 극화되지 않은 화자로 나누어진다. 함축된 작자는 작가의 세계관이 대리적으로 표현되어 있는 화자를 가리키며, 극화된 화자는 극중에 있는 배우의 역할을 하여 서술자가 그의 세계에 끼어들지 못하지만, 극화되지 않은 화자는 극 바깥에서 관객처럼 관찰하는 역할을 한다.

이재인 소설의 희극성은 이 극화되지 않은 화자가 극중에 있는 사건에 끼어듦으로써 이루어진다.

「형님과 고향」에서 '나'는 극화되지 않은 화자요, 외사촌형인 배우리는 극화된 화자이다. 스토리는 배우리의 죽음으로 시작된다. 배우리는 마을 4H 클럽의 대표자로서 농지구획정리, 토지 개량, 소득 증대에 앞장서서 일하고, 농협의 부정을 시정하고자 농민 운동을 주도적으로 펼쳐 나가는 등 농민 후계자로 손색이 없었다. 특히 농협에서 농민들의 고구마를 전량 산다고 마을 입구에 출하하도록 해 놓고 그냥 방치해서 눈비를 맞아 폭삭 썩는 일이 일어나자, 배우리는 중앙 요로에 진정하고 보상 운동을 펴 나간다. 단위 농협에서는 정부의 수매 중지 지시라고 발뺌을 하고 책임을 전가하는 바람에 배우리는 수사관의 조사와 고문을 받게 되고, 이로 인해 사건이 전국에 확산되어 농민들의 보상금 지급도 현실화하기에 이른다. 그런데 잎담배 수납기에 마을 사람들이 총대를 앞세워 후한 등급을 받기 위해 뇌물을 건네는 등의 부정을 저지르는 것을 보고 배우리는 부조리를 고발하는 등으로 동분서주하나, 인정에 약한 마을 사람들은 그를 원망하고 질책하는 등으로 따돌린다. '나'는 형의 간경화로 인한 죽음이 고문의 후유증으로 인해 비롯되었다고 보고 애석해 하며, 장례 절차를 적극 돕기로 한다. 그래서 때가 겨울인지라 고향에 내려가 인부들을 사서 땅을 파게 하는데, 인부들이 대접이 시원찮다며 시비를 걸자 '나'는 한데 엉겨 몸싸움을 벌이다가 실컷 두들겨 맞는다.

여기서 극화되지 않은 화자인 '나'는 형의 죽음에 대해 객관적 위치에서 일을 처리할 수 있는데도, 마치 극화된 화자인 형의 위치에 있는 것처럼 끼어든다. 물론 이렇게 된 데에는 차를 타고 내려가면서 마신 술기운이 어느 정도 작용하기도 했지만, 독자의 위치에서 보면 갑작스레 극화된 화자의 위치로 끼어든 것이 분명하다. 이와 같은 돌발적 사건이 이재인 소설의 아이러니 구조를 짐작하게 한다. 만일 극화된 화자의 위치와 극화되지 않은 화자의 위치가 평행선을 달리며 고정되어 있다면, 이 작품은 배우리의

의로운 행동만 드러날 것이다. 그러나 극화되지 않은 화자인 '나'가 인부들의 잘못된 행동에 끼어들었다는 것은 배우리의 세계관이 '나'의 세계관에 전이되었음을 입증해 준다. 곧 '나'의 생각이나 행동은 불의에 대해 불감증을 느끼는 사람들에게 전이될 수 있는 가능성을 보여주는 것이다. 이와 같은 극화되지 않은 화자의 끼어들기는 「카인과 아벨」 등 다른 작품에서도 나타난다.

「카인과 아벨」에서 '나'가 음성 나환자인 노석현에게 관심을 가지게 된 것도 극화되지 않은 화자의 끼어들기에 해당한다. '나'는 독자인 석현의 편지를 받고 그가 사는 곳을 찾아가 그의 팔리다 남은 장편 소설을 가져다가 자신의 학교에서 팔아 주는 등으로 극화된 화자를 적극적으로 도와 준다. 그리고 석현이 불법 의료 행위를 했다면서 청주의 깡패 두목 마준의 협박을 받은 데다가, 어느 개인이 자기 땅이라고 하면서 폭력배까지 동원하여 나환자촌을 철거시키려 하는 것을 항의하다가 죽었다는 사실도 알게 된다. 석현의 장례 후 '나'는 글을 쓰느라 바쁜 가운데서 까맣게 잊고 있다가, 서울서 출판업자가 찾아오자 석현의 미발표 작품이 있을 것이라는 추측에서 나환자촌을 찾아간다. 하지만 그곳에는 불도저들이 단지를 깡그리 뭉개고 있었고, '나'가 경비원인 듯한 사내에게 석현 가족의 안부를 물어 보자, 사내는 자신들의 일에 끼어들지 말라며 위협한다. 그러자 '나'는 사내의 위협적인 행동을 나무라고 이 때문에 시비가 붙어 우락부락한 사내들한테 '나'는 실컷 얻어 맞는다. 「카인과 아벨」은 지성인을 자처하는 '나'가 한 개인의 죽음을 계기로 완력을 쓰는 폭력배들에게 따지고 드는 데서 극화되지 않은 화자의 끼어들기에 해당한다. '나'의 행동은 지극히 정당한 행동이다. 그러나 불의에 무관심한 현대인들의 눈에는 돌출적인 행위로 보여지고 웃음까지 유발한다. 그리고 그 웃음의 밑바닥에는 불의에 무관심한 사람들에 대한 풍자가 들어 있다. 이것이 이재인 소설의 해학이고, 희극미이다.

4. 순진의 영역 지키기

「황색 판화」에서 장동순 선생은 '자활 학급' 운영의 일환으로 자기 반
학생들에게 닭 기르기 운동을 전개해서 6개월이 채 되기도 전에 5백 마리
로 불어나게 되고, 교육청과 교육위원회에서도 '새마을 자활 우수사례'로
칭찬을 받는다. 그러나 닭장에서 나오는 닭똥이 金肥보다도 더 좋다는 데
서 지역 주민들이 닭똥을 구하기 위해 다투게 되고, 이로 인해 마을 사람들
의 다툼이 그치지 않아 사람이 다치는 일까지 벌어진다. 이로 인해 교장으
로부터 따가운 질책까지 받게 되자, 장선생은 고학생인 영철이가 기를 병
아리만 남기고 나머지는 모두 팔아 버린다. 변선생은 장선생의 마음을 위
로하기 위해 낚시를 가자고 권하고, 두 사람은 낚시터에서 잡은 고기를 학
교 숙직실에 가지고 와 매운탕을 끓여 술을 마신다. 그리고 술이 얼큰해진
장선생은 저녁에 닭장으로 가서 불을 질러 버린다. 그러나 다음 날 장선생
은 닭장에 딸린 간이방에서 잠자다가 변을 당한 영철이의 시신을 발견하고
는 혼절해서 쓰러진다.

　닭똥 때문에 지역 주민이 다툰다면 닭장 관리와 같은 궂은 일 안하겠다
고 버틸 수도 있다. 실제로 그는 돌발 사고가 생기고, 이로 인한 교장의 질
책에 못 이겨 닭을 모두 팔아 버렸다. 그것으로 그의 책임은 얼마든지 회피
될 수도 있다. 그러나 그의 휴머니즘은 이 일을 방관하지 못한다. 양계 사
업으로 고학생 영철이의 생계비를 많이 보태지 못하고, 의로운 사업을 더
하지 못한 것을 안타까와한다. 그래서 그는 홧김에 술을 마시고 닭장에 불
을 질러 버린다. 그런데 그곳에 그가 가장 아끼던 제자가 죽어 있다. 이는
순진한 사람이 순진의 영역을 지키지 못한 데서 오는 비극이다. 말하자면
장선생이 영철이를 위해 보다 끈질기게 양계 사업을 해 나가지 못한 데서
오는 순진의 아이러니이다.

이재인 소설에서는 순진의 아이러니가 가장 돋보인다. 순진한 주인공들은 자기 분수에 걸맞지 않게 허풍을 떨기도 하고, 허풍선이의 위세에 눌리기도 하면서 돌출된 행동을 많이 한다. 그리고 약삭빠른 사람들에 의하여 자신의 거짓이 폭로되기도 한다. 그러면서 그는 독자들이 지각있는 위치에서 웃음을 가지고 개인과 세상을 들여다 보게 한다. 개인을 보다 깨끗하고 양심적인 위치로 승화시키는가 하면; 악의에 찬 주변 인물들을 정화시키는데 기여하기도 한다. 또한 주인공들은 대개 문학적 취향에 사로잡혀 있다. 이 문학적 취향은 어떨 땐 사랑보다도 우위에 서 있기도 한다. 그는 소설이 허구인 것과 마찬가지로 허구를 꿈꾼다. 주인공의 순진성에 빨려들던 독자는 결말에 가서 돌발적 행동을 보게 되고, 그 웃음 밑에 도사린 휴머니티를 발견하게 된다. 이렇게 볼 때 이재인은 '90년대의 도시적 메카니즘 속에서 오히려 순진의 아이러니를 가진 인물을 창조한 듯하다. 순진의 아이러니는 희극미로 발전하고, 불의의 세계를 개혁하고 부조리한 인간성을 개조하는데 사용된다. 순진한 인물의 창조는 그들의 권력 형성에도 크게 이바지한다. 역사적 시간을 초탈하여 일상의 시간에서의 행복을 만끽하게 하는 것도 순진의 아이러니가 가진 매력이다.

Ⅲ. 거품 빼기와 토착적 공간

― 이재인론

1. 어두운 과거의 아이러니

광복 이래로 우리는 50여 년 이상을 분단 현실 아래서 살고 있다. 그것은 우리 모두의 가슴 한 구석에 언제나 어두운 그늘을 간직하게 한다. 가족이 이산해서 살아야 하는 아픔, 전쟁의 후유증으로 우리 문화를 제대로 숙성시킬 여유를 가지지 못했던 현실 등이 우리 문화의 이면에 깔려 있다. 그래서 한국 문학에서는 어려운 시대의 현실에 적극적으로 동참한다는 의미에서의 리얼리즘과 인간 존재의 본질을 확인하기 위한 휴머니즘이 활발하게 전개되었다. 곧 우리에게 주어진 환경은 아이러니칼하게도 어두운 과거를 극복할 사상과 정서의 힘을 비축하게 하였다. 그리하여 조정래의 『태백산맥』과 『아리랑』에는 어려운 시대의 아픔을 딛고 도도하게 흘러내려 온 忍苦의 미덕이 살아 있고, 이문열의 「우리들의 일그러진 영웅」에는 권력의 음모를 위선으로 감춘 '80년대 상황의 알레고리가 들어 있다. 그리고 최명희의 『혼불』은 우리 시대 밑바닥에 깔린 민중 문화를 들여다 보게 한다. 말하자면 한국의 소설 작품에는 시대적 아픔을 이겨내는 역동적인 힘이 들어 있다.

'90년대에 들어서면서 우리 문학은 새로운 양상을 보이게 된다. '80년대가 정치적 억압에서 벗어나기 위한 리얼리즘이 주류를 이루었던 데 비하

여, 문민 정부의 출범과 함께 물리적 억압이 사라진 '90년대에는 문화 산업
의 팽창과 뉴미디어의 등장으로 자본주의적 문명에 대한 세기말적 불안감,
생태적인 위기의식을 극복하기 위한 생명사상, 여성의 권리를 찾기 위한
페미니즘 등이 팽배해지면서 '80년대의 리얼리즘이 모더니즘과 함께 새로
운 방향을 모색하게 된다. 그리하여 김동리가 주창한 휴머니즘은 보수주의
경향과 함께 인간 존재의 본질을 향한 새로운 모색을 하게 한다. 원래 문학
의 관심은 사회의 모순과 불안, 비리와 불의를 어떤 방식으로 개선시키느
냐에 있다. 그래서 작가는 모순된 현실과 불안한 삶을 어떻게 창조적으로
변용시키는가에 관심을 가진다. 이런 점에서 한국의 어려웠던 시대적 현실
은 한국 문학의 질을 높이는 좋은 제재가 될 수도 있다.

2. 우직한 인간의 좌절과 승리

　브릴의 『정신분석, 그 이론과 응용』에는 다음과 같은 이야기가 나온다.
성적 불감증으로 고민하는 24세의 세련된 젊은 여성이 있었다. 그런데 그
녀는 절름발이의 남성을 보면 성적으로 흥분을 일으켰다. 이것은 그녀가
자신을 어머니와 동일시하고 있었기 때문이다. 그녀의 어머니는 그녀가 서
너 살 때 다른 남자와 불륜의 관계를 맺었다. 그 남자는 다리 골절상을 입
었기 때문에 어머니는 그와 만나기 위하여 여러 차례 여행을 하곤 했다.
그때마다 그녀는 소문을 피하기 위하여 딸을 데리고 다녔다. 그때 어린 그
녀는 의식적인 인상을 받지는 않았지만, 절름발이와의 성 관계를 무의식적
인 연상으로 형성하였던 것[1]이다.
　이 사례는 환경적 요인이 인간에게 얼마나 큰 영향을 미치는가를 보여
주는 단적인 예이다. 인간은 자신이 원하든 원하지 않든 환경의 영향을 받

---

1) R. 오스본, 「프로이트 이론의 이해」, 『프로이트 심리학 해설』, 설영환 역(서울
　: 선영사, 1991), 234쪽

지 않을 수 없다. 그리고 그 환경은 알게 모르게 인간 심리에 영향을 미친다. 그런데 우리는 한때 외상적 체험을 한 일이 있다. 그것은 권력욕에 눈이 어두웠던 일부 군인들이 민중에게 정치적 억압을 가한 사건이다. 이를 못마땅하게 여긴 민중이 광주 민주화 혁명을 분출시켰고, 신군부 세력의 명령을 받은 군인들은 진압이란 명목 아래 많은 사람들을 희생시켰다. 신군부 권력은 자신들의 음모를 언론 탄압으로 은폐시켰고, 사회 정의를 부르짖는 그들의 위선과 사회 곳곳에 배치된 감시의 눈길은 민중의 어깨를 잔뜩 움츠려들게 했으며 민중으로 하여금 진실을 더욱 갈망하게 하였다. 저들의 감시와 억압의 한 단면은 '삼청교육대' 사건을 통해 드러난다.

> 민주주의를 부르짖다 개처럼 끌려왔던 경남대생 김군, 신혼 생활 한 달 만에 술 한잔 하고 집에서 고함치다 잡혀온 회사원 신씨, 바람 쐬다 불량배로 몰려 잡혀 온 노동자 송씨, 어머니 마중나갔다가 연문 모르고 끌려온 열일곱살 난 고교생 남군,……
>
> — 신경숙, 『외딴 방』 78쪽

이때 민중은 광주 민주화 혁명 때 희생 당한 사람들과 동일화[2]를 하게 된다. 그들의 희생이 자신들의 분노를 대리해서 표현했다고 보고 민중은 자신들에게 주어진 상황이 억압의 현실이라고 단정짓게 된다. 이때 작가는 현실에 적극적으로 대처하든가 아니면 응축·치환·변환의 방식으로 그 나름대로의 존재 의의를 찾게 된다. 곧 전자가 현실에 놓인 모순과 불의를 직선적으로 표현하는 데 치중한다면, 후자는 현실에 대응하기 위한 잠재 사상을 시각적인 이미지나 서사 구조로 치환하고 상징화한다. 이재인은 주

---

2) S. 프로이트, 『꿈의 해석』, 김기태 역(서울 : 선영사, 1990), 130, 131쪽
  원래 동일화는 신경증 환자들이 자기 자신의 체험 뿐만 아니라 다른 사람들의 체험을 받아들여 자신의 증세 속에 재현하고 연출하는 데서 많이 나타난다. 그것은 환자들이 의사가 환자 개개인에 대해 알고 있는 것보다 환자들끼리 서로가 더 잘 알고 있어서 의사의 회진이 끝나면 서로의 건강 상태를 걱정해 주는 심리적 전염에서 생긴다.

로 후자를 택하는 편이다.

이재인의 「천사의 발톱」은 '80년대의 정치적 억압 상황을 알레고리화해 놓은 작품이다. 극화된 화자인 '나'는 원래 고등학교에서 영어를 가르치는 교사였다. 곧 검소하고 양심적으로 살아가는 보통 사람이다. 그러나 자본주의와 폭압 정치로 상징되는 장인은 그를 가만히 놔두지 않는다. 사람을 시켜 캐비닛에 들어 있던 화자의 중간고사 답안지를 유출시켜 학교를 그만두게 하고 자신이 운영하는 회사의 총무부장 자리에 앉혀 놓는다. 장인의 회사 운영 방식은 신군부세력에 의해 저질러진 경직된 사회 현상을 알레고리화해 놓은 것이다.

> "…… 돌격명령을 거부하는 군인이 있다면 어떡하겠는가. 그런 놈은 즉결 처분이다. 마찬가지로 회사의 명령, 나의 지시에 따르지 않는 인간이 있다면 당장 우리 대진을 나가란 말이다. 요즘 회사의 기강이 흔들리고 있어."
>
> ― 「천사의 발톱」에서

장인은 자신의 권력을 위해 아부꾼이든 누구든 붙지 못하게 해서 화자의 독자적인 세력을 형성하지 못하게 하고, 화자의 무능을 이유로 화자를 옭아매려는 속셈을 가지고 있다. 심지어 장인은 인사부장을 시켜 회사에 노조를 결성하려는 김인수를 화자의 제자라는 올가미에 엮어 분쇄시키려 한다. 이러한 억압 속에서 화자는 갈등과 소외를 겪는다. 말하자면 화자는 강철처럼 강한 장인의 억압의 그늘에서 고통받는 연약한 모습을 취할 수밖에 없다. 그런데 그토록 도도하던 장인이 노조 결성을 지휘하다가 그만 고혈압으로 쓰러지고 연약하게만 보였던 화자는 인사부장에게 노조와 대화할 것을 지시하는 반전이 이루어진다. 반전이 약간 인위적으로 보이긴 하지만, 이 작품의 묘미는 장인의 억압 가운데 연약하게만 보이던 화자가 회사운영의 주도권을 거머쥔 데 있다.

화자는 어떤 면에서 융통성이 없는 편이다. 그저 순진하고 웃사람의 지시에 어쩔 수 없이 따라간다. 양심은 있되 그것을 조직내에서 주도적으로 펼치지 못한다. 화자의 이러한 행동은 '80년대의 정치적 억압 가운데서 고통스럽게 침묵해야만 했던 보수 중산층의 모습을 대변한 것일 수도 있다. 그러나 「천사의 발톱」이면에는 양심 세력이 결코 패배하지 않는다는 믿음이 상존한다.

이와 같이 이재인의 소설에는 우직하면서도 나약해 보이는 인물이 많이 나온다. 복부인의 어정쩡한 남편(「입대전날」), 융통성은 없지만 정의감을 잃지 않는 회사원(『천사의 발톱』), 청순한 교사(『황색판화』), 가난하지만 순박한 군인(『금이빨과 금지구역』), 쫓기는 대장간의 아들(『다시 찾은 유산』), 순진한 작가(「아니 이럴 수가」). 이들은 언제나 강자에게 끌려 다니는 나약한 모습 아니면 어딘가 어설픈 모습을 보인다. 그러나 결미에 가서는 진실 앞에서 허풍이 폭로되거나 정의감으로 승리하는 반전으로 끝나는 경우가 많다. 이는 나약한 인간 군상들이 모순된 강자에게 끌려 다니는 것 같지만 정의와 진실이 언제나 그들을 살려 낸다는 이재인의 신념에서 비롯된 것이라고 보여진다.

3. 엘렉트라 콤플렉스와 고부간의 갈등

여자 아이가 동성인 모친에게 없는 신체적인 기관을 가지고 있는 부친에게 동경심을 갖는 엘렉트라 콤플렉스는 5세 무렵에 그 절정에 달했다가 심신의 성숙과 지식의 증가 발전에 따라서 점점 약화되어 가는 특징이 있다. 그런데 이 엘렉트라 콤플렉스는 성인이 된 후에도 완전히 사라지는 것이 아니라 무의식에 잠재되어 있기도 한다.

이재인의 「어머니의 고향」은 엘렉트라 콤플렉스로 인한 고부간의 갈등이 반영된 작품이다. 이재인은 이 갈등을 표면적으로는 어머니의 고향 찾기로 표현해 놓았다. 고향 이미지는 시간의 흐름과 관련시켜 볼 때에 대개 세 가지의 태도를 가지게 한다. 첫째는 과거지향적인 퇴행의 성격을 띤다. 복잡다단한 도시 문명에서 어린 시절의 고향을 회상하는 것은 현실의 어려움을 견디기 어렵기 때문에 과거 행복했던 시절의 환경으로 퇴행하려는 몸짓을 취한다. 둘째는 과거의 환경에서 이루어졌던 아름다운 인간성이나 관습을 현재로 끌어오려는 지속의 의미가 있다. 셋째는 이상적인 환경 속에서 새로운 인간형을 모색하는 진취적인 자세이다. 「어머니의 고향」에서 어머니의 귀향은 도시 문명의 세련됨보다는 시골의 생활 터전을 더 귀히 여겨 이루어졌다는 점에서 자연 친화적인 삶의 지속에 비중을 두고 있다.

어머니는 시골의 땅을 팔아 자식에게 나누어 주고는 도시의 아들네 집에 들어와 산다. 도시 생활에 적응하기 힘들었던 어머니는 화자의 만류에도 불구하고 어떤 부잣집 빈 땅을 빌려 경작한다. 그리고 그 밭에 거름을 주기 위해 놋요강에 대변을 보고는 그것을 담벼락 옆에 모아 놓는다. 이 때문에 어머니와 아내는 서로 갈등을 일으킨다. 아내는 수세식 변기를 놔 두고 왜 놋요강을 쓰느냐, 담벼락에 대변을 모아 놓으면 이웃에 냄새를 풍겨서 창피하다는 등으로 불만을 털어 놓는다. 그리고 아내는 놋요강을 고물장수에게 팔아 버리고, 이를 안 어머니는 놋요강을 찾아 오라고 야단이다. 몇 군데의 고물상을 돌아다녀도 놋요강을 못 찾은 화자와 아내가 허탕을 치고 돌아오자, 어머니는 시골의 딸네 집으로 가 버린다. 어머니와 아내의 갈등은 단순히 고부간의 갈등이 아니다. 여기에는 시골 생활에 익숙한 어머니와 도시 생활에 익숙한 아내의 갈등이 개입되어 있다. 그리고 그 이면에는 화자에 대한 어머니와 며느리의 엘렉트라 콤플렉스가 깔려 있다. 이들의 콤플렉스는 놋요강과 씨앗으로 상징되어 있다. 프로이트에 의하면 '활짝 핀 꽃'이나 '화초'는 여성의 성기, 특히 처녀성을 가리킨다. 구멍 역시 여성의 성기를 상징한다.

여성의 성기는 빈 空洞이 있어서 그 속에 무엇을 넣을 수 있는 성질을

갖춘 모든 대상에 의해서 상징적으로 표현된다. 즉 '음푹 팬 곳'·'도
랑'·'동굴'·'管'·'병'·'작은 상자'·'트렁크'·'깡통'·'궤짝'·'호주
머니' 등에 의해 표현된다.[3]

꿈의 작용은 본질적으로 잠재 사상을 응축·치환·변환 등의 방법을 통
해서 환각적 체험으로 치환하는 것이다. 그러므로 꿈에는 무의식에서 나온
願望이 들어 있다. 이는 소설에서 작중 인물의 심리가 사물이나 이미지로
상징화되는 점과 유사하다. 「어머님의 고향」에서 어머니가 놋요강에 집착
하는 것은 이러한 願望과 무관하지 않다.

> 나와 아내는 막연하나마 곧 찾아오겠노라고 집을 나섰다. 그러나 밤이
> 이미 늦었고, 어느 고물 장수에게 고철로 내주었는지 아내에게 통 기억
> 이 없다는 것이었다. 한심스럽고 기가 막힌 일이었다. 하지만 어머니에
> 게 그 놋요강은 아버지와의 뿌리 깊은 유대 관계를 맺었던 정표였고, 그
> 것을 살아 생전에 지켜야 한다는 것이 고정된 삶인지도 몰랐다. 그런데
> 아내는 이 기회에 할머니의 사고방식을 확 바꾸어야 한다면서 놋요강 찾
> 기에 아주 소극적이었다.
>
> —「어머님의 고향」에서

어머니에게 놋요강은 자신의 욕망을 드러낼 수 있는 여성 상징이다. 그
것은 남편과의 정표일 뿐만 아니라 화자와 모자 관계를 확인시켜 주는 상
징물이다. 어머니는 밭을 일구면서 그 소득을 가지고 화자를 대학까지 졸
업시켰다. 그러므로 놋요강은 시골에서 자란 화자의 생활 양식을 회상시키
면서 모자간을 연결시키는 고리이다. 그러나 아내는 그것을 싫어한다. 놋
요강을 고물상에게 팔아 버리고, 그것을 찾는 데에도 소극적인 태도를 보
이는 것은 표면적으로는 냄새 때문이라고 하지만, 도시적 생활 양식에 익
숙해진 남편을 시골에 대한 향수에서 단절시키고 남편으로부터 더 많은 사

---

3) 프로이트, 『정신분석학입문』(서울 : 범우사, 1992), 162쪽.

랑을 받기 위해서이다. 발단 부분에서 아내가 양귀비 등 화초 가꾸기에 열심인 것도 놋요강에 대결할 자신의 여성 상징을 드러내기 위해서이다. 곧 양귀비는 화자의 관심을 끌기 위한 성적 욕망의 대리적 표현이다.

> 어머니가 하시던 일은 매사에 구닥다리, 촌사람 짓이라고 사사건건 시시콜콜 트집을 잡던 여자였다. 그러던 아내가 새삼 어머니가 심고 가꿔 온 양귀비꽃 앞에서 마냥 헤벌어진 간사스러움을 노출했다. 얄밉고 불경스런 심정이었다. 못 돼 먹은 것−. 나는 헤실대는 아내를 물끄러미 바라보면서 중얼거렸다. 도시에서 낳아서 도시에서 자란 아내에게는 씨앗과 바람과 흙의 진정한 의미가 부족했다. 돈으로 사다 심고 바라보는 습관이 몸에 밴 도시 여자였다.
>
> ―「어머님의 고향」에서

어머니가 시골로 내려간 후 아내가 화자와 대화하는 부분이다. 원래 조상들 대대로 내려오던 씨앗이 든 봉투는 어머니가 아내에게 물려 준 것이다. 도시 여자인 아내는 이것을 받아서 화초를 기른다. 이는 화자의 관심을 끌기 위한 성적 욕망의 대리적 표현이다. 그러므로 이 작품에서의 고부간의 갈등은 놋요강과 화초로 대리적으로 표현된다. 곧 이들의 무의식에는 성적 욕망이 깔려 있고, 엘렉트라 콤플렉스가 잠재해 있다. 「어머님의 고향」은 이런 욕망의 대립 관계를 통해 더욱 팽팽한 긴장과 갈등을 유발하는 것이다. 그리고 이 욕망은 표면적으로는 자연의 질서와 도시 문명의 질서로 대립하면서 보다 포괄적인 삶의 방식을 모색하게 한다.

4. 거품 빼기와 역사의식

이재인의 소설은 과거와 현재, 시골 공간과 도시 공간의 대비와 죽음 사건의 역동적인 힘을 통하여 사회의 진실과 인간 존재의 본질을 파악하게 하는 특징을 가지고 있다. 그리고 이를 위해서 이재인은 진실을 망각하고 허황한 인물들을 등장시키고 그들의 거품을 빼는 데에 역점을 둔다.

이재인의 소설은 현재의 거품을 빼기 위해 과거의 역사적 사실을 끌어온다. 「다시 찾은 유산」과 「그늘 속의 버섯」은 6·25 전쟁, 「사이곤 외신」은 월남전, 「실향의 넋」과 「어머님의 고향」은 산업화 이전의 시골, 「금이빨과 금지 구역」은 가난했던 과거와 분단 현실을 소재로 하고 있다. 이러한 소재는 역사적 사실의 망각으로 인해 빚어지는 거품을 빼기 위한 의도가 내포되어 있다. 그리하여 6·25 전쟁, 월남전, 분단 현실은 화자의 허황함을 분쇄시키는 촉매의 역할을 한다. 「다시 찾은 유산」에서는 개인의 이기적인 욕심 때문에 이데올로기를 이용하는 인간 군상이 나열된다. 극화된 화자의 아버지는 자수성가하여 대장간을 마련하고 근면의 덕분에 밭도 마련하나 인민위원장이던 蔡가의 협박에 견디지 못해 땅을 빼앗기고 만다. 빨갱이가 물러가자 이번에는 과수원집 주인인 신교수가 화자의 아버지를 부역자로 몰아 땅을 빼앗으려 한다. 곧 蔡가나 신교수는 권력에 기대어 자신들의 욕망을 채우려는 이기주의자들이다. 이를 통해 이재인은 이데올로기를 앞세운 권력의 음모가 무엇인가를 밝히고자 한다. 곧 「다시 찾은 유산」에서의 거품은 이데올로기에 가리운 물질적 욕망이며, 권력의 비리이다.

「입대전날」에서 택시 운전사였던 박남철은 복부인과 결혼하여 부친이 항일 독립운동을 하다가 손가락이 잘렸다고 속였다가 아우에 의해 부친이 소매치기였다는 사실이 들통난다. 역사적 사실의 왜곡이나 허황된 인간의 모습이 가족이나 친구에 의해 들통나는 경우는 비단 이 작품만이 아니다. 「그늘 속의 버섯」에서 전쟁 이전에 38선 이북에서 잘못을 범했던 화자와 아내는 30년 동안 자신들의 과거를 속여 왔으나, 화자의 텔레비전 출연을 계기로 나타난 칠성이의 등장으로 불안에 떤다. 이와 같이 이재인은 현재의 위장된 삶에서 과거의 흔적을 찾아내고 진실을 밝히려는 데 치중한다. 이는 과거의 역사적 사실을 폭로함으로써 현재의 자아에 배어 있는 거품을 빼고 진실된 역사의식을 찾기 위한 배려라고 할 수 있다. 이를 위해 이재인은 죽음 사건을 적극적으로 활용한다. 「귀걸이와 사슬」에는 이방 여인의 죽음이 나오며, 「황색판화」에는 제자의 죽음이 나온다. 「귀걸이와 사슬」에서의 죽음은 진실된 자아로의 회귀를 촉구하며, 「황색판화」에서 제자의 죽음은 권력의 압박에 대한 희생양으로서의 의미를 가진다. 「금이빨과 금지 구역」에서 화자의 죽음은 양심을 되찾는 반전의 과정에서 나타나며, 「천사의 발톱」에서의 장인의 죽음은 억압자의 파탄을 의미한다. 이들 죽음 사건이 주제를 드러내기 위해 서사 구조에 적극적으로 활용된 반면, 「사이곤 외신」이나 「입대 전날」에서의 주변 인물의 죽음은 가난 현실이나 전쟁의 상황을 드러내기 위한 극적 분위기의 역할을 한다. 그리고 이러한 죽음 사건은 허황된 인간성의 거품을 빼기 위한 수단이 되며, 진실 드러내기나 자아 인식과 같은 인간 구원을 목표로 한다.

이재인 소설에서 죽음 사건은 허황된 인간성의 거품을 빼고 참된 휴머니즘의 세계로 들어가는 극적 반전의 구실도 한다. 그만큼 이재인은 죽음이 일반적으로 가지고 있는 염세적 분위기를 극적 구조에 적용하여 다양한 철학적 의미를 창출하는 방식을 즐겨 쓴다. 그러나 그 가운데는 다소 인위적인 면도 없지 않다. 「황색판화」에서 자활 영농 사업을 하는 장선생이 닭똥 수거 쟁탈전을 벌이는 주변 사람들의 압력에 못 견뎌 닭장을 태워 버리는데 그 안에서 제자인 영철이의 시신이 발견되었다든지, 「금이빨과 금지 구역」에서 화자가 죽은 상관의 시체에서 금이빨을 훔치고 양심의 가책을 느껴 상관의 묘지 앞에 묻다가 경비 군인에게 허망하게 죽고 만다는 내용은 자연스럽지가 못하다. 그러나 이러한 몇 군데의 다소 인위적인 구성에도 불구하고 이를 가벼히 볼 수 없는 것은 죽음 사건이 허황한 인간 군상을 戱畵化시키고 참된 자아를 드러내는 데 기여하고 있기 때문이다.

이재인의 소설에서 다소 허황하고 우직하던 작중 인물은 죽음 현상을 예감하면서 이전의 거짓되고 허황했던 거품을 빼게 된다. 이러한 서사 구조는 사회의 진실과 자아의 실체를 향한 도약의 계기를 마련한다. 특히 「입대전날」이나 「금이빨과금지 구역」에서의 진실 드러내기나 양심 되찾기의 과정은 매우 역동적인 면이 있다. 곧 작중 인물이 자신의 분수를 넘어서서 횡재를 했다고 생각하는 순간 불안을 느끼게 되고 결국은 파산과 죽음으로 치닫게 된다. 이러한 구조는 거품이 빠지는 과정에서 스릴과 긴장을 가져다 주고 작중 인물의 허황된 심리를 전인적 위치에서 바라보게 한다. 이재인 소설에서의 거품 빼기는 시간과 공간의 대비를 통해서도 이루어진다. 6·25 전쟁, 월남전 등의 과거와 분단 현실을 망각한 현재의 대비, 도시 공간과 시골 공간의 대비는 존재의 본질을 나아가는 극적 구조가 된다.

이재인이 요즈음 남달리 관심을 가지는 것은 망각할 뻔했던 역사적 사실이나 자칫 잃어 버릴 수도 있는 향토적 서경이다. 그가 월남전과 시골 농촌에 관심이 많은 것은 외세 문명에 의해 순수한 전통 문화의 터전을 잃어가는 우리의 현실에 대한 반성의 시각을 가지고 있기 때문이다. 그의 농촌에 대한 시각은 매우 비판적이다.

> 젊은이들은 도시로 빠져 나갔고, 농촌에는 건강하고 사리를 판단할 수 있는 사람이 드물었다. 그런 농촌에는 노약자가 대부분이었고 어쩌지 못하고 고향을 떠날 수 없는 사람만이 남아 있었다. 그러므로 남을 이해하고 이웃을 생각하는 마음이 지나치게 인색했다. 그런 발상에서 논밭에 낼 거름이나 퇴비까지도 남에게 의존하려는 처사였다.
>
> ―「황색판화」에서

이재인 소설의 공간은 젊은이들이 도시로 빠져 나간 뒤에 남은 농촌이나 소도시가 많다. 이들 공간에는 대도시의 어두운 그림자도 스며 있다. 그 상징성은 화자의 주변 인물들에게 공통적으로 나타나는 암 증상이나 죽음을 통해서 드러난다. 이재인이 소도시와 농촌에 관심을 가지는 것은 이 공간이 대도시와 시골의 중간 위치에 있을 뿐만 아니라 과거의 순수의 흔적이 남아 있고 대도시의 검은 그림자를 파악할 수 있는 거시적 안목을 형성해 주기 때문이다. 이 공간은 어떤 의미에서 토착적 문화를 감지하고 그것을 지켜낼 수 있는 최후의 보루라고도 할 수 있다. 이러한 관심은 신세대 소설가들의 '80년대의 학생 운동이나 '90년대의 도시 문화나 페미니즘의 관심에 비하면 매우 고루한 것으로 비쳐질 수도 있다. 그리고 윤대녕, 신경숙 등의 소설이 언어에 관심을 많이 가지고 현대 문명의 취약성을 이미지나 감수성을 통해 내비치는 데 비해, 이재인은 과거 역사와 현실의 대비, 도시 공간과 시골 공간의 대비를 통해 우리의 토착적인 문화에 관심을 많이 가진다. 곧 이재인은 어설픈 외세 문화보다는 잘 익은 토착 문화, 어설픈 세계화보다는 알찬 전통 사회의 모색을 꾀한다. 이재인의 소설에서 김유정의 소설에서와 같은 유우머와 해학을 느끼고, 전인적인 위치에서 희화화된 인간 군상을 바라볼 수 있는 것도 이 때문이다.

　최근 이재인은 최근 단편 소설 창작에 치중하는 편이다. 그의 소설은 크게 두 가지의 기법이 중시된다. 하나는 이미지를 중심으로 하는 문장력이요, 다른 하나는 탄탄한 서사 구조이다. 「귀걸이와 사슬」에서는 반토꽃이 회상의 매체로 작용하면서 허황한 주인공이 과거의 진실했던 자신을 되찾아 가는 서사 구조로 되어 있고, 「어머니의 고향」에서는 놋요강이 자연친화적인 삶의 최후의 보루로서 작용한다. 그리고 「사이곤 외신」에서는 이방 여인의 임신을 통해서 새로운 국제 질서 속에서의 인간 관계를 암시한다. 이러한 이미지 중심의 서사 구조는 자아의 참 모습을 찾기 위한 모색의 과정에서 이루어진다.

　이재인은 소설에서 극화된 화자를 1인칭으로 많이 분장시킨다. 이는 독자 자신의 내면 세계를 들여다 보는 계기를 마련한다. 그러므로 그의 소설을 읽는 동안 '나'에게 있던 허황함이나 우직함은 보다 진실된 '自己'(의식과 무의식을 통튼 인격)를 향하여 창조적으로 변용된다. 곧 소설 속의 극화된 화자는 '나'의 거울이며, 그림자 현상이기도 한 것이다. 이 거울을 통하여 '나'는 진실된 自己를 욕망하고 진실되고 아름다운 이미지를 지속적으로 운용해 나갈 수가 있게 된다. 그리고 그의 소설 곳곳에 배어 있는 죽음 이미지는 극적 반전과 함께 악마의 그늘에서 벗어나 참된 자기를 되찾는

역동적인 힘을 가지고 있다. 곧 염세적인 껍질을 벗어 던지고 다양한 철학
적 의미를 꽃피우는 '씨앗'의 구실을 한다.

IV. 리얼리즘과 공간의식

— 오대석論

1. 바다에 매료된 사나이

망망대해에 구름과 바다가 하나가 된 저녁 노을이 끝없이 펼쳐졌다. 호위 구축함인 '서울함'은 순항 훈련중에는 수백 명의 승무원 실습생들을 싣고 세계의 큰 항구들을 누비고 다녔다. 그 배에서 오대석 중위는 함교 당직 사관 근무를 했다. 함교 당직 사관이란 하루 8시간을 함장에게만 지시를 받으면서 배의 운행을 책임지는 대단히 중요한 직책이었다. 그런 중요한 직책을 해사나 해양대학 출신이 아닌 오중위에게 맡긴다는 것은 그만큼 함장의 신임이 두터웠다는 뜻이기도 하다. 한번은 함장이 「노란 손수건」이란 책을 보여 줬다.

"이렇게 감동적인 책은 처음 봤어. 교도소에서 4년의 형기를 마치고 석방된 남편이 아내에게 편지를 썼다구. 남편을 용서하고 받아들인 의사가 있으면 마을 앞에 있는 커다란 참나무의 꼭대기에 노란 손수건을 매어 놓으라고 말이야. 만약 재혼을 했거나 남편으로 받아들일 마음이 없으면 손수건을 달아놓지 않아도 무방하다고. 손수건이 보이면 아내에게 돌아가고, 보이지 않으면 모든 것을 이해하고 조용히 지나가겠다는 거야. 그 이야기를 들은 버스 안의 승객들까지도 관심을 가지게 됐지. 버스가 마을에 도착했을 때 그 나무에는 20개, 30개 아니 수백의 노란 손수건이 매달려 노란 물결을 이루었다는 이야기야. 혹시 못 보고 지나칠까봐 그렇게 여러 장의 손수건이 필요했던 것 아니겠어? 남편을 사랑하는 부인의 마음이 얼마나 아름답게 표현되어 있는지. 그뿐이 아니야. 다른 이야기들도 한결같이 따뜻하고 감동적인 이야기라구. 오 중위도 꼭 한 번 읽어 보지.”

오대석은 이처럼 자상한 함장의 인간적인 매력에 끌려서인지 지금도 일 년에 몇 차례씩 바닷가에 가 보아야만 가슴이 후련해짐을 느낀다. 그러면서 바다는 그의 삶의 역정에서 가장 귀한 체험을 간직하게 했다고 고백한다.

2. 오대석과 리얼리즘

한국 문학에서 ‘리얼리즘’이라는 용어는 매우 오랫동안 생명력을 유지해 온 듯하다. 그것은 순수나 참여 등으로 양분되어 온 논쟁의 틈바구니를 메꿀 수 있는 특징을 가지고 있으며, 역사적 현실 그 자체가 깊은 감정의 진폭을 가질 수밖에 없는 상황에서는 체험 그 자체가 매우 큰 문학적 가치를 지닐 수도 있기 때문이다. 지난 날 광주에서 있었던 아픔이 우리 모두의 아픔이며, 삼풍 붕괴 사고가 우리의 치부를 드러내는 상징적 의미를 지니고 있음을 볼 때, 역사적 현실 체험은 자연히 작품의 소재로 등장할 수밖에 없다. 우리는 그것을 가지고 순수니 참여니 하는 등으로 어느 한쪽으로만 매도할 수는 없는 것이다. 현실이 곧 삶이요, 삶이 곧 현실이라는 등식 관계를 살아온 우리에게는 어느 한쪽만의 등식은 논쟁하기 좋아하는 사람들의 관심거리에 불과할 뿐이라는 생각이 든다. 그러므로 리얼리즘적 요소가 가지고 있는 유전적 요인과 환경적 요인이 원인이 된 삶과 사건에 대한 객관적 관찰 태도는 역사적 현실을 살아가는 삶의 모습을 담는 데 매우 적절한 것으로 보여진다.

오대석의 「마스코트」(『월간문학』, 1988. 8)는 바로 현실과 개인의 인간성을 병행시켰다는 점에서 순수나 참여로 구분짓기보다는 리얼리즘의 측면에서 이해하기 좋은 작품이다. 산업체 특별 학급의 담임을 맡고 있는 '나'의 관점으로 전개된 이 작품은 공장 직공이면서 학생인 '현주'의 모습을 통해 경제와 교육간의 괴리된 현실을 실감있게 그려 놓았다. 그리고 그러한 괴리된 현실을 사는 현주의 삶은 버드나무로 알레고리화되어 언제든지 우리들 자신의 모습으로 변용될 수 있는 성질을 지니고 있다. 발단과 결말에 나오는 시멘트 블록에 자리를 튼 버드나무 얘기는 조직 사회를 살며 끈질긴 생명력을 유지하는 우리들의 모습이며, 파업의 주동자인 '현주'의 얘기는 조직 사회를 살아가는 우리의 아픈 모습일 거라는 유추는, 우리 모두가 겪어 온 현실을 담고 있기에 가능한 것이다. 사실 이 작품은 현주를 바라보는 1인칭 보조 화점으로 되어 있지만, 그 보조 화자는 바로 우리들 자신의 모습이 되기도 하는 것이다. 현주가 회사에서 노조 대의원으로서 해야 할 일을 하겠다는 생각에서 파업에 참가하겠다며 교사인 나에게 상담해 옴으로써 긴장감은 더해 가고, 여기서 나는 심각한 고민과 갈등을 겪는다. 회사 편인 노조협의회의 학생 회장 정희를 懷柔시키는 옆자리의 김선생, 학생들의 행위를 용공좌경화라고 개탄하는 교감, 학생들을 선동해서 노사 분규가 일어났다고 선동하는 몇몇 회사의 중상 모략, 이런 가운데서 나는 현주에게 신중하게 행동하라는 조심스런 말밖에 던지지 못하지만, 가정과 회사에서의 현주의 어려움을 생각하면서 아무런 도움을 주지 못한 채 관찰만 한다. 그것은 시멘트 블럭에서 자라는 버드나무에게 물을 주면 물을 안 주었을 때 죽을지도 모르기 때문에 저 스스로 자라게 하자는 나의 방관자적 입장에서의 자위하는 심정과 통하는 것이기도 하다. 그러나 D회사가 폐업 신고를 한 후 다른 명칭을 내걸고 파업에 가담하지 않은 근로자를 중심으로 공장을 가동하는 일 등을 보면서 나는 은근히 현주가 버드나무처럼 생명력을 가져 주기를 바라게 된다. 그래서 D회사측이 주동자를 고발 조치하고 형사들과 현주를 잡으러 왔을 때 나는 교문을 향해 가는 현주가 도망가기를 은근히 바라며 나름대로 애써 보기도 하지만 현주는 당당하게 교문을 나선다. 현주는 회사 기물을 부수지 않겠다는 나와의 약속을 지킨 덕택에 석방되지만 파업을 했다는 이유로 퇴직금을 안 주는 사실을 안 후 잡혀간 동료들을 위해 동분서주한다. 그러면서 현주는 광주 민주화 운동 때 데모를 하다가 정신 이상이 된 오빠를 박대했던 걸 후회하고 이해하는 입장으로 돌아서게 된다.

「마스코트」는 이 시대에 진실이 생명력을 유지하고 뻗어나가기를 꺾여진 버드나무에서 자라난 새싹을 통해 잘 드러내고 있다. 인간이 체험에서 생긴 중심적인 가치관과 이미지를 중심으로 살아 간다면 「마스코트」는 무엇이 우리 의식의 중심에 자리잡아야 할 것인가를 상징적으로 제시해 주는 작품이다. 이 작품에서 드러난 현실은 바로 이 시대의 고민을 상징적으로 압축해 놓은 것이며, 우리들이 겪어야 할 인과 관계를 말한 것이 된다. 따라서 이 작품에서의 '나'의 고민은 '80년대의 암울했던 시절을 살아온 우리들의 고민도 되는 것이다. 자본주의의 우위성과 교육의 획일성과 조직 사회의 비인간성을 우리는 산업체 특별 학급에서 근로자와 학생을 겸하여 살아가는 '현주'의 고통스런 모습에서 읽을 수 있게 된다. 그리고 그것은 경제 중심의 사회를 지향하는 우리 사회의 비리를 꼬집은 것이기도 하다. 그러면서도 이 작품이 참여문학적으로만 보이지 않는 것은 현실과 그 현실을 살아가는 인간의 모습을 아루러 다룬 덕택이며, 현실과 인간을 분리시킬 수 없는 작품의 역학 구조 때문이다. 곧 4·19와 5·18을 겪은 우리 모두의 상처가 이 작품에는 압축되어 있다.

3. 공간 형식의 활용

창작에서 공간 형식은 일련의 사건들을 매끄럽게 연결시키는 데 중요한 역할을 한다. 공간 형식은 공간이 인물이나 사건과 함께 고정되어 나타나는 고정된 공간, 사건 전개를 위해 크게 구별되는 공간이 나타나는 대비적 공간, 사건의 흐름과 함께 공간이 계속 변화되어 나타나는 유동적 공간, 그리고 위의 여러 공간 형식이 혼합되어 나타나는 혼합된 공간으로 나누어 생각해 볼 수 있다.

고정된 공간은 소설 구조의 통일성을 유지하는 데 유리하다. 한 공간형식에 집중됨으로써 산만성을 덜하게 되는 잇점이 있다. 오대석의 「이웃들」(1987)은 연립 주택이라는 하나의 고정된 공간에서 펼쳐지는 부조리한 측면을 다룬 작품이다. 하나의 고정된 공간이긴 하지만 줄거리가 법을 지키려는 자와 위법을 하려는 자로 양분되어 진행되기 때문에 주제가 명확하게 살아 있다. 주인공인 윤석은 법에 따라 진실하게 살려 하지만 위법을 해서라도 이익을 챙기는 관행에 익숙해 버린 이웃들에게 소외당하고 만다. 그리하여 위법을 해서라도 이익을 챙기도록 유도하는 건축업자 이영복의 강요에 편승한 이웃들의 위세에 밀려 지하실에 방을 들이고 만다. 하지만 구청에서 철거하라고 계속 날라오는 통지서를 무시할 수 없어 구청의 담당자를 만나 보고는 윤석은 자신이 직접 불법적으로 만들어진 벽을 허물어 버리고 만다.

오대석의 「脈」(1990)도 공간 형식을 적절히 활용한 작품이다. 첫 번째 공간 형식은 시간적으로 먼 거리에 있는 공간 — 40년 전 윤주임이 딸을 맡긴 부산의 영아원과 현재의 서울에 있는 영아원 — 을 오버랩시키고 싶은 주인공 윤주임의 욕망에서 비롯된 것이다. 여학생들과 '은혜의 집'(영아원)을 방문한 윤주임은 여직원 숙자가 40년 전 자신이 잃어 버린 딸일지도 모른다는 생각에 빠져든다. 여기에는 '영아원'이라는 공간 형식이 가지고 있는 공통점 때문이다. 이 두 공간을 연결시켜 줄 것 같은 고리 역할을 하는 것이 숙자의 나이다. 숙자의 나이가 마흔 한 살쯤 되어 보인다는 윤주임의 짐작과 자신의 나이를 마흔한 살이라고 말하는 숙자의 고백은 40년 전 윤주임이 자신의 딸을 영아원에 맡겼던 시간과 일치한다. 이러한 일치는 영아원이라는 것 말고는 전혀 연결 고리가 없는 두 영아원 — 부산의 영아원과 현재의 '은혜의 집' — 을 자꾸만 오버랩시켜서 바라보도록 유도한다.

그러나 두 공간을 오버랩시키려는 기대는 숙자가 자신의 아버지는 6·25 전쟁 때 전사했다는 말을 듣는 순간 깨어지고 만다. 곧 숙자의 생애에 얽힌 진실을 알고나서부터 앞의 두 공간은 전혀 별개의 것임이 확인된다. 그러나 윤주임은 40년 전 자신의 딸을 잃어 버린 아픔을 보상이라도 받으려는 듯 숙자를 자신의 딸로 삼고 싶은 충동을 느낀다. 따라서 윤주임의 아픈 과거가 되살려지면서 선한 생각이 솟아나는 데에는 두 개의 고정된 공간의 유사점과 변별점이 많이 작용한다.

그런데 이러한 고정된 공간 외에도 이 작품에는 영아원과는 대비되는 집이라는 공간이 마련되어 있다. 영아원이 윤주임의 친딸을 잃어 버린 공간이라면, 집은 아내의 불륜이 확인되는 공간이다. 전쟁 기간 중 대퇴부 부상으로 인해 아내가 자신의 아들을 낳을 수 없음에도 불구하고 아내는 임신했고, 윤주임은 자신의 불구를 밝힐 수 없는 처지여서 아내의 불륜을 침묵으로 지키면서 고민에 찬 세월을 보내게 된다. 윤주임은 딸은 사랑했던 전처에게서 낳아 놓고도 전쟁통에 잃어 버렸고, 아들은 불륜의 아내에게서 낳아져서 버젓이 자신의 호적에까지 올라 있다는 데서 고뇌를 더하게 된다. 그러나 이런 고민은 숙자를 딸로 생각하면서 해결의 기미를 보이게 된다. 그것은 불륜의 집보다는 사랑의 추억이 담긴 영아원이라는 공간을 선택함으로 해서 얻어진 결과이다. 이 작품은 이와 같이 고정된 공간과 대비된 공간을 적절히 활용함으로써 단조로움을 피하면서 사건 전개의 묘미를 더하고 있다.

『월간문학』(1989. 10)에 발표된 「길들이기」 역시 공간 형식을 통해서 반전 효과를 거둔 작품이다. 해군 장교 훈련소라는 공간에서는 나와 박 후보생이 '당신'이라는 악독한 교관에 의해서 군대식으로 길들여진다. 그러나 훈련 마지막 날 회식에서 몹시 취한 당신은 지프에 치여 기억 상실증에 걸려 병원이라는 공간에 갇힌 신세가 되고 만다는 데서 해학적인 면을 드러낸다. 여기서의 해학은 두 개의 대비된 공간을 통해서 서로의 위치가 바뀌는 데서 나타난다. 이것은 오늘날 5, 6공 시절의 대통령이 죄수복을 입고 법정에 서는 것을 예견한 듯한 암시를 보이기도 한다.

에릭 S. 라브킨이 말한 것처럼 플롯의 공간형식에 관해 이야기한다는 것은 은유적으로 이야기하는 것[1]이다. 공간을 통해서 현실화된 플롯은 독자의 마음 속에 시간을 통해서 발생된다. 오대석은 「맥」에서 고정된 공간과 대비된 공간을 적절히 응용한 것으로 보인다. 그리고 그 공간을 플롯으로 전개되는 데는 시간이 개입해 있는 것을 볼 수 있다. 40년 전의 영아원과 현재의 영아원이라는 두 공간을 일치시키기 위해서 그는 일반적으로 실제의 시간보다 짧은 독서 시간을 가지고 사건을 보고하는 서술 방식을 택했다. 40년 전 딸을 잃어 버리게 된 배경을 말하는 대목이 그러하다. 그리고 그것과 대비되는 집이라는 공간에서 아내의 불륜을 확인하는 대목에서는 실제 시간보다 꽤 긴 독서 시간으로 사건을 보고한다는 묘사의 방식을 취했다. 아들의 혈액형과 자신의 혈액형을 확인하는 대목이 그러하다. 또한 숙자로부터 딸이 아님을 확인하는 대목은 실제 시간과 같은 독서 시간으로 사건을 보고하는 대화로 전개된다. 이런 글의 전개 방식은 독서 시간과 실제 시간 간의 대응적인 리듬을 통해 독자의 의식을 유도해 간다. 공간 형식은 사건의 흐름을 분명히 하는 효과를 주지만 자칫 글이 단순하거나 딱딱해질 우려가 있다. 이를 극복하여 플롯을 이끌어 가는 역할을 하는 것이 글의 전개 방식에 따른 시간의 투여이다. 말하자면 공간과 시간은 상호 보완 관계를 가짐으로써 사물을 감지케 하는 플롯으로 진행된다. 오대석의 「맥」이 자칫 산만스러운 구성이 될 가능성이 있음에도 불구하고 질서정연한 플롯이 진행될 수 있었던 것은 공간형식의 적절한 배분과 독서 시간의 배분에 따른 글의 전개 방식 때문인 듯하다.

공간형식은 은유를 나타내기도 한다. 「길들이기」에서 보여 주는 훈련소와 병원의 대비된 공간은 독재의 말로가 뭣인가를 말해 준다. 당신이라는 교관의 억압적인 길들이기는 사람들을 기계적이고 폐쇄적으로 만들고 그

---

1) 에릭 S. 『공간형식과 플롯, 현대 소설의 이론』, 김병욱 편, 최상규 역(서울 : 대방 출판사, 1986), 224쪽.

들을 바라보는 자신을 정신 파탄으로 몰아 넣는 결과를 낳고 만다. 오늘날 물신주의에 차 있는 사회의 기계화된 유형들을 보면서 인간다움을 희구하는 것은 이런 비극적인 결과를 예방하기 위해서이다. 오대석은 '80년대의 현실을 훈련소라는 공간을 설정하여 압축하여 암시적으로 보여줌으로써 기계적이고 획일적인 사회를 극복해 보려는 아이러니의 방식을 취한 것 같다. 이런 플롯은 대비된 공간을 통해서 확연하게 드러나며, 해학으로까지 나타난다.

21세기의 담론

Ⅰ. 사이버 문학에 관한 담론

1. 정보화 시대와 경계의 무너짐

21세기는 정보화 시대이다. 정보화는 고속 광통신망과 정보의 가치가 일상에서 중요한 가치로 자리잡는다. 정보화 시대의 변화는 이미 1990년대부터 문학에 커다란 변화를 가져왔다. 그 가장 큰 변화는 출판 문화에서 멀티미디어 문화로의 변화를 가져왔고, 이에 따라 포스트모더니즘적인 현상이 곳곳에 나타났다. 문학은 이제 영화·TV·컴퓨터·인터넷 등과 생존 경쟁을 위한 치열한 게임을 하지 않으면 안 되게 되었다. 그래서 문학은 기존의 개념과 장르와 언어와 문체를 버리고 새로운 형식으로의 탈바꿈을 시도한다. 이미 순수와 대중의 경계는 허물어져 중간 소설이 논의되었고, 기존의 형식을 해체하고 도시화·일상화된 스토리를 신서정으로 이끄는 포스트모던시가 등장하였다. 시의 중심 요소이던 주체와 타자를 소멸시키고 언어만 남긴 채 전개되기도 한다. 지금까지 문학의 중심이라고 자부해 오던 서양 문학이 해체되고 그동안 소외되었던 제3세계 문학·흑인문학·페미니즘 등이 활발히 전개되었다. 예전에는 금기시되었던 성과 광기, 콤플렉스 등이 문학의 주된 담론으로 등장하고, 이전에는 맨 마지막에 나오던 죽음, 결혼 등의 사건이 발단부터 나오며, 그 양상도 보다 극단적으로 표현되기도 한다. 정보화의 영향은 전자 언어에 대한 관심을 불러일으키고 가벼움과 자유가 문체적 특성으로 나타나기도 한다. 대학에서 주로 사용하던 학술 용어나 비평 용어는 현학의 허세로 치부되어 한갓 출판 문화 시대의 유품으로 남을 지경이다. 몇몇 기성 문인들이 인간 문제와 인간 구원을 주제로 한 감동의 문학을 주장하지만, 많은 문학 매니아들은 작가와 독자간의 쌍방향 통신을 요구하며 아마추어 작가가 되겠다고 나서고 있다. 바야흐로 앨빈 토플러가 말한 제3의 물결이 본격적으로 도래한 것이다.

그리하여 한국 문학에서 줄기차게 자리잡아 온 '순수 / 참여 / 모더니즘'이라는 삼분법의 논리가 그 경계를 해체하고 새로운 재편을 시도하고 있다. 그리고 그 재편의 중심에는 사이버 공간이 자리잡고 있다.

2. 정보화 시대의 문학

지금까지 인류는 두 번의 큰 변혁의 물결을 겪었다. 그리고 이 변혁은 변혁이 이루어지기 전까지의 인간의 문화나 문명을 아주 뒤떨어진 것으로 만들어 버리고 그 자리를 대신 차지했던 것이다. 농업 혁명이라 불리는 제1의 물결은 수천 년 동안 스스로 전개되었다. 산업문명이 발생하게 된 제2의 물결은 약 3백 년을 끌었다. 오늘날의 역사는 더욱 그 변화의 속도가 가속화되어 온 세상을 제3의 물결이 뒤덮는 데엔 기껏해야 몇십 년이면 완료될 수 있다. 앨빈 토플러에 의하면 현대인은 이 제3의 물결이라는 변혁기를 사는 인간들이다. 이 시대를 어떤 이는 정보 시대(Information Age), 전자의 시대(Electronic Era)라고 말하고, 사회학자인 다니엘 벨(Daniel Bell)은 후기 산업 사회(Post-industrial Society)라고 정의한다. 제3의 물결은 우리의 가족을 흩어지게 하고, 경제를 뒤흔들어 놓고, 정치제도를 무력화시키며 모든 가치를 깨뜨리는 등 우리 모두에게 영향을 미친다. 또 그것은 기존의 권력 구조에도 눈을 돌려 현재 위협을 받고 있는 특권층 엘리트들의 특권에 대해서도 도전을 한다.[1]

　이에 따라 문학의 진정성과 작가나 독자의 역할도 변화되었다. 농경 시대에는 음악이나 미술 등에 비해 문학이 보다 광범위하게 보편성을 가지고 있었다. 이 때의 작가는 영웅이나 현인에 버금가는 정신적 지주의 위치에 놓이게 된다. 그리하여 셰익스피어나 괴테의 작품은 선진국으로서의 우위를 드러내는 데도 한 몫을 하였다. 이를 독자의 위치에서 본다면 독자의 작가 숭배 시기라고 할 만하다. 산업화 시대에는 인간의 노동을 기계가 어느 정도 대신하게 됨으로써 이로 인해 남게 되는 여가 시간을 독서로 활용하게 된다. 그러나 영화나 텔레비전의 등장은 독자들의 예술 선택권을 넓혀 주었고, 문학과 영상 문화 사이에 독자나 시청자 확보 경쟁으로 나타나게 된다. 작가나 문학 연구자들은 자구책의 하나로 기존의 장르 개념이나 문학 구조를 해체하고 새로운 실험을 모색하게 된다. 문학이 강대국 중심의 범주에서 벗어나 제3세계나 흑인문학·페미니즘 등에 관심을 가지게 된 것도 영상 문화와의 생존 경쟁에서 살아 남기 위한 하나의 자구책이었다. 평론가들이 '문학의 위기'를 화제로 많이 올린 것도 20세기 말 영상 문화가 가져다 주는 압박감 때문이었다.

　그런데 정보화 시대가 되면서 문학 풍토는 더욱 커다란 변혁을 겪는다. 우선 창작과 독서, 전달과 수용이라는 문학의 유통 경로가 책이라는 단일 매체를 통해서 이루어지던 단순성이 깨지기 시작한다. 그리하여 독자는 이전에 가지고 있던 작가나 작품에 대한 경외심에서 벗어나 사이버 공간을 통해 작가와 생산·교환·분배·소비의 회로를 공유하게 된 것이다. 곧 독자가 작가의 창작에 곧바로 관여할 수 있는 길이 사이버 공간과 전자 문자를 통해 열렸으며, 문학 정보의 상품화 시대, 독자의 쓰기 참여 시대가 도래한 것이다. 가령 독자가 작가의 작품에 대해 곧바로 의견을 개진하고 인기 작품의 순위도를 결정하며 쌍방간의 의사 소통에 의해 작품 창작이 이루어지기도 한다. 나아가 독자가 작가의 위치로 선뜻 다가가 자신의 창

---

1) 앨빈 토플러, 『제3의 물결』, 전희직 역(서울 : 혜원출판사, 1992), 25～26쪽.

작에 대한 선호도를 네티즌들에게 물어 볼 수도 있는 것이다. 또한 예전에
는 감동을 주는 작품이 평론가들의 평론과 신문 기사를 통하여 알려졌으
나, 이제는 인터넷 광고나 출판사의 기획 광고에 의하여 독자나 네티즌에
게 알려지는 경우가 많다. 말하자면 광고를 얼마나 효과적으로 했는가에
따라 작품의 평가가 달라지는 경우도 있다. 현재 PC 보급률이 천만 대를
넘어섰으며, 네티즌 수도 2,000만 명을 넘어서고 있다. 이 가운데 80만 명
이상이 문학 네티즌인 것으로 파악되고 있으며, 우리 나라 전체 광고 중
10% 이상을 출판 광고가 차지하고 있다. 이는 그만큼 인터넷 광고나 출판
광고가 독서 시장을 좌우하고 있다는 근거가 되고 있다. 이에 따라『시문
학』,『창작과 비평』,『문학 동네』,『문학 아카데미』,『우이동 시인들』등
문학 잡지나 동인지도 인터넷 홈페이지를 개설해 놓았으며, 통신회사의 위
촉을 받거나 작가 개인의 의지에 따라 홈페이지가 개설된 경우도 많이 있
다. 곧 네티즌을 중심으로 진행되던 사이버 문단에 기성 문인들의 홈페이
지가 하루가 다르게 들어서고 있는 것이다. 이에 따라 현재로선 인터넷에
서도 기성 문인들의 문단과 네티즌 중심의 문단이 양분되어 나타나고 있지
만, 조만간 두 문단이 새롭게 재편성되리라 본다. 앞으로 작가들의 작품 발
표도 책으로 출간되던 양상에서 홈페이지를 개설해서 네티즌의 작품 선호
도에 따라 다시 책으로 출판하는 등으로 출판 문화와 인터넷 문화가 당분
간 공존할 것으로 보여진다.

　　이에 따라 문학 고유의 형식이 해체되고 정보의 공유화가 이루어지며,
작가가 가공의 진실이나 허구성 등 일어날 법한 이야기를 드러내 놓기보다
는 개인의 사생활이나 일상 등 일어난 일을 미화시키는 일을 많이 하게 된
다. 그리고 이전의 출판 문화 중심 시대에 가지고 있던 허구나 상상은 신세
대 중심의 네티즌이 전자 매체를 통해 이루어지는 환타지 소설과 경쟁 관
계에 놓이게 되고, 깊은 철학이나 사색보다는 대화나 스토리 중심의 새로
운 문체로 대체되게 된다. 또한 인터넷상의 페이지나 비트 등의 단위에 따
른 짧은 글이 흥미와 가벼움을 내용으로 해서 보다 본격적으로 전개될 것

으로 보여진다. 그러나 사이버 공간에서 작품 활동이 전자 매체에 의해 전개된다 할지라도 여전히 인간 문제나 인간 구원이 감동의 주류를 이룰 것이다.

3. 역사의 흐름과 사이버 문학

1970년대를 경제의 고도 성장시기, '80년대를 독재와 민주, 억압과 자유의 이분법적 시대라고 본다면, '90년대 이후는 정보화 개념의 도입으로 인한 네티즌의 시대라고 말할 수 있을 것이다.

'80년대 후반에 한국 사회는 독재가 그 중심을 해체하면서 기존의 이데올로기가 방기되고 일종의 아노미 현상이나 아우라가 나타나고, 신세대는 기존의 중심을 인정치 않고 내가 곧 중심이라는 생각을 많이 하게 된다. 그리하여 '억압과 투쟁'이라는 이분법의 시대가 지나고 '90년대엔 작가 자신이 자신을 화자로 설정해서 일어날 법한 것이 아니라 이미 일어난 일에 대한 이야기를 내놓게 된다. 곧 '80년대에 억압의 분위기 때문에 가려졌던 진실을 드러내 놓으려는 시도를 하게 된다. 또한 정보화 시대의 분위기와 아울러 우리가 기존의 작품에서 다루던 허구성에 대한 관심이 약화된 대신에 컴퓨터 매니아에 의한 환타지 소설이 강세를 보이게 된다. 곧 기존의 상상력이 전자 언어에 흡수되어 통신과 상상이 결합된 커뮤니케이션이나 시뮬레이션·애니메이션 등이 활성화된 새로운 패러다임으로 변형되어 가는 것이다.

'90년대에는 소비가 미덕이라는 고약한 공식이 생겨났고, 그동안 인간 사회를 떠받쳐 온 절약, 성실함, 근면함, 이타적 정신들이 하찮은 것으로 생각되고, 소설도 대량 소비의 시대를 맞이해서 읽힌다는 문제보다는 팔린다는 소비의 문제로 관심이 바뀌게 되었다. 또한 최소한 '80년대까지만 해도 예술성과 대중성이라는 이분법의 기준이 어느 정도 자리를 잡고 있었지만, 지금은 그 구분이 애매모호해지면서 중간 소설이라는 용어가 나왔고, 담론화도 다양해져 있다. 그래서 시도 예전의 자연과 인간이라는 카테고리를 벗어나 일상적인 삶과 생활 감정, 사회 문제에 직접적인 관심을 가지게 되고, 환경·여성 문제·부조리·교육 문제를 다루면서 다양한 모습으로 전개되는 것이다.

네티즌의 구성이 대체로 피라밋 구조를 이룬다고 볼 때, 30대는 인터넷을 이해하는 수준, 20대는 이용하는 수준, 10대는 애용하는 수준이라고 볼 때, 향후 현재의 10대와 20대가 인터넷 문화를 주도하는 시대가 도래할 것으로 본다. 이에 따라 컴퓨터나 통신 혹은 인터넷이 미디어의 중심을 차지하기도 하지만, 기존의 책이라는 미디어에도 변화가 올 것이다. 책이라는 미디어는 전체적인 조망이라든가 진지함, 논리성, 비억압성 등으로 그 나름대로의 이점을 분명하게 가지고 있다. 그리고 멀티 미디어의 발달에 따라 책이라는 미디어 역시 감각적 전달의 새로운 방식을 담을 수도 있다. 그것은 그림이나 도형적 전달이 책에서도 가능하기 때문이다. 가령 정호승의 『항아리』라는 동화집은 그림으로 독자들의 향수를 불러일으키고 있고, 신현림의 『세기말 블루스』 같은 작품도 사진을 곁들여 가지고 세기말적 분위기를 살리기도 한다. 이러한 방식은 예전의 독자가 작가의 작품을 찾아나서던 방식에서 일탈하여 독자가 있는 곳에 작가가 다가서야 한다는 전제이기도 하다. 인터넷의 흥미, 짧음, 가벼움의 특성에 적응하면서, 내용이 쉽고 사건이나 스토리가 우위를 드러내는 글이 나타나는 것도 이 때문이다. 신세대의 흥미 중심이나 비논리라고 하는 것도 기성 문단의 시각에서 보면 비논리지만, 신세대 네티즌의 시각에서 보면 비트 단위의 논리적인 시각이 될 수도 있는 것이다.

정보화 시대에 따른 출판물이나 정보 문화도 폭발적으로 증가하고 있다. 네티즌들은 전자 매체를 통해 자신의 삶을 질적으로 상승하기를 꾀하고 마음만 먹으면 얼마든지 홈페이지를 만들 수 있다. 또한 대화방이나 토론방에서 다른 컴퓨터 매니아들을 자신의 방에 많이 끌어들이기 위해서는 어느 정도의 화두가 필요하고, 그 화두로 내세우기에 적당한 것이 '문학'이라는 기존의 장르라고 생각하고 작품 창작에 직접 뛰어드는 경우가 많다. 그리고 그들의 작품은 다른 네티즌에 의해서 곧바로 평가가 되므로, 그만큼 스릴도 있고 어느 정도의 고뇌를 정신적 양식을 얻는 수단으로 삼을 수도 있다. 기성 세대들은 어느 정도 의식주 문제를 해결한 만큼 정신적 소외를 극복하기 위해 시집 출판을 마음대로 할 수 있게 되었다. 곧 독자의 눈치를 보지 않고 자기 만족과 자기 확인을 위해서라면 곧바로 출판을 해서 주위에 돌림으로써, 인간 관계의 친밀도를 측정해 보기도 하고 정보 문화의 급격한 변화에 따른 소외를 극복하는 계기로 삼기도 하는 것이다. 작가들 또한 인터넷에서 집단 속에 자신의 작품을 올려야만 네티즌의 눈에 띄므로 동인 집단에 소속감을 가지려고 애쓰다 보니 자연히 작품 창작이 깊은 사색이나 고뇌 없이 신속히 이루어진다.

이러한 기성 세대, 네티즌, 작가 등의 창작 욕망에 의해 인터넷에는 수많은 네티즌들의 방이 개설되고 작품 창작도 쉽게 이루어질 뿐만 아니라, 기하급수적으로 작품의 양이 늘어나게 된다. 그리하여 작가와 독자의 구분이 되지 않고 서로가 작가이면서 독자가 된다. 이러다 보니 문체가 단순해지고 쉬워져서 예전에 대학에서 논의되던 학술적이고 비평적인 문체는 현학의 허세로 치부되어 다수의 네티즌 수준에 걸맞는 평이한 용어와 전자 언어들이 신속하게 확산된다. 곧 작가의 언어와 독자의 언어가 혼재하는 현상을 보이게 된다. 시에서도 메타퍼나 상징보다는 스토리가 있는 알레고리가 네티즌들에게 더 설득력 있게 다가서고, 소설도 예전의 한과 일편단심, 풍자와 해학보다는 작가 자신의 사소설적인 면이 더 네티즌들의 관심을 끈다.

정보화 시대에는 독자의 양상도 다양하게 나타난다. 알베르트 클라인과 하이츠 헤커의 『통속 문학』이라는 책을 보면 독자가 세 부류로 구분된다. 첫째는 오락적 가치를 추구하는 독자, 둘째는 미적 가치를 추구하는 독자, 셋째는 소비적 가치를 따라 다니는 독자이다. 여기서 오락적 가치를 추구하는 독자에게는 글쓰기가 일종의 게임으로 자리할 것이고, 미적 가치를 추구하는 독자에게는 글쓰기가 고통스러운 일이면서 감동을 주는 것이며, 소비적 가치를 따라 다니는 독자에게 글쓰기는 베스트셀러를 요구한다. 여기서 미적 가치를 중심으로 유지하면서 오락적·소비적 독자도 부가적으로 인정하는 독서 풍토를 만드는 것이 비평가가 해야 할 몫이다. 앞으로 문학 독자의 상황은 읽는 독자에서 보고 쓰는 매니아로 변화되고 있고, 작가와 매니아의 만남도 사이버 공간에서 이루어지고 있다. 이와 아울러 영상 미학과의 공존도 모색하게 된다. 사이버 공간에서의 글쓰기는 현재의 공간이 영원이 도리 수 있다는 가능성에 모토를 내걸고 있다. 그동안 신문·라디오·텔레비전·비디오가 공존해 왔던 것처럼 문학 양상도 컴퓨터 문학과 출판 문학이 공존하는 가운데 진행될 것이다.

이러한 문학 작품의 양적 확대와 문체의 단순화·보편화 현상과 독자의 변화는 평론가들의 비평 기준을 해체하고 새로운 정보 문화에 걸맞는 비평 기준을 요구한다. 그리하여 개인이 한 작가의 작가의 작품만을 평하기엔 독서 시간이 턱없이 부족하여 자연히 평론가들은 출판사나 동인 집단에 소속되어 섹트주의나 친족 체계를 형성하게 된다. 또한 정보화와 문화 다원주의는 평론가로 하여금 어느 한 분야에서만 전문가가 되는 것을 요구하게 되고, 각 분야의 전문가들이 한 자리에 모인 동인 집단에 소속되어야만 급격하게 변화해 가는 정보 문화를 다양하게 수용하고 전파할 수 있게 된다. 말하자면 예전의 개인이 한 작가를 집중적으로 연구하기보다는 동인 집단에서 거론되는 작품들을 다양한 각도에서 비평하는 집단이 필요하게 된 것이다. 이러한 가운데서 평론가는 미디어의 기술적 조작이나 광고의 코드에 의해서 새롭게 만들어진 현실을 살아가지 않을 수 없다. 곧 광고의 코드화와 전자 매체에 의한 네오리얼리티를 바라보게 된 것이다.

현재로서는 기존의 허구성과 상상력의 기준과 사이버 공간에서의 환타지성이 혼재하고 있는 현상을 보이는데, 사이버 공간에서의 전자 매체를 통한 환타지성을 인정하지 않을 수도 없다. 이에 따라 이 두 가지를 공존하게 하는 비평 기준도 마련되어야 할 것이다. 곧 환타지성의 세계에서도 얼마든지 창조적이고 생산적이며 아름다운 공간이 탄생할 수 있다는 가능성을 보아야 할 것이다. 예전에 프로이트의 정신분석학이 나왔을 때 의식의 흐름이라는 것이 문학에 도입되었다. 마찬가지로 사이버 공간에서의 시나 소설도 다양한 개체의 흐름이나 기표의 미끄러짐 같은 보다 다양한 공간을 포탈 사이트를 통해서 전개될 것이다. 실제로 포탈 사이트를 통해 작품을 연결하여 사진이나 그림 또는 애니메이션을 제공함으로써 매니어들에게 즐기고 감동받을 수 있는 기회를 제공할 수도 있다. 그러한 공존 형태는 비평가가 전자 공학 전공자와 연합하여 새로운 문학 장르를 개척할 필요성을 느끼게 한다. 또한 '90년대의 문학적 특징은 사이버 공간과 포스트모더니즘으로 설명된다. 이들의 혼재 양상은 긍정적인 측면도 많이 있다. 주체의 죽음과 타자의 부각이라는 다양성의 특징은 장르에서 일대 변화를 예고한다. 기존의 장르적 시각으로는 설명할 수 없는 혼재와 다양성의 시각은 실제 작품에서도 반영되고 있으며, 이들의 작품 성과는 포스트모더니즘 시대의 해체된 정서와 감각을 가지는 독자에게 정확하게 들어맞는 셈이다. 가령 윤대녕·은희경 등의 386세대 작가들이야말로 '80년대의 논리력과 '90년대의 미디어 기술 조작의 특징을 겸비하면서 21세기의 서두를 장식할 것으로 예상된다.

사이버 공간에서는 문학의 정전도 변화될 것이다. 그리하여 사이버 이전과 이후를 아우를 수 있는 방법을 모색할 필요가 있다. 바흐친의 대화 이론은 그 한 방법이 될 것이다. 현대 사회에서 성·인종 등의 다양한 사회적 모순들의 중층성을 설명하고 그러한 중층적 지배 담론을 전복할 수 있는 포괄적이며 저항적인 문화 이론으로 바흐친의 카니발과 웃음은 우리에게 시사하는 바가 크다.

Ⅱ. 『항아리』에 관한 담론
— 정호승론

『노자』에 보면 이런 말이 나온다. 도라고 가히 말할 수 있는 도는 참 도가 아니요, 이름지어 부를 수 있는 이름은 참된 실재의 이름이 아니다(道可道, 非常道, 名可名, 非常名). 그러고 보면 우리가 진리나 진실이라고 알고 있는 것은 존재의 본질에 비하면 일부에 해당하는 편협한 것인지 모른다. 모더니즘이 유래된 배경도 서양에서 발달해 온 합리주의에 대한 반발에서 비롯되었다. 진리도 아닌 궤변이 합리주의를 가장하고 논리적으로 이끌어질 수도 있다는 데서 모더니즘은 합리주의의 비판적 관점에 선다. 포스트모더니즘에서도 기표를 단지 하나의 기의만으로 묶는 것에 반발한다. 왜냐하면 기표는 그 안에 여러 의미를 내포할 수 있기 때문이다. 그래서 데리다는 기존의 기표에 묶여 있던 기의를 해체하고, 기표에 내재된 여러 의미를 발견하려 애쓴다. 이렇게 보면 도라고 말할 수 있는 도는 참 도가 아님을 어느 정도 실감하게 된다.

포스트모더니즘은 제국주의적 이데올로기에 치우친 서양 문학을 반성하고 제삼 세계나 흑인 문학에 관심을 가지기 위해 나온 경향이다. 일례로 영문학이 그 식민지 교과서에 먼저 실린 것은 식민지 국가에 영국의 선진 문화 이미지를 심고 그 자부심을 느끼기 위해서였다. 그래서 영국인들은

‘셰익스피어와 인도를 바꾸지 않겠다’고 큰 소리를 쳤던 것이다. 이것이야 말로 제국주의 이데올로기를 강조하면서 ‘서양문학=세계문학’이라는 논지를 발전시키기 위한 강대국의 권력이었던 셈이다. 그러나 세계가 문화 다원주의 추세로 나아가면서 선진국들은 자신들의 문학을 보다 설득력 있게 보강하기 위하여 아프리카 등의 제삼 세계나 흑인 문학에 대해서도 관심을 가지게 되었던 것이다.

포스트모더니즘의 특성 가운데 하나인 해체라는 것도 소쉬르의 언어학에서 기표와 기의 관계와 구조주의 등에 대한 회의를 품으면서 발전한다. 레비스트로스는 원시 부족의 형태가 많이 남아 있는 부족들을 연구하면서 부족간의 유사성을 통해 인류가 가지고 있는 보편성을 연구하여 문화인류학적인 측면에서의 구조주의를 발전시켰지만, 이때의 보편성 추구 역시 제국주의 이데올로기에 집중시키려는 전략과 관련지어 볼 때 권력의 집중에 기여하였던 것이다. 롤랑 바르트의 구조주의도 소쉬르의 언어학에서 발전시켜 간 것으로 동양의 학문과는 거리가 있는 것이었다. 그의 약호 체계라는 것도 텍스트를 이루고 있는 여러 개의 목소리로서, 해석학적 약호, 의미소적 약호, 상징적 약호, 행위적 약호, 문화적 약호 등으로 구분하여 체계화시키기는 하였지만, 하나의 구조에 여러 요소들을 집약시키는 데 기여했다는 점에서 제국주의적 이데올로기와 상관이 있는 듯이 보인다. 구조주의에서 일상의 기표와 기의 관계를 하나의 기표로 묶은 다음 거기에 새로운 기의를 연결하는 신화(시적 언어)를 목표로 한 것도 기존의 기호를 변용시켜 구조화한 것에 지나지 않았다.

러시아 형식주의는 언어의 기표나 문학의 형식에 많은 관심을 가졌지만, 그들은 어디까지나 유럽 중심의 자본주의나 제국주의 이데올로기에 반대하는 위치에 서 있었기 때문에 가능한 것이었다. 그것은 러시아 리얼리즘이 서구 리얼리즘의 모순 — 예를 들어 인간 관계가 자본에 의해 종속된다는 점 등 — 을 비판하면서 발전했다는 데서도 짐작할 수 있다. 그런데 구소련 체제하에서 바흐친은 언어에 역사와 사회적 요인이 반영된다는 점을 강조하면서 언어학과 심리학과 마르크스 이론에 단점들을 보강하는 대화를 시도하면서 하나의 작품 속에 내재하는 다성적인 속성에 관심을 가진다. 이는 그가 민속적 자료들에 관심을 가지면서 카니발과 같은 웃음 속에 깃들인 비판적 태도와 러시아 형식주의 등을 거시적으로 바라보면서 생긴 관점이다.

포스트모더니즘의 대표 주자격인 데리다는 여기에 해체 전략을 구사한다. 하나의 기표는 차연을 통하여 다양한 의미를 드러낼 수 있다는 것이다. 그러면서 그는 이제까지의 기표에 연결된 기의가 본질에서 벗어난 편협한 것이었다고 보고 기존의 기의를 해체하는 데 주력한다. 이러한 경향은 미국에서 '50년대 이후 라디오나 텔레비전 등의 매스 미디어가 발달하면서 문학의 위기를 느낀 작가들 사이에서 받아들여지기 시작한다. 그들은 잘못했다가는 문학이 '죽음'의 위기에 처할 가능성이 있다고 보고, 기존의 문학 틀을 깨기 위한 해체 전략을 짜기 시작한다. 그런 가운데 생긴 것이 기존의 틀에서 볼 수 없었던 것을 제삼세계 문학에서 받아들이자는 계획을 세우게 된다.

그러므로 우리가 포스트모더니즘을 수용하는 데에는 세심한 배려가 필요하다. 제국주의적 이데올로기 중심의 문학 형식에 위기를 느껴 받아들인 저들의 해체 전략이 일제 식민지 현실을 겪었던 우리의 현실에서 가능한지도 따져 보아야 할 것이다. 포스트모더니즘은 세계주의와 맞닿아 있다. 서양 중심의 문학에 한계를 느끼고 세계 속에서 문학 담론의 패권을 차지하려는 새로운 제국주의적 이데올로기도 숨어 있는 것이다. 저들의 해체 전략은 이전의 제국주의적 이데올로기를 해체시키고 보다 거시적이고 새로운 제국주이적 이데올로기를 세계주의라는 가면 뒤에 숨기고 있다고 할 수도 있다. 그런데 그 해체 전략을 식민지 체험이 있는 우리의 문학에 무조건 대입한다면 우리의 전통적 가치관이 무너지면서 아우라나 아노미 현상을 겪을 수도 있는 것이다. 그런 점에서 최근의 소설에서 다루어지는 아버지 부재 현상은 우리의 전통적 가치관을 와해시킬 뿐 새로운 대안이 되지 못한다.

이제 정호승의 『항아리』에 대해 정리하기로 하자. 이 책은 포스트모더니즘 등 외국문학 이론에 무임승차해서 형상화를 꾀하기보다는 인간 존재와 세계를 규명하는 데 있어서 사물이나 동물의 시각에서 바라보고 있다는 점이 특이하다. 물론 동화의 성격이 우화나 의인화를 통해서 상상력과 정서를 키우는 것을 목표로 하고 있기는 하나, 이 책은 그 의인화에 전혀 인위적인 때가 묻지 않았다는 점에서 성공했다고 할 수 있다. 그러면서도 이 책은 인간 본성에 관하여 본질 그대로 사색하게 하고 사랑과 인간 관계의 조화를 모색한다는 점에서 의의가 있다.

가령 「항아리」는 약간 잘못 빚어진 항아리를 의인화한 작품이다. 독 짓는 젊은이도 마음에 안 들어서 처음엔 뒷간 마당가에 방치되어 있다가 오줌독으로 쓰이고 겨울에 얼어 터질 위험을 넘기고는 젊은이가 죽자 버려진 상태에 있었지만, 절을 짓는 과정에서 주지가 항아리를 발견하게 되어 종각에 놓인 종의 소리를 잘 내는 음관 역할을 하게 된다는 인생 유전을 담아내고 개인의 실존이 세계에 놓여지게 된 의의를 밝히고 있다. 여기서 작가가 강조하는 것은 그와 같이 변전되는 과정에서도 채소에 거름을 준다는 것에서 위안을 삼고 아름다운 꿈을 잃지 않았다는 점이다. 곧 항아리의 인생 하나하나에는 그가 이 세상에 놓인 의의가 밝혀져 있다. 「비익조」에서는 한 쪽 날개만을 가진 새끼 새가 어미새 말을 되새기면서 불구의 몸에도 불구하고 짝을 만나 하늘을 날게 되는 사건을 통해 사랑을 강조하고, 「밀물과 썰물」에서는 밀물이 썰물을 동경하다가 자신의 이면이 썰물임을 발견하게 된다는 내용 등으로 자연의 이치를 사물이나 동물의 세계를 통해서 순수하고 이해하기 쉽게 이야기함으로써 인간과 자연의 유사점을 통해 인간과 인간, 자연과 인간의 관계 개선과 조화를 꾀해 나가게 한다. 곧 사물이나 세계를 새로운 각도에서 그 본질을 들여다 보게 한다는 점에서 도를 들여다 보는 새로운 창이 되고 있다.

한국 현대 소설의 담론

인쇄일 초판 1쇄 2001년 05월 30일
          2쇄 2013년 04월 23일
발행일 초판 1쇄 2001년 06월 05일
          2쇄 2013년 04월 25일

저 자 정 신 재
발행인 정 진 이
발행처 새미
등록일 2005.03.15. 제17-423호
서울시 강동구 성내동 447-11 현영빌딩 2층
Tel : 442-4623~4 Fax : 442-4625
www. kookhak.co.kr
E- mail : kookhak2001@hanmail.net

ISBN 978-89-89352-49-5 03810
가 격 13,000원